Jakob Stein

Der GröSchaZ

Ein Roman über Henry Jaeger,
den **Grö**ßten **Sch**riftsteller **a**ller **Z**eiten

VERLAG

Jakob Stein
Der Gröschaz
Ein Roman über Henry Jaeger,
den größten Schriftsteller aller Zeiten

1. Auflage 2019

Weitere Titel des B3 Verlages unter www.bedrei.de

Umschlag: Claudia Manns, KUNSTSTÜCK
Printed in Germany

ISBN 978-3-943758-64-1

Dieses Buch ist auch als E-Book unter der
ISBN 943758-65-8 erhältlich.

„Sie wissen, dass Zeit ein sehr dünner Aufguss des Todes ist, der uns langsam zugefügt wird wie ein harmloses Gift. Anfangs belebt es und lässt uns sogar glauben, wir seien fast unsterblich – aber wenn es Tropfen um Tropfen, Tag für Tag um einen Tropfen und einen Tag stärker wird, verändert es sich in eine Säure, die unser Blut trübe macht und zerstört. Selbst wenn wir versuchen wollten, mit den Jahren, die wir noch haben, die Jugend zurückzukaufen, so könnten wir es nicht, die Säure der Zeit hat uns verändert, und die chemische Verbindung ist nicht mehr dieselbe, es müsste denn ein Wunder geschehen."

Erich-Maria Remarque,
Die Nacht von Lissabon

Das erste Leben

Deine Augen stechen aus dem Bild heraus. Sie waren schon immer dein größter Trumpf. Wie viele Frauen hast du mit diesen Augen gewonnen? Es waren nicht nur deine Augen. Dein Blick hatte von jeher etwas verwegenes. Dein Gesicht ist blass. Vielleicht liegt es auch am Emaille, auf das dein Porträt gedruckt ist? Vielleicht hat es über die Jahre an Farbe verloren? Die ovale Form wirkt etwas antiquiert, macht dich älter, als du eigentlich warst. 1927 bis 2000, das sind gerade einmal dreiundsiebzig Jahre. Das Bild, das sie für dein Grab verwendet haben, kenne ich. Da warst du Mitte sechzig, vielleicht ein wenig jünger. Man sah dir das Alter nie wirklich an. Du warst immer frisch, kraftstrotzend, voller Energie. „Die Eiche" haben sie dich genannt. Jetzt bist du schon lange gefällt. Eine Eiche ist mit siebzig noch nicht ausgewachsen, da ist sie noch jung, noch nicht einmal im besten Alter. Bei dir war Schluss, du warst am Ende. Bestimmt hättest du noch höher wachsen wollen. Du wolltest immer höher, weiter. An den Tod hast du nie gedacht.

Ich konnte zu deiner Beerdigung nicht kommen, lag selbst im Krankenhaus, wochenlang. Danach zu Hause, Reha, wieder Krankenhaus. Lothar hat mir von der Beerdigung erzählt, von dem Pfarrer und seiner nicht enden wollenden Litanei auf dich. Selbst denen, die dich gut kannten, sei es zu viel geworden. Es wird nirgendwo so viel gelogen wie am Grab.

Ich hatte nie deine Kraft. Aber zäh waren wir beide. Die schrecklichen Jahre holen uns irgendwann ein. Wir tragen die Zeit, in der wir litten, in der es uns an allem fehlte, wie ein Geschwür in uns. Irgendwann bricht es auf. Dann wird ein Strich gezogen, wird abgerechnet. Soundsoviel Jahre doppelt verbraucht. Soundsoviel Jahre verschwendet. Soundsoviel Jahre gestohlen. Aus und vorbei.

Du hast einen Großteil deiner Zeit hinuntergekippt, im wahrsten Sinne des Wortes. Als würdest du beim lieben Gott an der Theke stehen. „Herr Ober, ich nehm‘ noch mal 'ne doppelte Stunde auf mein Leben, oder besser gleich eine dreifache. Und seien Sie nicht kleinlich beim Einschenken.“ Dieses Bild hätte dir gefallen, glaube ich. Darüber hättest du geschrieben, hättest gesagt: „So ist es doch, das Leben. Wir sitzen alle beim lieben Gott an der Theke und trinken so lange, wie uns eingeschenkt wird. Die einen halten sich an ihrem halb vollen Glas fest, weil sie Angst haben, es gibt bald nichts mehr. Die anderen stürzen lustvoll eines nach dem anderen hinunter. Jene haben am Ende einen kümmerlichen Strich auf ihrem Deckel, andere einen Lattenzaun.“
Ja, das hätte dir gefallen. Irgendwann kommt dann die Rechnung. Noch einmal hältst du dein Glas hin, doch der liebe Gott schüttelt nur milde den Kopf. Dann geht es ans Zahlen. Kredit wird nicht gegeben.
Das Trinken hat dich umgebracht. Du warst immer ein wenig stolz darauf. Es gehöre bei einem Schriftsteller mit dazu, hast du mir mehr als einmal erklärt. „Viele große Schriftsteller haben getrunken. Remarque war einer der größten Säufer. Hemingway, Fallada, Joseph Roth, Jack London. Alles Trinker. Und viele andere mehr. Wenn ich nicht trinke, kann ich nicht schreiben.“

Henry Jaeger, Scrittore. Schriftsteller. Metalllettern wie von einer Schreibmaschine. Das „Y“ glänzt, als würde es täglich berührt. Poliert von zahllosen Händen, die darüber streichen, um Glück oder einen erfüllten Wunsch zu erhalten. Sie möchten ein Stückchen von deinem Glück abbekommen. Du warst ein Glückskind. Glück hast du immer gehabt, obwohl du es selbst nie wahrhaben wolltest. Über deinen Tod hinaus hast du Glück gehabt. Die

Gemeinde Ascona hat dir mit diesem Grab ein Denkmal gesetzt. In Frankfurt bist du schon längst vergessen. Hier liegst du zwischen anderen Berühmtheiten. In Frankfurt erinnert nur eine kleine Vitrine im Kriminalmuseum an dich. Hier bist du ein Scrittore, in Frankfurt ein Bankräuber. In der Vitrine in Frankfurt haben sie einen Zeitungsartikel von damals gerahmt. Davor liegt eine Pistole aus Holz. Irgendjemand hat sie nachgeschnitzt. Sie ist nicht von damals. Und eine Rolle Toilettenpapier haben sie dazugestellt. Darauf sind ein paar Zeilen gekritzelt. Es wäre doch schön, wenn wenigstens ein Buch von Henry Jaeger dort zu sehen wäre. So versteht das doch niemand. Auch was es mit der Holzpistole auf sich hat. Ich weiß noch, wie du mir damals eure Waffensammlung gezeigt hast. Es war eine richtige Pistole dabei, alle anderen waren aus Holz. Vor allem auf die Maschinenpistole wart ihr mächtig stolz. Sie sahen alle wirklich echt aus. Mattschwarz waren sie angemalt und mit Wachs an einigen Stellen zum Glänzen gebracht. Du erzähltest mir, dass Bubi bei einem Überfall einmal die Pistole aus der Hand geglitten sei. Das Holz war durch das Bohnerwachs glatt und seifig. Zum Glück fiel sie auf eine dünne Glasscheibe einer Auslage, die klirrend zerbrach. Dem Juwelier fiel gar nicht auf, dass es sich um ein Imitat handelte. Danach habt ihr tiefe Kerben in das Holz geschnitzt, um sie besser halten zu können. Diese Kerben wurden euch später als Messzahl für eure Überfälle ausgelegt. Jeden gelungenen Raubzug hättet ihr so festgehalten. Ein Märchen, wie so manches andere, was man euch später andichtete.
Ich sagte dir oft, welches Glück du hättest, hier, in diesem Paradies, zu leben. Du hast abgewunken. „Das hat mit Glück nichts zu tun“, hast du gesagt. „Das hier ist kein Paradies. Die Wirklichkeit sieht ganz anders aus.“ So warst du immer. Nichts hat dich in deinem Leben wirklich

zufriedengestellt. Immer musstest du weiter, wolltest mehr. Einmal sagtest du sogar, dass ich mehr erreicht hätte als du. Ich, der unbekannte Anwalt, gegenüber dir, dem berühmten Autor Henry Jaeger. Doch du meintest das ernsthaft. „Hans“, hast du gesagt, „du bist deinen Weg gegangen. Ich wusste nie, wo ich hingehöre. Bei mir ging alles über Umwege. Was hätte ich schaffen können, wenn ich von Anfang an ein Ziel gehabt, wenn ich an mich geglaubt hätte.“
Ich sehe dich an unserem letzten Treffen. Du warst schon in der Klinik, lagst auf dem Bett, allerdings nicht unter der Decke. Vielmehr lagst du da wie auf einem Sofa, in Bademantel und Pyjama. Deine Pantoffel gehbereit davor. Alle Viertelstunde gingst du zu dem kleinen Balkon, um darauf zu rauchen. Das Rauchen hast du nie lassen können. Du wusstest Bescheid, wusstest, dass es nur noch einige Wochen, vielleicht ein paar Monate dauern würde. Du warst sehr gefasst. Deine Nieren spielten schon seit Jahren nicht mehr mit. Ich glaube sogar, dass du damals gesagt hast, jetzt komme bald die Rechnung. Ich glaube, dass du sagtest, jetzt, zum ersten Mal, habe dein Leben ein Ziel, ein wirkliches Ziel, nämlich das Ende. Was hätte ich dir noch alles sagen mögen, wenn ich gewusst hätte, dass es unsere letzte Begegnung war. Ich wollte dich noch oft besuchen kommen. Ich sagte dir, die letzte Strecke gehen wir gemeinsam. Ich müsste nur nochmals zurück nach Frankfurt, um ein paar Dinge zu regeln. In ein paar Tagen wäre ich wieder hier und würde bleiben. Mein Infarkt machte alles zunichte. Als ich endlich alles hinter mir hatte, warst du schon seit einem Jahr tot.
Jetzt kommt meine Rechnung auch bald. Niemand hätte gedacht, dass ich es überhaupt so weit bringe. Den vier Bypässen und dem Schrittmacher sei Dank. Meine älteste Tochter fragte mich, natürlich nicht direkt, mehr so hinten-

herum, ob ich noch einen Wunsch hätte, einen letzten Wunsch meinte sie natürlich. Etwas, womit ich noch abschließen möchte, wie sie es ausdrückte. Du bist mir eingefallen, ganz plötzlich. Ich habe gar nicht nachgedacht. Ich sah dich, ich sah uns und ich sagte, ich möchte mich von Henry verabschieden. Ich möchte mein Versprechen einlösen. So stehe ich heute hier, mein Freund und komme bald nach.

Ich habe immer das Gefühl gehabt, dich im Stich gelassen zu haben. Ein ganzes Leben kannten wir uns. Was haben wir alles durchgemacht? Und dann, am Ende, stirbst du für dich alleine.

Ich hatte auch von dir geträumt. Das kommt öfter vor. Manchmal sind es sehr intensive Träume. Ich sehe uns im Schützengraben liegen. Wir stehen beide vor Gericht. Ich bin jetzt in einem Alter, in dem Träume fast schon wie die Wirklichkeit sind. Oder andersherum, ich nehme die Wirklichkeit nicht mehr so ernst. Wir haben längst gelernt, dass die sogenannte Realität nur von kurzer Dauer ist. Unentwegt werden uns Dinge gezeigt, die angeblich unser Dasein bestimmen werden. Meist sind es irgendwelche Katastrophen, Krisen und Menschheitsprobleme. Schon ein paar Tage später scheint alles vergessen.

Du hast nie viel von Träumen gehalten. Träume waren für dich Wünsche, mehr nicht. Man erträumte sich etwas, fertig aus. Alles andere sei psychologischer Firlefanz. Darüber sollten Frauen in ihren Beziehungsromanen schreiben. Ein Mann, der von etwas träumte und nicht darum kämpfte, es zu bekommen, war ein Hanswurst für dich. Wer in den nächtlichen Trugbildern einen Sinn, eine Bedeutung oder gar eine Botschaft sucht, ist ein Schwachkopf.

Einen schönen Platz haben sie dir gegeben. Gleich das erste Grab in der Reihe. Unten, am Eingang, steht dein

Name. Du bist leicht zu finden. Die Treppen fielen mir etwas schwer. Mein Herz ist löchrig wie ein Schweizer Käse. Ich musste zwei Mal stehen bleiben und nach Luft schnappen.
Eine schöne Aussicht hast du hier. Gegenüber die Berge, es liegt noch etwas Schnee obenauf. Die Hänge sind schon saftig grün. Ich sehe uns durch den Ostpark streifen. Du gehst wie immer vorneweg, wir hinter dir her. Auf der Wiese sind noch letzte Schneeflecken. Wir waren eine Horde spindeldürrer Jungs, selbst im Winter in kurzen Hosen und von Kopf bis Fuß schwarz wie die Raben. Die Schuhe alt und verbeult, die Strümpfe, wie unsere Pullover, gestrickt aus kratzender Wolle. Jeder trägt einen Stock als Speer in der Hand. Wir schleichen unter den Bäumen her. Wir möchten den Riesen fangen, von dem du uns erzählt hast. Er soll dort hinten schlafen. Die einzige Möglichkeit, ihn zu besiegen, bestehe darin, ihm unsere Speere in die Ferse zu schleudern. Nur dort sei der Riese verwundbar. Der Riese war nicht zu finden. Du sagtest, die Schneeflecken seien die Fußabdrücke des Riesen, er sei fort. Enttäuscht und auch erlöst warfen wir unsere Speere weg. Du hast einfach etwas Neues erfunden. Du hast immer so wild mit den Armen gefuchtelt, wenn du uns eine neue Geschichte erzählt hast. Ein altes Piratenschiff, das unten am Main liege. Fünf Masten hätte es, mit schwarzen Segeln und dazu unzählige Kanonen, die links und rechts aus dem riesigen, ebenfalls schwarzen Schiffsrumpf, herauslugten. Das Schiff sei schwarz, damit es in der Nacht nicht gesehen werde. Wie ein Geist würde es sich in der Dunkelheit über die finstere See nähern. Ein Schatten am Horizont. Plötzlich sei es da, lautlos und riesig. Und die Besatzung trage nur schwarze Kleidung und die Gesichter würden sie sich mit Kohle bemalen. Selbst die Klingen ihrer Schwerter seien schwarz, damit sie nicht im Mondschein blitzten.

Mit unseren Fahrrädern sind wir zum Osthafen gefahren. Zwischen Schütthalden und Lagerhallen hindurch versuchten wir zum Fluss zu gelangen. Arbeiter jagten uns mit erhobenen Fäusten davon, weil sie glaubten, wir wollten Kohlen stehlen. Ein paar Kohlen hatten wir tatsächlich gefunden. Wir malten uns die Gesichter und die Beine an. Als Piraten fuhren wir zurück zum Park, zum See dort. Die Trauerweide am Ufer war unser Schiff. Wir enterten auf und schwangen uns von Mast zu Mast.
Wir spielten oft Tauschen, weißt du noch? Wir spielten es immer dann, wenn einer Bonbons mitbrachte. Der war der Sucher, die anderen standen ihm gegenüber. Sie mussten unerkannt einen kleinen Stein von Hand zu Hand weiterreichen oder ihn behalten. Der Sucher musste raten, bei wem sich der Stein befand. Lag er falsch, musste er jedem ein Bonbon geben. Wir waren so geschickt, dass wir immer zu unseren Süßigkeiten kamen.
Wenn wir hungrig wurden, trotteten wir nach Hause. Wir wohnten alle in der Fechenheimer Straße. Du in Nummer zwölf, ich in Nummer drei. Die anderen irgendwo dazwischen.

Hier, auf deinem Grab, haben sie dich Henry genannt. Aber du heißt gar nicht Henry. Du heißt Heinz, Karl-Heinz, um genau zu sein. Aber wir haben dich früher nur Heinz oder Heinzi gerufen. Viel später, als du ein anderes Leben, dein Leben hier, begonnen hattest, wolltest du nur noch Henry genannt werden. Du hast mir verboten, dich weiter Heinz zu nennen. Erst dachte ich, es sei ein Spaß von dir. Aber es war dir ernst, sehr ernst.
Auch das Jaeger ist nicht richtig. Du hast aus Jäger ein Jaeger gemacht. Das „ae“ würde besser aussehen, sagtest du. Zusammen mit Henry sei es schon wie ein Pseudonym: Henry Jaeger, Scrittore. Damals warst du noch Heinzi, mein Freund, mein bester Freund. Wir waren

ständig zusammen, obwohl unsere Väter es nicht wollten. Dein Vater war Kupferschmied und arbeitete selbstständig. Er hatte eine kleine Werkstatt im Hinterhof, auch mal einen Lehrling oder Gesellen. Mein Vater war Schlosser bei den Adler-Werken. Frühmorgens schwangen sich beide auf ihre Räder und fuhren davon. Die mageren Jahre waren vorbei. Es gab wieder Arbeit. Manchmal tranken dein Vater und mein Vater am Wasserhäuschen. Nach kurzer Zeit stritten sie sich über Politik. Dein Vater lobte die neue Bewegung und Adolf Hitler. Mein Vater war Kommunist und verabscheute das braune Pack, wie er es nannte.
Überall wurde jetzt gestritten: auf Plätzen, in Hallen, auf den Straßen. Dein Vater zog eine braune Uniform an und ging zu Versammlungen. Manchmal marschierten sie mit Fackeln und Fahnen durch die Straßen. Es war ein beeindruckendes Schauspiel. Die beschlagenen Stiefel gaben den Takt an. Dazu sangen die Männer Lieder. Dumpf schallte es von den Häusern zurück. Die Fassaden leuchteten und lebten im Fackelschein. Das Horst-Wessel-Lied schwebte wie die Rauchschwaden über die Köpfe dahin. Das war eine Provokation. Das Ostend und große Teile Bornheims waren Arbeiterviertel. Hier waren andere Parteien stark. Als dein Vater spät nach Hause kam, hatten sie ihm aufgelauert. Dein Vater war groß und stark. Auch uns hat er immer angetrieben, unsere Muskeln zu trainieren. Später hat er dich zum Boxen geschickt und dir ein Rennrad gekauft. Mit vier Mann sind sie über ihn hergefallen. Mein Vater sei auch dabei gewesen, behauptete er. „Ihr roten Schweine!“, soll er gebrüllt haben. Die halbe Straße ist davon wach geworden. Der Bäcker Dimmler kam mit seinen Gesellen dazu. Mit den Brotschiebern haben sie auf die Angreifer eingedroschen, bis sie davonliefen. Danach sollten wir uns nicht mehr sehen. Dein Vater hat es dir verboten, mein Vater hat es mir

verboten. Wir haben uns nicht daran gehalten. Wir sind noch dickere Freunde geworden.
Wie sollten wir uns auch nicht mehr sehen? Wir waren eine Horde, eine Bande, du, ich und die anderen. Eines Tages stand ein Lieferwagen vor der Nummer vierzehn. Es wurden ein paar Möbelstücke hineingetragen, nicht viele. Neben dem Wagen standen zwei Burschen, so alt wie wir. Sie hielten sich an den Händen und sahen ängstlich aus. So gingen die beiden immer die Straße entlang, Hand in Hand. Sie wohnten allein mit ihrer Mutter. Später erfuhren wir, dass ihr Vater im Gefängnis saß und ein bekannter Einbrecher sei. Eines Tages brachtest du die beiden mit. Du sagtest: „Das sind Horst und Willi Korbmacher. Sie gehören ab jetzt zur Bande." Und so gehörten sie dazu.
In der Straße wohnte auch Ernst, kannst du dich noch an ihn erinnern? Er wurde von uns nur „Das Ernstl" genannt. Seine Mutter kam aus Bayern oder Österreich. Sie sagte auch immer „Das Ernstl", wenn sie über ihren Sohn sprach. Sie hatte viel Kummer mit ihm. „Das Ernstl" war schwachsinnig, ein Idiot. Sie lebte allein mit ihm. Ihr Mann hatte sie nach der Geburt des behinderten Sohnes verlassen, als wäre es ihre Schuld gewesen. „Das Ernstl" war zwei Jahre älter als wir, ging aber nicht zur Schule. Er war den ganzen Tag zu Hause, bei seiner Mutter. Wenn sie sah, dass wir zum Ostpark gingen, rief sie aus dem Fenster, wir sollten doch bitte „Das Ernstl" mitnehmen. Manchmal hatten wir das Gefühl, sie wartete dort oben hinter der Scheibe. „Das Ernstl" kam auch sofort die Treppe herunter, schon in Schuh und Mantel, als hätte auch er gewartet. Wir nahmen „Das Ernstl" nicht gerne mit. Manchmal gingen wir einen Umweg, um nicht unter dem Fenster vorbeizumüssen. Bei Fangen oder Verstecken war „Das Ernstl" nicht zu gebrauchen. Er blieb beim Zählen einfach stehen, wo er war. Aber er war ein

passabler Torwart. Allerdings jubelte er auch, wenn er ein Tor bekam. Das war ihm nicht auszutreiben.
Eines Tages war „Das Ernstl“ nicht mehr da. Er war abgeholt worden. Er sollte jetzt in einem Heim leben, mit anderen zusammen, die wie er waren. Seine Mutter hatte sich lange dagegen gewehrt. Sie wollte, dass er bei ihr bleibt. Sie wollte sich um ihn kümmern. Ein paar Wochen später bekam sie einen Brief. „Das Ernstl“ war überraschend und sehr schnell an einer Lungenentzündung gestorben. Ernstl's Mutter weinte tagelang. Wo sie ging und stand, weinte sie: beim Bäcker, auf der Straße, im Hausflur, bei Frau Korbmacher. Ein paar Mal saß sie auf einer Bank im Ostpark und sah uns beim Spielen zu. Sie hatte ein weißes Taschentuch in der Hand und tupfte sich unentwegt die Wangen. Ich sehe sie noch vor mir, wie sie da sitzt.
Mein Vater sagte, die Nazis haben den Jungen umgebracht. Dein Vater sagte, es sei ein Glück, dass es ein Ende mit ihm hat. Ein Glück für ihn, ein Glück für seine Mutter, ein Glück für alle. Es gebe da noch einige mehr, denen würde er das gleiche Glück wünschen. Deine Mutter behauptete später, dabei hätte er auf deinen Halbbruder Sigi geschaut. Sigi gehörte nicht zu unserer Bande. Er war älter und ein Einzelgänger. Ich hatte nie viel Kontakt zu ihm. Deine Mutter hatte ihn mit in die Ehe gebracht. Wer sein Vater war, wusste niemand. Siegfried Alexander war sein vollständiger Name. Das grenzte schon fast an Größenwahn. Dein Vater hatte ihn adoptiert, doch niemals akzeptiert. Sigi war ein einfach gestrickter Bursche. Nicht ganz so wie „Das Ernstl“, aber schon ein wenig in diese Richtung. Wenn du mich heute fragen würdest, glaube ich, dass er womöglich das Resultat deines Großvaters mit seiner Tochter war. Das kommt ja öfter vor als man denkt. In vielen Familien gibt es solche Geschichten. Allerdings traue ich mich das nur zu sagen, weil du schon dort unten

liegst. Früher hätte ich so etwas niemals vermuten dürfen. Sobald deine Mutter ins Spiel kam, wurdest du empfindlich. Wenn ich gesagt hätte, deine Mutter sei von ihrem Vater schwanger gewesen, hätte sogar von ihm ein Kind bekommen, wärst du auf mich los gegangen. Das hättest du nicht geduldet. Deine Mutter war eine Heilige für dich. Und du warst ihr Ein und Alles. Sie zog dich in allem Sigi vor. Für deinen Vater war der Sigi das Alibi für seine Eskapaden. Immerhin hätte er deine Mutter mit ihrem Balg aufgenommen. Das war in seinen Augen eine solch gute Tat, dass sie all seine schlechten von vornherein entschuldigte. Mehr noch! Er erwartete sogar ein fügsames Verhalten. Du hast mir später einmal beschrieben, wie er oft betrunken und nach Parfum riechend nach Hause kam. Bevor er sich hinlegte, warf er deiner Mutter die Kleider zum Waschen hin. Der Hemdkragen war voller Lippenstift. Wenn deine Mutter ihm das Hemd zurückwarf, gab es Streit, nicht selten Schläge.

Dreiunddreißig kamen wir in die Schule. Wir gingen alle in die gleiche Schule, die Linné-Schule. Sie lag nur wenige hundert Meter von der Fechenheimer Straße entfernt. Horst war jünger, er durfte noch nicht hinein. Er ist aber jeden Morgen mit uns mitgegangen und bei Schulschluss stand er am Tor und wartete auf seinen Bruder Willi.
Ich kann mich noch gut an die ersten Schultage erinnern. Rechts ging es für die Jungen hinein. Über dem Eingangsportal thronten auf jeder Seite Skulpturen. Sie zeigten je einen Burschen, der in der linken Hand ein Buch trug, die rechte steckte lässig in der Hosentasche. Zu ihren Füßen saß ein Schäfer- oder Hütehund, der ergeben zu ihnen aufblickte. Wir sahen sofort uns darin, du rechts, ich links. Wir gaben unseren Hunden Namen. Meiner hieß Hasso, deiner Wotan. Die Hunde waren jetzt immer

mit uns unterwegs. Wo wir waren, waren auch sie. Wir redeten auf der Straße mit ihnen, streichelten sie, warfen Stöcke, die sie uns zurückbrachten. Sie beschützten uns und schliefen neben unseren Betten. Einen richtigen Hund konnte sich damals keiner von uns leisten.

In der ersten Zeit sagten wir noch „Guten Morgen“, wenn der Lehrer hereinkam. Wenig später hieß es dann „Heil Hitler“, dabei den rechten Arm nach oben, die Hand gerade und die Finger gestreckt. Der alte Hirschfeld, unser Lehrer, kontrollierte penibel unseren Gruß. Wer ihn nicht richtig ausführte, bekam eins mit dem Stock über die Finger.

Mein Vater hatte mir verboten, so zu grüßen. Jeden Tag bekam ich Prügel und wurde in die Ecke gestellt. Meine Mutter redete auf meinen Vater ein, er solle mich doch um Gottes willen grüßen lassen. Mein Vater drohte, den Hirschfeld vor der Schule abzupassen und zur Rede zu stellen. Dazu kam es nie. Zum einen musste mein Vater von morgens bis spätabends arbeiten. Zum anderen spürte er, dass der Wind sich drehte und die Braunen die Oberhand bekamen. Mürrisch willigte er ein, dass ich fortan grüßen durfte wie verlangt. Ich sollte dabei aber heimlich die linke Faust ballen. Wieder schimpfte er auf Hitler und das braune Pack.

Du sagtest mir, dein Vater hätte gesagt, dass man den Hirschfeld davonjagen müsse. Auch wenn ich der Sohn eines verdammten Kommunisten bin, sei ich immer noch Deutscher. Und kein Deutscher dürfe von einem Jud geschlagen werden. Einige Zeit später musste der Hirschfeld tatsächlich die Schule verlassen. Nicht weil er mich verprügelt hatte, sondern weil er Jude war. Er hatte schon deinen und meinen Vater unterrichtet. Er war Offizier im Ersten Weltkrieg gewesen und verwundet worden. Einen Orden für seine Tapferkeit hatte er erhalten. Jetzt musste

er vor der Klasse sein Pult ausräumen. Der Direktor stand streng daneben. Bevor er ging, schaute er uns noch einmal an. Tränen standen in seinen Augen. Dann schritt er stumm hinaus, der Direktor hinter ihm her.
Den Hirschfeld haben sie später in Theresienstadt ermordet. Heute würdest du einen Gedenkstein an ihn am Alten Jüdischen Friedhof finden, am Börneplatz. Dreiundvierzig steht da, glaube ich. Da muss er schon uralt gewesen sein. Aber darauf haben die Nazis ja keine Rücksicht genommen. Ob Greise, Frauen oder Kinder, sie haben sie alle ins Gas geschickt.
Kannst du dich noch an den Emil erinnern, Emil Carlebach. Er war Jude und bei uns in der Klasse. Auch er musste die Schule verlassen. Jahre später kam er oft zu uns nach Hause, weil er der Kommunistischen Partei beigetreten war. Da war die KPD schon längst verboten. Ihn haben sie später nach Buchenwald gebracht. Sie haben in ihm wohl mehr den Kommunisten als den Juden gesehen. Vielleicht konnten sie sich auch nicht vorstellen, dass ein Jude Kommunist ist? Er hat überlebt. Ich habe ihn später gelegentlich getroffen. Er war Journalist geworden und hat auch Bücher geschrieben.
Unser neuer Lehrer hieß Wagner. Er war noch viel strenger als der alte Hirschfeld, weißt du noch? Er war ein übereifriger Anhänger des Nationalsozialismus. Man hätte meinen können, er hätte ihn erfunden. Wagner trug immer ein braunes Hemd, Reithosen und hatte die Haare bis über die Ohren abrasiert. Unter der Nase ließ er sich einen gestutzten Schnurrbart stehen – nicht ganz so wie Adolf Hitler, dazu war er zu ehrfürchtig. Wagner hinkte auf dem rechten Bein. Man hätte eine Kriegsverletzung vermuten können. Aber es war etwas Angeborenes, wie bei Goebbels. Wagner brachte eine Hakenkreuz-Fahne neben der Tafel an. Und an der

Stirnseite des Klassenzimmers ein Porträt seines geliebten Führers. Wenn wir in seinen Augen nicht fleißig genug lernten oder nicht gehorsam genug waren, stellte er sich stramm darunter. Er wies mit dem Finger auf den „Großen Führer, der alles sieht und dem wir alles zu verdanken haben. Ihm nachzueifern, ihn mit Stolz zu erfüllen, ist eure oberste Pflicht." Wir beide nannten das Bild „Papa Adolf" und machten Späße darüber: „Papa Adolf sieht alles. Das wird aber Papa Adolf gar nicht gefallen. Wenn Papa Adolf das sehen würde, das würde ihn nicht mit Stolz erfüllen."
Wir Jungens mussten ab sofort die Uniform der Hitler-Jugend tragen. Wagner kontrollierte allmorgendlich den Sitz unserer Hemden und ob wir auch gekämmt und gewaschen waren. Es war wie bei einem Appell in der Kaserne. Viel später erst erfuhren wir, dass er nie beim Militär war. Er meldete sich bei Kriegsbeginn sofort zum Volkssturm, zum Kriegshilfseinsatz, wie es sich offiziell nannte. Wir waren so etwas wie seine Einheit. Wagner trug stets das Parteiabzeichen und die Binde.
Der Weg zur Schule folgte einem bestimmten Ritual. Wir trafen uns vor der Bäckerei Dimmler. Manchmal reichte er uns ein paar Teilchen vom Vortag heraus, wenn wir bibbernd in der Kälte standen. Die Mädchen aus unserer Straße kamen dazu: Silvia, Brigitte und natürlich Marianne, Marianne Schwarz. In sie waren wir alle abwechselnd verliebt, oder sagen wir verknallt. Auch Willi und Horst, die beiden Korbmacher-Brüder. Weißt du noch, wir nannten sie auch die „Schweden-Brüder", weil sie angeblich beim Besuch der Mutter im Zuchthaus gezeugt worden waren, hinter schwedischen Gardinen. Das war aber später. In der Schule haben wir sie noch nicht so genannt, da waren sie der Willi und der Horst. Da kannten wir solche Sachen noch nicht. Ihre Mutter war eine stattliche Frau mit üppigem Busen. Deine Mutter war, wie auf fast alle

Frauen, eifersüchtig auf sie. Viele Frauen in der Straße missachteten die alleinlebende Frau Korbmacher. Sie beschimpften sie und redeten hinter ihrem Rücken. Auch über ihren Mann, den Josef Korbmacher, waren die wildesten Geschichten im Umlauf. In manchen war er unermesslich reich. Es hieß, er habe sich einen Schatz zusammengestohlen und irgendwo vergraben. Wenn er wiederkäme, würde er leben können wie ein Fürst. Ich glaube, bei dieser Geschichte hattest du deine Finger mit im Spiel. Andere sagten, er würde nie wiederkommen und wie „Das Ernstl" enden.
Die Frauen behaupteten, Frau Korbmacher würde den Männern, ihren Männern, schöne Augen machen, würde ihnen den Kopf verdrehen, sie in ihre Wohnung locken. Sie sei eine Hure, ein liederliches Weibsstück. Woher hätte sie sonst das Geld für die Miete und um ihre Gören durchzubringen. Von Willi und Horst hieß es, sie würden stehlen, wie ihr Vater. Die beiden wurden grundlos verjagt und nicht selten auf offener Straße geschlagen. Sie durften keinen Laden betreten und uns war es natürlich verboten, mit ihnen zu spielen, dir wie auch mir. Da spielte die unterschiedliche Gesinnung unserer Väter keine Rolle. Hier waren sie einer Meinung.
Frau Korbmacher ging frühmorgens aus dem Haus. Sie putzte irgendwo am anderen Ende der Stadt, weit weg von den Gerüchten und üblen Nachreden. Willi und Horst waren fast immer alleine. Sie erzählten uns, dass hin und wieder Männer vorbeikämen, seltsam wirkende Männer. Die würden ihrer Mutter Pakete bringen und manchmal etwas Geld dalassen. Später erfuhren wir, wer diese Männer waren. Wir lernten sie selbst kennen: der verzinkte Egon, der blasse Karl, Herbert, der Schweißer. Es waren die ehemaligen Kollegen von Josef Korbmacher, mit denen er so manches Ding gedreht hatte und für die

er die Strafe mit absaß. Die Unterstützung war der Preis für sein Schweigen. Es war aber auch Ganovenehre, der Familie des Einsitzenden zu helfen.
Einzig die Mutter vom Ernstl scherte sich nicht um das Gerede. Sie ging oft über die Straße zu Frau Korbmacher, sobald sie sie sah. Sie saß dann lange bei ihr am Tisch und klagte. Willi und Horst nahmen dann immer Reißaus, da sie das Gejammer nicht ertragen konnten. Sie sagten, Mutter Ernstl ist wieder da und taten, als ob sie weinten.
Ich sehe noch Ernstls Mutter vor mir, allerdings stumm dasitzend. Sie hockt am Tisch und schaut vor sich hin. Oder sie blickt auf etwas in ihren Händen. Ich habe später einmal eine Skulptur von Käthe Kollwitz gesehen, oder war es nur eine Zeichnung? Jedenfalls erkannte ich sofort Ernstls Mutter darin, als hätte sie Modell gesessen. Oder es ist genau umgekehrt. Ich gebe heute Ernstls Mutter das Gesicht der Figur von Käthe Kollwitz, weil sie mich so an sie erinnerte. Das Gedächtnis spielt einem ja solche Streiche.

Da wir in den kalten Monaten weder zu dir noch zu mir konnten, trafen wir uns oft bei Willi und Horst. Tagsüber waren wir alleine und hatten die kleine Wohnung für uns. Auch wenn Frau Korbmacher da war, konnten wir dort spielen. Ihr war es egal, ob mein Vater Kommunist, dein Vater Nazi oder sonst etwas war. Sie war froh, dass ihre Buben Gesellschaft hatten. Und auch Ernstls Mutter konnte still oder klagend am Tisch sitzen. Sie war einfach da, wie der Tisch selbst da war.
Eine Leidenschaft hatte Frau Korbmacher: Musik. Sie besaß ein Radio und einen Plattenspieler. Wenn sie sich etwas gönnte, dann die neuesten Schlager und Songs. Bei ihr lief immer das Radio und sie tanzte durch die Küche. Sie verehrte Zarah Leander, auch Glenn Miller, Benny Goodman oder Duke Ellington. Neben Heinz Rühmann

und Ilse Werner hatte sie Platten von Tommy Dorsey, Frank Sinatra, Harry James, Billie Holiday, Count Basie und anderen mehr. Wir kannten sie alle auswendig. In der Schule hatten wir kein Englisch mehr, das war jetzt Feindessprache. Wir übersetzten uns die Texte der Lieder und lernten es so. Ich kann mich noch an *You Make Me Love You* erinnern. Oder *They Can't Take That Away from Me*. oder wie wir von Bing Crosbys *White Christmas* hingerissen waren.

Wenn Frau Korbmacher heimkam, schmierte sie dicke Butterbrote, zu denen es schrumpelige Äpfel gab, die sie im Keller hortete. Wie haben wir das geliebt. Wenn ich daran denke, schmecke ich es noch heute.

Apropos schmecken. Weiß du noch, wie wir unseren ersten Stumpen geraucht haben. Wir vier saßen im Ostpark, an unserem Hang, im hohen Gras. Die Zigarre hattest du deinem Vater geklaut. Er hatte von irgendwoher eine Kiste davon mitgebracht. Erst bliesen wir dicke Rauchschwaden in die Luft, dann zogen wir richtig daran. Einer stachelte den anderen an, noch tiefer einzuatmen und die Luft anzuhalten. Dann wurde uns allen schlecht, und wie. Kreuz und quer sind wir durch den Park gerannt und jeder hat eine Stelle gesucht, wo er sich erleichtern konnte. Das war fast so wie nach den unreifen Pflaumen aus den Schrebergärten im Riederwald. Ich glaube, jeder von uns hat sich in die Hose gemacht.

In den Kleingärten am Bornheimer Hang haben wir im Sommer die Kirschen stibitzt. Wir sind in den Bäumen bis nach oben geklettert, wo sie schon früh reif waren. Wenn uns einer erwischte, liefen wir in alle Richtungen davon. Treffpunkt danach war der Pavillon am Teich im Ostpark. Eigentlich waren wir immer im Ostpark. Im Sommer badeten wir im Teich, im Winter liefen wir Schlittschuh darauf. Wir schwangen uns an den Trauerweiden über das

Wasser und ließen uns hineinfallen. Es gab auch Kämpfe mit anderen Jungens aus anderen Straßen. Die aus der Bornheimer Landwehr waren unsere Intimfeinde. Wenn wir nicht gegeneinander Fußball spielten, bekriegten wir uns. Du warst immer unser Anführer, darüber wurde gar nicht abgestimmt. Wenn wir mit einer anderen Bande im Krieg waren, hast du uns trainiert. Wir mussten Liegestütze machen, Steine werfen, uns anschleichen. Wir sollten auf alles vorbereitet sein. Da haben wir den Krieg nur gespielt. Wir hatten keine Ahnung, wie bald uns der richtige Krieg einholen würde.

Keiner in unserer Straße war reich oder auch nur wohlhabend. Wir kannten auch keine Kinder, deren Eltern zur besseren Gesellschaft gehörten. Dein Vater erzählte dir hin und wieder von großen Häusern, in denen er etwas reparieren musste. Es seien Paläste: hohe Decken, schwere Möbel, funkelnde Kronleuchter. Du hast es uns beschrieben, als seist du mit gewesen. Dort gäbe es Diener, Kindermädchen und Hauslehrer. Man dürfe nur durch einen Hintereingang hinein, müsse ständig aufpassen, wohin man mit seinen Schuhen trete. Auf gar keinen Fall solle man Lärm machen oder die überall herrschende Ruhe stören. Dein Vater arbeitete auf dem Dach, besserte Kaminfassungen und Gauben aus. Darunter lagen die schmalen Kammern der Hausangestellten. Die seien kleiner als Hasenställe. Die Mädchen würden schlecht bezahlt werden und auch dein Vater müsse jedes Mal um den gerechten Lohn für seine Arbeit feilschen. Es sei gut, dass jetzt ein neuer Wind wehe und diese Blutsauger bald davongejagt würden, sagte er.

Im Keller hatten wir einen Koffer voller Geldscheine gefunden. Darauf waren Zahlen, die hatten wir noch nie in unserem Leben gesehen: Zehn Millionen Mark. Hundert Millionen Mark. Eine Milliarde Mark. Damit spielten wir und gaben uns als reiche Bürger aus. Wir kauften und verkauften Häuser, Autos, Schmuck und teure Kleider. Kein Wunsch war uns verwehrt. Du sagtest: „Einmal werde ich genauso viel Geld haben. Einen ganzen Koffer voll. Aber echtes, richtiges Geld."

Dort unten geht eine Schulklasse vorbei. Ist es nicht rührend, die Kleinen zu sehen? Wahrscheinlich gehen sie hier am Friedhof vorbei zum Monte Verità. Wir wohnen dort im Hotel, wie immer. Du hast dich nie dafür interessiert. Dir hat die Geschichte des Berges gar nichts gegeben. Alternative Spinner hast du sie genannt. Das war dir alles suspekt. Du warst, trotz deiner Eskapaden, ein prüder Geselle, fast spießbürgerlich. Ich und Gisela haben eine offenere, gleichberechtigtere Beziehung geführt als du und Elke. Das lag vor allem an dir. Du hast dir alle Freiheiten genommen, das war für dich selbstverständlich. Das hatte dir schon dein Vater vorgelebt. Umgekehrt warst du krankhaft eifersüchtig und besitzergreifend. Niemals hättest du es geduldet, wenn deine Frau auch nur einen harmlosen Flirt begonnen hätte. Einem Lebensentwurf, wie es ehedem die Bewohner auf dem Monte Verità vorgelebt hatten, dem konntest du nichts abgewinnen. Gut, das war vielleicht das andere Extrem. Aber zwischen deiner und deren Lebensform gab es noch eine Menge Abstufungen. Du wolltest davon nichts wissen. Ideologisch verblendet seien die gewesen. Genauso verblendet wie die Deutschen im Dritten Reich.
Der Lehrer Wagner kommandierte uns wie eine Kompanie. Im Gleichschritt ging es über den Schulhof. Im Ostpark mussten wir jetzt Wehrübungen vollführen. Wie alt waren wir da, zwölf, dreizehn? Der Krieg hatte noch nicht begonnen, aber sein Schatten lag schon über allem. Wir mussten strammstehen, salutieren, marschieren, über die

Wiese robben. Wir lernten, Handgranaten zu werfen und in Deckung zu gehen. Wir aus der Fechenheimer Straße waren gut in all diesen Dingen. Wir hatten es ja schon vorher geübt. Wir waren die Lieblinge unseres Lehrers. Mehr als einmal zeichnete er uns vor der Klasse aus. Da war alles noch ein Spiel für uns. Es war uns lieber, als an der Bank über den Heften zu brüten.
Eines Morgens kam Wagner in die Klasse und rief, kaum dass unser „Heil Hitler" verklungen war: „Wisst ihr, dass wir den Sohn eines Verbrechers in der Klasse haben?" Alle waren wir mucksmäuschenstill. Wir standen wie gelähmt hinter unseren Tischen. Du und ich, wir wussten, wer gemeint war. Der Willi stand kreidebleich neben mir und begann zu zittern. Wahrscheinlich hatte es einer unserer Mitschüler, einer, der nicht so oft gelobt wurde, dem Wagner gesteckt. Willi kannte seinen Vater nur von Bildern, hatte ihn noch nie getroffen. Es hieß, er sei jetzt in einem KZ, wo sie solche wie ihn umerziehen. Und wo sie arbeiten lernten, diese Taugenichtse. Stumm und bedrohlich schritt Wagner durch die Reihen. Nochmals fragte er, er zischte es zwischen den zusammengekniffenen Lippen heraus: „Wisst ihr, wer es ist?" Es kam keine Antwort. Dann sprang der Lehrer Wagner mit zwei, drei großen Sätzen zu unserer Bank, packte Willi fest im Genick und zog ihn mit sich vorne zum Pult. Der Rohrstock lag dort immer bereit. Wütend schreiend schlug Wagner auf Willi ein. Er sei ein verlogener Betrüger, habe ihn hintergangen, hinters Licht geführt. Er sei das verkommene Abbild seines Vaters. Anfänglich schrie Willi, er schrie erbärmlich. Der Wagner schien gar nicht aufhören zu wollen. Vom Willi kam kein Mucks mehr. Als Wagner endlich erschöpft von ihm abließ und ihn zur Klasse hinstellte, war keine einzige Träne in seinem Gesicht zu sehen. Sein Kopf war zwar feuerrot und er schwankte hin und her, aber es war keine Träne

da. Mit scheinbar leerem Blick starrte Willi über die Klasse hinweg. Diesen Blick haben wir später oft an ihm gesehen. Es war der Beleg einer unbeugsamen Entschlossenheit. Hier hatte er sich entschlossen, nicht mehr zu schreien und nicht mehr zu weinen. Wenn Willi später diesen Ausdruck zeigte, war er durch nichts mehr aufzuhalten.
Willi ist nicht mehr zur Schule gekommen. Er hat es mit einer Lehre versucht, was schiefging. Um seine Mutter zu unterstützen, arbeitete er als Aushilfe hier und da. Ich glaube, da fingen auch schon die ersten kleinen Sachen bei ihm an: Ladendiebstahl, Einbrüche, Gelegenheitsdelikte. Er wurde wie sein Vater, den er bis dahin gar nicht kannte. Der Josef war auch früh auf die schiefe Bahn geraten. Als Kind war er schon wegen „Betteln in der Öffentlichkeit" verurteilt worden. Das schreckte ihn nicht ab. Im Gefängnis lernte er die berufsmäßigen Diebe kennen. Bei ihnen ging er in die Lehre. Er lernte die Kniffe und Tricks, den schnellen Griff nach der Brieftasche, das unbemerkte Herausziehen der Taschenuhr. Er lernte ernsthaft und mit Fleiß. Für ihn war es ein Beruf. Später, das war nach dem Krieg, sagte er einmal zu uns: „Solange es die reichen Bonzen gibt, so lange gibt es die Diebe. Verteilt den Reichtum und es wird keine Diebe mehr geben."
Willi sah es zu diesem Zeitpunkt sicher nicht so. Willi hat sich nie viele Gedanken gemacht. Er nahm es immer so, wie es kam. Er war pragmatisch. Willi sorgte dafür, dass sein kleiner Bruder weiter zur Schule ging. Nicht so sehr, damit Horst eine andere Zukunft hatte. Der Kleine wäre ihm nur im Weg gewesen. So konnte Willi zumindest den halben Tag tun und lassen, was er wollte. Er sah sich jetzt als Familienoberhaupt.

Eine Glocke schlägt: eins, zwei, drei … neun. Ein helles Glöcklein, fast zaghaft schlägt es die Stunden an. Es kommt von dort drüben, von der Kirche. Sie ist kaum zu sehen. Ihr Kirchturm ragt nur ein wenig über die Dächer hinaus. Anders als der Kirchturm damals. Wir waren noch mal etwas älter, waren schon Flakhelfer. Du musstest deinem Vater gelegentlich helfen. Sein Geselle war im Krieg. Nachts waren Bomben gefallen. Es waren noch nicht die großen, schweren Angriffe. Der Kirchturm der Sankt-Josef-Kirche war teilweise abgedeckt. Dein Vater sollte es reparieren. Ich sehe euch von unten zu. Es ist Zufall, dass ich dort stehe. Du siehst mich nicht. Dein Vater ist schon auf der Leiter, die auf dem Dach des Kirchturms liegt. Du schaust halb aus der Dachluke heraus. Dein Vater will offensichtlich, dass du zu ihm auf die Leiter kommst. Du hältst dich am Rahmen der Luke fest. Dein Vater brüllt dich an, ich kann ihn bis auf die Straße hören. Langsam, sehr langsam kletterst du heraus. Du willst den Rahmen nicht loslassen. Dein Vater schimpft unaufhörlich. Zögerlich greifst du nach der Leiter, packst die unterste Sprosse. Du kommst jetzt ganz aus der Luke heraus. Einen Fuß hast du auf dem Dach, der andere ist noch nicht zu sehen. Jetzt stehst du zwischen Dachfenster und Leiter. Oben hältst du dich fest, unten kannst du dein Bein nicht nachziehen. Du kannst nicht auf die Leiter. Dein Gesicht kann ich nicht sehen. Ich glaube, du sprichst mit deinem Vater. „Verdammter Scheißkerl!", schreit dein Vater. Ich habe es genau gehört. Dein Vater steigt die Leiter herab. Er schiebt dich zurück zur Dachluke. Langsam, an den Arm deines Vaters geklammert, steigst du hinein. Abends erzähltest du, dass du heute auf dem Kirchturm warst. Es wäre eine tolle Aussicht von dort oben. Über die ganze Stadt könnte man blicken. Bis Offenbach, ja bis nach Hanau hättest du sehen können. Ich habe geschwiegen. Ich habe nicht erzählt, was ich gesehen habe.

Du warst kein Feigling. Die Höhe hast du nicht vertragen, das war alles. Ansonsten konnte dir kaum etwas Angst einjagen. Wir waren Flakhelfer, unsere ganze Klasse war jetzt bei den Wehrwölfen. Unsere Stellung lag oben bei Weißkirchen, vor Oberursel. In der Nacht des Tausend-Bomber-Angriffs hatten wir Dienst. In mehreren Wellen kamen die englischen Flugzeuge über den Taunus angeflogen. Der nächtliche Himmel schien sich noch mehr zu verdunkeln. Es war ein entsetzlicher Lärm. Die Luft vibrierte. Wir schossen so lange, bis wir keine Munition mehr hatten. Mehrere Flugzeuge haben unsere Stellung angegriffen. Splitter und Schrapnelle flogen uns um die Ohren. Die hatten dort oben schon gemerkt, von wo sie Saures bekamen. Wir luden und feuerten, luden und feuerten. Das Dröhnen der Flugzeuge, das Pfeifen ihrer entkoppelten Ladung, die unentwegten Detonationen, das Rattern unserer Geschütze, es war ein einziges Inferno. Für uns war es immer noch ein Spiel. Wir wollten eines der Flugzeuge abschießen. Unser Lehrer Wagner, unser Kompanieführer, lag zusammengekrümmt auf der Erde und winselte. Er hatte einen Nervenzusammenbruch erlitten. Ganz Frankfurt, vor allem die Altstadt, wurde in Schutt und Asche gelegt. Später saßen wir stumm auf dem Erdwall und schauten in den hell leuchtenden Nachthimmel über der Stadt. Die Flammen schienen endlos emporzuwachsen. Wir glaubten, den tosenden Feuersturm, entfacht von einer wohldurchdachten Abfolge von Spreng- und Brandbomben, bis zu uns zu spüren. Obwohl wir ahnten, was dort Schreckliches geschah, faszinierte uns der pulsierende Feuerschein. Allmählich registrierten wir auch, wie knapp wir dem Tod entgangen waren. Wir sahen die Einschläge, die Bombenkrater um unsere Stellung herum. Ein paar Meter weiter und uns hätte es nicht mehr gegeben. Angst hatten wir keine gehabt. Wir hatten gar nicht darüber nachgedacht.

Natürlich sind wir nach Dienstende gleich in die Innenstadt gefahren. Weit kamen wir nicht. Viele Straßen waren verschüttet, andere wegen Einsturzgefahr der noch stehenden Fassaden gesperrt. Ein beißender Rauch und Gestank zog über die Trümmer hin. Auf offener Straße lagen die Überreste von Menschen, manche bis zur Unkenntlichkeit verkohlt. An anderen Stellen schienen die Mauern noch immer vom nächtlichen Höllenfeuer zu glühen. Wasser stand kniehoch auf der Straße. Es war nicht der erste Bombenangriff auf Frankfurt und es sollte nicht der letzte sein. Aber dieser zeigte uns zum ersten Mal die brutale Gewalt des Krieges, die grausame Unnachgiebigkeit, die gezielte Zerstörung, die kein Erbarmen kennt.

Wenig später haben sie uns dann in den Krieg geschickt. Als wäre das, was wir zu Hause erlebt hatten, nicht schon genug gewesen. Nach einer zweiwöchigen Grundausbildung wurden wir als Melder in Belgien eingesetzt. Wir hatten Glück und waren in der gleichen Einheit. Wir lagen an irgendeinem Fluss. Auf der anderen Seite die Engländer und Amerikaner. Sie warteten offensichtlich auf Nachschub. Bei unseren Meldegängen konnten wir an vielen Stellen hinübersehen. Es war unfassbar, welche Mengen an Material dort aufgefahren wurden. Fahrzeug an Fahrzeug, Panzer an Panzer reihte sich dort auf. Es war, als wollten sie uns alleine durch die Demonstration ihrer Übermacht in die Knie zwingen. Womit sollten wir dagegenhalten? Mit unseren Karabinern? Mit unseren zwei Maschinengewehren? Dort drüben gab es sicherlich auch Verpflegung in Hülle und Fülle. Wir hatten schon seit Tagen nichts mehr gegessen. Die Älteren erzählten, dass sie auf dem Rückzug zwei große Lager von uns mit Verpflegung in die Luft gesprengt hätten. Damit nichts für den Feind zurückbleibt. Als ob die das nötig gehabt hätten. Jetzt war für uns nichts mehr da.

Wir sollten den Feind hier am Fluss aufhalten, sein Übersetzen mit allen Mitteln verhindern. Befehl aus Berlin: Kampf bis zum letzten Atemzug. Unser Kompanieführer, er war kaum älter als wir, war ein Hundertfünfzigprozentiger. Er war dem Führer, dem Reich, der Generalität total ergeben. Wir sollten uns entlang der Straße eingraben, was ein großer Fehler war. Der Feind würde, falls er übersetzen sollte, die Verbindungen zwischen unseren Linien unterbrechen. Die Straße wäre damit eines seiner ersten Ziele. So kam es. In den frühen Morgenstunden setzte das Trommelfeuer ein. Nie in unserem Leben hatten wir so etwas erlebt. Dies war kein Spiel mehr. Es war nicht mit der Nacht in der Flakstellung vergleichbar. Es war brutal!
Über Stunden schlagen unaufhörlich die Granaten ein. Eine nimmer nachlassende Kraft will uns vernichten, hämmert unablässig auf uns ein. Wir liegen zusammengekauert in unserem Erdloch. Kaum hat der Beschuss begonnen, klatscht der Oberkörper eines Menschen neben uns nieder. An den Schulterklappen erkennen wir, dass es die Überreste unseres Kompanieführers sind. Wir schreien. Wir schreien, bis kein Ton mehr aus unseren Kehlen kommt. Es ist keine Angst. Es ist etwas anderes. Es ist die Gewissheit, dass wir sterben werden. Etwas zerbricht in uns. Wir warten auf den Einschlag, auf den uns auslöschenden Blitz. Jede Sekunde kann es so weit sein. Von einem Augenblick auf den anderen wären wir aus dieser Welt verschwunden. Wir können uns nicht bewegen, nicht davonlaufen. Das wäre der sichere Tod. Wir starren uns an, als würde dies uns gegenseitig am Leben halten. Wir halten uns fest an den Händen. Gleichzeitig sind wir darauf gefasst, plötzlich weggerissen zu werden. Es wäre das Normalste von der Welt, dieser verrückten, irrsinnigen, tobenden, kalten Welt. Eben liegst du mir noch

gegenüber – und einen Wimpernschlag später bist du fort, weg, als seist du nie hier gewesen.
Das Trommelfeuer schien endlos fortzudauern. Um uns herum herrschte tiefste Dunkelheit. Wir konnten nicht über den Rand unserer Verschanzung hinaussehen. Die Einschläge zuckten grell auf und hinterließen eine noch heimtückischere Finsternis. Alles konnte darin lauern. Es hätte uns nicht weiter erschreckt, wenn über uns die Fratze einer Bestie erschienen wäre und sie uns mit einem Biss zermalmte. Wenn wir später daran zurückdachten, konnte keiner von uns beiden die Zeit benennen, die es anhielt. Wir schrien nicht mehr, wir waren stumm geworden. Es war, als wären wir eingeschlafen. Wir wachten auf und alles war still. Vielleicht hatte uns auch die plötzliche Stille aus unserer Lethargie gerissen. Es war vorbei. Wir waren nicht tot. Wir hatten überlebt. Wir sprangen aus unserem Loch und johlten und lachten. Später hast du einmal gesagt, dass du dich ab diesem Tag als ein Auserwählter, als ein Kind des Glücks, fühltest. Dieses Gefühl hat dich nie wieder verlassen. Du und ich, wir sind an diesem Tag gestorben und wiedergeboren worden. Von diesem Tag an waren wir andere. Wir waren keine Kinder mehr. Du warst noch euphorischer als ich. Der Tod könnte dir nichts anhaben, niemand könnte dir etwas anhaben. Du seist ab jetzt dein eigener Herr. Du alleine würdest bestimmen, wann und wie du stirbst.
Jetzt bist du tot, schon bald zwanzig Jahre. War es der Tod, den du dir vorgestellt hattest? Ich erinnere mich an unser letztes Telefonat. Du warst sehr gefasst. Du wusstest, dass du sterben würdest, recht bald sogar. Ich glaube nicht, dass du so sterben wolltest. Aus einem Hospiz ins Grab? Nein, das war sicherlich nicht dein Wunsch. Aber so ist es gekommen. Der Tod lässt sich nichts vorschreiben, das Leben vielleicht auch nicht. Du hast so oft in deinem

Leben alles gewonnen und auch alles wieder verloren. Wenigstens bist du mit deiner Familie wieder halbwegs ins Reine gekommen. Marcus, dein Sohn, hat dich zum Schluss öfter besucht, erzählte er mir. Da war auch schon deine Enkelin dabei. Die Besuche hätten dich sehr gefreut. Selbst Elke ist zu deiner Beerdigung gekommen. Du hättest geschimpft: „Jetzt spielt sie wieder Theater, macht auf große Geste." Insgeheim wärst du glücklich gewesen. Nach eurer Scheidung warst du nie wieder wirklich glücklich.

Frauen hattest du genug, weiß Gott. Viele von ihnen waren Eroberungen, um der Eroberung willen. Viele sind dir nachgelaufen, viele waren gekauft. Nur eine, Elke, hat dich für immer gefesselt. Dabei warst du mit vierzehn, fünfzehn ein schüchterner Kerl, schüchtern wie wir alle. Du hast den Mädchen Gedichte geschrieben und heimlich zugesteckt. Gedichte hast du ihnen später auch noch geschrieben, aber schüchtern warst du nicht mehr. Du sagtest, in Bezug auf Frauen seist du wie dein Vater, er hätte auch nichts anbrennen lassen. In den Kriegsjahren war er alles: Klempner, Dachdecker, Zimmermann, Schreiner, Glaser. Er musste nicht in den Krieg. Warum, weiß ich gar nicht. Er war ja ein großer, starker Kerl, ein Bild von einem Mann. Du warst ihm sehr ähnlich. Dein Vater war auch ein Sportsmann – obwohl, selbst Sport treiben habe ich ihn nie gesehen. Er hat dich beim Boxen angemeldet und dir ein Rennrad geschenkt. Den Boxunterricht hast du an uns weitergegeben. Im Ostpark brachtest du uns linke und rechte Haken bei, zeigtest uns Finten und wie man die Deckung hält. Mit den Rädern, ich hatte meinem Vater auch eines abgejammert, sind wir oft in die Wetterau und in den Taunus gefahren. Du hast es bis zum Jugendmeister gebracht. Dein Vater war mächtig stolz auf dich.

Dein Vater musste als Klempner viele Hausbesuche machen. Wenn etwas nicht ging, musste der Klempner kommen. Die Frauen waren allein zu Hause. Viele Frauen waren auch einsam. Ihre Männer waren schon seit Monaten fort. Sie wussten nicht, ob sie überhaupt wiederkämen. Sie riefen deinen Vater. Es war, als hätte sich herumgesprochen, wer dein Vater war. Von überall wurde nach ihm gerufen, auch aus den besseren Vierteln. Dort waren die Männer Offiziere und auch im Krieg. Die Frauen waren genauso einsam wie die Frauen der einfachen Soldaten. Ich habe deinen Vater oft gesehen, wie er morgens auf sein Fahrrad stieg und dabei ein Liedchen pfiff. Wir standen an der Ecke und warteten, um zur Schule zu gehen. Manchmal hatte er nur eine Tasche um, manchmal einen Anhänger am Rad. Lässig schwang er sich in den Sattel. Er hatte ein rundes, ein wenig kindliches Gesicht, auf dem immer ein Lächeln stand. Unter seinem Hemd waren die breiten Schultern zu erkennen. Er winkte uns zu, wenn er davonradelte.

Er war auch schon vor dem Krieg ein Weiberheld. Er taucht immer wieder in deinen Büchern auf, manchmal wirklich als ein Vater, manchmal in der Rolle eines Gigolos. Kam ihm eine schöne Frau entgegen, zog er seinen Hut und grüßte: „Guten Tag, schöne Frau." Es war ihm gleich, ob seine eigene Frau und sein Sohn neben ihm gingen. „Guten Tag, schöne Frau." Dabei setzte er sein charmantes Lächeln auf. Seine Augen waren wie die deinen. Du hast es später ähnlich gemacht. Allerdings hast du nie einen Hut getragen. Dich haben wir vorgeschickt, wenn wir irgendwo Mädchen gesehen haben und sie kennenlernen wollten. Du hast dich auf eine bestimmte Art verbeugt, es war nur die Andeutung einer Verbeugung, sehr keck. Dann sagtest du: „Guten Tag, die Damen" oder etwas in dieser Richtung und schlugst

die Augen auf. Sobald du ihnen einmal in die Augen gesehen, ihre Augen mit den deinen gefangen hattest, war das Eis gebrochen. Du konntest dich sofort an den Tisch setzen, dich dazustellen oder nebenherschlendern. Es war, als hättest du alte Bekannte getroffen. Kaum eine konnte deinem Charme widerstehen. Ihr habt geredet, ihr habt gelacht. Wir anderen standen abseits und haben dir zugesehen. Irgendwann gabst du uns ein Zeichen und wir kamen dazu. Du hast uns vorgestellt. Aber auch dann waren wir eher stumme, schüchterne Begleiter, während du unentwegt geredet hast.
Trotz deines Erfolges bei Frauen bist du oft zu Huren gegangen. In deiner Zeit als Verbrecher war es für dich wie selbstverständlich, in entsprechenden Etablissements zu verkehren. Du hast mir erzählt, oder hast du es in einem deiner Bücher geschrieben, wie du einmal mit deinem Vater in die Stadt gingst. Das war noch vor dem Krieg. Ihr seid durch die Gassen der Altstadt geschlendert, über den Römer, bis zur Johannitergasse. Dort waren damals die Bordelle. Die Damen saßen an den Fenstern. Dein Vater gab dir Geld. Du solltest dir an der Schirn eine Wurst kaufen und dort auf ihn warten. Du bist aber nicht gleich zurückgegangen. Du bist an der nächsten Häuserecke stehen geblieben, hast dich versteckt und deinen Vater beobachtet. Er schritt die Gasse ab, sprach hie und da mit einer der Frauen, drehte um und ging mit einem Lachen in eines der Häuser.
Später, als ihr euch an verabredeter Stelle getroffen habt, sagte er zu dir, du solltest nichts verraten. Erst bist du erschrocken. Hatte er dich gesehen? Wusste er, dass du ihn heimlich beobachtet hattest? Er meinte aber die Wurst. Die Mutter würde schimpfen, wenn sie erführe, dass er dir eine Wurst spendiert habe, wo es doch bald Essen gab. Er klopfte dir verbrüdernd auf die Schulter. Aber die Mutter

schimpfte sowieso. Immerzu schimpfte sie. Ob der Vater wieder den Frauen schöne Augen gemacht habe, wollte sie wissen. Hinter jedem Rock würde er herschauen. Blamieren würde er die ganze Familie. Als ob es bei dieser Familie noch etwas zu blamieren gäbe, schrie er zurück. Es war oft, obwohl ihr ganz oben wohntet, bis auf die Straße zu hören. Deine Mutter verfluchte deinen Vater, dann verfluchte sie ihr Leben.

Später meintest du einmal, dass du sicher seist, dass dein Vater deine Mutter geliebt habe, wirklich geliebt. All die anderen Frauen hätten für ihn keine Bedeutung gehabt. Das sei bei dir das Gleiche. Auch du liebtest nur die eine. Dein Vater wäre sicherlich nie gegangen, wenn deine Mutter dies verstanden und akzeptiert hätte. Genauso wie deine Frau, Elke, das später einsehen und akzeptieren sollte. Du hast nie weiter darüber nachgedacht, was du da verlangt hast. Dein Vater, wenn es denn so war, sicher auch nicht. So verließ er euch mitten im Krieg. Eines Morgens lud er statt der Werkzeugtasche seinen Koffer in den Anhänger. Damit ist er davongeradelt. Deine Mutter hat ihn gehen lassen. Sie stand oben am Fenster und blickte ihm nach. Die Werkstatt hat er noch eine Zeitlang behalten. Sobald er da war, bist du zu ihm gerannt. Er nahm dich in den Arm, prüfte bei dir und mir den Bizeps. Ob wir fleißig trainierten, wollte er wissen.

Einmal, ihr standet beieinander im Hof, hat deine Mutter einen Blumentopf oder eine Schüssel herabfallen lassen. Sie schlug dicht neben deinem Vater auf und zersprang in tausend Teile. Dein Vater blickte nach oben und schüttelte den Kopf. Er räumte seine Werkstatt und kam nicht wieder. Er wohnte fortan bei einer anderen Frau. „Soll sie sehen, wie sie mit ihm zurechtkommt“, soll deine Mutter gesagt haben. „Wir haben uns.“

Du und deine Mutter, ihr wart alleine. Sigi war im Krieg. Er kam erst siebenundvierzig oder achtundvierzig wieder. Die schlimmsten Jahre wart ihr alleine. Obwohl du sie abgöttisch geliebt hast, hast du ihr nie verziehen, dass sie deinen Vater gehen ließ, dass sie ihn vertrieben hat, wie du es später einmal nanntest.

Es wird heiß hier in der Sonne. Sie hat schon Kraft und wärmt tüchtig, anders als bei uns. Das hast du immer geliebt an deinem Leben hier in Ascona: das milde Klima, den See, das südländische Flair. Es ist wirklich erstaunlich, wie unterschiedlich, wie anders es hier ist. Du fährst durch den Gotthard und kommst in eine andere Welt. In den ersten Jahren gab es ja nur den Eisenbahntunnel. Da war es noch beschwerlich, hier herüberzukommen. Da war das Leben hier wirklich mehr wie in einer Kolonie. Man kam her und blieb mindestens einige Wochen. Im Hochsommer konnte man den Pass benutzen. Das war schön, aber auch zeitraubend. Heute, mit dem Autobahntunnel, ist es ein Katzensprung. Auch viele aus der Zentralschweiz kommen jetzt hierher, haben hier ein Haus, das sie gelegentlich bewohnen, ein Sommerhaus. Die Preise sind seitdem explodiert. Das hat das Leben hier sehr verändert.
Auch unser Leben hat sich damals sehr verändert. Wir waren wie neu geboren aus der Erde gekrochen, konnten unser Glück kaum fassen. Wir glaubten, alles überstanden zu haben, doch da hatten wir uns getäuscht. Wir wurden getrennt. Unsere Kompanie existierte nicht mehr. Wir wurden unterschiedlichen Einheiten zugeteilt. Der Krieg war für uns noch nicht zu Ende. Man wollte offensichtlich nicht, dass wir lebend rauskamen. Mein jüngster Enkel ist heute so alt wie wir damals. Er weiß nicht, was er werden

will. Er hat gerade die Schule abgeschlossen und lebt behütet zu Hause. Ich habe letztens zu ihm gesagt, dass ich in seinem Alter im Krieg war. Er fragte mich, warum. Ich sagte ihm, dass ich, dass wir gar keine Wahl hatten. Wir wurden von der Schulbank weg in den Krieg geschickt. Auch wir waren fast noch Kinder. Uns hat niemand gefragt, im Gegenteil. Man erwartete, dass wir für das Vaterland sterben.

Meine Geschichte hast du später in einem deiner Bücher verwendet. Ich kam zu einem zusammengewürfelten Haufen, alles Reste ehemaliger Einheiten. Wir sollten die Amerikaner auf ihrem Weg zum Rhein aufhalten. Es gab ja immer solche Befehle. Oft wussten wir gar nicht, ob der Feind noch hinter uns war oder schon vor uns ist. Jedenfalls übernachteten wir in einem Bauernhof. Am Morgen war der Hof von Engländern umstellt. Unser Feldwebel, ein blöder Greis, der schon vierzehn-achtzehn gedient hatte, wollte kämpfen. Er befahl, das Maschinengewehr in Stellung zu bringen. Da packt ihn ein kräftiger Bursche von uns, ein Bauer aus der Eifel, und haut ihm wortlos die Faust ins Gesicht. Mit einem Tritt fliegt er durch das Scheunentor hinaus auf den Hof. Mit weiteren Tritten treibt er unseren Feldwebel zu den Engländern hinüber. Kaum rappelt er sich hoch, bekommt er wieder einen Tritt. Es ist wie eine Szene in einer albernen Komödie. Oder wie eine Zirkusnummer, in der die beiden Clowns auftreten, um das Publikum während des Umbaus zu unterhalten. Der grimmige Karl, der stumm und steif hinter dem ständig hinfallenden dummen August hergeht. Einmal quer durch die Manege. Die Engländer stehen auf der anderen Seite des Hofes und halten sich die Bäuche vor Lachen. Der Bauernbursche hat uns allen das Leben gerettet.

Deine Geschichte hast du nie wirklich erzählt. Nur so viel: Du seist zu den Fallschirmspringern gekommen. Ihr solltet hinter den feindlichen Linien abspringen. Ein Himmelfahrtskommando, völlig aussichtslos. Dennoch, Befehl ist Befehl. In der Nacht seid ihr abgesprungen. Du hättest dich absichtlich abtreiben lassen, zu einem kleinen Dorf hin, in dem du Lichter gesehen haben willst. Dort bist du mehr oder minder einem Engländer oder Amerikaner in die Arme geflogen. Schon in der Luft hättest du gerufen: „I surrender, I surrender!“ und dein Gewehr weggeschmissen. Du hättest den anderen förmlich umarmt, als er dich gefangen nahm. Wo das alles war, das wusstest du nicht. Ich weiß auch nicht, ob fünfundvierzig überhaupt noch solche Operationen seitens der Deutschen durchgeführt wurden. Vielleicht war es wieder eine Geschichte von dir. Ich musste an dich auf dem Kirchturm denken. Ich konnte mir nie vorstellen, wie du aus einem Flugzeug gesprungen bist. Aber gut, es war deine Geschichte, ob wahr oder nicht. Auch du hattest überlebt, das war das Wichtigste.

Hier in der Schweiz ist niemand gefallen. Die Schweizer haben es richtig gemacht, sind neutral geblieben. Hier siehst du keine Wiesen voller Kreuze, keine Mahnmale „Unseren Helden aus den Kriegen“. Schau dir diese Grabsteine an: Sprüngli, Hupenbauer, Nauer. Die sind alle irgendwann gestorben, zu Hause, im Bett. Oder meinetwegen nach schwerer Krankheit im Spital. Vielleicht ist dem ein oder anderen auch etwas zugestoßen, ein Unfall oder auch Selbstmord. Die Schweizer sollen sich ja gerne selbst umbringen. Ich kann das gar nicht verstehen. Schau dich um! Was für ein Glück, wenn du hier geboren wurdest. Was bringt dich dazu, dir selbst das Leben zu nehmen? Gut, Sorgen gibt es immer. Man steckt in den Menschen nicht drin. Aber hier haben nicht Millionen ins Gras gebissen, sind irgendwo in der Fremde verreckt oder kamen in völlig zerstörte Städte zurück.

Wir hatten wieder Glück, dass wir in englische oder amerikanische Gefangenschaft gerieten. Als „Kids“ kamen wir schon bald nach Kriegsende frei. Es dauerte dennoch einige Monate, bis wir uns wieder getroffen haben. Unser Haus war völlig zerstört. Es war bei einem der späteren Angriffe getroffen worden. Eures, die Nummer zwölf, stand noch. Meine Mutter und ich wohnten bei meiner Tante in Schwanheim. Ihr Mann war gefallen. Mein Vater war auch tot. Er war als KPD-Mitglied mehrfach verhaftet worden, aber immer wieder freigekommen. Dann wurde er der Sabotage beschuldigt, verhaftet und kam nicht wieder. Die genauen Umstände seiner Ermordung haben sich nie klären lassen. Aber das weißt du ja alles.
In was für eine Stadt kamen wir zurück? Frankfurt war völlig zerstört. Die Innenstadt nicht wiederzuerkennen, die Brücken gesprengt, ganze Straßenzüge verschwunden, dafür neue Wege und Schneisen durch die Trümmerberge gezogen. Römer, Paulskirche, Oper, Schauspiel waren nur noch Ruinen. Einzig der Dom ragte, obwohl selbst ausgebrannt, aus den Schuttfeldern heraus. Die Hauptwache war bis auf die Grundmauern zerstört. Die Zeil glich einer ausgeschlagenen und zersplitterten Zahnreihe. Von Tausenden von Gebäuden standen nur noch die Fassaden und Seitenwände. Innen waren sie hohl und leer wie Spielzeughäuser. Die Dachstühle waren ausgebrannt, die Ziegel über mehrere Stockwerke nach unten gefallen. Die Fenster waren schwarze, tote Reihen von Rechtecken. Kamine ragten freistehend in den Himmel. Treppen führten ins Nichts. Auf bleichen Mauern waren die Schatten der einstigen Decken und Wände der verschwundenen Nebenhäuser zu sehen. Alles war nackt, grau, schmutzig und entblößt. Viele lebten in den Ruinen, hatten sich provisorisch eingerichtet.

Die Straßenbahnen fuhren nur vereinzelt und nur auf den Hauptlinien. Pferdefuhrwerke pendelten zwischen Haupt- und Südbahnhof. Die Fahrgäste standen wie Vieh auf den Pritschen. Viele Wege mussten zu Fuß erledigt werden. Ein Fahrrad war schon der pure Luxus.
Ich arbeitete bei der TVG, der Trümmerverwertungsgesellschaft. Es war eine harte Arbeit. Den ganzen Tag luden wir Mauerreste und Schutt auf Loren, die von einer alten Lok über provisorische Schienen zum Osthafen gezogen wurden. Dort wurden die Steine behauen und als Baumaterial wieder zurückgeschickt. Alles, was irgendwie verwertbar war, sammelten wir auf. Meine Hände waren zerschunden. Der Staub saß so fest in meinen Hautporen und meinen Haaren, dass ich um zwanzig Jahre älter wirkte. Ich war abgemagert bis auf die Knochen. Als Trümmerarbeiter bekamst du zwar ein warmes Essen am Tag, das reichte aber bei Weitem nicht aus.
Um die Straßen schnell frei zu bekommen, war während des Krieges der Schutt einfach in die Ruinen geräumt worden. Jetzt musste er von dort mühevoll wieder herausgeholt werden. An vielen Stellen riss man gleich alles ein. Es entstanden riesige Brachflächen. Vom Römer bis zum Dom, dem ehemaligen Herz der Altstadt, war jetzt freies Feld. Auch dahinter sah es nicht besser aus.
Heute haben sie das, was sie nach dem Krieg dorthin bauten, wieder abgerissen. Es wurde eine Neue Altstadt gebaut. Sie soll einen Eindruck der einstigen Schönheit Frankfurts vermitteln. Es liegt wohl im Geist des Menschen, das er das Vergangene, das Entschwundene, das Zerstörte, immer als schön empfindet. Es ist ihm immer ein Ideal, dass es wieder zu gewinnen gilt. Dabei war die wirkliche Altstadt ein dunkles Gewirr enger Gassen, in denen es entsetzlich stank. Schon vor dem Krieg gab es

Pläne, sie zu lichten und teilweise abzureißen. Die Engländer haben das dann erledigt.
Es gab ja damals auch Stimmen, die sagten, man solle die Wunden der Stadt als Mahnmal erhalten. Ich kann mich an die monatelange Diskussion erinnern, als das Goethehaus, als eines der ersten Gebäude, wieder aufgebaut werden sollte. Bei der Paulskirche war es ähnlich. Frankfurt sollte sich die Narben des Krieges, die Folgen der Naziherrschaft, erhalten. Es sei ein Verrat an der Geschichte, alles wieder aufzubauen, so, als sei es niemals zerstört worden. Kannst du dir das vorstellen? Die meinten das ernst.
Es war damals sowieso ein einziges Durcheinander in der Stadt. Die abwegigsten politischen Ideen waren im Umlauf. Gleich sechsundvierzig wurde der neue Bundestag gewählt. Ich sehe noch die mit Wahlplakaten überklebte Ruine der Hauptwache vor mir. Viele Parolen glichen denen der gerade niedergerungenen Partei aufs Wort: *„Augen auf, wählt CDU!" „Unsere Arbeit gilt dem Wohl des Volkes! SPD" „Jungwähler, kommt zur KPD"*
Dabei hatten wir ganz andere Sorgen: Essen, Kleidung, Wärme. In der Stadt blühte der Schwarzmarkt. Die letzten Habseligkeiten wurden gegen Brot, Eier, Mehl und Kartoffeln eingetauscht. An Fleisch oder Wurst war gar nicht zu denken. Kohlen haben wir entlang der Bahngleise gesammelt.
Ich radelte bei jeder Gelegenheit mit dem alten Damenrad meiner Tante aufs Land hinaus. Ich war weiß Gott nicht der Einzige. Die Bauern waren schlimmere Halsabschneider als die Händler auf dem Schwarzmarkt. In der Wetterau sah ich eine Scheune, die war komplett mit Perserteppichen ausgelegt. In der Küche des Hofes stapelte sich das Porzellan auf dem Fußboden. Der Flur hing, ähnlich den Uffizien, voller Ölgemälde. Ich hatte

nichts mehr, was ich hätte tauschen können oder was die Bauern noch zu einem Tausch reizte. Im Halbdunkel bin ich über die Felder gekrochen, um wenigstens ein paar Rüben mit nach Hause zu bringen.

Als Lohn für meine Arbeit bei der TVG erhielt ich Lebensmittelmarken und Geld. Beides war nichts wert. Lebensmittel gab es keine, für das Geld konnte man nichts kaufen. Einzig Zigaretten waren eine sichere Währung. Fünf Zigaretten waren ein Brot. Zehn Zigaretten gleich zehn Eier. Für ein Päckchen amerikanische gab es eine halbwegs brauchbare Hose, mit nur wenig Flicken, oder ein kaum getragenes Hemd. Doch an Zigaretten war nur schwer heranzukommen, zumindest nicht als Mann. Ich versuchte es mit Büchern. Mein toter Onkel hatte einst eine umfangreiche Bibliothek besessen. Vor dem Krieg war er Deutschlehrer gewesen. Die im Dritten Reich verbotenen Bände hatte er im Keller in mehreren Kisten versteckt. Jetzt galten sie beinahe als Raritäten. Dennoch war es schwer, für die *Buddenbrooks*, den *Radetzkymarsch* oder *Emil und die Detektive* einige Camel oder Lucky Strikes zu bekommen. Meist gierten ebenso verarmte Kerle wie ich nach dem Lesestoff. Erschwerend war, dass ich damals mit dem Lesen anfing. Zuvor hatte es mich nie interessiert. Jetzt wollte ich wissen, was in diesen vormals verbotenen Büchern steht. Ich konnte nur die Bände verkaufen, die ich zuvor gelesen hatte. Bei einigen fiel es mir danach besonders schwer, mich von ihnen zu trennen. Damals wurde meine Liebe zur Literatur geweckt.

Zwei Mal wurde ich bei Razzien erwischt. Mit dem „weißen Traum“, einem weiß gestrichenen Militärlaster, ging es ins Polizeirevier. Was sollten sie dort mit uns anfangen? Nach einigen ermahnenden Worten durften wir wieder gehen. Um dem Treiben Herr zu werden, richteten die Amerikaner Tauschzentralen, sogenannte Barter Center, ein. Hier

sollte unter Aufsicht Ware gegen Ware gehandelt werden können. Das führte allerdings schnell dazu, dass die dort Wartenden von zwielichtigen Gestalten angeflüstert wurden: Was sie denn eintauschen möchten? Was sie suchten? Da man den Kurs im Barter Center kannte, war es ein Leichtes, ihn zu überbieten. Anstatt den Schwarzmarkt trockenzulegen, heizten die Amerikaner ihn weiter an.
Ich wollte eigentlich schon früher nach Bornheim kommen, wollte nach dir fragen, schauen, ob du auch zurück warst. Da traf ich dich zufällig auf der Straße, in der Nähe des Bahnhofs. Du sahst gut aus. Du trugst eine amerikanische Armeejacke, dunkel gefärbt, in bestem Zustand. Dazu eine tadellose Hose und gute Schuhe. Deine Wangen waren frisch und deine Haut glänzte. Deine blonden Haare leuchteten regelrecht. Dagegen war ich ein Bild des Jammers. Der Anzug meines gefallenen Onkels schlotterte an mir herum und machte mich noch älter.
Du sagtest, du seist jetzt Dolmetscher, Dolmetscher und Laborant bei den Amis. Du sagtest, du hättest jetzt wenig Zeit, müsstest zurück ins Labor, das sich im ehemaligen IG-Farbenhaus befinde. Du sagtest, wir müssten uns später wiedersehen, am Abend, unten am Main, du willst mir etwas zeigen. Wir müssten uns alles erzählen. Dann hast du mir zwei Päckchen Zigaretten zugesteckt. Ein kleines Vermögen. Du hast es so getan, dass klar war, es macht dir nichts aus, du hast jede Menge davon.
Am Abend gingen wir über die Behelfsbrücke in der Höhe des Doms hinüber nach Sachsenhausen. Auf den Pontons saßen Tag und Nacht Angler. Du hast dich über mich lustig gemacht. Du hast gesagt, ich würde aussehen wie eine Vogelscheuche. „Pass auf, dass du die Fische nicht verjagst, so wie du aussiehst." Ich erzählte dir, dass ich ohne irgendetwas hierher zurückgekommen war, unsere Wohnung ausgebombt, mein Vater ermordet, meine

Mutter krank vor Leid sei. Du sagtest, das werde sich jetzt bald ändern. Ich fragte dich, wie du Dolmetscher geworden wärst, wir konnten doch kaum Englisch außer dem, was wir uns selbst beigebracht hatten. Und was es mit dem „Laboranten“ auf sich hatte. Nie zuvor in deinem Leben hattest du ein Labor betreten.

Eins nach dem anderen, hast du gesagt und mir beschrieben, wie du im Gefangenenlager durch Zufall einige Brocken Englisch anbringen konntest. Alte Liedzeilen, die wir von den Platten kannten. Einem Sergeant bist du sympathisch gewesen. Er sagte, er hätte einen Sohn in deinem Alter, und hat dich zu seinem Dolmetscher ernannt. Er habe dir auch ein, zwei Bücher beschafft, da er bald merkte, dass dein Englisch nicht das Beste war. Du hast in jeder freien Minute gebüffelt. Noch nie habe dir das Lernen so viel Spaß gemacht. Der Sergeant hatte dich auch mit ins Hauptquartier gebracht und dir dort eine Aushilfsstelle besorgt. Erst hättest du nur sauber machen sollen, dich aber gut angestellt und willig gezeigt. Jetzt würde ein anderer sauber machen und du im Labor helfen.

Wir waren am Südbahnhof angekommen. Ein Posten stand an der schmalen Treppe nach oben zu den Gleisen. Er kannte dich und ließ uns passieren. Auf einem Nebengleis stand ein stromlinienförmiger Zug mit riesiger Lok. Die anhängenden Waggons waren dunkelgrün. Jeweils in der Mitte prangte, mit weit ausgebreiteten Flügeln, der Reichsadler auf einem Hakenkreuz im Lorbeerkranz. „Das ist der persönliche Zug von Adolf Hitler gewesen!“, sagtest du stolz. Wir kletterten hinauf und gingen hinein.

Zunächst kamen wir an einigen Kabinen vorbei: ein Funkraum, eine Küche, eine Schreibstube. Daran schloss sich ein größerer Raum an. In der Mitte ein großer Tisch, dahinter quer ein Schreibtisch. Vor den Fenstern schwere

Vorhänge. Du bist um den Tisch herum gegangen und hast an die Holzvertäfelung geklopft. „Mahagoni, alles aus Mahagoni!“ Hinter dem Schreibtisch ließt du dich in den Stuhl fallen, hast die Füße auf die Tischplatte gelegt. „Hier hat Papa Adolf immer gesessen.“ Nie werde ich dein breites Grinsen vergessen. Dann dein Lachen. Du hast über mein verdutztes Gesicht gelacht.
„Es wird noch besser!“ Du sprangst auf und gingst weiter nach hinten, zu einer komfortablen Schlafkabine. „Hier hat er es mit seiner Eva ... oder auch nicht.“ Du hast dich in das breite Bett geworfen. Mit deinen schmutzigen Straßenkleidern bist du hineingesprungen. Ich spürte einen Stich der Entrüstung in mir. Ich musste mich erst erinnern, dass sie, dass er, meinen Vater ermordet hatte. Du hast dir die Kissen vor die Nase gehalten. „Oh, ich kann noch ihr Parfum riechen.“ Du schnüffelst nochmals nach. „Oder nein, das ist der Geruch von Frederike.“
„Wer ist Frederike?“, fragte ich.
„Frederike ist meine Verlobte. Sie arbeitet auch im Labor. Wir werden heiraten. Ich muss nur noch ihre Eltern überzeugen.“ Wieder riechst du am Kissen. „Sie wollte gar nicht glauben, dass wir in Hitlers Bett liegen. Aber es hat ihr gefallen, wenn du verstehst, was ich meine?“
Du rollst dich aus dem Bett, drückst eine schmale Tür auf. Dahinter befindet sich ein kleines Badezimmer, mit allem Drum und Dran. Du setzt dich auf das Klosett. „Und hier hat unser Führer geschissen!“ Es war ein schlichtes, metallenes Klosett. Es wirkte erbärmlich. „Ja, ja. Die Wissenschaft hat herausgefunden, dass unser Führer Adolf Hitler, Papa Adolf, der vom Schicksal für das deutsche Volk auserwählte, dessen Stolz all unser Streben galt, für den zu sterben höchstes Ziel eines jeden Soldaten war, für den jeder sein Leben geben wollte, dem jede Frau zehn Kinder gebar, dessen Volk ihm auch verzieh, dass

seine Städte in Schutt und Asche gelegt wurden, dass unser heißgeliebter Führer auch scheißen musste." Ein Bild stieg in mir auf. Ich stellte mir Adolf Hitler vor, wie er mit heruntergelassener Hose auf dieser kargen Schüssel saß. Ich stellte ihn mir mit bleichen, behaarten Beinen vor. Dünne, bleiche, behaarte Beine, an deren Ende die Hose mit Hosenträgern auf den Schuhen lag. Es war eine solch lächerliche Vorstellung, dass ich laut loslachen musste. Als hättest du mich verstanden, fielst du in das Lachen mit ein. Wir lachten, bis uns die Tränen kamen.

„Komm weiter, es wird noch besser." Du zogst mich in den nächsten Waggon. Der Boden dort war mit einem dicken Teppich ausgelegt. Die Möbel waren geschwungen und golden. Alles war irgendwie plüschig. Die Vorhänge trugen faustgroße Quasten. Eine verspiegelte Bar glitzerte in der Ecke. Ein langer Esstisch mit einer dreistöckigen Etagere stand in der Mitte. Du zogst mich weiter. „Jetzt kommt's!" Hinter der nächsten Tür war wieder ein Badezimmer, die Badewanne aus Marmor, die Hähne vergoldet. „Das ist der Salonwagen von Göring. Hier hat der Fettwanst gebadet. Kannst du dir das vorstellen? Während wir im Dreck lagen, nichts zu fressen hatten, im Trommelfeuer krepierten, saß Göring hier in seiner Badewanne, bei Champagner und Kaviar." Du hast in die Wanne gespuckt und mich auffordernd angeschaut. Auch ich habe voller Verachtung hineingespuckt.

Du hattest dich verändert, sehr sogar. Da war nichts Schüchternes, Zurückhaltendes mehr an dir. Du warst selbstbewusster geworden, zielstrebiger, wenn man es so nennen kann. Du gingst mit einer höhnischen Herablassung durch diesen Zug, den zu betreten uns noch vor wenigen Monaten als ein Akt höchster Auszeichnung vorgekommen wäre.

„Komm mit!", sagtest du wieder und gingst zum Ende des Waggons. Dort befand sich eine kleine Kabine, früher wahrscheinlich für die Mannschaft. Rechts standen einige Schränke. Du hast zwei davon aufgeschlossen, sie waren von unten bis oben voll mit Zigaretten. Es waren Hunderte von Stangen: Lucky Strike, Camel und auch ein paar andere Marken. „Nummer drei ist auch schon halbvoll", sagtest du. Ich stand völlig sprachlos neben dir. Du hast ein paar Stangen herausgezogen und mir in die Arme gelegt. Der aktuelle Kurs stand bei etwa zehn Reichsmark pro Zigarette. Es war ein Vermögen, das du mir da gabst.
„Aber, aber Heinz, wie, was ...?", stotterte ich zusammen.
„Keine Angst,", hast du gesagt, „sind alles meine. Ist alles legal."
„Aber wie kommst du ...?" Ich war immer noch sprachlos.
„Ich habe dir doch von dem Labor erzählt, in dem ich arbeite. Und von meinem Freund, dem Sergeant. Wir betreiben hier so eine Art Privatklinik, weißt du." Du hast mich wieder zurück in den Salon geschoben. „Das ist meine Praxis!", rufst du mit ausgebreiteten Armen aus. „Nicht schlecht, was?" Ich muss dich unglaublich dämlich angeglotzt haben.
„Ich kuriere hier die tapferen Krieger der Siegermacht. Der ein oder andere hat sich hier nämlich etwas eingefangen, verstehst du? Bei ihren vielen Siegesfeiern und Partys sind nämlich auch immer viele Damen dabei, „German Froleins". Und diese kräftigen Kerle möchten nicht nur tanzen. Ich kenne inzwischen auch einige dieser Damen. Es sind ein paar sehr charmante Exemplare darunter. Manche machen es so nebenher, andere haben richtig Spaß dabei, nach all den Jahren, in denen es hier keine Männer gab. Aber ich schweife ab. General Clay sieht es aber überhaupt nicht gerne, dass seine Männer mit dem ehemaligen Feind intimen Umgang pflegen, das heißt

fraternisieren. Es gibt empfindliche Strafen für jeden, der gegen diesen Befehl verstößt. Es reicht bis zur Entlassung. Und zu Hause wartet oftmals auch jemand. Die liebe Gattin sieht es gar nicht gerne, wenn der Gatte mit solchen Orden heimkehrt. Daher werden alle, ob Offiziere oder einfache Dienstgrade, vor ihrer Rückreise nach Amerika untersucht. Und wehe, es lässt sich etwas an dir finden. Daher kommen alle rechtzeitig zu uns. Hier kurieren wir sie von „Veronicas Dankeschön“. Ein, zwei Spritzen Penizillin und die Gonokokken sind verschwunden. Alles ist wieder in Ordnung, tipptopp! Der tadellosen Rückkehr zu Frau und Familie steht nichts mehr im Wege. Was sind da schon ein paar Stangen Zigaretten.“
Ich stand immer noch völlig ungläubig da, konnte es gar nicht fassen.
„Aber wie machst du das?“, wollte ich wissen.
„Ganz einfach. Mein Freund, der Staff Sergeant, arrangiert alles. Wer ein Malheur hat, wendet sich an ihn. Er besorgt auch das Penizillin, das es, anders als bei uns, dort in Hülle und Fülle gibt. Ich gebe den Sanitäter, habe einen weißen Kittel an, und verarzte die Patienten. Du kannst sicher sein, keiner möchte, dass von alledem hier etwas rauskommt. Alle halten den Mund und drücken beide Augen zu.“
Ich kam mir vor wie in einem Traum. Seit meiner Rückkehr bestand mein Leben aus Not und Entbehrung. Jeden Tag musste ich mich, meine Tante und meine Mutter irgendwie durchbringen. Jetzt stand ich mit fast tausend Zigaretten im Zug von Hitler und Göring. Du lagst, Sinnbild für das blühende Leben, lässig in einen Sessel gefläzt, vor mir. Als hättest du meine Gedanken erraten, stehst du auf, legst deine Hand auf meine Schulter und sagst: „Hans, ich habe dir doch damals gesagt, wir sind Glückskinder. Das Schicksal hat uns ausgewählt.“

Ich setz mich mal da drüben auf die Bank, wenn es dir recht ist. Ein wenig Schatten, das brauche ich jetzt. Bei uns sind Friedhöfe ja immer flach, nicht so in Stufen angelegt wie hier. Und sie sind grüner, mit Wiesen, Sträuchern, Rabatten und Bäumen.

Ich hätte nie gedacht, dass ich dich überlebe. Du warst immer der Stärkere, auch der Sportlichere. Du hast alles immer mit Eifer betrieben, das Fahrradfahren, das Boxen. Man sah es dir auch schnell an. Mit vierzehn hattest du schon breite Schultern. Ich weiß noch, wie dir der Lehrer Wagner einmal mit dem Stock drohte. Er war einen halben Kopf kleiner als du. Du hast ihm den Stock aus der Hand gerissen und einfach aus dem Fenster geworfen. Bebend vor Zorn stand er vor dir, wagte aber nicht, dich anzugreifen. Einen Verweis hat es dennoch gegeben und deine Mutter musste in die Schule kommen. Als dein Vater von der Sache erfuhr, war er stolz auf dich.

Einen Baum zumindest hätten sie pflanzen können. Es ist doch etwas karg hier, nur Gräber und Steine. Dann wären auch ein paar Vögel hier und würden dir ein Liedchen zwitschern. Allerdings warst du nie der große Romantiker, dem so etwas wie Vogelgesang wichtig war. Auch in deinen Büchern war das Leben der Helden meist hart und ohne Happy End. „Ein glückliches Ende gibt es nicht“, sagtest du immer. „Das Leben geht weiter und am Ende wartet der Tod.“ Das wolltest du auf deinem Grab stehen haben: „Ich habe mein Leben gelebt und den Tod gewonnen.“ Das scheint außer mir niemand gewusst zu haben. Vielleicht hat sich die Gemeinde, die deine Beerdigung schließlich bezahlte, dagegen verweigert?

Als wir uns damals das nächste Mal trafen, war ich voller Hoffnung auf neue Gaben von dir. Es war ein oder zwei Wochen nach unserem Abend im Zug. Ich hatte dein Geschenk gut verwendet. Ich hatte mir etwas Passendes

zum Anziehen besorgt, unter anderem eine Mütze, die ich immer schräg auf dem Kopf trug. Auch für meine Mutter und Tante konnte ich einiges auftreiben. Endlich hatten wir reichlich zu essen. Wir konnten uns sogar einen kleinen Vorrat anlegen und ich musste nicht mehr täglich los.
Insgeheim hatte ich mir schon ausgemalt, was ich mit fünf oder gar zehn weiteren Stangen Zigaretten anfangen würde. Ein Fahrrad für mich, ein gutes, zuverlässiges Fahrrad, eventuell mit einem Anhänger. Ein paar neue Schuhe waren auch fällig. Eine Decke für meine Mutter, vielleicht auch eine Decke für die Tante.
Ich habe dich zu Hause bei deiner Mutter in der Fechenheimer Straße besucht. Du hast am Tisch gesessen, das pure Elend. Das Unglück stand dir ins Gesicht geschrieben. Ohne dass ich etwas fragte, sagtest du gleich: „Es ist alles weg. Anstellung, Zigaretten, Frederike."
„Um die ist es nicht schad'", murmelte deine Mutter von hinten. „Nichts als Unglück hat sie dir gebracht."
Meine eben noch so rosige Zukunft war plötzlich dahin. Ich konnte meine Enttäuschung nicht verbergen. Benommen setzte ich mich dir gegenüber. Ich fühlte förmlich meine Träume zerplatzen. Erst später dachte ich, wie viel schlimmer musste es für dich sein. Ich schämte mich.
„Was ist passiert?", wollte ich wissen.
Zuerst hast du abgewunken, dann kamst du doch ins Erzählen.
„Mein Staff Sergeant, mit dem ich unsere kleine Praxis betrieb, wurde abkommandiert. Von jetzt auf gleich war er weg. Wir haben uns noch einmal kurz im Labor gesehen, als er seine Sachen packte. Sein Nachfolger ist ein penibler Fatzke. Mit so einem ist kein Geschäft zu machen. Also hatte ich auch kein Penizillin mehr." Du drehst dich auf dem Stuhl zum Fenster.

„Am Abend wollte ich die Zigaretten rausholen. Die Wache hat mich nicht mehr durchgelassen. Der wusste schon, dass mein Freund weg ist. Die haben sich alles unter den Nagel gerissen. Alles futsch, die Zigaretten sind weg. Da kommen wir nicht mehr ran." Dein Blick ging leer nach draußen in die Dunkelheit.
„Aber vielleicht ist alles noch da? Wenn wir uns anschleichen, die Posten überrumpeln?" Ich wollte meine Hoffnung auf das Fahrrad noch nicht aufgeben. Ich war bereit, mir meine Stangen zu verdienen.
„Das war doch alles schon letzte Woche. Da ist alles längst ausgeräumt. Außerdem schießen die gleich. Glaub mir, die haben keine Skrupel, einen von uns niederzuknallen."
„Aber es sind doch deine Zigaretten. Die Zigaretten gehören dir. Du hast sie dir verdient."
„Ja und?" Du drehst dich auf dem Stuhl zu mir. „Bei wem soll ich mich beschweren. Bei General Clay? Soll ich ihm sagen, dass jeder Zweite in seiner Truppe den Tripper hat? Da sie alle mit Huren ..."
„Karl!", rief deine Mutter. „Ich will nicht, dass du so redest."
Stumm saßen wir da. Von der Decke hing ein Fliegenfänger. Unzählige Mücken klebten an dem geringelten Band. Eine lebte noch. Ich sehe es noch genau vor mir. Sie war wohl eben erst an dem klebrigen Streifen hängen geblieben. Ein Flügel war noch frei und der schlug eifrig. Doch es war zu spät. Genauso fühlte ich mich auch. Noch vor wenigen Minuten glaubte ich mich frei und ungebunden. Eine glänzende Zukunft stand vor meinen Augen. Jetzt klebte ich wie alle anderen wieder an dieser trostlosen Gegenwart.
„Und Frederike?", fragte ich in unser Schweigen hinein. In deinem Gesicht zeigte sich Wut und gleichzeitig auch Traurigkeit.
„Ihr Vater hatte uns vor dem Labor aufgelauert. Wir kamen Hand in Hand heraus. Plötzlich schlägt mir jemand von

hinten einen Regenschirm auf den Kopf. Frederike hat nur ‚Vater!' gerufen und ist weggerannt. Der alte Herr wollte weiter mit dem Schirm auf mich los. Dabei rief er unentwegt: ‚Ich verbiete Ihnen den Umgang mit meiner Tochter!' Ich habe ihm den Schirm abgenommen, über meinem Knie verbogen und weggeworfen. Da wollte er mit Fäusten weitermachen. Ich konnte, ich wollte ihn nicht schlagen. Ich griff nach seinem Hut und zog ihn ihm über die Augen. Schallendes Gelächter um uns herum. Alle waren stehen geblieben und hatten zugeschaut. Eine riesige Horde Menschen stand da und lachte. Wutschnaubend stapfte Frederikes Vater davon."

Ich musste selbst schmunzeln, was dir gar nicht gefiel. „Und dann?", fragte ich.

„Am nächsten Morgen kam Frederike zu mir ins Labor und sagte, dass Schluss sei. Sie könne mit niemandem zusammen sein, der ihren Vater schlage. Ich habe ihr geschworen, dass ich ihren Vater nicht geschlagen habe, dass das eine Lüge ist. Sie wollte nichts mehr hören. Ich schrie sie an, wie sie ihrem Vater mehr glaube könne als mir? Wenn das so sei, dann hätte es sowieso keinen Sinn. Ein Corporal hörte den Lärm und kam herein. Er hatte Frederike schon öfter schöne Augen gemacht. Er fragte, was los sei. Ich fragte, was er denn hier wolle. Er solle verschwinden und nannte ihn Idiot. Damit war auch meine Anstellung im Labor dahin."

„Nichts als Unglück hat sie dir gebracht. Sei froh, dass du sie los bist. Sie hat dich nicht verdient", tröstete dich deine Mutter. Ich wusste nichts zu sagen.

„Lass uns runtergehen, Willi ist wieder da."

Mehr als ein Jahr war seit dem Krieg vergangen. Du erzähltest mir, dass Willi auf Krücken die Straße entlanggehumpelt kam. Alle die ihn sahen riefen: „Der Willi ist da! Der Willi ist zurück!" Josef, sein Vater, war gleich nach

dem Krieg begnadigt und entlassen worden. Er lebte jetzt bei seiner Frau. Josef hörte den Lärm und ist rausgerannt. Die beiden hatten sich nie zuvor gesehen. Erst standen sie sich stumm gegenüber, dann sind sie sich in die Arme gefallen. Der Josef sei ein ganz patenter Kerl. Der könne Geschichten erzählen. Erst war er im Gefängnis, dann Zwangsarbeiter, zum Schluss in verschiedenen Lagern.
Frau Korbmacher öffnete uns. Sie lächelte mich an und strich mir über die Wange. Sie war noch immer eine attraktive Erscheinung. „Die Männer sitzen in der Küche", sagte sie. Sie ging alleine ins andere Zimmer. Ich fragte sie noch, wo denn die Mutter vom Ernstl sei. „Sie ist umgekommen", sagte Frau Korbmacher. „In der zweiten Bombennacht ist sie einfach nicht in den Keller gegangen. Ihr Haus wurde getroffen. Sie hat nicht mehr gewollt."
Wir betraten die Küche. Am Tisch saß ein hagerer Mann mit dünnem, langem Bart und erzählte: „Uns haben sie schon schlecht behandelt. Uns und die Politischen. Aber die Juden, die haben sie gleich umgebracht. Waggonweise haben sie die umgebracht. Ich hab's gesehen."
Willi und ich, wir umarmten uns, wir weinten fast. Er erzählte, dass er schwer verwundet war, dass seine Kameraden ihn liegen ließen und die Russen ihn wieder zusammengeflickt hätten. Nur das mit dem Bein, das hätten sie nicht richtig hingekriegt. Aber er lebe und sei zu Hause.
Ich wurde vorgestellt. Es wurde über meinen Vater gesprochen und dass sie auch ihn ermordet hätten. Es wurden mir die anderen vorgestellt: der verzinkte Egon, der blasse Karl. Kumpane aus Josefs alter Bande. Auf dem Tisch standen zahlreiche Bier- und Schnapsflaschen, die meisten leer. Es war eine Luft zum Schneiden. Alle rauchten. Ich fragte nach Horst. Der sei auch wieder da, aber heute mit einem Mädchen verabredet. Den kleinen

Horst hatten sie in den letzten Kriegstagen auch noch zu den Wehrwölfen eingezogen. Sie sollten Frankfurt verteidigen und auf gar keinen Fall kampflos übergeben. Die Mainlinie sollte die neue Front werden. Die Brücken wurden gesprengt. Einzig die Wilhelmsbrücke blieb stehen. Ob Sabotage oder falsche Platzierung der Ladungen blieb ungeklärt. Die Amerikaner rückten ins Bahnhofsviertel ein, kämpften sich Richtung Innenstadt vor. Aus Berlin kam der Befehl, den Feind wieder über den Main zurückzudrängen, koste es, was es wolle. Egon erzählte, dass sie auch ihn zum Volkssturm einberufen hätten. Die Hälfte der Männer hätte noch nicht einmal ein Gewehr gehabt, sondern nur Pickel und Schaufel. Dazwischen die kleinen Jungens mit ihren Panzerfäusten, die fast größer waren als sie selbst. Der Stadtkommandant verweigerte den Befehl und wollte kapitulieren. Er wurde durch einem linientreuen SS-Offizier ersetzt. Der hielt so lange die Stellung, bis die örtlichen Parteigrößen verduften konnten. Es gab noch genügend glühende Fanatiker und Anhänger. Die sind nach vorne gerannt und haben sich abschlachten lassen. Der Horst und ich, wir haben uns schön im Hintergrund gehalten. Immer schön wegbleiben, von wo es knallt. Nach drei Tagen war der Spuk vorbei. Die Bevölkerung jubelte. Plötzlich sind sie alle heilfroh, dass die Braunen endlich weg sind. Keiner war mehr in der Partei gewesen, keiner hatte etwas gesehen oder mitbekommen. Was? Dreißigtausend Juden aus Frankfurt deportiert, am helllichten Tag? Nein, davon wissen wir nichts. Geschäfte geplündert, Synagogen angezündet, das Eigentum der Juden gestohlen. Nein, das waren die anderen. „Vierundvierzig Prozent haben vor dem Krieg die NSDAP gewählt", wirft der blasse Karl ein. Hitler haben sie sofort zum Ehrenbürger gemacht und Frankfurt zur „Stadt des Deutschen Handwerks".

„Das Handwerk, das eine, das beherrschen sie!“, warf Josef ein.

Gerade letztens war mal wieder eine Ausstellung in Frankfurt zu sehen. „Frankfurt in frühen Farbfotografien“ oder so ähnlich hieß sie. Da hast du auf keinem Bild eine Hakenkreuzfahne gesehen, obwohl es genau um diese Zeit ging. Entweder haben die Fotografen alle ihre Bilder mit Naziemblemen darauf vernichtet, oder die Ausstellungsmacher wollten das braune Fahnenmeer, das damals überall zu sehen war, nicht zeigen. Aber warum sollte es in Frankfurt anders sein als an anderen Orten. Überall das eiserne Schweigen, das Verleugnen, das Lügen. Josef, der Gewohnheitsverbrecher, hatte völlig recht mit seinen Ansichten. Wir saßen jetzt oft bei den Korbmachers in der Küche. Josef stets am Kopfende, meist schon mit einem getrübten Blick vom Alkohol, der ihm nie auszugehen schien. Dazu immer eine Zigarette in der Hand. Ich sehe ihn noch genau vor mir. Josef kannte sich aus. Er wusste Bescheid, obwohl er anscheinend nie die Küche verließ.
„Die Bonzen sitzen schon wieder obenauf. Die Bonzen und die Kriegsgewinnler. Da gibt es welche, die haben schon wieder Fabriken, Geschäfte, Unternehmen. Wie sind die da rangekommen? Da ist noch der weiße Fleck an der Wand, wo vorher das Bild vom Adolf hing. Jetzt sind sie alle Demokraten. Mit rechten Dingen geht das nicht zu.“ Er fuchtelte immer mit seiner Kippe durch die Luft, weißt du noch.
„Die Richter, die Polente, die Beamten. Alle haben sie Dreck am Stecken. Aber denen passiert nichts. Jetzt muss sich der kleine Mann auch seinen Teil holen. Jetzt müsste man die großen Dinger machen, nicht mehr solchen

Kleinkram wie früher. Es gibt noch keine richtige Polizei. Die haben noch nicht einmal Fahrräder, noch nicht einmal Uniformen."
Ja, Josef war wieder im Geschäft. Erst einmal mit Schiebereien aller Art. Willi und Horst, auch manchmal du, ihr wart seine Boten. Mich wollte er nicht dabeihaben. Einmal sagte er zu mir, ich sei noch nicht richtig gewaschen. Ich sollte auf meiner Seite bleiben. Ich habe damals nicht verstanden, was er damit meinte.
Dir machte er anfangs bei jeder Gelegenheit Vorwürte, wegen der Zigaretten. „Ich hab' dir gesagt, hol das Zeug da raus. Was hätten wir damit alles anstellen können. Häuser hätten wir kaufen können. Häuser und Grundstücke. Die werden bald wieder etwas wert sein, auch wenn jetzt nur Ruinen darauf stehen." Er hielt die Zigarette vor uns hin, von der sich ein dünnes, weißes Band zur Decke emporschlängelte. „Das wird bald gar nichts mehr wert sein. Noch weniger als der Rauch."
Ja, Josef wusste Bescheid, wie es geht im Leben. Er organisierte im Hintergrund seine Geschäfte. Er schickte euch hierhin und dorthin. Er hatte sogar offiziell ein Fuhrunternehmen gegründet. Da er keinen Wagen besaß, diente ihm ein altes Pferd, mehr ein Pony als ein Pferd, als Transportmittel. Es stand in einem der Schrebergärten. Max hieß das Pferd, das weiß ich noch. Es war klein, aber erstaunlich kräftig. Aus mehreren alten Karren, mit denen Ostflüchtlinge gekommen waren, baute er einen Anhänger. Auf dem selbstgezimmerten Fuhrwerk zog Max ganze Haushaltseinrichtungen. Josef war sehr stolz auf sein Unternehmen. Papa Courage nannte ich ihn und bald einige andere auch. Er kaufte allerlei und verkaufte allerlei: Möbel, Geräte, Fässer, Holz, Metall, Fliesen, Türen, Fenster. Was er ergattern konnte, schleppte Max heran.

Meist hatte es Josef so organisiert, dass er es gleich einem anderen hinbrachte. Vom Verschieben verstand Josef etwas, das musste man ihm lassen. „Wenn ich etwas in den Lagern gelernt habe, dann ist es zu organisieren!"
Euch hatte er auch gleich in sein Unternehmen mit eingespannt. Mal musstet ihr nur eine Nachricht überbringen, mal etwas abholen, mal etwas abliefern. Euch war es peinlich, mit dem alten Gaul durch die Straßen zu ziehen. Ihr kamt euch wie Landstreicher vor. Die Leute würden euch schräg ansehen, die Mädchen über euch lachen.
Etwas war aus deinem Zigarettenvermögen übrig geblieben: ein Auto. Josef hatte es von irgendwoher eingetauscht. Du sagtest mir, es hätte zwanzig Stangen gekostet. Es war ein alter DKW, mit einigen Macken. Der größte war, es fuhr nicht. Ihr habt ständig daran rumgeschraubt, du, Horst und Willi. Über Wochen wart ihr auf der Suche nach Ersatzteilen, mal dies, mal jenes. Ich glaube, ihr hattet das Auto mehrfach komplett auseinandergelegt und wieder zusammengebaut. Ihr kanntet jedes Einzelteil. Dabei habt ihr alles über Autos gelernt. Am Ende ist es gefahren. Ihr wart so stolz auf euch.
Für Josef bedeutete der Wagen, dass er den Horizont für seine Geschäfte deutlich erweitern konnte. Ihr konntet jetzt raus aufs Land fahren. Viele aus der Stadt hatten ihr Hab und Gut dort gegen Lebensmittel eingetauscht. Josef holte die Sachen zurück. Er kaufte sie auf gegen Dollars, das Einzige, was die Bauern noch zu interessieren schien. Manches verschwand auch einfach so aus den unbewachten Scheunen und Häusern. Josef verhökerte Gemälde, Geschirr, Besteck, Teppiche an alliierte Militärangehörige, die sich in Frankfurt einzurichten begannen. Immerhin war vom IG Farbenhaus bis zum Dornbusch alles beschlagnahmt worden. Frankfurt war nicht nur

Hauptquartier von General Eisenhower, es wurde auch Verwaltungssitz der drei westlichen Besatzungsmächte.
Josef war wie eine Spinne im Netz. Aus seiner Küche heraus hatte er alles im Griff. Ich war nur Zuschauer oder Zuhörer. Es schien für ihn das Selbstverständlichste von der Welt zu sein, seinen Söhnen – und auch dir – den Beruf des Schiebers näherzubringen. Wovor jeder andere Vater seine Kinder gewarnt und beschützt hätte, darin führte euch Josef ein. Ihm war schnell klar, dass du cleverer warst als seine Söhne. Wenn das Auto nicht für irgendwelche Geschäfte gebraucht wurde, fuhrst du es als Taxi. Eine Zeitlang haben wir alle dabei mitgemacht. Es war deine Idee. Es gab jede Menge amerikanische Soldaten, die allabendlich im Bahnhofsviertel unterwegs waren. Irgendwann mussten die Jungs zurück in ihre Kaserne. Es gab fast keine Taxen. Also haben wir uns an den Bahnhof gestellt und unsere Fahrdienste angeboten. Das Geschäft blühte. Zwischenzeitlich hatten wir sogar einen zweiten Wagen, einen alten Opel, weißt du noch? Wir fuhren abwechselnd die ganze Nacht. Wir wurden in Dollars bezahlt und hatten damit Kapital für den Handel mit den Bauern.
Eines Nachts haben uns die offiziellen Taxifahrer aufgelauert. Obwohl sie die anfallenden Fahrten gar nicht bewältigen konnten, waren sie neidisch auf uns. Sie wollten uns aus ihrem Revier und ihrem Geschäft vertreiben. Es gab eine üble Schlägerei. Die anderen Fahrer waren überrascht, dass wir nicht Reißaus nahmen. Noch mehr waren sie überrascht davon, dass wir alle etwas vom Boxen verstanden. Willi und du, ihr wart die Tapfersten auf unserer Seite. Willi haben wir von diesem Abend an nur noch „Bubi" genannt, in Anlehnung an Bubi Scholz, der als Boxer gerade Furore machte. Du hattest auch schon

zwei niedergestreckt und warst mit einem Dritten in einem verbissenen Clinch. Ich war ja kein wirklicher Boxer. Ich hatte meinen Gegner zum Glück im Schwitzkasten. Als Bubi ihren Anführer zum zweiten Mal auf den Boden legte, sind sie getürmt. Wir hatten auch einiges einstecken müssen, aber wir hatten gesiegt. Wir feierten anschließend und fühlten uns unangreifbar.

Leider hielt unser Triumph nicht lange an. Die Polizei tauchte jetzt regelmäßig auf und kontrollierte Führerscheine und Lizenzen. Die Führerscheine waren wir als Erstes los. Ich riet zum Aufhören, ihr wolltet weitermachen. Nacheinander wurdet ihr alle für mehrere Tage in Gewahrsam genommen. Es wurden euch noch drastischere Strafen angedroht. Der alte Opel gab den Geist auf. Irgendjemand hatte Zucker in den Tank gekippt. Damit war dann endgültig Schluss mit dem Taxiunternehmen.

Im Rückblick waren das alles harmlose Geschichten. Natürlich ist man hier und da mal jemandem auf die Füße getreten. Natürlich haben wir den total besoffenen GIs, wenn es ging, die Fahrt doppelt oder dreifach berechnet. Dabei kam niemand wirklich zu Schaden. Die Jungs von der Army hatten einen tollen Abend, waren rechtzeitig zurück und der nächste Sold brachte ihnen neues Geld.

Josef redete pausenlos auf uns ein. Wir sollten diese kleinen Sachen, die nichts als Ärger bringen, lassen. Nur wer große Geschäfte mache, der würde in Ruhe gelassen, der würde respektiert werden, auch von den Oberen. Es sei Zeit, sich seinen Teil zu nehmen. Sie hätten uns doch schon so viele Jahre unseres Lebens gestohlen, ja fast umgebracht hätten sie uns. Wie ein Pfarrer von der Kanzel predigte er. Ich war immer skeptisch. Ich habe an meine Mutter gedacht und was aus ihr würde, wenn sie mich erwischten.

Mehr und mehr stellte ich mich auf die andere Seite. Ich versuchte auch dich von einem anderen Weg zu überzeugen. Unsere Schulabschlüsse aus dem Krieg wurden so nicht anerkannt. Sie reichten, zumindest für ein Studium, nicht aus. Auch hier hatte man uns betrogen. Ich sagte dir, dass wir studieren könnten. Wir müssten nur unsere Schulabschlüsse neu beglaubigen lassen, vielleicht ein, zwei Nachprüfungen schreiben, dann könnten wir auf die Universität gehen. Leider wurde es doch viel aufwendiger. Mit ein paar Nachprüfungen war es nicht getan. Wir mussten fast ein ganzes Jahr die Schulbank drücken. Wir gingen abends zur Schule, da wir tagsüber für unseren Unterhalt sorgen mussten. Du bist oft zu spät gekommen, manchmal gar nicht. Ich habe versucht, dich so gut ich konnte bei der Stange zu halten. Zu keiner Zeit hat dir der Vater mehr gefehlt als damals. Aber du warst schon selbst ein Erwachsener geworden. Die Schule fiel dir schwer, nicht so sehr wegen des Lernens. Die dir auferlegte Disziplin konntest du nicht ertragen.

Du hast dich auf mich eingelassen. Du sagtest allerdings, du möchtest Medizin studieren. Medizin oder nichts. Frederike hätte einmal gesagt, dass ihr Vater nur einen Arzt akzeptieren würde. Noch immer war Frederike in deinem Kopf, obwohl die Geschichte schon bald zwei Jahre zurück lag.

Apropos Schule, weißt du noch, wie wir den Wagner wiedersahen? Wir saßen im Ostpark an unserem Hang, da kam der Wagner mit einer Schulklasse anmarschiert. Wir trauten unseren Augen kaum und hätten ihn fast nicht wiedererkannt. Seine Haare trug er jetzt länger und mit Mittelscheitel. Sein Schnauzer war verschwunden, dafür ließ er sich jetzt die Koteletten stehen. Er hatte eine weite Hose und eine auffallend lässige Jacke an.

Was für ein anderes Bild. Die Kinder gingen zwar nebeneinander, aber sie sind nicht marschiert. Wir stellten uns auf, wie wir es damals bei ihm gelernt hatten. Zwei und zwei kamen wir den Hang herab, was Willi ob seines Beins schwerfiel. Doch er biss die Zähne zusammen. Wir holten schnell auf. Als wir auf gleicher Höhe waren, rissen wir die Arme zum Gruß nach oben. „Heil Hitler, Herr Wagner!“, kam es wie aus einem Mund. Wagner fuhr herum, erkannte uns, erschrak und wurde kreidebleich. Wir umkreisten in schnellen Schritten die Klasse. Die Kinder waren stehen geblieben und schauten uns an. „Deckung!“, befahlst du, und wir warfen uns auf die Erde. „Und auf!“ Wir sprangen auf. „Und Deckung!“ Wieder nach unten. „Und auf!“ Wieder hoch. „Still gestanden!“ Wir nahmen Haltung an.
Willi entblößte seine linke Seite, über die eine tiefrote Narbe verlief. „Meinen Sie, Herr Wagner, unser Führer ist stolz auf mich?“ Die Kinder erschraken. Wagner machte auf dem Absatz kehrt und stob mit seiner Schulklasse davon. Wir riefen: „Herr Wagner, lassen Sie sich nicht stören. Sie wollten doch sicherlich wieder einige Wehrübungen mit den Kindern abhalten.“ „Herr Wagner, wo ist denn Ihre Uniform?“ „Herr Wagner, warum tragen Sie keine Binde?“ „Herr Wagner, warum sind denn die Kinder in Zivil?“ Die Kinder rannten laut schreiend ihrem Lehrer hinterher.
Unsere Abschlüsse haben wir bekommen. Allerdings reichte deiner für ein Medizinstudium nicht aus, obwohl er „gut“ war. Du bliebst hart. Medizin oder nichts. Ich versuchte dich für etwas anderes zu begeistern, wollte selbst Jura studieren. Ich schlug dir vor, dass wir beide nach Marburg gehen könnten. Du fragtest, wovon wir dort leben sollten. „Wir werden schon etwas finden, Arbeit gibt es genug“, antwortete ich. Du bliebst skeptisch. Ich sagte dir, dass die Schwarzmarktgeschäfte bald nicht mehr laufen würden. Die Währungsreform hatte die D-Mark gebracht,

eine stabile, verlässliche Währung. Die Tauschpreise gingen rapide nach unten. Du sagtest, dass man für den Erlös aus einem guten, schnellen Tauschgeschäft sehr lange und hart arbeiten müsse. Du sagtest, du wollest keine Steine klopfen wie ich. Das Arbeitsamt hatte dich angeschrieben und dir verschiedene Anstellungen offeriert. Eine als Gärtner, das weiß ich noch. Du hast dich auch später noch manchmal darüber amüsiert.

Dann kam dieser Abend. Wir saßen bei den Korbmachers in der Küche. Alle waren da. Josef erzählte wieder aus seiner Zeit in den Lagern, erzählte davon, wie sie sie alle in ein Bewährungsbataillon stecken wollten. „Das war krepieren auf Raten. Bataillon 999, die wurden immer an vorderster Front eingesetzt. Wenn du überlebst, warst du vielleicht bald frei. Oder, wenn du Glück hattest, warst du gleich weg. Wenn du Pech hattest, kamst du als Krüppel zurück."

Dann folgte sein übliches Geschimpfe auf die Oberen, die Bonzen, die reichen Säcke. Nach einer Pause sagte er plötzlich, dass er einen heißen Tipp bekommen hätte. Es ging um ein Geschäft für Büromaschinen. Dersch hieß es und war in der Mainzer Straße. Ich bin später oft daran vorbeigefahren. Bis dahin war es mir überhaupt nicht aufgefallen. Dort seien funkelnagelneue Rechenmaschinen eingetroffen. Das Stück für fünfzehntausend D-Mark. Sie stünden in einem Hinterraum, der kaum gesichert sei. Ein Kinderspiel, dort einzusteigen. Ich dachte zunächst, es sei ein Scherz, eine von Josefs Fantastereien. Aber es war ernst gemeint. Ihr fingt an, zu planen und zu organisieren. Wer fährt das Auto, wo steht es, wer geht raus, welches Werkzeug braucht ihr. Ich stand auf und verabschiedete mich. Du kamst mir hinterher.

„Na Hans, was ist? Machst du mit?", fragtest du mich vor der Tür.

„Mit wobei?“, wollte ich ausweichen. „Das ist doch alles ein bierseeliges Gerede von Josef.“
„Nein, Hans. Der Josef hat überall in der Stadt seine Leute, die ihm sichere Hinweise geben. Da kannst du dich drauf verlassen.“
„Du willst doch da nicht mitmachen?“
„Wir werden jetzt wirklich große Dinger drehen. Nichts mehr mit Zigaretten und dem anderen Zeug. Jetzt holen wir uns unseren Teil.“
„Heinz, das bringt euch ins Zuchthaus, überleg doch mal. Schwarzmarkt ist das eine, das hier ist Einbruch, Diebstahl, vielleicht sogar Schlimmeres. Was ist, wenn da einer ist, wenn euch jemand überrascht? Was macht ihr dann?“
„Wir werden niemals jemandem Gewalt antun, das habe ich dem Josef und den anderen schon gesagt. Keine Gewalt, niemals. Das habe ich mir im Krieg geschworen.“
„Aber ihr könnt doch nicht einfach andere bestehlen. Denkt ihr gar nicht an deren Schicksal. Was wird aus dem Ladenbesitzer, dem ihr die Maschinen stehlt? Hast du schon mal daran gedacht?“
„Die sind doch alle versichert, denen passiert gar nichts. Die bekommen den Schaden doch sofort ersetzt. Dafür haben die doch gesorgt. Die Bonzen sichern sich gegenseitig ab.“
Was ich damals nicht ahnte, nicht wusste, war, dass es gar nicht euer erster Raubzug war. Mir hätte es vielleicht auffallen können, wie ihr gleich geplant und alles besprochen habt. Du warst längst der Kopf, der Motor der neuen Bande geworden. Josef und seine Freunde waren zu alt, um noch selbst einzubrechen. Sie besorgten die Tipps für lohnende Objekte und organisierten den Weiterverkauf der Ware. Willi, Horst und du, und vielleicht manchmal noch ein paar andere, ihr habt die Arbeit vor Ort erledigt. Und du warst ihr Anführer, wie du früher

schon unser Anführer gewesen bist. Du wolltest mich gerne dabeihaben, als deinen Freund und Vertrauten. Aber das alles wusste ich damals noch nicht. Ich war naiv und dumm.
„Heinz,“, sagte ich, „lass uns nach Marburg gehen – oder Heidelberg. Ich habe eine Zusage für einen Studienplatz. Komm mit mir, lass das hier sein. Auch du wirst dort etwas finden.“
Du hast reagiert, wie du immer reagiertest, wenn du nicht das bekamst, was du wolltest. Wenn du dich in die Ecke getrieben fühltest, hast du wild und gnadenlos um dich geschlagen. Wenn der Gegner dich stellte, hast du immer unter die Gürtellinie gezielt. Wenn deine Deckung nicht mehr hielt, hast du solche Schläge ausgeteilt.
„Hans, dir haben sie einen Studienplatz geschenkt, weil sie deinen Vater ermordet haben, als Wiedergutmachung. Ich habe leider keinen toten Vater. Mir haben sie alles weggenommen, meine Jugend, meine Zukunft, alles. Sie haben mir meine Zigaretten genommen und meine Verlobte. Ich habe versucht, auf ehrliche Weise Geld zu verdienen, das haben sie mir auch genommen. Jetzt nehme ich mir meinen Teil.“
Du hast mich stehen lassen und bist wieder hineingegangen. Ich habe dich nicht zurückgehalten. Ich war tief verletzt. Mein Vater hatte nichts, aber auch gar nichts damit zu tun. Aber für dich war es offensichtlich so. Und ich war eifersüchtig. Auf mich, deinen besten und ältesten Freund wolltest du nicht hören. Du hattest jetzt neue, andere Freunde.

Ja, bitter war das damals. Und heute, wo du tot bist und dort drüben liegst, ist es noch bitterer. Wir haben uns später wieder versöhnt. Wir haben uns immer wieder versöhnt. Wir haben uns ja auch öfter mal verkracht. Bei einer richtigen Freundschaft gehört das dazu. Du hast dich aber niemals für diese Worte entschuldigt. Wir haben nie wieder darüber gesprochen. Ich glaube nicht, dass du es vergessen hast. Genauso wenig, wie ich es vergessen konnte. Ich hatte mir oft vorgenommen, eigentlich jedes Mal, wenn ich dich hier in Ascona besuchte, dich darauf anzusprechen. Doch immer, wenn es eine Gelegenheit gegeben hätte, kam es nicht dazu. Als würdest du es ahnen, hast du mich plötzlich umarmt oder schnell etwas bestellt, etwas Opulentes, hast dich großzügig gegeben. Manchmal hast du auch ein Geschenk aus der Tasche gezaubert. Hier, mein goldener Montblanc, der ist von dir. Ich trage ihn immer bei mir. Den hast du mir an solch einem Abend geschenkt. „Hans im Glück" hast du eingravieren lassen. Wie nebenbei gabst du mir diesen teuren Stift.

Du wolltest nicht darüber sprechen, du konntest nicht darüber sprechen. Du hast dich niemals für etwas entschuldigt, weder bei mir noch bei anderen. Wie wäre dein Leben verlaufen, wenn du dich wenigstens einmal, ein einziges Mal, entschuldigt hättest. Vielleicht hättest du gemerkt, dass es nicht wehtut.

Du aber bist immer weiter und weiter. Ich habe einmal versucht, es dir anhand eines Beispiels aus meiner Kanzlei zu beschreiben, als Verhalten eines Mandanten von mir. Wir haben ja hin und wieder über Mandanten von mir gesprochen. Das hat dich interessiert. Das war Futter für dich und deine Bücher. Ich habe dir von diesem Mandanten erzählt, er war noch nicht einmal erfunden, er erinnerte mich eben stark an dich. Er war von seinem Geschäftspartner verklagt worden, da er immer wieder Dinge unternahm, die so nicht abgesprochen waren und die so auch nicht durch den Gesellschaftervertrag der Firma gedeckt waren. Er hat Anschaffungen getätigt, Verträge geschlossen, andere Verträge gekündigt, Personen eingestellt, andere entlassen und so weiter und so weiter. Alles immer alleine und ohne seinen gleichberechtigten Kompagnon zu informieren. Der erfuhr immer erst im Nachhinein davon. Es war nicht so, dass mein Mandant sich einseitig bereichern wollte, im Gegenteil. Er dachte stets an das Wohl der Firma. Dennoch konnte er, trotz vielfacher Anmahnungen seines Partners und Freundes, sein Verhalten nicht ändern. Er nahm keine seiner einseitig getroffenen Entscheidungen zurück. Er wäre niemals zu einem neuen Mitarbeiter gegangen und hätte diesen wieder vor die Tür gesetzt, da seine Anstellung nicht mit dem Kollegen abgesprochen war. Er hätte keinen Vertrag storniert oder Ähnliches. Er machte immer weiter und weiter. Rational hatte er eingesehen, dass er sich falsch verhielt. Es war aber so, als wäre das nur eine nebensächliche Ebene, die unbedeutende Oberfläche von etwas viel Wichtigerem. Und dieses Wichtigere war er selbst. Eigentlich drehte sich alles nur um ihn. Das sah er aber nicht, er spürte es vielleicht gelegentlich. Sein ganzes Handeln war stets auf ihn selbst fixiert. Er versuchte, die Wogen immer wieder zu glätten, durch Geschenke und Aufmerksamkeiten an seinen Geschäftspartner. Der konnte aber irgendwann nicht mehr. Für diesen waren diese ständigen Alleingänge jedes Mal ein Schlag ins Gesicht. Erst zerbrach darüber ihre Freundschaft, danach das gemeinsame Unternehmen. Nun hatten wir beide ja keinen Vertrag miteinander. Uns hatte das Schicksal zusammengeschmiedet. Es war immer wieder schwer für mich, über deine Tiefschläge hinwegzugehen. Im Laufe der Jahrzehnte hast du mir und unserer Freundschaft einige davon verpasst. Und nicht nur mir, allen, die dir nahe waren.

Ich begann mein Studium in Marburg, hatte dort ein winziges Zimmer. Meinen Unterhalt musste ich selbst

verdienen. Ich arbeitete nebenbei, vor allem nachts. Alles Mögliche habe ich gemacht. Ich war oft in Frankfurt. Ich musste mich nach wie vor um meine Tante und meine Mutter kümmern. Sicher hätten wir uns treffen können, aber wir gingen uns aus dem Weg. Du hast mich nicht gesucht, ich habe dich nicht gesucht. Es vergingen Jahre. Unsere nächste Begegnung war ein Zufall. Ich glaube, es war kurz vor meinem ersten Staatsexamen. Es war ein Sonntag, da bin ich mir sicher. Ich ging mit Gisela über die Zeil. Es war unser erstes Treffen. Es hatte mich viel Mut gekostet, sie anzusprechen. Wir arbeiteten beide bei der Degussa. Sie in der Auslandsexpedition, ich aushilfsweise in der Rechtsabteilung. Sie sprach fließend Französisch, Englisch und passabel Italienisch. Sie war schüchtern wie ich. Sie saß mit anderen in einem Büro mit Blick auf den Main. Ich ging öfter als nötig dorthin, um mit ihr über Zollformalitäten und Ähnliches zu sprechen. Wahrscheinlich haben uns alle beobachtet. Irgendwann habe ich sie völlig überhastet gefragt, ob wir einmal einen Kaffee trinken wollten. Ich sehe mich noch heute an ihrem Schreibtisch stehen, rot über beide Ohren. Ich glaube, das Schreibmaschinengeklapper setzte für einen Moment aus und alle starrten zu uns hin. Gisela hat nur verlegen genickt und die Kolleginnen im Büro prusteten los. Vielleicht ist das auch nur eine Szene aus einem Film und ich male es mir heute so aus. Ich ging glücklich davon, hatte allerdings vergessen, ein Datum und einen Treffpunkt auszumachen.
Jedenfalls gingen wir über die Zeil. Damals holperten und quietschten noch die Straßenbahnen in der Mitte der Fahrbahn. Gerade sonntags schlängelte sich ein unaufhörlicher Autokorso von der Hauptwache bis zum Zoo und von dort wieder zurück. Man fuhr spazieren. Auf den Gehsteigen flanierten Tausende an den Schaufenstern

entlang. Die Zeil war schon wieder eine richtige Einkaufsmeile geworden. Große, bunt leuchtende Reklametafeln waren an den Fassaden und auf den Dächern angebracht. Wir blieben vor dem Kaufhaus Schneider, vor Woolworth, am Kaufhof stehen und betrachteten die Auslagen. Alles war übervoll. Es ging in riesen Schritten aufwärts. Die mageren Jahre waren vergessen. Es herrschte Wirtschaftswunderzeit. Überall wurde gebaut, letzte Lücken geschlossen. Erst hinter der Zeil waren noch Ruinen und Kriegsschäden zu sehen. Kurzerhand nutzte man die Brachflächen als Parkplätze. Gisela und ich ließen uns im Strom der Flaneure treiben.
Plötzlich hält ein Wagen, ein kurzes Stück vor uns. Es ist ein schnittiger, pechschwarzer Citroën. Heraus springst du, gehst um den Fond und öffnest eine Seitentür. Zwei schlanke Beine in echten Nylonstrümpfen, an den Füßen elegante, hochhackige, rote Schuhe klappen heraus. Du reichst die Hand und hilfst einer umwerfend gut aussehenden Frau aus dem Wagen. Auch du siehst blendend aus, elegant von Kopf bis Fuß. Ich bin stehen geblieben und starre dich an. Du schlägst die Wagentür zu, siehst mich dastehen und kommst freudestrahlend auf mich zu. Du fällst mir um den Hals und auch ich kann nicht anders, als dich zu umarmen. Wir drücken uns, als sei nie etwas gewesen, als hätte es diesen bitteren Abschied nie gegeben. Du stellst mich deiner Begleitung vor, nennst mich deinen besten und ältesten Freund. Wie die Dame neben dir hieß, weiß ich nicht mehr. Ich habe dich später einmal nach ihr gefragt, da hattest du ihren Namen auch vergessen. Ich stehe da, stumm und überrumpelt. Du strahlst mich an, schaust auf Gisela. Ich stelle Gisela vor und sage, das ist mein Freund Heinz. Wir sind zusammen aufgewachsen. Wir waren Nachbarskinder, Schulkameraden, zusammen im Krieg

und … Ich beginne zu stottern, weiß nicht recht weiter. Du rufst: „Das muss gefeiert werden. Auf ins Café Kranzler!" Wie selbstverständlich hast du wieder das Kommando. Gisela und ich gehen hinter euch her. Du nimmst deine Begleitung in den Arm. Zusammen seht ihr aus wie einem dieser neuen, bunten Magazine entsprungen. Alle, die euch entgegenkommen, schauen, starren euch an und weichen aus. Gisela studiert jede Falte im Kleid deiner Freundin. Ich blicke auf deinen Anzug. Er sitzt perfekt. Der Stoff spannt sich um deine Schultern. Du bist gut in Form. Du gehst kraftvoll und gleichzeitig federnd. Du trägst schwarze Lackschuhe mit dünnen Sohlen. Sie passen eins zu eins zu deinem Anzug. Ihre Makellosigkeit verrät, dass sie nicht alleine im Schrank stehen. Gelegentlich drehst du dich um und rufst etwas zu uns über die Schulter: „Hans, du musst mir alles erzählen." Oder: „Hast du gesehen, dass sie dort drüben ein Kino eröffnen." Ich würde gerne Giselas Hand nehmen, traue mich aber nicht.

Die Terrasse des Kranzler ist übervoll. An den Tischen sitzen Trauben von Menschen. In großen Kübeln wachsen Hortensien, Geranien und andere Blumen. Die Blütenpracht rahmt die gesamte Terrasse ein. Die rot-weißen Sonnenschirme vermitteln eine Stimmung wie an der Riviera. Die kannte ich bis dahin allerdings nur von Bildern. Zielstrebig gehst du an den Tischen vorbei, deine Begleitung im Schlepptau. Köpfe drehen sich zu euch hin, man blickt euch nach. Wir werden gar nicht wahrgenommen. Auch innen ist alles belegt. Weltmännisch gehst du zu einem Kellner, drückst ihm einen Schein in die Hand. Er muss gar nicht nachsehen. Er spürt sofort, dass es ein großer Schein ist. „Einen guten Tisch bitte", sagst du wie selbstverständlich. Die Hand des Obers schließt sich. Er führt uns in die Ecke unter der Empore. Dabei sagt er: „Der beste Tisch im ganzen Lokal." Den dort Sitzenden verkündet er kühl und gebietend: „Die Herrschaften hatten reserviert, wenn Sie bitte entschuldigen würden." Es ist ihm offensichtlich völlig gleich, wo diese Gäste jetzt unterkommen. In Windeseile sind sie, wie auch ihr Geschirr, verschwunden. Schwungvoll flattert eine neue Tischdecke herunter. „Eine Flasche Champagner und vier Gläser", bestellst du bei dem über den Tisch gebückten Kellner, der in gleicher Haltung davoneilt.

Ich war noch nie zuvor im Kranzler gewesen. Gisela auch nicht, wie sie mir heimlich zuflüsterte. Es war laut. Ein dichtes Gewirr aus Stimmen, Gelächter und klapperndem Geschirr. Die Stühle waren schwer und mit grauem Samt bezogen. Eine geblümte Tapete verlief vom Boden bis über die Decke. Schwere, goldene Kronleuchter hingen von dort herab. In die Wände waren Vitrinen eingelassen, in denen teures Porzellan glänzte. Schwere Teppiche dämpften die Schritte der unentwegt vorbeieilenden Menschen.

Der runde Tisch vor uns war nur zum Teil vom quadratischen Tischtuch bedeckt. Die dicke Glasplatte war an den vier Stellen zu sehen, an denen wir Platz nahmen. Gäste von benachbarten Tischen schielten zu uns, diesen so ungleichen Paaren, herüber. Die Kellner kamen nun zu dritt. Der erste trug die Flasche Champagner wie eine Trophäe, der zweite ein Tablett mit vier Champagnerschalen, der letzte einen silbernen Eiskübel und ein Stativ dafür. Der Zug schlängelte sich zu uns durch. Das Abstellen der Gläser erzeugte jedes Mal ein Geräusch. Das Öffnen und Ausschenken vollzog sich wie eine Zeremonie. Der Knall des Korkens ließ weitere Gäste zu uns herüberblicken. Du saßt lässig und entspannt neben mir, nahmst von alledem offensichtlich keine Notiz. Wir stießen an. Der Klang schien über allem zu schweben, wie das Glockengeläut über der sonntäglichen Stadt.

Wir tranken. Ich hatte bis dahin noch nie Champagner getrunken. Gisela auch nicht, wie sie mir später gestand. Unbeholfen blickten wir uns gegenseitig an. Du sagtest, ich würde fast so aussehen wie bei unserem ersten Treffen nach dem Krieg. „Du auch“, sagte ich und wir lachten. Du warst aufgekratzt und sehr redselig. Du erzähltest Geschichten und Anekdoten aus unserer Jugend. Man hätte glauben können, es wäre alles ein einziger Spaß gewesen. Ständig hast du nachgeschenkt. Am Ende waren es drei Flaschen, die wir tranken. Als es ans Zahlen ging, hast du ein ganzes Bündel Hundertmarkscheine aus der Tasche gezogen. Lässig hast du die Scheine auf den Tisch gezählt und ein fürstliches Trinkgeld gegeben. Die Rechnung war höher als mein Monatsverdienst. Wir gingen hinaus. Dir hat man den Alkohol nie angemerkt. Gisela und ich, wir waren betrunken. Wir kicherten, jetzt hielten wir uns fest, als sei es das Selbstverständlichste von der Welt. Du hast mich angeschaut, du hast Gisela angeschaut, dann hast du genickt. Es war wie ein Segen. Es war, als wärst du mit dem Ergebnis deiner Arbeit zufrieden. „Hans im Glück“, hast du gesagt und bist gegangen.

Ja, was war das für eine Zeit damals – die Fünfzigerjahre. Man zeigte, wie weit man es gebracht hatte. Stolz demonstrierte jeder seinen neuen Wohlstand. Die Frauen trugen extravagante Hüte oder knallige Kopftücher. Die Röcke wurden immer kürzer, das Dekolleté tiefer. Die braune Tristesse war verschwunden. Man orientierte sich an der französischen Mode, mehr noch, an der französischen Lebensart. Es wurde geflirtet und mit den Reizen kokettiert. Hier in Ascona war es später auch so. In den Cafés und auf der Promenade war es ein ständiges Sehen und Gesehenwerden. Hauptsache auffallen, schien die

Devise zu sein, wobei es hier mit mehr Standesdünkel behaftet war. Es gab die Reichen und Besitzenden, und es gab die Künstler und Habenichtse. Die Ersteren zeigten einen eher gemäßigten, klassischen Stil, während sich die Kreativen wie Papageien kleideten.

Gisela und ich haben später oft über diesen Abend gesprochen. Es war ja unser Abend, unser erster Abend. Wir haben oft darüber gesprochen, was wohl geschehen wäre, wenn wir dich nicht getroffen hätten. Nicht nur deshalb bist du uns stets ein teurer Freund geblieben. Gisela ist schon lange tot. Sie ging kurz nach dir. Auch von ihr konnte ich mich nicht wirklich verabschieden, auch bei ihr war ich in der Klinik. Viele meiner Nächsten sind so von mir gegangen. Nie war ich da. Mein Vater, du, Gisela und andere. Der Tod schien mich auf Distanz zu halten. Vielleicht sitze ich deshalb heute noch hier?

Natürlich hatte mich Gisela gefragt, wer du seist und warum du offensichtlich so viel Geld hättest. Was sollte ich sagen? Ich wusste es ja nicht genau, ich ahnte es nur. Du seist Geschäftsmann, sagte ich. Welche Geschäfte, wollte sie wissen. Ich wand mich heraus, sagte, dass wir uns jetzt lange Zeit nicht gesehen hätten.

Wir hatten dich zu unserer Hochzeit eingeladen, das war wohl so zwei Jahre nach diesem Abend. Du warst für uns so etwas wie der Taufpate unserer Ehe. Ich hatte mein Studium abgeschlossen und mit zwei Studienkollegen eine Kanzlei im Westend, in der Klüberstraße, eröffnet. *„Hübner, Korn & Weber, Rechtsanwälte“*, stand auf dem Schild. Wir waren so stolz. Natürlich mussten wir uns mächtig abstrampeln. Es wurden viele Kanzleien zu der Zeit eröffnet. Die florierende Wirtschaft brachte es mit sich. In drei kleinen Zimmern haben wir angefangen. Vorne in der Diele stand ein kleiner Tisch für die Schreibkraft. Sie

kam nur halbtags, mehr konnten wir uns anfangs nicht leisten. Wer hätte geahnt, was einmal daraus werden würde.
Ich war bei deiner Mutter, in eurer alten Wohnung. Ich hatte ihr die Einladung gebracht, da ich nicht wusste, wo du lebst. Sie jammerte, dass sie dich kaum noch sehen würde. Mit den Korbmacher-Brüdern würdest du dich rumtreiben. „Das nimmt kein gutes Ende“, prophezeite sie.
Du bist nicht gekommen. Jeder schien wieder in seiner Welt zu sein. Später hast du mir einmal gesagt, du hättest nicht in diese Gesellschaft gepasst. Nicht wegen unserer Gäste, deinetwegen. Du hättest damals so völlig außerhalb dieser gesetzestreuen Bürgerlichkeit gestanden, dass du uns mit deiner Anwesenheit nicht blamieren wolltest. Du hast einen riesigen Blumenstrauß geschickt. Jeden Hochzeitstag wollte Gisela fortan einen solchen Strauß von mir. Und eine Kiste Champagner kam an, mit den besten Wünschen von dir und als Erinnerung an unseren gemeinsamen Abend.
Was ich damals nicht wusste, war, dass du in jener Zeit des Öfteren im Gefängnis gesessen hattest. Es waren einige kleinere Delikte: Trunkenheit am Steuer, wiederholtes Fahren ohne Führerschein, Schlägereien. Einiges konntest du mit Geldzahlungen beilegen, manches musstest du absitzen. Du wurdest mehrmals als Verdächtiger in größeren Dingen festgehalten, aber immer wieder freigelassen. Bis auf eine Sache: Reifendiebstahl. Ihr wurdet auf frischer Tat ertappt. Dafür bekamst du neun Monate aufgebrummt, von denen du sechs abgesessen hast. Du sagtest, es sei schlimm für dich gewesen. Nie wieder wolltest du ins Gefängnis. Die Enge, der Befehlston der Wärter, ihre Gewalt über jeden. Zum Glück seien Horst und Willi auch da gewesen. Das hätte euch noch mehr zusammengeschweißt.

Ich weiß noch, wie mir deine Beichte einen Stich versetzte. Ich dachte an uns, wie wir im Erdloch lagen und die Granaten unaufhörlich um uns herum einschlugen. Das hatte uns zusammengeschweißt, da waren wir füreinander da gewesen, du und ich. Jetzt waren es Willi und Horst. Es kränkte mich und es ärgerte mich. Es waren die falschen Freunde. Sie brachten dich ins Gefängnis. Sie brachten dich auf eine Bahn, die in die falsche Richtung führte. Was ich geahnt hatte, schien sich zu bestätigen.

Eines Montagmorgens stand Willi in meinem Büro. Ich hatte ihn seit dem letzten Abend in der Küche nicht mehr gesehen. Das musste jetzt fünf, sechs Jahre her sein. Auch er war elegant geworden. Sein Gehfehler war nahezu verschwunden. Hartes Training und Gymnastik, sagte er. Er sah noch kräftiger aus als früher. Auch körperlich hatte er sich nun Bubi Scholz angenähert. Willi schaute sich um, schloss die Tür. Ich empfand Freude und Zorn zugleich. Freude über das Wiedersehen, Zorn über die voraussichtlich schlechten Botschaften, die er bringen würde.

„Heinz braucht deine Hilfe. Du musst mitkommen."

„So, ich muss mitkommen? Wieso muss ich mitkommen?"

Willi hob nur die Schultern.

„Habt ihr es endlich geschafft? Habt ihr euch endlich so weit in den Dreck geritten, dass ihr nicht mehr herauskommt? Ist es das, was ihr erreichen wolltet?" Ich habe, glaube ich, noch viel mehr gesagt. Meine ganze aufgestaute Wut, woher auch immer sie in diesem Moment kam, habe ich Willi an den Kopf geworfen. Der stand nur ungerührt da. Als ich dann fragte: „Was ist denn los? Warum braucht Heinz meine Hilfe?", hob er wieder nur die Schultern. Ich fragte: „Wo ist er?" Er antwortete, dass er mir das nicht sagen könne und ich mitkommen müsste. „Sofort", fragte ich. „Sofort", sagte er. Erst da wurde mir klar, dass er ohne mich nicht gehen würde, so oder so.

Einen kurzen Moment dachte ich daran, Widerstand zu leisten, mich nicht herumkommandieren zu lassen. Ich hatte eigentlich gar keine Zeit. Es kamen später Mandanten. Andererseits war mir klar, dass du wirklich Hilfe brauchtest, dass es um etwas Gravierendes ging.
Wir fuhren zu einem schäbigen Hotel im Bahnhofsviertel. Im Erdgeschoss befand sich ein kleines, schmieriges Lokal. Der Wirt saß im Unterhemd an einem der Tische und las eine fremdländische Zeitung. Er blickte kurz auf, widmete sich dann wieder seiner Lektüre. Wir steigen eine schmale Treppe hinauf, bis es nicht mehr weiter geht. Es ist die Etage für die Bediensteten, falls es die hier überhaupt gibt. Du hockst in einer winzigen Mansarde. Die Einrichtung ist mehr als spärlich. Ein kleiner Tisch, ein schmales Bett, ein klappriger Stuhl, ein wackliger Schrank. Von der Decke hängt eine nackte Glühlampe. Die Dachschräge schneidet die Hälfte des Zimmers ab. Eine Daube mit dreckigem Fenster lässt etwas Licht herein.
Du bist blass, blass und nervös. Du wirkst niedergeschlagen und angespannt zugleich. Deine Begrüßung ist fahrig, dein Lächeln nicht echt. Es ist nichts zu sehen von dem Heinz Jäger, der weltmännisch Champagner ordert und den Kellner besticht. Du zeigst auf den Stuhl, ich soll mich setzen. Du setzt dich auf das Bett, deckst ein paar Blätter Papier zu, springst gleich wieder auf. Willi steht an der Tür. Er sieht dir zu, wie du hin- und hergehst. Zehn Mal, zwanzig Mal, dreißig Mal. Wir tauschen einige Belanglosigkeiten aus. Du fragst nach Gisela, wie die Hochzeit war. Dann wieder Schweigen. Endlich frage ich dich, worum es geht, weshalb ich so schnell hierherkommen musste?
Du antwortest: „Weil ich einen Anwalt brauche. Du bist doch jetzt Anwalt?“

Du bleibst stehen. Dein Blick geht durch mich hindurch. Du wägst ab, überlegst, schaust zu Willi hinüber, schweigst. Ich sage: „Wenn ich dich als Anwalt vertreten soll, muss ich schon wissen, worum es geht."
Du gehst wieder hin und her, bleibst stehen.
„Würdest du vor Gericht auf unschuldig plädieren, obwohl du weißt, dass dein Mandant schuldig ist?"
„Zunächst einmal muss das Gericht davon ausgehen, dass jeder Angeklagte unschuldig ist. Das steht auch so in der ‚Allgemeinen Erklärung der Menschenrechte' von 1948, Artikel 11, Absatz 1. Dieser besagt, dass jeder Mensch ..."
„Hör dir unseren Studiosus an. Redet plötzlich wie ein Wasserfall." Du lachst zu Willi hinüber, der ebenfalls über beide Ohren grinst. Auch ich muss lachen.
„Um deine Frage zu beantworten. Es obliegt dem Ankläger, die Schuld des Angeklagten zu belegen. Es obliegt dem Verteidiger, seinen Mandanten zu verteidigen."
„Auch wenn er weiß, dass er schuldig ist?"
„Jeder Angeklagte hat das Recht auf eine angemessene Verteidigung."
„Auch wenn sein Anwalt dafür lügen müsste? Vielleicht ist es besser, wenn der Anwalt nicht alles weiß?"
„Das ist eine Abwägungsfrage, die der Verteidiger treffen sollte. Es gibt womöglich Umstände, die die Schuld relativieren. Ein Mann stiehlt einen Apfel, das ist zweifelsohne Diebstahl. Wenn wir aber nun wissen, dass dieser Mann seit Tagen hungerte oder der Apfel auf den Boden gefallen war, so ist es womöglich kein Diebstahl mehr, sondern nur Mundraub. Es sind also ..."
„Du bist schon genauso ein Paragrafenverdreher wie die anderen Anwälte. Aber ich nehme lieber dich", sagst du kurzerhand und setzt dich wieder auf das Bett. Ich frage nochmals, worum es geht.
„Man wird mich anklagen", antwortest du knapp.

„Wer wird dich anklagen?"
„Die Polizei aus Rosenheim."
„Die Polizei wird dich nicht anklagen. Wenn, dann ist es die Staatsanwaltschaft, die Anklage erhebt. Was ist passiert?"
„Es geht um einen Safe. Einen Safe in einer Brauerei in Rosenheim. Der Safe wurde aufgebrochen."
„Und wie kommt die Staatsanwaltschaft Rosenheim auf dich?"
„Weil dieser Hammel die Tasche hat liegen lassen!", ruft Willi von der Tür.
„Welcher Hammel?", frage ich zurück.
„Dieser Helmut, der Trottel!", antwortet Willi. „Ich habe gleich gesagt, der ist nicht der Richtige. Der bringt uns nur Ärger."
„Welche Tasche?", frage ich.
„Die Tasche mit den Bohrern und dem Werkzeug", antwortest du ruhig.
„Und wie kommen sie auf dich?"
„Weil es meine Tasche ist."
Ich war einen Moment sprachlos. Dann bat ich euch, mir alles, von Anfang an, zu erzählen. Abwechselnd berichtetet ihr von Helmut, einem kleinen Gauner. Eigentlich wohnte er irgendwo in Bayern. Er kam hin und wieder nach Frankfurt, wenn er Geld hatte. Sein Metier waren kleine Sachen, Tricksereien, Taschendiebstahl. Bei seinem letzten Besuch erzählte er von diesem Tresor. Diesem Tresor im Büro der Brauerei in Rosenheim. Da sei vor allem am Wochenende richtig viel Geld drin. Die Gasthäuser würden zum Wochenende beliefert werden. Die müssten alle gleich bar bezahlen. Die Fuhrleute brächten das Geld zum Chef. Der schließe es im Panzerschrank ein. Zum Wochenende sei der randvoll mit dicken Bündeln. Der Helmut habe es selbst gesehen.

„Einen Scheiß hat er!“, brüllte Willi. „Er hat mit einem Bierkutscher mal einen gesoffen. Und der hat ihm das erzählt, das von dem Geld. Er selbst hat nie etwas gesehen.“ Willis Gesicht war rot vor Zorn.
Es klopfte. Willi öffnete. Herein huschte ein Männlein, hager und unglaublich dünn. Die Kleider schlackerten an ihm wie an einem Gerippe. Seine Haare standen in alle Richtungen. Sein Gesicht war so schmal, dass ich glaubte, immer nur eine Hälfte zu sehen. Die Augen lagen eng beieinander. Dazwischen eine riesige Nase, wie der Schnabel eines Raubvogels. Als er mich sah, stutzte er.
„Das ist Hans, ein Freund. Hans ist Anwalt“, stelltest du mich vor.
„Isser Schlamassel, isser Schlamassel“, jammerte das Männlein los und raufte sich die Haare.
„Das ist Isaak, ein Freund und …“
„Ein Freund, auf den du nicht hörst“, unterbrach dich Isaak sofort. „Habe ich dir gesagt, lass Finger von der Sach. Der Junge ist nicht gemacht für solche Dinge. Bleib bei deine Leute.“
„Ja, ja, Isaak. Das hast du gesagt.“
„Isser Schlamassel, isser Schlamassel.“
„Und was ist weiter passiert?“, wollte ich wissen.
Du und Willi, ihr setzt die Geschichte fort. Du warst mit Helmut nach Rosenheim gefahren. Du hattest dir vor Ort alles angesehen. Helmut sollte dir nochmals den Panzerschrank beschreiben und wo er genau stand. Wieder in Frankfurt, maltest du es den anderen auf. Ihr habt geplant und das notwendige Werkzeug beschafft. Ihr brauchtet auch ein Schweißgerät. Dann seid ihr vorgestern zu viert nach Rosenheim gefahren: Horst, Willi, Helmut und du. In die Brauerei hineinzukommen war ein Klacks. Innen dagegen war es eine riesige Schufterei gewesen. Erst einmal musstet ihr alle Fenster mit Ölfarbe bestreichen,

zwei, drei Mal. Über mehrere Stunden habt ihr mit dem Panzerschrank gekämpft. Gebohrt, geschweißt, gehebelt. Immer wieder musstet ihr euch abwechseln, da die Luft im Büro so dünn wurde. Dazu war es durch den Schweißbrenner unerträglich heiß in dem kleinen Raum. Schweißgebadet wärt ihr gewesen. Einer stand draußen am Fenster Schmiere, einer an der Tür, zwei haben geschuftet. Es war ein hartes Stück Arbeit. Die erste Zeit ging es noch. Dann wurde Helmut immer nervöser, wollte raus, wollte weg.
„Hat er nich Nerven für solche Sach.", steuerte Isaak bei.
„Ein Scheißkerl ist er!", fluchte Willi.
Am Ende hätte Helmut allen in den Ohren gelegen, die Sache abzubrechen und abzuhauen. Bestimmt würde jeden Moment die Polizei kommen. Überall sah er Lichter und Schatten. Er war zu nichts mehr zu gebrauchen. Ihr drei musstet die Arbeit alleine erledigen. Endlich hätte die Panzertür nachgegeben. Doch was war drin? Nichts außer Akten, Papiere und Personalbögen. Eine kleine Geldkassette wäre noch dagewesen, die habt ihr mitgenommen. Jetzt also alles zusammenpacken und raus. Alles ist ruhig. Euer Auto stand in einem Waldstück. Alle schwiegen. Kein Sack voller Geld, nur eine kleine Kassette. Auf halber Strecke nach Frankfurt, es wird schon hell, sagte Helmut, er habe die Tasche mit den Bohrern liegen lassen. Es sind Spezialbohrer, mit Diamantspitzen, Spezialanfertigungen. Da sind überall Fingerabdrücke drauf. Es lässt sich leicht herausfinden, für wen die Bohrer gemacht wurden.
„Da hättest du gleich eine Visitenkarte im Schrank lassen können", sagte Willi zynisch.
„Was a Schlamassel, was a Schlamassel."
Ich hatte ruhig zugehört. Das waren also die großen Dinger. Das also war dein Beruf geworden. Du bist ein

Einbrecher – ein Einbrecher und Dieb. Jetzt ist es raus. Jetzt wusste ich Bescheid. Ich war nicht sonderlich überrascht. Eigentlich war ich gar nicht überrascht. Das Einzige, was neu war, mir aber zuerst gar nicht auffiel, war die Tatsache, dass ihr jetzt anscheinend selbstständig arbeitetet. Von Josef und seinen Kumpanen war keine Rede mehr.
„Was war in der Kassette?", will ich noch wissen.
„Nicht viel. Sechstausend Mark", antwortest du ziemlich abgebrüht. Für mich war diese Summe gewaltig.
„Dafür dieser ganze Aufwand, diese Pflaume!", kommt es von Willi.
„Ist auch ein Geld. Und ist sauber. Sind kleine Scheine", resümiert Issak.
„Seid ihr gesehen worden?"
„Nein, uns sieht keiner." Du grinst dabei und fängst an zu lachen. Auch Willi lacht, immer lauter lacht ihr beide.
„Sind die Besten", lacht jetzt auch Isaak. Minuten vergehen.
„Ist jemand zu Schaden gekommen? Ich meine, habt ihr jemanden niedergeschlagen, gefesselt, eingeschlossen?"
„Hans", sagst du plötzlich ernst, „so was tun wir nicht, das hatte ich dir doch schon gesagt. Seit dem Krieg habe ich mir geschworen, nie wieder einem Menschen Gewalt anzutun, niemals!"
„Dann werden sie dich kaum verhaften können. Nur eine Tasche mit Bohrern wird schwerlich ausreichen, um dir …"
„Sie haben das Auto gesehen."
„Wer hat welches Auto gesehen?"
„Die Polizei hat unseren Wagen gesehen. Sie waren, kurz nachdem wir losgefahren sind, hinter uns. Wir haben sie abgeschüttelt. Mit ihrem alten Volkswagen hatten sie gegen unseren Citroën keine Chance."
„Bald sie werden haben auch schnellere Wagen", wirft Isaak ein. „Jetzt schon sie haben Zentralen mit Funkgerät.

Bald sie können sprechen von englische Zone in amerikanische Zone in französische Zone. Auch sie haben jetzt Kriminalabteilung. Es gibt zu viele Banden. Überall wird gestohlen und geraubt. Es is' ein Unglick. Bald sie werden haben wieder richtige Polizei."
„Noch ist es nicht so weit. Morgen melde ich den Wagen als gestohlen. Die Tasche mit den Bohrern lag im Auto, wenn sie mich danach fragen."
„Sie werden dich bestimmt gleich hopsnehmen. Vor allem nach der Sache mit den Rechenmaschinen."
„Welche Sache mit den Rechenmaschinen?"
„Das tut hier nichts zur Sache!"
„Oh, das war auch ein Schlamassel, nee, nee, nee."
„Seitdem haben die dich uff'm Kieker."
„Heinz, du musst mir schon sagen, was los ist."
Willi erzählte dann von einer Fahrt nach Mannheim. Bei dem Ausflug hättet ihr mehrere neue Rechenmaschinen erbeutet. War ein Kinderspiel. Und ein Kinderspiel, das sich lohnen würde. Das Stück vierzehntausend Mark. Die Maschinen, schwere, klobige Dinger, jede wog einen halben Zentner, sollten noch in der gleichen Nacht übergeben werden und nach Frankreich gehen. Isaak hatte das eingefädelt. Ein Kontaktmann wollte zuvor die Ware sehen. Die Maschinen standen in dem eigens gestohlenen Wagen in Isaaks Garage. Für die Geldübergabe solltet ihr in einem Lokal warten. Es kam niemand. Der Kontaktmann telefonierte einmal. Nichts geschah. Er telefonierte noch einmal. Immer noch nichts. Dann war euch die Sache spanisch vorgekommen. Ihr seid zurück zur Garage. Dort waren gerade zwei andere Ganoven dabei, die Rechenmaschinen in ihr Auto umzuladen. Man wollte euch aufs Kreuz legen. Ihr habt die anderen gestellt, woraufhin diese sofort Pistolen zückten und schossen. Es war noch jemand bei euch dabei, den ihr nicht nennen

wollt. Er hatte auch eine Kanone und schoss zurück. Du sagtest, er solle aufs Auto schießen, dann kämen sie nicht weg. Es war ein Riesenlärm. Überall gingen die Lichter an. Menschen standen an den Fenstern. Es wurde nach der Polizei gerufen. Am Auto der Diebe waren zwei Reifen platt und auch der Tank getroffen. Die anderen mussten zu Fuß abhauen. Ihr Wagen blieb vor der Garage stehen. Es waren schon Sirenen zu hören. Ihr bekamt euren Wagen nicht mehr aus der Garage. Auch ihr musstet zu Fuß verschwinden. Alles blieb zurück: die Rechenmaschinen, der gestohlene Wagen in der Garage von Isaak, das Auto der anderen.

Was danach geschah, dazu brauchte es keine Kriminalpolizei. Isaak als Mieter der Garage war schnell ermittelt. Ebenso der Halter des zerschossenen Wagens, in dem schon drei Rechenmaschinen standen. Selbst dem dümmsten Polizisten war sofort klar, was hier abgelaufen war. Die beiden anderen Ganoven waren schnell gefasst. Sie packten allerdings nicht aus. Isaak wurde verhaftet, verhört und wieder freigelassen. Ihm traute man die Sache offensichtlich nicht zu. Es blieb ungeklärt, wer in Mannheim den Einbruch verübt und die Rechenmaschinen nach Frankfurt gebracht hatte. Natürlich fiel der Verdacht auf dich, doch du hattest ein wasserdichtes Alibi für diese Nacht.

„Wenn es kommt zu Gericht, ich werde nehmen die Sach auf mich. Ich euch eingebrockt den Schlamassel, ich auch löffel aus den Schlamassel. Was ist schon ein Jahr, nach all den Jahren."

Später kam es tatsächlich zum Prozess gegen Isaak Waynberg, so hieß er mit vollständigem Namen. Er wollte keinen Anwalt, aber ich war dennoch da. Nach seinen Eltern und Verwandten befragt, sagte er: „Sind alle gegangen mit der Geisterzug." Der Richter wollte wissen, was er damit meine. Isaak darauf: „Sind gegangen Tausende von Menschen durch die ganze Stadt. Sind se gegangen worden vom Westen nach dem Osten. Mussten steigen in de Züge. Niemand hat se je gesehen. Sind alles Geister gewesen."

Darauf herrschte betretenes Schweigen im Saal. Auch als Isaak von den Lagern erzählte, wie er sich immer auf die Zehenspitzen stellte, um größer zu wirken und nicht selektiert zu werden. „Musst du immer lächeln, musst zeigen Freide, Freide an de Arbeit. Ich hab die Deibel immer angelächelt."

Im Laufe der Verhandlung wollte der Richter von ihm wissen, wie er denn, bei seiner Statur, die schweren Maschinen getragen habe? „Mit den Fießen, Herr Richter, mit den Fießen." Es gab ein großes Gelächter im Saal. So hat Isaak alles auf sich genommen. Du musstest nicht ins Gefängnis, Willi nicht und auch die anderen Ganoven nicht.

Willi hatte dennoch recht. Die Polizei war nicht blöd. Sie ließ sich nicht unentwegt an der Nase herumführen. Auch sie hatte ihre Zuträger, jede Menge sogar. Das Ausspionieren und Verleumden sei ein tief in der deutschen Seele verankerter Charakterzug, meinte Isaak. Wir diskutierten in deiner Dachkammer hin und her. Am Ende blieb es dabei: Du würdest am nächsten Morgen deinen Wagen als gestohlen melden. Zu den Taschen mit den Bohrern würdest du erst einmal nichts sagen, selbst wenn du damit konfrontiert würdest. Bis die Anfrage nach dem Halter aus Rosenheim käme, konnte es einige Tage dauern. Sie hätten keinen unmittelbaren Beweis, dass der Wagen etwas mit dem Einbruch zu tun habe. Wir müssten sehen, was passiert. Wenn sie dich verhaften sollten, wüsste ich Bescheid.

In dieser Mansarde war es, dass ich zum ersten Mal Blätter und Stift bei dir sah. Die Blätter lagen zuerst verstreut auf dem Bett. Als wir hereinkamen, hattest du sie schnell zusammengeschoben und unter die Decke gesteckt. Isaak und Willi gingen, ich blieb noch. Ich zeigte auf die beschriebenen Seiten und wollte wissen, was das sei. Zunächst bist du mir ausgewichen, dann hast du doch erzählt. Hin und wieder würdest du Geschichten aufschreiben. Was dir gerade so einfiele. Du hättest schon einiges geschrieben. Das liege bei deiner Mutter in einem Schuhkarton. Das sei eine Geschichte über die Uhr im Hauptbahnhof. Du gingst oft ins AKI, das „Aktuelle Kino" im Bahnhof. Dort wurden Kurzfilme und zusammengeschnittene Wochenschauen gezeigt. Eines Tages, auf dem Weg ins Kino, sahst du, wie die große Uhr über dem Haupteingang repariert wurde. Sie stand seit vierundvierzig. Sie mahnte an die Bombennacht. Die stillstehende Zeit, die beschädigte Zeit. Gebannt bliebst du stehen. Arbeiter haben die Zeiger abgenommen. Sie müssen außergewöhnlich schwer sein, zumindest hat es von unten so ausgesehen. Mit beiden Händen mussten die Männer zupacken. Vorsichtig gaben sie die Zeiger weiter nach unten. Das Ziffernblatt war weiß und leer. Es sah aus, als sei die Zeit verschwunden. Du hast lange dort gestanden, konntest gar nicht weggehen. Alles könne stillstehen, dachtest du. Sie reparieren die Zeit. Womöglich sind sie gekommen, um die Zeit zurückzudrehen. Die Arbeiter haben die Zeit angehalten. Sie haben das Ziffernblatt abgenommen. Dahinter war die Mechanik zu sehen. So funktioniert die Zeit. So wurde die Zeit bemessen. Früher, mit deinem Vater, bist du auf Kirchtürme gestiegen. Dort gab es auch große Uhren. Jede Viertelstunde schlug eine Glocke. Die vollen Stunden eine andere. Du hast nicht begriffen, wie es funktioniert. Dort kam ein Seil, ein Zug, aus dem Uhrwerk. Man sah nicht, was am Seil zog und so die Zeit zum Klingen brachte. Hier konntest du alles sehen. Das Wirrwarr von Wellen, hintereinanderliegenden Zahnrädern und Zahnrädchen und deren Verbindungen. Nichts bewegte sich, alles stand still. Die Arbeiter hantierten im Bauch der Uhr, nahmen etwas heraus, ölten, fetteten, setzten es wieder ein. Es sollte laufen wie geschmiert. Es kam eine neue Zeit, eine schnellere Zeit.

Am Ende setzten sie das Ziffernblatt und die Zeiger wieder ein. Gespannt warteten sie, ob der große Zeiger einen Strich nach vorne sprang. Er tat es und blieb leicht zitternd stehen. Es war auch eine ängstliche, eine unsichere Zeit. „Die Hüter der Zeit“ wolltest du deine Geschichte nennen. Ich war sehr beeindruckt. Ich wusste das gar nicht von dir. Ich weiß auch nicht, ob du diese Geschichte jemals geschrieben hast. Sie ist nie erschienen.

Vielleicht konntest du sie damals noch nicht zu Papier bringen? Später sagtest du: „Es ist eine Sache, eine Idee zu einer Geschichte zu haben. Es ist etwas anderes, sie auch aufzuschreiben.“ Jahre später konnte ich dich dabei beobachten, beim Schreiben, wie anstrengend, wie mühsam es offensichtlich ist, die passenden Sätze, die richtigen Wörter zu finden. Ich dachte bis dahin, es würde nur so aus dir herausfließen. Du müsstest dich nur hinsetzen und schon schriebst du Zeile um Zeile. Es war ganz anders. Es war ein Ringen, ein Suchen, ein Vor und Zurück. Es schien mir mehr Qual als Freude zu sein. Elend sahst du danach aus, ausgelaugt. Ein fiebriger Schimmer war in deinen Augen.

Die Sache mit Rosenheim ging dann doch schneller als erwartet. Am nächsten Morgen hast du den Diebstahl angezeigt, am Abend wurdest du bereits verhaftet. Sie

führten dich in Handschellen aus dem Lokal vom blassen Karl, das dieser im Bahnhofsviertel eröffnet hatte. Er meinte später, da sehe man mal wieder, wie viele Spitzel überall herumsäßen, selbst bei ihm. Die Polizei wusste genau, wo sie dich findet. Die Fischerstube, so hatte der blasse Karl sein Etablissement getauft, war euer Stammlokal. Karl bezeugte später sogar noch, dass du an jenem Abend, um den es ging, bei ihm im Lokal gewesen wärest.
Du wurdest schon am nächsten Tag nach Rosenheim überstellt. Damit hatten wir auch nicht gerechnet. Dem Untersuchungsrichter dort sah man seine Vergangenheit sofort an. Es saß schon seit tausend Jahren auf dem Richterstuhl. Ihn beeindruckte die Geschichte mit dem gestohlenen Wagen überhaupt nicht. Er sagte, er erkenne ein verkommenes Subjekt, wenn es vor ihm stehe. Dich würde er genau durchschauen. Da müsse man ihm nicht mit irgendwelchen erfundenen Ausreden kommen. Ich sehe ihn heute noch vor mir, in diesem muffigen Raum. Wahrscheinlich war er nach fünfundvierzig dorthin versetzt worden. Vielleicht hatte er auch schon immer hier gewütet. An der Wand prangte jetzt ein Kruzifix über dem weißen Rahmen auf der Tapete, wo einst ein Bild hing.
Du bliebst in Haft. Ich musste mehrmals nach Rosenheim fahren. Damals war das eine Tagesreise. Meine Kollegen waren überhaupt nicht begeistert. Wir wollten Wirtschaftsrecht machen, große Firmen vertreten, Verträge gestalten, Neugründungen begleiten. Strafsachen störten da nur. Sie brachten kein Geld und schädigten den Ruf der Kanzlei. Erst später, als du eine Berühmtheit unter den Dieben warst, waren sie anderer Ansicht. Als *Der Spiegel* und andere große Zeitungen dir ganze Seiten widmeten, sahen sie eine nützliche Publicity darin.
Rosenheim verlief noch völlig im Stillen. Niemand nahm Notiz davon. Der Vorteil auf dem Land war, dass es schnell

zur Verhandlung kam. Kaum vier Wochen nach deiner Verhaftung war schon der Termin angesetzt. Ich fuhr mit Willi und Horst am Vorabend nach Bayern. Sie nahmen es wie einen Ausflug. Sie waren bester Laune und freuten sich aufs Bier und deftige Mahlzeiten. Wir übernachteten in einer Pension etwas außerhalb. Ich ging früh zu Bett, da ich ausgeschlafen sein wollte. Willi und Horst waren in Feierlaune und wollten noch ein paar Halbe trinken.
Am nächsten Morgen fuhren wir die letzten Kilometer bis Rosenheim. Keiner sagte ein Wort. Willi und Horst wirkten unausgeschlafen und müde. Ich ging in Gedanken nochmals alles durch. In der Anklageschrift war vor allem von deinem Wagen die Rede. Ich hatte die Papiere erst einige Tage zuvor erhalten. Einer der Streifenpolizisten behauptete, dich hinter dem Steuer erkannt zu haben. Laut deiner Aussage waren sie niemals näher als fünfzig Meter gewesen, bei Nacht, ohne irgendwelche Beleuchtung. Das sollte leicht zu widerlegen sein. Was war ich naiv. Ich hatte von Prozessführung keine Ahnung. Ich glaubte noch an Beweis und Gegenbeweis, an Argument und Gegenargument.
Ja, ich wusste, dass du es gewesen bist. Dennoch würden wir zunächst alles abstreiten. Die Staatsanwaltschaft müsste deine Schuld erst einmal beweisen. Das müsste sie auch, wenn du dich freiwillig gestellt hättest. Wenn sie die Schuld nicht ausreichend belegen kann, reicht es eben für ein Urteil nicht aus. In dubio pro reo. Wenn sie es kann, müssen wir reagieren. Schlimmstenfalls würden wir gestehen. Ein Geständnis wirkt wohlwollend auf das Gericht. Niemandem ist etwas geschehen. Sechstausend Mark und ein bisschen Sachschaden, das ist keine Bagatelle, aber auch keine so große Sache. Das wird vielleicht ein Jahr, wenn es hoch kommt. Du bist ein unbeschriebenes Blatt, beinahe zumindest. Du wurdest

von anderen zu der Tat verleitet. Euer Ehren, mein Mandant ist ein Opfer des Krieges und der Umstände. Leider hat er noch nicht richtig Fuß fassen können in der Gesellschaft. Sein Berufswunsch, ein Medizinstudium, wurde ihm verwehrt. Der falsche Umgang, sie verstehen.
In der Anklage war jetzt von einer Geldkassette mit etwa dreißigtausend Mark und der Portokasse mit sechstausend Mark in bar und Briefmarken die Rede. Dazu kamen Schäden im Büro, an Mobiliar, ein wertvolles Gemälde sei zerstört worden und so weiter und so weiter. Insgesamt belief sich der Schaden laut Anklage auf mehr als fünfzigtausend Mark. Das war einerseits eine Falle. Nur die Täter konnten die wahre Höhe kennen. Andererseits war es völlig üblich, dass der Geschädigte seinen Verlust vervielfachte. Du hast mir später einmal erzählt, dass ihr nicht selten die Tipps für eure Einbrüche direkt von den Inhabern erhalten habt. Manche hatten Schulden, andere hatten Geld abgezweigt, andere ihre Waren schwarz verkauft, wieder andere wollten ein schnelles Geschäft machen. Da kam so ein Einbruch gerade recht. Die Versicherung bezahlte den Schaden. Alle waren saniert. Daher war das Interesse an der Aufklärung bei vielen Firmen nicht sonderlich groß. Du sagtest, es sei ein Geschäft für beide Seiten. Woher die Versicherung das Geld nahm, darüber hast du nicht weiter nachgedacht.
Die angeblich gestohlene Summe ärgerte mich. Die Liste der Schäden ärgerte mich. Ein Geständnis kam gar nicht mehr infrage. Ich wollte mich mit allen Mitteln dagegen wehren, dass dir ein solches Verbrechen untergeschoben würde. Ich war mit meinen Gedanken alleine. Horst saß neben mir und fuhr. Er schien die Ruhe selbst. Er war auch ein Mann geworden, hatte sich aber sein jungenhaftes Aussehen bewahrt. Es war leicht zu erkennen, dass er ein Frauenschwarm war. Lässig steuerte er den Wagen und

schaute aus dem Fenster. Er betrachtete die Umgebung wie ein Tourist. Willi hatte sich hinten in die Ecke gedrückt und döste.
Im Gerichtssaal hatten wir kaum Zeit zu sprechen. Du wurdest von einem Polizisten hereingeführt. Kurz darauf erschien auch schon das Gericht. Der Vorsitzende Richter war derselbe, der auch deine Untersuchungshaft angeordnet hatte. Der Staatsanwalt, der Richter, die beisitzenden Schöffen, der Polizist, sie alle schienen sich zu kennen. Wir waren in der Provinz. Die Verhandlung wurde eröffnet.
Der Staatsanwalt erhielt nach dem üblichen Prozedere das Wort. Er polterte gleich los. Er erwähnte deinen Wagen gar nicht. Er fing an mit der Tasche und den Spezialbohrern. Er belegte, wo und wann diese durch dich gekauft worden waren. Anhand von Bildern und Untersuchungen zeigte er, dass diese Bohrer bei der Tat benutzt worden waren. Ferner führte er aus, dass es Fingerabdrücke auf diesen Werkzeugen und der Tasche gebe, die eindeutig mit den deinen übereinstimmten. Erst am Ende kam er auf den Wagen zu sprechen. Der Versuch, diesen und die angeblich darin liegende Tasche mit den Bohrern als gestohlen zu melden, sei lächerlich. Es sei nur ein plumper Trick, um von deiner Schuld abzulenken. Es sei hier und jetzt die letzte Möglichkeit für dich, die Namen deiner Mittäter zu nennen. Das würde womöglich das Strafmaß mildern.
Ich war perplex und überrumpelt. Von diesem Angriff war ich überrascht. Ich war überrascht von der Fülle an Fakten und überrascht von der Vehemenz, mit der er vorgetragen worden war. Zum Glück kam der Saaldiener herein. Er ging zum Richterpult und überbrachte offensichtlich eine Nachricht. Ich schaute zu dir hinüber. Du sitzt da und lächelst. Ich kann es gar nicht fassen. Ich frage dich, ob

wir vielleicht doch gestehen sollen. Du verneinst mit einer leichten Bewegung des Kopfes. „Aber Heinz“, sage ich, „wir haben keine Chance.“
„Wart’s ab.“ Ich höre es noch heute in meinem Ohr.
Irgendetwas stimmte nicht. Der Richter unterbrach die Verhandlung für eine halbe Stunde. Du wurdest wieder hinausgeführt, ich folgte dir in einen Nebenraum. Wir waren nicht allein. Der Wachmann stand an der Tür. Mehr oder minder schweigend saßen wir uns gegenüber. Wir redeten über einige Nebensächlichkeiten. Nach einer gefühlten Ewigkeit wurden wir wieder in den Gerichtssaal gerufen. Im Hinausgehen sagst du zu mir: „Frag nach den Bohrern. Lass sie dir zeigen.“ Willi und Horst sitzen noch immer hinten im Saal. Es scheint ihnen einen riesigen Spaß zu machen. Das Gericht tritt wieder zusammen. Der Vorsitzende bittet mich und den Staatsanwalt nach vorne. Umständlich erklärt er, dass sämtliche Beweise zu diesem Fall, insbesondere die Tasche mit den Bohrern, unauffindbar sind. Der Staatsanwalt ist bestürzt. Er flucht, nennt alles eine Riesensauerei. Der Richter versichert, man werde der Sache nachgehen. Der Staatsanwalt sagt: „Wir haben immer noch die Aussage des Polizisten. Er hat den Angeklagten am Tatort gesehen.“ Ich protestiere. Wenn überhaupt, habe der Beamte den Wagen gesehen und das mehr als einen Kilometer vom Tatort entfernt. Der Staatsanwalt giftet zurück: „Papperlapapp! Ihr Mandant ist eindeutig erkannt worden.“ Ich antworte ihm in der Schärfe, wie er argumentierte: „Das ist ja wohl lächerlich. Ein Polizist, der auf hundert Meter im Dunkeln ein Gesicht in einem Fahrzeug vor ihm erkennt. Dieses Kunststück muss er uns hier im Saal einmal vorführen. Meinem Mandanten ist sein Wagen mit allen darin befindlichen Dingen gestohlen worden. Er hat dies auch ordnungsgemäß zur Anzeige gebracht. Es gibt Zeugen, die ihn zur Tatzeit

in Frankfurt gesehen haben. Alles Weitere ist von der Staatsanwaltschaft konstruiert und nicht belegbar. Mein Mandant ist unschuldig. Ich beantrage hiermit den sofortigen Freispruch für den Angeklagten." Widerwillig gibt das Gericht dem Antrag statt. Du bist frei.

Eine halbe Stunde später saßen wir zu viert im Wagen und fuhren zurück. Wir waren ausgelassen und bester Laune. Willi hatte sogar schon eine Flasche Sekt besorgt, sie ging von Mund zu Mund. Ich fragte, wie das alles sein könne. Ihr habt gelacht, gesagt, ich müsse nicht alles wissen. Das würde nur mein Gewissen belasten. Ich sei ja ein Mann des Rechts und des Gesetzes.

„Obwohl er vor Gericht sagte, ich sei unschuldig. Habt ihr das gehört? Unschuldig!"

Ihr habt wieder gelacht. Ihr habt mich aufgezogen. Ich hätte vor Gericht nicht die Wahrheit gesagt, hätte gelogen.

„So etwas darf man nicht. Vor Gericht musst du die Wahrheit sagen."

„Sonst machst du dich strafbar!"

„Die Wahrheit, nichts als die Wahrheit, so wahr mir Gott helfe!"

„Moment, Moment. Ich bin nicht vereidigt worden!"

„Ein Glück, dass bei aller Gründlichkeit hin und wieder auch mal etwas verloren geht."

„Beweisstücke gehören in die Asservatenkammer."

„Ganz genau!"

„So muss es sein!"

„Jawohl!"

„Gut, wenn man weiß, wo sich die Asservatenkammer befindet."

„Das kann nie schaden."

„Da kann man auch mal nachsehen, ob noch alles da ist."

Ihr drei lacht und lacht.

Unterwegs hielten wir an einem Gasthof. Als Erstes riefst du deine Mutter an. Sie hatte jetzt ein Telefon bei sich in der Wohnung. Dafür hattest du gesorgt und es ihr auch bezahlt. Ständig hast du sie angerufen.
Drei Portionen auf einmal hattest du dir bestellt. Du sagtest, nach dem Fraß im Gefängnis müsstest du erst mal wieder zu Kräften kommen. Wir haben Bier getrunken und weiter gefeiert. Als Willi und Horst einmal verschwanden, legtest du deinen Arm um mich und fragtest: „Na, wie war dein erster Prozess vor Gericht?“ Ich wurde knallrot. Ich hatte es dir nicht sagen wollen, dass ich zuvor noch keine Verhandlung gehabt hatte. Du hast es gewusst.

Du hast immer so viel gewusst. Du warst immer auf dem Laufenden. Auch später, als du hier im Tessin wohntest, wusstest du sehr genau Bescheid, was in Frankfurt passierte. Vieles davon war dir gleichgültig. Als mit der 68er-Bewegung die gesamte bisherige Ordnung auf den Kopf gestellt wurde, hast du das ohne Kommentar aus der Ferne beobachtet. Ich war sehr engagiert darin, habe Hausbesetzer und andere Aktivisten vertreten. Als ich dich in dieser Zeit besuchte, empfingst du mich mit den Sätzen: „Gehst du jetzt in die Politik? Das sind schlimmere Gauner, als ich einer war.“
Aber das war Ende der Sechziger. Da warst du ein berühmter Autor, dessen Romane Millionenauflagen erreichten. Rosenheim, da warst du ein kleiner, unbekannter Einbrecher.
Auf der weiteren Heimfahrt, wir waren eigentlich alle viel zu betrunken, um noch zu fahren, habt ihr mir von anderen Husarenstücken erzählt. Wie plötzlich, nach einem Einbruch, von oben ein Blumentopf auf das Wagendach krachte. Ein Hibiskus. Von einem Anwohner geworfen, der

euch bemerkt hatte. Um Haaresbreite hatte er Willi verfehlt. Der Werfer stand am Fenster und schimpfte herunter. Er drohte mit der Faust und der Polizei. Dabei wurde ihm gar nichts gestohlen. Den Pelzladen im Parterre hattet ihr ausgeräumt.

„Den Blumentopf haben wir als Geschenk mitgenommen und uns brav bedankt", so Horst unter Tränen. „Die Schale ist aus Kupfer, steht heute noch bei mir. Das Grünzeug ist allerdings eingegangen."

Ihr erzählt von einem anderen Pelzgeschäft. Einem Laden in München. Einer fällt dem anderen ins Wort: „Im Schaufenster, ein Nerz für achtzehntausend Mark. Das muss man sich mal vorstellen. Das ist das Zigfache von dem, was ein normaler Angestellter im Monat verdient. Es gibt eine Bestellung für den Pelz. Ein Gastronom aus München will achttausend dafür bezahlen. Ein guter Preis. Mitten in der Nacht sind wir vorgefahren. Willi und ich, wir springen aus dem Wagen. Willi hat den großen Hammer dabei, den Vorschlaghammer. Ein Schwung, ein Schlag, die Scheibe zersplittert. Das Glas regnet auf den Bürgersteig. Der Nerz ist an der Puppe festgesteckt, die Puppe am Boden verankert. Der Mantel lässt sich nicht herausziehen. Plötzlich ein Schuss! Aus dem Laden heraus wird geschossen. Und gleich nochmals! Wir gehen in Deckung. Aus dem Dunkel heraus brüllt jemand, ruft nach der Polizei! Noch ein Schuss! Wir zurück zum Auto und nichts wie weg. Der Schütze kommt heraus auf die Straße und schießt noch drei Mal hinter uns her. Ich seh ihn noch dastehen. Ein privater Wachmann mit einer Pistole. Die Sache scheint vorbei zu sein. Horst fährt. Ich sage ihm, er soll linksherum fahren, gleich noch mal links, und noch mal links. Wir sind im Kreis gefahren und kommen wieder vor dem Pelzgeschäft an. Ich sage zu Horst, er soll den Wagen rollen lassen. Ich springe heraus. Mit Schwung packe ich die Puppe und breche sie aus der Verankerung heraus. Die Puppe mit dem Pelz werfe ich zu Willi in den Wagen."

Ihr lacht und feixt. Willi haut dir und Horst auf die Schultern. Du drehst dich zu mir um. „Ich hatte mir überlegt, was wird der Wachmann jetzt machen? Er ruft die Polizei, ganz klar. Also passt er nicht auf. Er rechnet nicht damit, dass wir zurückkommen. Die Achttausend wollte ich mir nicht entgehen lassen. Wir sind doch nicht umsonst nach München gefahren. Außerdem hatten wir einen Ruf zu verlieren."

„Und der Wachmann?", will ich wissen.

„Der Wachmann springt wieder heraus auf die Straße, will schießen, aber sein Magazin ist leer. Ich rufe ihm zu: ‚Wir hatten noch etwas vergessen!' und winke zum Abschied."

Ihr brüllt vor Lachen. Ihr erzählt von euren Gaunereien wie von Jungendstreichen. Du glaubst tatsächlich, du seist unverwundbar. Ich habe es dir angesehen. Es war der gleiche Glanz in deinen Augen wie damals, als wir das Trommelfeuer überlebt hatten. Du bist ein Glückskind, du bist auserwählt, dir gelingt alles. Das Schicksal ist an deiner Seite. Ich kann es in deinem Blick lesen.

Es ist wie früher, wir vier sind eine Bande. Ich gehöre dazu. Ihr habt keine Geheimnisse mehr vor mir. Ihr erzählt vom „Jägern". Ich möchte wissen, was das ist. Horst sagt, wenn ihr manchmal nicht wusstet, was ihr tun solltet, seid ihr zum „Jägern" gefahren, einfach so, als Zeitvertreib. Es scheint ein Spiel zu sein. Ich möchte wissen, wie es funktioniert. Horst sagt, dass du es erfunden hast, wie der Name schon sagt. Überall gebe es Herren, vor allem in den noblen Vierteln, die ihre Vergangenheit verschleiern möchten. „Die sitzen da fett in ihren Sesseln und glauben, mit ihrem Parteiabzeichen hätten sie auch ihre Vergangenheit weggeworfen." Die wüssten gar nicht mehr, wie sie an dieses Haus, diese Firma, dieses Gemälde gekommen sind. Manche hätten auch noch Schlimmeres auf dem Kerbholz. Die seien hohe Tiere in der SS gewesen, richtige Fanatiker, zu allem bereit und an vielen Scheußlichkeiten beteiligt. „Die dummen Kleinen hat man in den Krieg geschickt. Die Geschäfte haben die Bonzen gemacht. Die einen kamen nach Haus und hatten nur noch ihre Lumpen, die sie auf dem Leib trugen. Die anderen saßen schon wieder wie die Made im Speck." Ich glaubte Josef zu hören.

Ihr seid durch die feinen Viertel gefahren und habt euch Häuser angesehen. Wenn euch eins gefiel, habt ihr herausbekommen, wer dort wohnt. „Die haben alle keine Namensschilder an der Pforte. Die wohnen dort inkognito." Ja, inkognito sagte Heinz, der sonst kaum Fremdwörter kannte. Er betonte es so seltsam, dass wir alle lachen mussten: „Iiinkogniitoo".

„Aber alle haben sie schon Telefon. Die Nummern herauszubekommen war kein Problem. Der Neffe vom verzinkten Egon arbeitet bei der Post." Einer von euch rief aus einer Telefonzelle an, die beiden anderen warteten vorm Haus. Mitten in der Nacht klingelte dort der Apparat. Den aus dem Schlaf Gerissenen flüstert ihr zu: „Es ist alles entdeckt. Sie müssen fliehen, sofort! Morgen früh kommt man Sie holen." Erstaunlich oft hätte es funktioniert. Im ganzen Haus ging das Licht an. Manche der Gewarnten sprangen wenige Minuten später in ihr Auto und fuhren davon. Andere stahlen sich durch die Hintertür in die Nacht hinaus. Einige nahmen Frau und Kinder mit, andere flohen alleine. Die ihre Familie mitnahmen, waren euch die Liebsten. Da konntet ihr ungehindert hinein und das Haus durchsuchen. Andernfalls musstet ihr die Zurückgebliebenen in ein Zimmer bitten und dort einschließen. Dabei sei euch aber unwohl gewesen, das hättet ihr bald gelassen. Ihr wolltet keine Frauen und Kinder ängstigen. Nach einiger Zeit wäre es schwieriger geworden. Die Angerufenen ließen sich nicht mehr aufschrecken, im Gegenteil. Sie hätten nun euch gedroht. Sie hätten gesagt, man werde euch erwischen, man sei euch schon auf der Spur. Auch fuhr die Polizei nun öfter Streife in den entsprechenden Vierteln. Nur in wenigen Fällen, bei Juwelieren, Kunst- und Antiquitätenhändlern, hätte das „Jägern" noch funktioniert. Die würden heute noch Reißaus nehmen.

Du hast Willi und Horst erzählen lassen, hast selbst nichts dazu gesagt. Ich fühlte deine heimliche Genugtuung. Ich spürte deine Rache, die Rache an der Obrigkeit. Ich konnte mir gut vorstellen, mit welcher Freude du die ehemaligen Herrenmenschen davonlaufen sahst. Ich sah dich, wie damals in Hitlers Salonwagen, ungeniert durch die Wohnungen streifen. Es ging dir gar nicht darum, etwas mitzunehmen. Du hattest deine Beute bereits gemacht.

Wir kamen spät in Frankfurt an, es war schon Nacht. Wir fuhren ins Bahnhofsviertel, hielten vor der Fischerstube. Es waren viele GIs unterwegs. Sie gingen in Gruppen oder als Paare. Nicht wenige hatten Frauen im Arm. Manche torkelten, andere stützten sich gegenseitig. Es war laut. Flaschen klirrten, laute Rufe auf Amerikanisch gingen von einer Straßenseite zur anderen. Dazwischen Männer in Zivil. Sie huschten vorüber, die Hüte tief ins Gesicht gezogen. An der Ecke stand MP. Vier riesige Kerle mit weißen Helmen. Zwei lehnten lässig am Jeep, die beiden anderen spielten mit ihren Gummiknüppeln.

Ihr wolltet weiterfeiern. Auf der anderen Straßenseite fuhr ein weißes Cabriolet vorüber. Ein Mercedes, ein herrlicher Wagen. Hinter dem Steuer saß eine Frau. Das war die Nitribitt. Sie war auf der Suche nach Freiern. „Rosemarie, Rosemarie!", hast du gerufen und bist hinübergerannt. Sie hielt. Du beugst dich zu ihr hinunter, sie lächelt dich an. Du

redest mit ihr, es wirkt vertraut. Du zeigst herüber, sie nickt und fährt weiter. Du kommst zurück. „Sie kommt vielleicht später. Sie muss noch arbeiten."
Das war das erste Mal, dass ich die Nitribitt sah. Ich hatte schon von ihr gehört. Sie war eine kleine Berühmtheit in der Stadt, sie, ihr Wagen und ihr Apartment am Eschenheimer Turm.
Wer hätte gedacht, dass ihr es beide einmal zu solcher Bekanntheit bringen würdet. Du als Schriftsteller, sie als Prostituierte, deren Ermordung zu so vielen Spekulationen, Büchern und Filmen anregte. Im Frankfurter Kriminalmuseum seid ihr heute beide ausgestellt, du und die Rosemarie.

Die Glocke schlägt wieder. Einmal, zweimal. Also ist es halb. Wie die Zeit vergeht. Aber was ist heute noch Zeit. Ich habe letztens einen Artikel über die Zeit gelesen, also wie Wissenschaftler heute die Zeit sehen. Ich muss sagen, dass ich nur die Hälfte davon verstanden habe. Es fehlt mir die Vorstellungskraft dazu. Es ging darum, ob Zeit tatsächlich fließt. Unser Eindruck von der Zeit ist ja die Veränderung, Veränderungen an uns, an unserer Umgebung, Tag und Nacht. Aber dies seien alles letztlich nur Formen von Bewegung. Die Erde dreht sich, die Flut kommt und geht, und auch der Mensch bewegt sich von seiner Geburt zum Tode hin. Tatsächlich seien all diese Veränderungen kein Beleg dafür, dass die Zeit sich bewegt. Es seien Veränderungen im Raum. Es gibt vielleicht so etwas wie die stillstehende Zeit, einen Zeitraum, der alles umgibt. Und unser Jetzt ist nur ein winziger Punkt darin, völlig losgelöst von jeglicher anderen Gegenwart. Dieser Zeitpunkt liegt nicht mehr auf einer Geraden, einer Zeitachse, sondern in einem mehrdimensionalen Gebilde. Schwer zu verstehen, nicht wahr. Und wenn dies stimmen

würde, wäre es theoretisch möglich, jeden beliebigen Zeitpunkt innerhalb dieses Zeitraums zu besuchen. Die Frage ist nur wie?
Ein Beleg für diese, sagen wir einmal Theorie, war, dass wir uns in Gedanken bereits in diesem Zeitraum bewegen können. Wir können uns Bilder aus der Vergangenheit aufrufen. Wir empfangen manchmal sogar Bilder aus der Zukunft. Ich kann mir auch Bilder einer Zukunft ausmalen, was bedeutet, ich bin an irgendeinem Punkt in diesem Zeitraum. Ob ich diesen Punkt jemals in meinem Leben berühre, ist offen. Das Leben ist nach diesem Modell eine kurvige Linie durch den Zeitraum, ungefähr so, als würde sich ein Maulwurf durchs Erdreich graben.
Interessant fand ich auch den Aspekt, dass alle Punkte, alle Bilder, ob aus der Zukunft, der Gegenwart oder der Vergangenheit, gleich sind. Sie besitzen die gleiche Intensität, die gleiche Wertigkeit. Das Jetzt ist nicht bedeutender als die Stunde davor oder der morgige Tag.
Das hätte dir gefallen. Du hättest sofort angefangen, daraus eine Geschichte zu machen, es in eine Geschichte zu übersetzen. Du hättest an deinem Glas genippt, einen Moment überlegt und gesagt: „Diese Bilder zu beschreiben ist nochmals eine andere Sache. Ein Bild sagt mehr als tausend Worte. Es würde unendlich viel Aufwand bedeuten, ein Bild, ob aus der Vergangenheit oder der Zukunft, bis ins kleinste Detail zu beschreiben. Unser Gedächtnis ist da viel komplexer und raffinierter. Mit einem Bild werden gleichzeitig andere Informationen hochgeladen und wieder präsent: Die Umgebung, der genaue Moment, andere Personen, Emotionen, Stimmen, Geräusche und Gerüche. Manches davon erscheint gar nicht im Bild, dennoch ist es da, du weißt es genau. Ob dieses Modell des Zeitraums auch dieses Phänomen berücksichtigt?“ Die ganze Nacht hätten wir darüber dis-

kutiert und viele Gläser geleert. Das vermisse ich, mein Freund.
Da fällt mir jene Nacht ein, hier in Ascona. Wir beide gingen mal wieder spät nach Hause. Wir kamen nicht aus dem Club oder einem anderen Lokal. Es war nach einer privaten Feier. Wir kamen aus einem Haus, irgendwo außerhalb. Ich weiß nicht mehr, wer dort wohnte, noch, wie wir dorthin gekommen sind. Es war tiefschwarze Nacht. Über uns strahlte der Sternenhimmel. Du zeigtest hinauf und fingst an zu schwärmen.
„Weißt du", sagst du, „dass das Licht dieser Sterne zum Teil seit Jahren unterwegs ist. Was wir sehen, ist vielleicht längst nicht mehr da. Womöglich ist alles schon zu Staub zerfallen." Du stehst da, die Hände in die Hüfte gestemmt. „Und ist es nicht seltsam, dass, wenn wir jetzt hinaufsehen, die Zeit andersherum verläuft. Wir sehen ja normalerweise in die Zukunft, der Zukunft entgegen, wie man so schön sagt. Aber dort oben, da sehen wir in die Vergangenheit. Die Vergangenheit, die, während wir hinaufsehen, zur Gegenwart wird. Gleichzeitig fließt unaufhörlich die Zukunft durch uns, wird ebenfalls zur Gegenwart und entschwindet in die Vergangenheit. Wir stehen sozusagen am Schmelzpunkt der Ewigkeiten." Schmelzpunkt der Ewigkeiten, so hast du es genannt. „Die eine hinter uns, die andere vor uns." Du schaust zu mir herüber. Ich habe dich damals nicht wirklich verstanden. Heute, wo ich hier sitze, verstehe ich dich. Ich weiß, was du gemeint hast. Du sagst: „Darüber würde ich gerne einmal ein Buch schreiben. Aber was würden die Kritiker dazu sagen? Von Henry Jaeger erwarten sie doch nur Knast, Gangster und Huren."
Ach! Was sollen solche Gedanken? Vielleicht ist die Zeit auch etwas, das nur der Mensch empfindet, weil er eben vergänglich ist. Dieser kalten Welt, den Sternen,

dem Universum ist sie völlig schnuppe. Dort gibt es Zeit im Überfluss. Über die Jahrmillionen kann ein Gebirge zu einem See abschmelzen, die Erde sich wieder kilometerdick mit Eis überziehen oder die Polarkappen zerfließen. Wir Menschen sind darin nur ein Hauch, nehmen uns aber furchtbar wichtig und glauben, dass sich alles um uns dreht.

Ein solches Buch, das hättest du noch schreiben müssen. Bis zuletzt habe ich daran geglaubt, dass es einmal kommen wird.

Seit dem Prozess in Rosenheim sahen wir uns wieder öfter. Allerdings stand ich wieder außerhalb. Ihr erzähltet mir nichts mehr. Ich las hin und wieder etwas von Überfällen, Einbrüchen und Diebstählen in den Zeitungen. „In der Nacht zum soundsovielten wurde in die Geschäftsräume des Juweliers Goldstein eingebrochen." So in dieser Art. „Der Schaden beläuft sich auf mehrere zehntausend Mark." Ich dachte daran, wie es in Rosenheim war und was du mir über das gegenseitige Geschäft gesagt hattest. Ich spürte in mir eine gewisse Schadenfreude. Recht so, dachte ich, nehmt es ihnen weg. Was muss dort auch ein Ring, ein Collier, eine Uhr für ein Vermögen im Schaufenster liegen. Das ruft doch geradezu danach, herausgenommen zu werden. Es ist eine ständige Beleidigung derer, die nichts haben. Mein Vater hatte mir nie viel über den Kommunismus erzählt. Er wollte wohl noch warten, bis ich alt genug war. Dennoch sind einige seiner Ansichten in mir haften geblieben.

Es war ja nicht so, dass ihr es den Reichen genommen habt, um es den Armen zu geben. Ganz im Gegenteil. Ihr habt das Geld für euch gebraucht. Wir sahen uns jetzt regelmäßig im Lokal vom blassen Karl. Oder auch im Casino Eich. Das war zwei Straßen weiter. Oder beim dicken Willi, in der Tabu Bar. Ich lernte viele eurer Freunde

kennen. Vor allem Fred, Fred Holland. Er war so etwas wie euer Ersatzspieler. Immer wenn ein Mann mehr gebraucht wurde, war er dabei. Oder wenn einer von euch ausfiel. Fred wurde einfach nur „Der Holländer“ genannt. Dann gab es den „englischen Willi“, weil er immer eine Melone trug. Horst hieß bei euch nur „Das Wiesel“, Willi war „Bubi“, du warst „Die Eiche“. Ich fand, der Name passte nicht zu dir, so jung wie du aussahst. Einige nannten dich auch „Hunter“. Wir nannten dich immer noch Heinz.
Und Marianne war da, sie hatte sich kaum verändert. Sie war immer noch zum Verlieben und jeder von euch war wohl einmal mit ihr zusammen gewesen. Jetzt war sie mit Philipp verheiratet, der „Neri“ genannt wurde. Er saß gerade eine Haftstrafe in Butzbach ab, nicht viel, sechs Monate, wie Marianne erzählte. Marianne war eure Vertraute. Sie wurde von euch oft als Zeugin benutzt, wann immer es nötig war. Sie arbeitete in der Fischerstube hinter der Bar. Sie verstand es auf eine bestimmte Art, sich die Männer vom Leib zu halten. Das hatte sie schon früher gekonnt.
Dann waren da die beiden Lillis. Lilli mit den großen Titten und Lilli mit den kleinen Titten, so wurden sie genannt. Sie waren beide Prostituierte und nutzten Zimmer über der Tabu Bar für ihre Arbeit.
Der dicke Willi war mit Rosa verheiratet. Sie arbeitete mit ihm im Lokal und war nicht wesentlich dünner als Willi. Wenn sie beide hinter der Theke standen, kamen sie nicht aneinander vorbei. Der eine musste dann dem anderen zureichen. Rosa hatte einen Sohn, Otto. Der dicke Willi betonte bei jeder Gelegenheit, dass Otto nicht sein Sohn sei. Rosa hatte ihn aus erster Ehe. Otto war schwachsinnig wie „Das Ernstl“, schlimmer noch. Meist saß er hinten in der kleinen Küche. Von Zeit zu Zeit jaulte er auf. Es war kein Rufen, es war wirklich ein Jaulen. Rosa oder Willi gingen dann nach hinten und gaben Otto etwas zu essen. Otto konnte den ganzen Tag essen.

Rosa liebte ihren Sohn. Irgendwie hatte sie ihn durchgebracht. „Meinen Otto haben sie mir nicht genommen", sagte sie oft. Sie spielte damit auf Ottos Vater an. Jedem erzählte sie die Geschichte, dass der angeblich im Widerstand gewesen war, im wirklichen Widerstand, nicht bloß in so einer feigen, inneren Ablehnung. Richtig mit der Waffe hätte er gekämpft, Anschläge verübt. Am Attentat auf Hitler, da sei er auch beteiligt gewesen. Natürlich hätten sie ihn gejagt. Mehr als einmal mussten sie damals Hals über Kopf verschwinden. Sie immer das kleine Kind auf dem Arm. Irgendwann ist er dann doch von den Nazis erwischt und hingerichtet worden.

Wie eine Löwin verteidigte sie ihren Sohn. Niemand durfte sich über ihn lustig machen. Wenn einer der Gäste bei Ottos Gejaule nur den Mundwinkel verzog, wurde er von Rosa angefaucht und aus dem Lokal geworfen. Unter der Hand wurde gemunkelt, dass Ottos Vater als „Dummer August" beim Zirkus gearbeitet hätte und noch immer durch die Welt zog. Rosa wäre damals mitgereist. Deshalb hätten die Nazis Otto nicht gefunden. Sie waren ständig an einem anderen Ort. Rosa wollte nach dem Krieg irgendwo sesshaft werden. Sie hätte vergeblich versucht, ihren Mann zu halten. Fahrendes Volk sei eben fahrendes Volk. Noch heute kämen gelegentlich Postkarten aus fremden, abgelegenen Städten an. Rosa würde sie in einem Karton unter der Theke sammeln. Wenn sie sich über den dicken Willi ärgerte, hole sie die Karten hervor. Sie würde dann davon träumen, wieder mit ihrem August und Otto durch die Welt zu reisen.

Solche Geschichten erzählten die beiden Lillis oder andere in der Tabu Bar verkehrende Damen. Sie gehörten fast zum Personal und blieben oft, bis das Lokal schloss. Sie wohnten in den Zimmern über der Bar, in denen sie auch arbeiteten. Wenn sie an der Theke auf Kundschaft

warteten, kamen sie oft ins Reden. Man konnte viele Geschichten dort hören.
Mir fällt auch gerade wieder Mimi ein, die sich mit ihrer Mutter ein Zimmer teilte. Die Mutter wurde von allen nur Oma genannt. Oma war so etwas wie die Vertrauensschwester aller Prostituierten im Viertel. Oma fand es selbstverständlich, dass ihre Tochter im Gewerbe arbeitete. Für Oma war es ein Beruf wie jeder andere. Sie war sogar stolz darauf. Sie sagte, die anderen Frauen sollten ihnen dankbar sein, dass es sie, die Huren, gibt. Sie würden dafür sorgen, dass es nicht fortlaufend Vergewaltigungen und Schlimmeres auf den Straßen gebe. Da müssten die feinen Damen gar nicht so von oben herabschauen. Die würden ihre Männer nicht kennen. Sie habe die Männer vor, während und nach dem Krieg erlebt. Ihr müsse man nichts über die Männer erzählen und wozu sie fähig sind. Nicht das Weib sei die Sünde. Der Mann sei die Geißel der Menschheit.
Wenn Oma einmal in Fahrt kam, war sie kaum mehr aufzuhalten. Während des Dritten Reiches hatte sie mehrfach wegen Unzucht im Gefängnis gesessen. Sie behauptete aber stets, dass alle, vom Ortsgruppenführer bis zum Bürgermeister, mit ihr verkehrt hätten. Hin und wieder wurde sie aufgegriffen und ins Gefängnis gesteckt, der lieben Ordnung halber. Einer ihrer Freier hätte dann wieder dafür gesorgt, dass sie herauskam. Zum einen, weil er sie vermisste, zum anderen, damit sie den Mund hielt. Die anderen Huren zogen sie oft auf. Als sie noch jung und appetitlich gewesen wäre, da hätte es noch gar kein Drittes Reich gegeben. Oder das müsste schon tausend Jahre her sein. Ob nicht eher der Kaiser zu ihr gekommen wäre? Auch Mimi, ihre Tochter, machte dabei mit. Vor allem dann, wenn Oma behauptete, sie hätte sie aus den Klauen der Nazis befreit. Es stimmte wohl, Mimi wuchs bei gesinnungstreuen Pflegeeltern irgendwo auf

dem Land auf. Laut Urteil war ihre Mutter als „asoziales Subjekt“ nicht fähig, ein deutsches Kind zu erziehen. Nur ist Mimi nach dem Krieg einfach davongelaufen und nach Frankfurt zurückgekommen. Oma selbst hatte nichts unternommen, außer sie bei sich aufzunehmen.
Oma keifte zurück und teilte ebenfalls aus. An der Theke entstand lautes Geschrei. Rosa oder der dicke Willi fuhren dazwischen, drohten, sie alle rauszuwerfen, wenn sie nicht sofort Ruhe gäben. Für die letzten Gäste war es jedes Mal eine Belustigung, diesem Spektakel beizuwohnen.
Ein ebenso wiederkehrendes Spektakel war die nächtliche Abrechnung. Der dicke Willi sammelte alle bezahlten Deckel der Gäste und addierte am Ende des Abends, was in der Kasse sein sollte. Es stimmte nie. Sowohl er als auch Rosa zweigten sich Scheine ab. Heimlich steckten sie sich das Geld in die Hosentasche oder in den Ausschnitt. Jeder von beiden glaubte, ein Recht auf dieses Zubrot zu haben. Der dicke Willi saß mit Brille auf der Nase an seinem Tisch in der Ecke. Vor sich hinmurmelnd rechnete er Bier und Bier und Schnaps und Piccolo und Bier und so weiter zusammen. Es war immer zu wenig. Je nach Laune von Willi und was unterm Strich stand, polterte er los. Er werde in seinem eigenen Lokal bestohlen. Er sei nur von Dieben umgeben. Es war ihm gleichgültig, ob noch einige letzte Gäste an der Theke saßen. Rosa entgegnete, er könne nicht rechnen, habe noch nie rechnen gekonnt. Jedem Dahergelaufenen gebe er einen aus. Am Ende wundere er sich, dass kein Geld in der Kasse sei. Er solle sie mit seiner lächerlichen Buchhaltung in Ruhe lassen. Manchmal verlor Willi auch kein Wort. Er akzeptierte still die Differenz. Die Frauen kicherten dann und feixten, er sei von Rosa wohl schon anders bezahlt worden.
Zu den späten Gästen zählte oft auch Helga, von allen „Liebes Bisschen“ genannt, weißt du noch? Sie war hübsch, aber dünn wie eine Bohnenstange. An ihr war

wirklich nichts dran. Dafür besaß sie lange, wunderschöne Beine. Helga hatte eine leise, stille, fast schüchterne Art. Sie saß immer etwas abseits und beteiligte sich nie an den nächtlichen Keifereien. Damit stach sie oft reifere und üppigere Kolleginnen aus. Wenn man sie sah, wollte man sie unwillkürlich beschützen. Sie hatte dadurch schon zahlreiche Heiratsanträge bekommen. Es waren angeblich schwerreiche Geschäftsmänner darunter. Sie müsste nur zu einem Ja sagen, dann wäre sie von heut auf morgen hier raus. Warum sie es nicht tat, verstand niemand.
Es gab den flinken Fritz, ein Gelegenheitsganove, der im Bahnhofsviertel von allen als Bote eingesetzt wurde. Waren irgendwelche ausgelassenen Horden von amerikanischen Soldaten unterwegs oder die Polizei im Quartier auf der Suche, verteilte Fritz diese Nachricht reihum. Meist bekam er für seine Dienste überall einen Schnaps. Es war erstaunlich, was er vertragen konnte.
Da war der Buchmann, der die New-York-Bar führte. Bei ihm arbeiteten die Beker-Brüder, Chaim und Hersch, als Rausschmeißer. Alle drei waren Juden und hatten die Lager überlebt. Sie erkannten früh die Zeichen der Zeit. Wie es schon Josef vorausgesagt hatte, waren Zigaretten längst nichts mehr wert. Der Schwarzmarkt funktionierte nur noch für bestimmte Waren. Für die Beschaffung dieser Waren wart ihr oder eine der anderen Banden zuständig. Pelzmäntel, Teppiche, Büromaschinen, Ballen von Seide waren gefragt. Mit Nylons, Kaffee und Zigaretten ließen sich keine Geschäfte mehr machen. Buchmann und die Bekers hatten in vielen Schiebereien ihre Finger im Spiel. Mit ihrem Verdienst daraus erwarben sie Zimmer, die sie an die HWGs vermieteten. HWG war die offizielle Bezeichnung für Frauen mit „häufig wechselndem Geschlechtsverkehr“. Sie waren in jener Zeit wesentlich zahlreicher als die gewerblichen Prostituierten. Jede Frau,

der man im Bahnhofsviertel begegnete, war für Geld zu haben. Die einen waren gemeldet, die anderen nicht. Deswegen hießen die HWGs auch „häufig weitergegebene Geschlechtskrankheit". Sie brauchten Zimmer, wollten sie ihre Dienste nicht im Freien anbieten, was verboten war. Hotels gab es kaum. Es war für die Bekers ein lukratives Geschäft. Später kauften sie Grundstücke und Häuser. Ihnen gehörte bald das halbe Bahnhofsviertel, es gehört ihnen noch heute.
Es war eine eigene Welt. Von außen wurde sie Unterwelt genannt. Aber sie war nicht unter der Erde, sie versteckte sich nicht. Sie war offen und sichtbar und quicklebendig. Hier sammelten sich Menschen mit Vergangenheit, verkrachte Existenzen, Lebenskünstler, schillernde Persönlichkeiten und wie man sie nennt. In den versteckten Hinterzimmern wurde dem Glücksspiel gefrönt und an den verrauchten Tischen das nächste Ding geplant. Die Männer und die Frauen pflegten einen offenen Umgang. Sex war kein Tabu, ob gegen Geld oder nicht. Bald kannte jeder die Vorzüge und die Makel des anderen, ob Freier oder Dirne. Es war eine offene Welt und ich habe sie geliebt.

Ja, ich habe das Bahnhofsviertel geliebt. Heute kann ich es zugeben. Ich war damals drauf und dran, dieser Welt zu verfallen. Gisela war schwanger mit unserer Tochter. Dort unten sitzt sie jetzt und wartet auf mich. Um ein Haar hätte ich all das aufgegeben. Ich war fasziniert. Was hatte ich bis dahin erlebt? Mein Leben kam mir leer und sinnlos vor. Ich hatte studiert, eine Frau gefunden, wir sparten auf ein Häuschen und das erste Kind war unterwegs. Ich habe ein Leben geführt wie ein gewöhnlicher Spießbürger. Ich hatte mich der Zeit angepasst. Ich arbeitete und funktionierte, wie es von mir erwartet wurde. Ihr habt ein anderes Leben gelebt. Ihr wart frei und unabhängig. Nicht nur ihr, alle, die ich damals im Milieu und Rotlichtviertel kennenlernte. Natürlich war dies eine Illusion. Vielleicht war das Quartier damals die große Freiheit. Heute ist es das nicht mehr. Nichts ist mehr, was es früher war.

Ich war damals zu allem bereit. Mein bisheriges Leben wollte ich eintauschen. Ich wollte leben wie ihr. Jahre der Anstrengung, des Verzichts lagen hinter mir. Was hatte ich erreicht? Gut, ich hatte einen Beruf erlernt, einen erfolgversprechenden Beruf. Stellte er mich zufrieden? Damals nicht. Die Anstrengung des Studiums ging einfach weiter. Unsere Wohnung bestand aus zwei Zimmern mit einer Kochnische. Ein Bad gab es nicht, nur eine winzige Nasszelle. In diese Enge hinein sollte jetzt noch ein Kind geboren werden. Wenn Gisela die Wäsche machte, hing alles voller Hemden, Unterwäsche, Socken, Leintücher. Wir führten eine funktionierende Ehe, waren eine funktionierende Gemeinschaft.

Ich sah meine Zukunft wie auf einem Reißbrett vor mir. Frau, Kind, Haus, Beruf. Ich wollte ausbrechen, ich wollte diese neue Bürgerlichkeit nicht. Arbeit war das Heilsversprechen. Wer arbeitet, wird etwas erreichen. Wer viel arbeitet, wird viel erreichen. Viel Arbeit ermöglicht auch das Vergessen. Es war ein dumpfes, durch und durch verlogenes Leben. Mein Vater war zumindest Kommunist gewesen. Giselas Vater arbeitete beim Finanzamt und war das Sinnbild eines Beamten. Ein Wendehals und Mitläufer. Dass mein Vater ermordet worden war, war ihm ein Beleg, dass ich aus schlechtem Hause kam. Er hatte lange gegen mich und unsere Hochzeit opponiert. Ich habe ihn gehasst, ich hasse ihn noch heute. Er war einer jener willfährigen Helfer, mit Eifer bei der Sache und später von nichts gewusst. *Mein Kampf* hatte er im Regal hinter Ernst von Salomons *Fragebogen* und *Götter, Gräber & Gelehrte* versteckt.

Aber ich darf auch nicht alles auf diesen alten Nazi schieben. Das wäre nicht ehrlich. Heute darf ich ehrlich sein. Dir gegenüber kann ich ehrlich sein. Du hast es damals gespürt – und – du hast mich damals bewahrt. Ich hätte gerne bei euch mitgemacht, aber du hast es nicht zugelassen. Immer öfter, fast jeden Abend suchte ich euch im Bahnhofsviertel. Ich lief die Bars und Lokale ab. Ich wartete in der Fischerstube, in der Tabu Bar, im Casino Eich. Manchmal traf ich euch, dann tranken wir und redeten. Ihr spracht allerdings nie über die heißen Sachen, kein Wort. Manchmal kamt ihr spät. Ihr saht müde und erschöpft aus, gleichzeitig wart ihr aufgeregt und ausgelassen. Du warst hungrig, jedes Mal. Du hast gegessen bis zum Abwinken. Vier, fünf, sechs Schnitzel hast du verschlungen. Wo ihr wart, wo ihr herkamt, kein Wort. Ich habe Horst einmal gefragt, warum ihr mir nichts erzählt. Er sagte, du möchtest es nicht. „Der Heinz hat's verboten. Kein Wort dürfen wir dir sagen. Der Heinz hat's verboten."

Ich habe euch bewundert, ich habe dich bewundert. Du warst ein Prinz in dieser Welt. Du wurdest geachtet, respektiert und von einigen Frauen geliebt. Du schienst das alles nicht ernst zu nehmen. Dein Leben hatte nicht die Schwere wie meines. Du lebtest einen Traum. Dein Leben erschien mir leicht und mühelos. Ich sehe dich, wie du, nachdem du genug gegessen hattest, mitten im Raum stehst, auf alle einredest, wie früher wild mit den Armen gestikulierst, als wolltest du gleich losfliegen. Und es hätte mich nicht gewundert, wenn es dir gelungen wäre. Wenn du plötzlich über dem Boden geschwebt wärest und zu uns allen herunter gelacht hättest.

Was ihr haben wolltet, habt ihr euch genommen. Euer Leben konnte jeden Tag eine andere Richtung nehmen. Ich las in der Zeitung von einem Einbruch in eine Tankstelle:

„Die Täter stahlen mittels eines Flaschenzuges und eines LKWs den kompletten Tresor. Ein Husarenstück! Anstatt sich vor Ort lange mit dem Aufbrechen aufzuhalten, haben die Räuber den schweren Klotz verschlossen mitgenommen. Jetzt sitzen sie irgendwo in aller Ruhe daran und werden ihn öffnen." Auch der Reporter schien begeistert von diesem Einfall. Ich erkannte dich hinter diesem cleveren Vorgehen. Ich sah euch vor mir, wie ihr feixend und lachend mit dem Tresor davonfahrt. Ich konnte mir vorstellen, wie ihr bei Bier und Zigaretten das Schloss knackt. Tatsächlich wurde der Tresor Tage später im Stadtwald gefunden. Fein säuberlich aufgebrochen und ausgenommen. Jetzt würde es wieder einige Tage hoch hergehen. Jetzt hattet ihr wieder Geld. Wenn du Geld hattest, warst du immer großzügig.
Du warst damals mit Isolde zusammen, der Frau von Horst. Die beiden hatten geheiratet, weil Isolde mit neunzehn ein Kind von Horst bekam. Das war vielleicht zwei Jahre her. Geliebt haben sie sich nie. Horst hatte bald eine andere. Mit ihr lebte er in einem Wohnwagen auf einem Campingplatz. Er kümmerte sich um den Kleinen. Du hast dich um Isolde gekümmert. Ihr hattet kein Problem damit. Dennoch bist du fast jeden Abend, vor allem, wenn ihr von einem Beutezug kamt, mit einer Frau aufs Zimmer gegangen. Es gehörte dazu, wie ein Glas Cognac nach dem Essen. Das hast du auch später nicht abgelegt. Wenn du auf Sauftour warst, dann gehörte das auch dazu. Ich war damals auch nicht treu. Ich bin mit den Lillis, mit Liebes Bisschen, mit anderen aufs Zimmer gegangen. Das waren lächerliche Versuche, euch zu zeigen, dass ich wie ihr wäre. Nur von den HWGs habe ich mich ferngehalten, aus Angst, mich anzustecken.
Eines Nachts, ich sehe es noch ganz deutlich vor mir, sitzen wir alle an einem Tisch. Bubi, Horst, Isaak, du und ich. Es ist spät, sehr spät. Wir sind alle betrunken. Horst

sprach plötzlich von einem Lastwagen, einem Sattelzug oder einem Gespann. Damit würde er durch ganz Europa fahren, als Spediteur. Und er würde nur tagsüber fahren, wenn man auch etwas sehen konnte. Nachts würde er hinter dem Fahrersitz in der Koje liegen. Bubi sagte, bei ihm wäre es genau umgekehrt. Wenn er erst seine Taxilizenz hätte, würde er nur nachts fahren. Das sei doch lustiger und die Leute gäben mehr Trinkgeld. Isaak schwärmte von einer Pfandleihe, die er eröffnen würde. Dann könnte er ganz offen „mit de Dinge handeln". Du sprachst von einem Lokal, das du gemeinsam mit dem dicken Willi plantest. Ein seriöses, anständiges Lokal in der Innenstadt, ein richtiges Restaurant.

Ich traute meinen Ohren nicht. Ich, der ich aus dieser geordneten Welt kam, ihr gerade zu entfliehen suchte, hörte, dass ihr genau dorthin wolltet. Euer Traum war eine spießige, bürgerliche Existenz, ein Leben, wie ich es hatte. Ihr strebtet nach einem Leben, das man euch, nach eurer Ansicht, bisher vorenthalten hatte. Das Schicksal, die Gesellschaft, die Bonzen, der liebe Gott, sie alle schlossen euch davon aus. Eure Räubereien, eure Einbrüche, eure Schiebereien dienten nur dazu, endlich bei einem ehrlichen Beruf, einem kleinen Häuschen, einer Familie anzukommen. Ihr spracht plötzlich von einem allerletzten Coup, euerem größten Coup, der euch hier raus und in ein neues Dasein katapultieren sollte.

Euer neues Leben, eure Zukunft lag in einem Panzerschrank oder in einer Schalterhalle. So viel bekam ich mit. Es ging um viel Geld, sehr viel Geld. Ich wollte damals unbedingt dabei sein. So wie ihr, sah auch ich meine Chance. Ihr wolltet auf meine Seite, ich auf die eure. Ich habe dich vor die Tür gezogen, habe dich darum gebeten, habe dich angefleht, mitmachen zu dürfen. Du hast dir mein Betteln ruhig angehört und dann Nein gesagt. Es war ein Nein, das keinen weiteren Einspruch duldete.

Es war endgültig. Trotzdem habe ich dich nochmals an unsere Freundschaft, unsere gemeinsame Kindheit erinnert. Ich sei mit dir aufgewachsen, sei mit dir dem sicheren Tod entgangen, habe immer zu dir gehalten. Einen besseren, verlässlicheren Kameraden würdest du nicht finden. „Nein."

Ich fühlte mich ausgeschlossen, vor den Kopf gestoßen, herabgesetzt. Mit Willi und Horst wolltest du das Ding durchziehen, mit mir nicht. Waren sie dir bessere Freunde als ich? Hattest du mich nur gerufen, als ich dir nützlich war? Jetzt hattest du keine Verwendung mehr für mich, wolltest mich nicht dabeihaben, mir meine Chance verwehren. „Nein."

Du bist wieder hineingegangen, hast mich stehen lassen wie damals vorm Haus in der Fechenheimer Straße. Es war, als hättest du mehr als eine Tür hinter dir geschlossen. Du hast mich hinausgeworfen. Du hast mich endgültig ausgeschlossen. Ich stand hier und ihr wart da drin. Ich bin in jener Nacht lange durch die Stadt gelaufen. Ich ging durch die noch immer bunten Straßen des Bahnhofsviertels hinüber nach Sachsenhausen, an den stillen, grauen Fassaden entlang. Ich fühlte mich ausgesetzt, fühlte mich ernüchtert.

Heute weiß ich, dass du mich schützen wolltest, mich beschützt hast. Ihr habt mich beneidet, da ich schon dort war, wo ihr hinwolltet. Du hattest dir meine Eskapaden der letzten Wochen angeschaut, wie man einem Kind beim Spielen zusieht. Jetzt war es genug. Viel später einmal hast du mir erzählt, wie zuwider dir selbst das Leben war, das du damals führtest. Das ewige herumlungern, die immer gleichen Gesichter, die immer gleichen Gespräche. Die Tipps und Angebote. Das Hinfahren und Ausbaldowern. Machen oder lassen? Die Verhandlungen mit den Schiebern und Schwarzmarkthändlern. Das Schmieren der

Kundschafter. Der Unterhalt der Zeugen und Leumunde. Das Beschaffen von Werkzeug und Geräten.
Du sagtest, alle hätten sich auf dich verlassen. Du seist der Motor gewesen, der ständig laufen musste. Du hättest unentwegt dafür sorgen müssen, dass der Betrieb florierte. Willi, Horst und die anderen hätten dir blind vertraut. Du hättest geplant und jedes Detail bedacht, hättest die Verantwortung getragen. Du musstest alle bei Laune halten. Dabei seien die Tage und Nächte öde gewesen, öde und leer. Einzig die Momente, in denen es ernst wurde, wenn ihr vorgefahren, eingestiegen, eingebrochen, hineingestürmt seid, hätten noch einen Reiz besessen.
Seit Jahren, ja fast von Anfang an, sollte es nur für ein Kapital reichen, mit dem ihr hättet aufhören können. Eine Summe, um eure Wünsche zu erfüllen. Das war doch nicht zu viel verlangt. Eure Wünsche waren doch eher bescheiden. Ein Taxi, ein LKW, ein Restaurant, das sei doch kein Luxus. Das sei Arbeit, ehrliche Arbeit.
Doch immer wieder ist euch das Geld durch die Finger geronnen. Anfänglich habt ihr eure Beute verborgen. Du hattest Willi und Horst ermahnt, nicht verschwenderisch zu werden. Gelegentlich haben sie auch eine Anstellung angenommen. Nur ab und zu, wie es jeder tut, seid ihr groß ausgegangen. Der Tag im Café Kranzler, als wir uns trafen, war so ein Tag.
Mit der Zeit seid ihr leichtsinnig geworden. Das viele Geld hat euch verleitet. Willi und Horst fingen an zu spielen. Erst kleine Beträge, in kleinen Hinterzimmern im Bahnhofsviertel, Wetten, Glücksspiel, Karten. Später große Beträge in den Spielbanken in Bad Homburg, Wiesbaden und Baden-Baden. Du hättest sie ermahnt, ihnen gedroht, auf sie eingeredet, wenn sie wieder stier zurückkamen. Irgendwann hast du selbst gespielt. Nicht

so leichtsinnig wie die Korbmachers, aber auch ohne Gewinn.
Mehr und mehr sei es auch zum Ritual geworden, dass ihr nach jedem geglückten Ding eine Sause veranstaltetet. Bald wusste jeder Bescheid. Die drei haben wieder etwas gedreht, jetzt lassen sie die Korken knallen. Es waren ausgelassene Feiern. Wer da war, wurde eingeladen. Mehrmals bist du an solchen Abenden in eines der Zimmer verschwunden, immer mit einer anderen.
Da das Geld weg war, musste es weitergehen, immer weitergehen. Ein Ding und noch ein Ding und dann das nächste. Es war ein Kreislauf geworden, eher ein Strudel. Ihr konntet euch nicht befreien, du konntest euch nicht daraus befreien. Die Illusion, die Hoffnung, dass das letzte große Ding diesen Kreislauf beenden, euch hinauskatapultieren würde, wurde immer größer. Später, in deinen Büchern, wurde dies ein zentrales Thema. Dieses Nichtherauskommenkönnen, dieses Gefangensein, dieses Gefesseltsein an sein Schicksal. Wie die Nadel auf einer gesprungenen Platte. Sie spielt immer das Gleiche. Es muss ein Stoß kommen, damit sie weiterspringt. Später hast du eure Hoffnung als Illusion erkannt. Später war dir klar, dass ihr alleine niemals aus diesem Strudel entrinnen konntet. Du sagtest: „Ein Lied muss erst zu Ende gespielt werden, bevor das nächste beginnt. Ein Schicksal muss sich erst erfüllen."

Schicksal, Schicksal, Schicksal. Was denke ich da. Was ist schon das Schicksal? Sind es nicht eher die Umstände, die Zeiten. Die Glocke schlägt wieder. Drei Mal. Eure Zeit schlug auch. Ihr wurdet eingeholt. Ihr habt die Zeichen nicht erkannt, wolltet sie vielleicht nicht erkennen. Vielleicht wart ihr auch zu sehr in eurem Hamsterrad gefangen?
Die ersten Jahre nach dem Krieg waren wie im wilden Westen. Es gab Chaos, es gab Sektoren, es gab die

Militärregierungen, die wenig vom Regieren verstanden. Es gab die schlecht ausgerüstete Polizei. Doch der Staat muss für Ordnung sorgen. Der Staat muss seine Bürger schützen. Mehr und mehr ging der Staat gegen Banden wie euch vor.

Ihr wolltet euren Anteil haben, euer Stück vom Kuchen, von dem ihr leben konntet. Du hast immer gesagt, die wahren Gauner sitzen in den Banken und Palästen. Wie recht du hattest. Heute ist es noch viel schlimmer. Die Welt stürzt dem Abgrund entgegen. Würdest du heute noch leben, alter Freund, du würdest verzweifeln. Du hast für die Außenseiter geschrieben. Du hast auf ihrer Seite gestanden. Heute gibt ihnen niemand mehr eine Stimme. Sie sind verloren.

Hin und wieder las ich etwas von Überfällen, Einbrüchen. Es waren kleine Meldungen in den Zeitungen. Das war nicht der große Raubzug, das konnte es nicht sein. Ich verfolgte es aus der Distanz. Ich war ernüchtert und zur Besinnung gekommen, wenn ich es so nennen soll. Damals war ich dir böse. Ich konnte nicht mehr ins Bahnhofsviertel gehen. Dir zu begegnen war mir unvorstellbar. Du hast mich nach Hause gezwungen, zurück in meine Bürgerlichkeit. Du hast mich in mein Glück gezwungen.

Der Überfall auf die Rentenkasse war ein Fehler. Zum ersten Mal habt ihr dem kleinen Mann in die Tasche gegriffen. Das hättet ihr nicht tun dürfen. Es stand groß in allen Blättern. Ihr habt den Alten ihre Rente geraubt, jetzt standen sie da, ohne einen Pfennig, mitten im Winter, an Silvester. Ihr seid in die Ausgabestelle gestürmt, habt geschossen und alle Anwesenden mit Maschinengewehren bedroht. Ihr seid von Tisch zu Tisch gerannt, habt die Beamten weggestoßen und das Geld zusammengerafft. Es dauerte nur wenige Minuten, doch es waren Minuten voller Angst für die armen Rentner und Pensionäre. Die Empörung war riesengroß.

Dass niemand verletzt und schon wenig später die Auszahlung der Renten fortgesetzt wurde, interessierte keinen mehr. Jetzt wurde Stimmung gemacht. Diesen bewaffneten Banden musste endlich das Handwerk gelegt werden. Der gesamte Polizeiapparat wurde mobilisiert.
Ihr wurdet noch am gleichen Abend verhaftet. Josef stand anderntags in meiner Kanzlei. Er kam wegen seiner Söhne. Du hattest diesmal nicht nach mir gerufen. Es gab Alibis, es gab Bezeugungen. Ihr kanntet das Spiel. Am Abend konntet ihr das Polizeipräsidium wieder verlassen, musstet aber in der Stadt bleiben. Wir standen draußen, du und ich. Ich habe dich geradeheraus gefragt, ob ihr es gewesen wärt. Du konntest mich nicht anlügen, deshalb hast du es gar nicht erst versucht. Ich habe dir Vorhaltungen gemacht. Ihr wart bewaffnet, hattet auf einen Wachmann gezielt, Menschen bedroht.
„Ist das euer letztes großes Ding oder ist es erst der Anfang?"
„Wir hatten eine scharfe Pistole dabei. Ich habe damit einmal in die Decke geschossen, um uns Respekt zu verschaffen. Ich habe auf keinen Menschen gezielt."
„Die Polizei sieht das ganz anders. Auch die Zeugen sagen anderes aus."
„Die anderen Waffen waren aus Holz."
„Auch das sieht die Polizei anders."
„Daran kann ich nichts ändern."
„Ob eure Waffen aus Holz waren oder nicht, das macht keinen Unterschied. Es war ein bewaffneter Raubüberfall. Wenn jemand einen Herzanfall oder sonst etwas bekommen hätte, wäre es eventuell Mord."
Du hast es nie vertragen, wenn man dir widersprach. Am allerwenigsten wenn du wusstest, dass der andere recht hatte. Ich ließ nicht locker. Du warst übermüdet und gereizt. Wir streiten auf der Straße. Du sagst, ich solle

dich in Ruhe lassen. „Ich habe dich nicht gerufen und ich brauche dich nicht.“ Du drehst dich um und gehst. Wütend stapfe ich in die andere Richtung davon.
Ich wusste damals noch nicht, dass die ganze Sache mit der Rentenkasse ein doppelter, ein einziger Fehlschlag war. Zum einen hattest du die Reaktion der Gegenseite unterschätzt. Wie jeder gute Sportler kanntest du deinen Gegner. Dein Gegner war die Polizei. Du kanntest ihre Stärken, ihre Schwächen, ihre Taktik, ihre Vorgehensweise. Du wusstest allerdings nicht, wozu die Polizei fähig ist, wenn sie von der Presse und der öffentlichen Empörung in die Enge getrieben wird. Die Zeitungen brachten über mehrere Tage ganzseitige Berichte. Jede Kleinigkeit wurde beleuchtet, die Untätigkeit und die Unfähigkeit der Polizei angeprangert. Plötzlich war das Bandenunwesen die größte Gefahr für die öffentliche Ordnung. Das gesamte Bahnhofsviertel, offenbar der Rückzugsort für diese Kriminellen, müsse ausgehoben werden. Das tolerante Verhalten der Polizei sei eine Schande. Das müsse schnellstens ein Ende haben. Es dürfe keine rechtsfreien Räume geben.
Es wurde eine Belohnung ausgesetzt. Innerhalb weniger Tage wurde sie zweimal erhöht. Insgesamt elftausend Mark lockten. Das war die bis dahin höchste Belohnung in der noch jungen Bundesrepublik. Es war eine gewaltige Summe. Sie würde auch im Milieu viele reizen. Ihr musstet euch neben der Polizei besonders vor Spitzeln und Zuträgern in Acht nehmen. Dazu kam, dass die Sache auch im Viertel ziemlich krummgenommen wurde. Es stimmte schon, die Polizei hatte sich im Bahnhofsviertel weitestgehend zurückgehalten. Vieles regelten die Betreiber der Bars und Bordelle untereinander. Schlägereien waren an der Tagesordnung. Sie wurden so schnell beendet, wie sie begonnen hatten. Dafür sorgten die

eigens engagierten Türsteher. Das waren meist finstere Schläger. Es wurde nicht lange gefragt, sondern erst einmal für Ruhe gesorgt. Pöbelnde GIs wurden von der MP zur Räson gebracht. Natürlich patrouillierte auch die Polizei in den Straßen. Dem ein oder anderen Polizisten wurde auch schon mal etwas zugesteckt. Oder er durfte sich auf Kosten des Hauses amüsieren. Eine Hand wäscht die andere. Man sorgte für Ruhe und wurde in Ruhe gelassen. Jetzt gab es fortlaufend Razzien und Durchsuchungen. Das verschreckte die Gäste und störte die Geschäfte. Die Zuhälter und Gastwirte verfluchten die Bande, die ihnen das eingebrockt hatte. Liebend gerne hätten sie sie ans Messer geliefert. Ihr konntet niemandem mehr trauen.

Der zweite Fehlschlag war, dass der Überfall einen Tag zu spät durchgeführt wurde. Ihr hattet den Tipp von Mariannes Mutter erhalten. Sie holte sich dort selbst Monat für Monat ihre Rente ab. Sie sprach von riesigen Geldbündeln auf den Tischen. Das Ganze sei kaum bewacht. Sie redete euch die Sache förmlich ein. Jeden Tag sei sie zu dir gekommen.

In einer ehemaligen Turnhalle am Oeder Weg standen acht bis zehn Tische. Auf den Tischen wacklige Gitter, die das, was darauf lag, ellenhohe Geldberge, von drei Seiten abschirmten. Hinter jedem Gitter ein Beamter der Rentenkasse. Zwischen den Tischen war nichts, keine Barriere, keine Glaswände, nichts. Man wartete am Eingang, bis ein Platz frei wurde. Du hattest Mariannes Mutter einmal begleitet und dir alles genau angesehen. Es war wirklich lächerlich. Ein Wachmann stand am Eingang, ein anderer am Ende der Halle. Auf dem Tisch vor euch lagen mindestens fünfzig- bis achtzigtausend Mark. Ein Wunder, dass noch niemand auf die Idee gekommen war, diese Auszahlungsstelle zu überfallen. Im Dezember gab

es für die Rentner noch einen kleinen Weihnachtszuschlag. Am 30. Dezember 1954, frühmorgens, sollte der Überfall stattfinden.
Mariannes Mutter wollte zehn Prozent von der Beute. Sie träumte schon von den vielen Tausendern und was sie damit machen würde. Sie ließ euch, so hast du mir es später erzählt, keine Ruhe.
Hättet ihr, wie geplant, die Rentenkasse am dreißigsten überfallen, wäre mehr als eine Million Mark eure Beute gewesen. Leider sprang der in der Nacht zuvor gestohlene Wagen nicht an. Es war nichts zu machen. Ein Ersatzwagen war nicht zu beschaffen, nicht am helllichten Tag. Das war zu riskant. Ihr hättet es als Zeichen nehmen sollen.
Die Million wäre vielleicht das große Final gewesen. Sie hätte womöglich für all eure Träume gereicht. So wurden es an Silvester nur magere achtzigtausend. In euren Augen zum Sterben zu viel, zum Leben zu wenig. Dieser Stachel saß tief in dir, als wir uns an jenem Abend stritten. Es war wieder nichts. Das Rad musste sich wieder weiterdrehen. Zum ersten Mal nagte das Gefühl an dir, versagt zu haben. Die ganze Sache war ein gewaltiger Flop. Auch Willi, Horst und Fred, der bei dieser Sache mit dabei war, waren gewaltig angefressen. Ihr hattet so viel riskiert. Es war euer erster Banküberfall. Es fühlte sich an, als wärt ihr wieder betrogen worden. Die Berichte in den Zeitungen über das viele Geld, das am Vortag dort gelegen hatte, bohrten den Stachel nur noch tiefer. Später sagtest du einmal, dass jener Tag zum ersten wirklichen Bruch zwischen euch geführt habe. Hattet ihr euch zuvor blind aufeinander verlassen können, war erstmalig so etwas wie Misstrauen zwischen euch. Es wurden bittere Tage und Wochen, die kommen sollten. Ihr wart zu absoluter Tatenlosigkeit verdammt. Ihr hattet auch keine Sause wie sonst üblich veranstaltet. Niemand sollte euch mit

dem Überfall in Verbindung bringen. Von allen Seiten, so schien es, wurdet ihr beobachtet.
Was wäre wohl noch geschehen, hättet ihr tatsächlich eine Million erbeutet? Die Polizei kontrollierte mehrmals Willis Lokal. Es gab dort einen Nebenraum. Er war durch eine Tür vom restlichen Lokal abgetrennt. Dieses kleine Zimmer war oft Ausgangspunkt für so manchen Raubzug von euch in der näheren Umgebung. Ihr tatet so, als würdet ihr euch zum Kartenspielen treffen. Eine intime Runde, ihr wolltet unter euch sein. Willi brachte hin und wieder Getränke in das Separee und kam mit leeren Gläsern wieder heraus. Selbst die Polizeispitzel bezeugten, dass ihr den ganzen Abend nebenan gesessen hättet. In Wirklichkeit wart ihr längst aus dem Haus. Über eine versteckte Luke ging es in den Keller. Noch aus Kriegszeiten waren fast alle Gebäude dort unten miteinander verbunden. Ihr konntet bis zu einem versteckten Hinterhof in der Münchener Straße gehen. Dort stand euer Wagen.
Das war jetzt vorbei. Die Polizei stürmte herein und kontrollierte gezielt das Nebenzimmer. Sie waren euch auf der Spur. Fries, so hieß der leitende Kommissar der Frankfurter Kriminalpolizei, war höchstpersönlich mit dabei. Ihr saßt am Tisch, dieses Mal hattet ihr tatsächlich Karten gespielt. Fries ging einmal um den Tisch und schaute jedem ins Blatt. Dann sagte er: „Die Glückssträhne ist wohl vorbei, meine Herren, oder?“ Sie sind dann wieder abgerückt.
Du hast mir diese Szene später einmal erzählt, als Beispiel für einen weiteren schweren Fehler. Ihr glaubtet, trotz allem, in Frankfurt alles unter Kontrolle zu haben. Jeder von euch hatte ein wasserdichtes Alibi. Eure Geschichten waren aufeinander abgestimmt. Die Polizei konnte euch nichts anhaben. Es war im eigentlichen Sinn kein Fehler.

Ihr hattet richtig gespielt. So waren die Regeln. Dazu gehörte, dass man auch mal verhaftet und verhört wurde. Oder auch eine Razzia, wie jetzt. Wenn alle nach den Regeln spielten, konnte euch nichts geschehen.
Wovon ihr keine Ahnung hattet, war, dass längst ein neuer Spieler im Hintergrund agierte. Diesem Spieler waren die Regeln egal. Er spielte sein eigenes Spiel. Ein überaus abgebrühter Spieler, der um alles in der Welt gewinnen wollte. Einer, den euer gezinktes Blatt nicht täuschte. Wenn schon fünf Asse im Spiel waren, warum nicht noch ein sechstes oder siebtes. Er scheute sich nicht, den ganzen Ärmel voller falscher Karten zu haben und diese auch zu gebrauchen.
Dieser jemand saß in Mannheim und hieß Dr. Angelberger. Dr. Angelberger war der dortige Oberstaatsanwalt. Er hatte diese Stelle innerhalb kürzester Zeit erreicht. Er war ein Paradebeispiel für die neue Gesellschaft, für die Streber in der Wirtschaftswunderzeit. Dr. Angelberger war von Ehrgeiz zerfressen. Er wollte unbedingt Karriere machen. Was ist schon ein Staatsanwalt, wenn man Richter werden kann. Was ist schon ein Richter, wenn es darüber einen Minister gibt. Selbst ein Ministerposten wäre ihm nicht genug gewesen. Nichts wäre ihm jemals genug gewesen.
Mannheim lag für euch schon weit zurück. Nicht einen Gedanken habt ihr mehr an die Geschichte von damals verschwendet. Anders Dr. Angelberger. Ihn trieb der Fall nach wie vor um. Seit dem Raub der Rechenmaschinen, in Summe ein ebenso großes Ding wie der Überfall auf die Rentenkasse, war er hinter euch her. Selbst als Isaak gestand und alles auf sich nahm, ließ er nicht locker. Er hatte euer Spiel durchschaut. Nach und nach war er euch auf die Schliche gekommen. Er wusste mittlerweile, wie

euer Spiel lief. Er kannte eure Karten genau. Also musste er an bessere Karten herankommen. Er musste so lange mischen, bis er alle Trümpfe in der Hand hatte.
Mehr als ein Jahr sammelte die Staatsanwaltschaft Mannheim Beweise gegen euch. Dr. Angelberger hatte bald eure Handschrift erkannt. Der Anfang war immer der Diebstahl eines schnellen Wagens, meist ein Porsche, ein Citroën V6, ein Aston Martin oder Jaguar. Immer war die hintere rechte Seitenscheibe eingeschlagen. Von dort ließ sich die Beifahrertür öffnen. Anschließend wurde der Motor kurzgeschlossen. Eine Sache von einer Minute. Später fanden sich die Wagen an abgelegenen Orten wieder. Sie waren bis auf die zerschlagene Scheibe und die herausgezogenen Zündkabel unbeschädigt. Man war sehr pfleglich mit ihnen umgegangen.
Von überall her ließ sich Angelberger Akten zu Fällen kommen, in denen PS-starke Wagen als Fluchtfahrzeuge dienten. Ein weiteres Merkmal war die Präzision und Schnelligkeit, mit der die Taten durchgeführt wurden. Es dauerte meist nur wenige Minuten, dann war der Laden, das Schaufenster, die Vitrine geplündert. Es war damit völlig klar, dass es jeweils eine genaue Vorbereitung gab. Dr. Angelberger war jemand, der saubere Arbeit schätzte. Es verlangte ihm sogar ein gewisses Maß an Respekt ab. Gleichzeitig war deine Akribie, mit der du nichts dem Zufall überlassen wolltest, für ihn der Ansatzpunkt, um auf eure Spur zu kommen. Du hattest unbewusst überall deine Markenzeichen hinterlassen.
Dr. Angelberger hatte fleißige Helfer bei der Mannheimer Polizei. Aus Mainz, Duisburg, Bielefeld, Kassel, Düsseldorf, München und anderen Städten ließen sie Unterlagen kommen und werteten diese aus. Frankfurt und Umgebung ließen sie außen vor, um ja keinen Verdacht entstehen zu lassen. Es konnte ja sein, dass es bei

den Frankfurter Kollegen welche gab, die euch warnen würden. Sie durchforsteten die Fälle nach Ähnlichkeiten und Parallelitäten. Sie glichen Personenbeschreibungen und Tatabläufe miteinander ab. Sie sammelten Fakten, Fakten, Fakten. Es war eine monatelange, unermüdliche Ermittlungsarbeit im Verborgenen. Die Mannheimer Polizei stürmte keine Bars und Bordelle. Hier schichtete man Papierberge um, riesige Papierberge. Doch diese Papierberge würden es sein, die euch erdrücken, euch festhalten, euch vernichten werden. In diesen Papierbergen werdet ihr untergehen.
Dr. Angelberger war schlau. Ihm war klar, dass es für die so ähnlichen und doch weit auseinander liegenden Taten Zuträger gegeben haben musste. Setzte man in Frankfurt darauf, mit einer sagenhaften Belohnung einen Mitwisser oder gar Mittäter aus dem Umfeld locken zu können, baute die Mannheimer Polizei auf die kleinen, unscheinbaren Ganoven. Angelberger suchte die Leute vor Ort, die Tippgeber, jene, die für einen kleinen Anteil aus der späteren Beute die Informationen lieferten. Diejenigen, mit denen du dich im Vorfeld getroffen und alles ausgekundschaftet hattest. Jene lausigen, kleinen Schmarotzer, denen selbst der Mut zur Tat fehlte. Schmierige Gesellen, die ihr ganzes Leben vom Verrat gelebt haben und immer noch lebten. Meist stadtbekannte Zuträger, die für jeden arbeiteten, der ihnen etwas zusteckte, ob Polizei oder Kriminelle.
Systematisch machte sich die Mannheimer Kripo an die Arbeit. Es war nicht weiter schwierig. Manche der Gesuchten waren auf freiem Fuß, andere verbüßten gerade einmal wieder kleinere Haftstrafen. Mit Vergünstigungen, Geld und Versprechen für die Zukunft wurden ihnen ihre Aussagen entlockt. Ob diese immer der Wahrheit entsprachen, das war Dr. Angelberger gleichgültig. Eure Alibis waren ja auch erfunden. Warum sollten seine

Zeugen dann anders sein? Es wurden der Bande aus Frankfurt Verbrechen zugeschrieben, mit denen ihr absolut nichts zu tun hattet. So wurdet ihr plötzlich beschuldigt, für eine Reihe von Überfällen entlang der Autobahnen, insbesondere Köln-Dortmund, verantwortlich zu sein. Dabei waren auf Rastplätzen mehrere Lastzüge überfallen und ausgeräumt worden. Das entsprach überhaupt nicht eurer Vorgehensweise. Angelberger wusste das, ließ es aber zunächst in den Ermittlungsakten stehen. Der ein oder andere seiner Zeugen schob euch ganz bewusst etwas unter, um von den wahren Tätern abzulenken. Andere erfanden schlichtweg irgendetwas, um im Gegenzug die versprochenen Prämien zu bekommen.
Trotz dieser offensichtlichen Fehlinformationen kam auch viel Stichhaltiges zutage. Immer wieder fiel dein Name, der Heinz aus Frankfurt. Mit Heinz habe ich mich an dem und dem Tag getroffen. Mit Heinz bin ich da und da hingefahren. Heinz hat sich alles genau angesehen. Und so weiter und so weiter. Die Beweislage wurde erdrückend. Gerade wollte Dr. Angelberger seine Karten auf den Tisch legen, als er den eigentlichen Joker für dieses Spiel erhielt. In München war Helmut, euer Mittäter aus Rosenheim, bei einer seiner kleinen Betrügereien gefasst worden. Als Wiederholungstäter winkte ihm nun eine saftige Strafe. Um seine eigene Haut zu retten, packte er bereitwillig über den Einbruch in die Brauerei in Rosenheim aus. Er berichtete detailliert über die Planung, den Ablauf und wer sonst noch dabei gewesen war. Es wurde sogar ein Ortstermin anberaumt, bei dem er Angelberger exakt den Tathergang vorführte. Immerhin sagte er auch aus, dass die Beute bei Weitem nicht dem entsprochen hätte, was später benannt wurde. Dieses Detail interessierte aber niemanden mehr.

Nun war das Blatt von Dr. Angelberger vollständig. Jetzt hatte er alle Trümpfe in der Hand. Jetzt würde es ein leichtes Spiel für ihn werden. Ihr hattet keine Chance mehr. Der Zugriff erfolgte für alle überraschend. Selbst die Frankfurter Polizei war nicht unterrichtet. Die Kripo aus Mannheim rückte mit fünfzehn Mann und mehreren Fahrzeugen in den frühen Morgenstunden an. Sie waren außerordentlich gut informiert. Sie schlugen zeitgleich an mehreren Orten zu. Sie fanden selbst Horst auf dem Campingplatz. Bubi wurde gemeinsam mit Josef verhaftet. Dich haben sie bei deiner Mutter festgenommen. Der dicke Willi wurde ebenso mitgenommen wie Isaak. Selbst Marianne kam in Gewahrsam. Ihr wurdet getrennt transportiert und in verschiedenen Haftanstalten untergebracht. Keine Abstimmung, kein Austausch, keine Verständigung unter euch war möglich. Die gesamte Aktion war generalstabsmäßig geplant. Erst als ihr schon hinter Schloss und Riegel wart, wurden von Mannheim aus die Kollegen der Frankfurter Polizei informiert.
Doch Dr. Angelberger hatte noch nicht genug. Er war wirklich clever. Jetzt holte er zum ganz großen Schlag aus. Jetzt, da ihr schon keinen Stich mehr machen konntet, sammelte er nach bewährtem Muster Informationen in Frankfurt ein. Jetzt befragte er die Frankfurter Spitzel und Zuträger.
Er war wirklich sehr geschickt. Er scheute nicht davor zurück, eure nächsten Freunde und Bekannten anzugehen. Er summierte die Beute der bereits gesammelten Fälle, das heißt das, was er für eure Beute hielt. Über die Jahre war eine unglaubliche Zahl zusammengekommen, eine dreiviertel Million Mark, eine gigantische Summe! Was waren dagegen die spendierten Runden beim dicken Willi? Was bedeuteten da noch die größeren und

kleineren Gefälligkeiten? Was waren dazu im Vergleich die paar Scheine, die man erhalten hatte, auch ohne ein Versprechen auf Rückzahlung. Die großzügigen Geschenke waren auf einen Schlag nur billige Almosen. Bei dieser Summe war plötzlich alles zu gering. Ihr hattet eure Freunde, eure Nächsten hintergangen. Die Betrüger fühlten sich betrogen. Sie sahen sich um ihren gerechten Anteil gebracht, woher auch immer dieser Anspruch kam. Die Rechnung von Dr. Angelberger ging auf.
Neid und Missgunst keimten in den Köpfen auf. Vergessen waren eure wütenden Ausbrüche gegen die Hehler, die euch oft nur zehn Prozent des Wertes der Beute zahlten. Keiner glaubte euch mehr, selbst die Hehler nicht. Einzig Josef blieb standhaft. Mit der Polizei arbeitete man nicht zusammen. Man hängte keinen anderen hin. Das war Ganovenehre. Dein Stiefbruder Sigi dagegen war einer der Ersten, die aussagten.
Ich weiß nicht mehr genau, war es Zufall, war es eine Ahnung? Am Tag eurer Verhaftung ging ich abends in Willis Tabu Bar. Schon an der Tür fiel mir auf, dass etwas nicht stimmte. Die Leere im Lokal war unheilverkündend. Dass ihr nicht da wart, war mir in gewisser Weise recht. Aber auch der dicke Willi und die dicke Rosa standen nicht hinter dem Tresen. Dafür eine der beiden Lillis, die andere saß heftig rauchend davor. Auf meine Frage, was denn passiert sei, legten beide wie aus einem Munde los. Sie konnten mir allerdings nur sagen, dass die Polizei am frühen Morgen im Haus war und Willi verhaftet hätte. Sie seien in die Wohnung gestürmt und hätten alle erst einmal in Handschellen gelegt, auch den armen Otto. Der sei nun noch verstörter, als er sowieso ist. Rosa sei mit ihm oben, weine sich die Augen aus und habe alle Hände voll zu tun, den Buben zu beruhigen.

Ich versuchte in den anderen Lokalen mehr zu erfahren. Ohne viel Erfolg. Auf der Straße traf ich den flinken Fritz. Er wusste immerhin, dass ihr alle verhaftet worden wart, aber nicht von der Frankfurter Polizei, von einer anderen Polizei.
Es dauerte Tage, bis wir in Kontakt kamen. Angelberger hatte auch hier gut vorgearbeitet. Er blieb uns immer einen Schritt voraus. Während ich versuchte, mit dir zu sprechen und zu erfahren, was man euch vorwirft, zog er weiter sein Netz zusammen. Er nutzte die Verunsicherung, die sein erster Zug verursacht hatte, perfekt aus. Mit klaren Anweisungen spannte er jetzt die Frankfurter Polizei ein. Er lieferte Namen und Adressen von Personen, die vorgeladen oder direkt aufgesucht werden sollten. Es waren genaue Protokolle der Verhöre anzufertigen und direkt an ihn zu senden. Es sei mit „allen Mitteln" zu arbeiten und es sollte schnell gehen.
Die Frankfurter Polizei hatte aber noch ein ganz anderes Problem. Nicht nur, dass sie von den ehrgeizigen Kollegen aus Mannheim überrumpelt und damit bloßgestellt waren. In Frankfurt war der öffentliche Druck noch immer enorm hoch. Wie konnte es sein, dass in der Stadt, die einst Hauptstadt werden wollte, in der General Eisenhower sein Hauptquartier hatte, in der die westlichen Siegermächte ihre zentrale Verwaltung betrieben, dass ausgerechnet in dieser Stadt dem Unwesen der Banden nicht beizukommen war? Dass rund um den Bahnhof ein Sodom und Gomorra herrschte und weiter blühte? Dass sich die halbseidene Welt dort etablierte und scheinbar unbehelligt ihren Geschäften nachging? Dass die vielen Amerikaner, Engländer, Franzosen mit ihren wertvollen Devisen zum Großteil Auslöser des Problems waren, darüber sprach niemand. Auch nicht

darüber, dass die deutschen Behörden gegenüber ihnen völlig machtlos waren.
Dass es jetzt die Kollegen aus Mannheim waren, die für Ordnung sorgten, das wäre eine entsetzliche Blamage gewesen. Das würde ernsthafte Konsequenzen nach sich ziehen. Da würden Köpfe rollen.
Aus dieser Not heraus blieb nur noch die Flucht nach vorne. Der Chef der Frankfurter Kriminalpolizei Konrad berief noch am Tag eurer Verhaftung eine Pressekonferenz ein. Hatte er bisher seinem Mitarbeiter Fries die undankbare Drecksarbeit überlassen, sah er jetzt die Chance, sich selbst ins Rampenlicht zu stellen. Noch nie ist ein Schuss so nach hinten losgegangen.
War Konrad von den Mannheimern überrumpelt worden, so wollte er es ihnen jetzt gleichtun und den Erfolg der Festnahme für sich verbuchen. Vor den zahlreich herbeigeeilten Journalisten breitete er die Sensationsmeldung aus: „Die schlimmste Bande von allen ist gefasst." Aus den ihm aus Mannheim übermittelten Haftbefehlen konnte er die lange Liste der Einbrüche, Überfälle und Raubzüge zitieren. Mehr als fünfzig Delikte hatte man da zusammengetragen. Kurzerhand hing er den Überfall auf die Rentenkasse mit an, obwohl es dafür zu diesem Zeitpunkt noch gar keine gesicherten Beweise gab. Die Journalisten fragten nach, wollten Details erfahren. Da er dazu wenig liefern konnte, ließ Konrad eine kurze Pressemeldung verteilen, dass „Die raffinierteste und trickreichste Räuberbande der Bundesrepublik, die Jäger-Bande" endlich gefasst sei. Die Mannheimer Kollegen erwähnte er mit keiner Silbe.
War es Rache? War es Hilflosigkeit? War es die Hoffnung, die Mannheimer Polizei würde schon gute Miene zum bösen Spiel machen? War es insgeheim der Wunsch, die Kollegen würden die verzweifelte Lage in Frankfurt kennen

und ihm, Konrad, den Glanz des Erfolges überlassen? Er kannte Dr. Angelberger nicht. Es kam zu einem bis dato einmaligen Vorgang in der noch jungen Bundesrepublik.
Kaum waren am nächsten Tag die ersten Pressemeldungen aus Frankfurt in Mannheim durchgesickert, auch dort las man die *Frankfurter Rundschau* und die *Frankfurter Allgemeine*, wurde am Neckar zu einer weiteren Pressekonferenz eingeladen. Man vergaß auch nicht die entsprechenden Journalisten vom Vortag aus Frankfurt und plante deren Anreise vom Main für den Termin mit ein. Da es in Mannheim selten zu solchen Veranstaltungen kam, so etwas hatte es seit mehr als drei Jahren nicht mehr gegeben, war die Teilnahme und die Spannung entsprechend groß.
Dr. Angelberger war ehrgeizig und karriereversessen. Er war aber auch jemand, der wusste, dass er Erfolg nur mit den ihm unterstellten Kollegen haben konnte. Daher überließ er es dem Mannheimer Leiter der Kriminalpolizei Riester, den staunenden Journalisten darzulegen, wer in Wirklichkeit die Bande, die von den Frankfurtern „Jäger-Bande" getauft worden war, ausgehoben hatte. Und im Gegensatz zu Konrad konnte Riester alle Fragen beantworten. Es war ihm ein Vergnügen, die monatelange Arbeit seiner Abteilung zu betonen. Er hatte zwei Kommissare mitgebracht und stellte sie namentlich als die fleißigen Ermittler vor. Diese beiden hätten die unzähligen Akten angefordert, gesichtet und bewertet. Im Gegensatz zu Konrad war Riester ein Teamspieler. Er lobte seine Mitarbeiter und ließ sie am Erfolg teilhaben.
Die Bombe war geplatzt und ihr Knall in der gesamten Republik zu hören. Noch nie hatten sich zwei Dienststellen öffentlich widersprochen. Noch nie zuvor hatten sich zwei Polizeibehörden um einen Fahndungserfolg gestritten, zumindest nicht über die Presse. Noch nie hatte sich

ein Leiter einer Dienststelle so blamiert, wie es Konrad gelungen war.
Für dich hatte es zur Folge, dass du quasi über Nacht berühmt wurdest. Nicht nur die peinliche Streiterei zwischen Konrad und Riester interessierte nun die Gazetten. Sie wollten wissen, wer der Grund für dieses Theater war. Wer und was steckte dahinter? Wer war dieser Karl-Heinz Jäger, der Kopf der Jäger-Bande? Alle Zeitungen und Zeitschriften sprangen darauf an. Von München bis Hamburg wurde über euch berichtet. Selbst *Der Spiegel* widmete der „raffiniertesten Räuberbande der Bundesrepublik" einen dreiseitigen Artikel. Drei Seiten von insgesamt nur sechzig. *Der Spiegel* war damals noch wesentlich dünner als später. Adenauers Politik wurde da nicht viel mehr Platz gegeben. Ich habe die Ausgabe zu Hause aufbewahrt, mit all den anderen Berichten über euch. In den Gerichtsakten gab es später einen eigenen Ordner dafür. „Öffentliche Wahrnehmung" war er betitelt. Das sollte wohl allen Teilnehmern immer wieder bewusst machen, dass sie nicht nur in einem Gerichtssaal saßen. Aber bis zur Verhandlung dauerte es noch Monate.

Ja, damals hast du zum ersten Mal Berühmtheit erlangt. Eine Berühmtheit, die dir später oft lästig war. So, wie du den Namen Karl-Heinz Jäger abgelegt hast, wolltest du gerne auch diese Vergangenheit ablegen. Oder sagen wir es anders. Du hast dir diese Vergangenheit nur zu bestimmten Gelegenheiten überziehen wollen, wie man einen alten Mantel anzieht, der eigentlich gar nicht mehr zu einem passt, aber manchmal nützlich sein kann.
Als du hier nach Ascona kamst, hast du den Mantel oft getragen. Gerade in der ersten Zeit hat er dich schillern und leuchten lassen. In dieser Zeit war er dir nützlicher als dein Erfolg als Autor. Es wohnten ja so viele erfolgreiche Autoren, Künstler, Schauspieler, Sänger hier. Aber einen

verurteilten Dieb und Einbrecher, das war neu, das war spektakulär. Viele Einladungen an dich, beziehungsweise an Elke und dich, kamen nur aus dem Grund, dass man sehen wollte, wer du bist. Nicht selten wurdest du von den Gastgebern mit einer zweideutigen Bemerkung empfangen. Ich weiß noch, Gisela und ich waren damals zu Besuch, wir gingen gemeinsam zu irgendeiner Party. Der Herr des Hauses fragte dich, ob er sein Silberbesteck nun wegräumen müsse. Du hast dann lachend geantwortet, dass würdest du schon übernehmen. Der Fatzke hat sich ausgeschüttet vor Lachen und den Abend über jedem Gast die Geschichte erzählt, mir sogar mehrfach, da war er schon stockbesoffen. „Lasst euer Besteck nur liegen. Der Jaeger wird es anschließend wegräumen", brüllte er später immer wieder quer durch die weitläufige Etage. Irgendwann, du warst auch völlig betrunken, bist du zu ihm hin und hast ihm gesagt, er solle jetzt endlich sein dummes Maul halten. Er sei ein aufgeblasenes, arrogantes Arschloch. All sein Geld könne nicht darüber hinwegtäuschen, dass er ein dummer Idiot sei. Es ging, glaube ich, noch weiter. Du hattest einen bombastischen Auftritt. Um ein Haar hättest du ihn niedergeschlagen.

Später wurdest du nicht mehr wegen deiner Vergangenheit zu diesen Partys eingeladen. Später wartete man auf deine Ausfälle. Es war dann einer der Höhepunkte des Abends, wenn der Jaeger wieder laut wurde. Das war immer der Fall, wenn du genug getrunken hattest. Du wurdest mit den stärksten Trinkern an einen Tisch gesetzt. Man brachte dir unentwegt volle Gläser oder sorgte dafür, dass dein Glas niemals leer war. Irgendwann war es dann so weit. Die Spannung bestand darin, wen du dir an diesem Abend vorknöpfen würdest. Kamst du dann in Fahrt, stachelten dich manche der Gäste noch an. Es war furchtbar. Es war peinlich.

Elke musste dich dann immer aus dem Verkehr ziehen. Oft hast du sie in solchen Momenten vor aller Augen und Ohren beschimpft, hast ihr vorgeworfen, sie würde diese ganze Mischpoke hier in Schutz nehmen. Sie sei ja auch so eine, ein Mädchen aus gutem Hause. Mühsam brachte sie dich hinaus und nach Hause. Du konntest dich am nächsten Tag an nichts mehr erinnern, zumindest hast du so getan. Elke ist kreuz und quer durch Ascona gelaufen und hat sich für dich entschuldigt.

Du warst immer ein halsstarriger Egoist. Du hättest niemals klein beigegeben. Auch damals nicht, als dich Dr. Angelberger am Haken hatte. Es dauerte Tage, bis ich Kontakt zu dir aufnehmen konnte. Du warst in Bruchsal untergebracht. Deine Strategie war, alles abzustreiten. Du hattest, bevor wir uns das erste Mal trafen, sogar schon mehrere Beschwerden geschrieben und eingereicht. Dass du hier unschuldig und ohne Grund festgehalten würdest. Dass man dir nicht gesagt hätte, was der Anlass für deine Verhaftung sei. Dass es gegen Paragraf sowieso verstoßen würde, was man mit dir hier veranstalte. Du hattest in den letzten Wochen vor deiner Verhaftung das Strafgesetzbuch und das Bürgerliche Gesetzbuch gelesen. Du hattest auch Willi und Horst ständig daraus zitiert. Das sollte ihnen klarmachen, dass das Gesetz euch beschützte, dass man euch nichts anhaben konnte, wenn ihr alle nur bei euren verabredeten Geschichten bliebt. Aber das Gesetz hat die Korbmachers noch nie beschützt. Das hatte Josef seinen Söhnen beigebracht. Das Gesetz war die andere Seite. Das Gesetz war eine Bedrohung. Es war die unsichtbare Macht, die irgendwann nach ihnen greifen würde. Und wenn sie dich packt, dann musst du dich ihr fügen. Widerstand ist zwecklos. Er führt nur dazu, dass der Strick immer dicker wird.

Kriminalhauptkommissar Konrad aus Frankfurt musste nun liefern, wollte er sich nicht vollends blamieren. Kühn hatte er euch nach eurer Festnahme als diejenigen dargestellt, die die Rentenkasse überfallen hatten. Dafür fand sich bisher allerdings kein einziger Beweis. Und auch Dr. Angelberger wusste, obwohl er zahlreiche Aussagen gegen euch gesammelt hatte, dass ihr nach wie vor entsprechende Alibis vorweisen konntet. Einzig Helmut war persönlich bei einem Einbruch mit dabei gewesen. Alles andere war Hörensagen. Natürlich hatte sich der ein oder andere mit dir getroffen und war zu einem bestimmten Ort gefahren. Das bewies aber noch lange nicht, dass ihr später auch dort eingestiegen seid. Wochen und Monate vergingen. Es fand sich nichts entscheidend Neues. Einer von euch musste reden.

Konrad erbat sich von Dr. Angelberger die Überstellung von Willi Korbmacher. Er hatte sich umgehört. Bubi schien ihm der Richtige zu sein. Er hatte während der Jahre, in denen Josef im Gefängnis saß, die Familie zusammengehalten. Er hatte Verantwortung für seinen kleinen Bruder und seine Mutter gezeigt. Er hatte eine verwundbare Seite.

Ich weiß nicht, was Konrad ihm vorhielt, womit er drohte, welche Tricks er anwendete oder auch welche Aussichten er anbot. Nach drei Tagen knickte Willi ein. Er gestand die Beteiligung an den vielen kleinen und großen Dingern, die euch durch die verschiedensten Zeugen angelastet wurden. Und endlich gestand er den Überfall auf die Rentenkasse.

Es muss eine riesige Erleichterung für Konrad gewesen sein. Hätte er Willi nicht geknackt, oder einen von euch anderen, er hätte aller Wahrscheinlichkeit nach seinen Hut nehmen können. So war es ihm nun ein Leichtes, euch nach und nach zu Fall zu bringen. Als Nächstes kam Horst dran. Das war einfach. Horst war immer ein kleiner Junge geblieben. Für ihn war es auch jetzt noch wie im Spiel. Hätte sein großer Bruder nichts gesagt, hätte er auch nichts gesagt. Hatte sein großer Bruder alles zugegeben, gab er jetzt auch alles zu. Er hatte immer seinem Bruder vertraut und sich niemals eigene Gedanken gemacht. Für ihn war alles ein Räuber und Gendarm-Spiel. Jetzt waren die Gendarmen am Gewinnen. Im Nachhinein glaube ich, dass Horst gar nicht in der Lage war, die Situation zu überblicken. Später, nach dem Urteil, schrieb er dem Vorsitzenden Richter einen Brief, in dem er sich für das „gerechte Urteil" bedankte. Das war sicherlich Josefs Idee gewesen. Josef spekulierte schon auf die „gute Führung" und eine mögliche Haftverkürzung. Ich konnte diesen Brief später einmal sehen. Er war in einer so kindlichen Handschrift verfasst, dass er von einem Grundschüler hätte stammen können. Obwohl es sicherlich die dritte oder vierte Fassung war, so ordentlich standen die Zeilen auf dem Blatt, strotzte er noch immer vor Rechtschreibfehlern. An dir bissen sie sich dagegen die Zähne aus. Ich war bei den Verhören nicht dabei. Damals, nach dem alten, aber immer noch in großen Teilen gültigen Strafgesetz von 1933, konnte dich die Polizei jederzeit und ohne Beisein eines Anwaltes vernehmen. Wie du mir erzähltest, haben sie dich mit drei Mann in die Mangel genommen. Natürlich haben sie dir die Geständnisse von Horst und Willi unter die Nase gehalten. Das beeindruckte dich gar nicht. Du bliebst bei deiner Strategie, alles abzustreiten. Insgeheim hattest du die beiden Korbmacher-Brüder verflucht. Andererseits hattest du auch geahnt, dass sie nicht ewig standhalten würden.

Bei dir mussten Konrad, Riester und Angelberger schon schwerere Geschütze auffahren. Sie konstruierten einen

versuchten Mord. Laut Aussagen von Willi und Horst hattest du beim Überfall auf die Rentenkasse die scharfe Waffe getragen. Das stimmte, du wolltest sichergehen, dass keiner der anderen eine Dummheit beging und jemanden verletzte oder gar Schlimmeres. Du warst es daher auch, der den Schuss in die Decke abgab. In ungefährer Nähe und unter dem Schusswinkel hatte einer der Wachmänner gestanden. Die Kugel schlug gut einen Meter über und neben ihm ein. Dieser Wachmann behauptete nun, du hättest auf ihn gezielt. Nur durch Zufall und weil er sich geistesgegenwärtig duckte, sei der Schuss an ihm vorbeigegangen.
Dieser Vorwurf warf dich aus der Bahn. Dein Schwur, niemals mehr einem Menschen Gewalt anzutun oder gar zu töten, war nicht nur so dahingesagt gewesen. Dieser Schwur war für dich unumstößlich. Er war für dich eine Lebensmaxime. Wäre tatsächlich einmal jemandem etwas passiert, hättest du es selbst nicht verwunden.
Ich glaube nicht, dass Konrad und die anderen wussten, dass sie dich damit wirklich treffen konnten, dass dies deine verwundbare Stelle war. Vielleicht aber doch. Sie haben sich sicher auch Gedanken über die Holzwaffen gemacht. Es wäre euch ein Leichtes gewesen, echte Maschinenpistolen aufzutreiben. Andere Banden besaßen welche und benutzten sie auch. Ihr habt nicht aus Schabernack darauf verzichtet. Angelberger gab dir Bedenkzeit. Du solltest dich mit deinem Anwalt besprechen. Sie würden womöglich die Anklage wegen versuchten Mordes gegen dich fallen lassen, wenn du endlich die anderen Taten gestehen würdest.
Ich sehe unser Treffen noch vor mir, als sei es gestern gewesen. Du saßt in diesem halbdunklen Raum. Zwei kleine vergitterte Fenster ließen etwas Licht herein. Selbst die Glühbirne an der Decke war vergittert. Alles

deprimierte einem dort drin: die Tische, die Stühle, die fleckigen Wände. Ausnahmsweise durften wir alleine sein. Ich hatte dir Zigaretten mitgebracht, zwei Stangen. Ich konnte mich endlich einmal revanchieren. Du warst nun schon seit mehr als fünf Monaten in Haft. Noch immer war keine Anklage erhoben worden. Du sahst sehr schlecht aus, hattest viel an Gewicht verloren. Dein Anzug, dein Hemd, alles war abgetragen und schmutzig. Jetzt warst du die Vogelscheuche. Einzig die Haare wurden dir wohl regelmäßig geschnitten.
Du hattest viel von deiner Kraft verloren. Bei unseren letzten Treffen warst du noch sicher, dass ihr euch herauswinden könntet. Jetzt sagtest du mir, dass Willi und Horst gestanden hätten. Sie hätten alles zugegeben, auch den Überfall auf die Rentenkasse. Du erzähltest mir von der drohenden Mordanklage und dem Angebot der Gegenseite.
Das war eine neue Situation. Ich hatte seit Rosenheim viel darüber nachgedacht, ob ich wirklich in der Lage war, dich zu verteidigen, wenn es einmal dazu käme. Vor nicht allzu langer Zeit wollte ich selbst Mitglied in eurer Bande werden. Ich säße selbst hinter Gittern. Ich wusste, was ihr tatet, und ich wusste, dass es Unrecht war. Du konntest es noch so gut rechtfertigen, unterm Strich war es Unrecht.
„Die Gesellschaft hat mich zu dem gemacht, was ich bin", sagtest du mir. Du leitetest für dich daraus ab, dass die da oben dich nicht für deine Taten bestrafen dürfen. Es war ein verquerer Gedanke, der nicht aus deinem Kopf zu vertreiben war. Ich versuchte es, indem ich als Beispiel ein Kind nahm, das sich ungezogen benahm. Natürlich wird es von seinen Eltern entsprechend erzogen, im Zweifel durch Strafe.
Du fragtest, was denn sei, wenn diese Erziehung nichts nütze, wenn der Erfolg ausbliebe. „Was ist dann?" Oder

was sei, wenn die Eltern dir eine ganz andere Erziehung als üblich angedeihen ließen? Du seist nicht in der Obhut eines geordneten Elternhauses groß geworden. „Mich haben sie mit fünfzehn in den Krieg geschickt. Ich sollte andere umbringen! Das ist doch wohl das schlimmste Verbrechen von allen." Das habe dich geprägt. Du wärst einen ganz anderen Weg gegangen, wenn man dich hätte Medizin studieren lassen. Die Eltern, sprich der Staat müsse nun Verantwortung für sein Versagen übernehmen. Ich sage dir, dass der Staat das sicherlich nicht tun werde. Im Gegenteil. Sie werden dir deine Taten vorhalten. Sie haben die Aussagen von Willi und Horst. Sie haben die Aussagen der anderen. Sie werden dich verurteilen. Du kannst nun entscheiden, ob noch eine Verurteilung wegen versuchten Mordes dazukommt. Dann würdest du womöglich lebenslänglich hinter Gitter kommen.
„Es sei doch gar kein Schaden entstanden", entgegnest du. „Die Versicherungen haben alles beglichen, meist mehr, als wir genommen haben." Niemand sei jemals verletzt worden. Bis auf die paar zerbrochenen Schaufenster und die aufgehebelten Türen gibt es nichts zu beklagen. Es seien doch alle fein raus. „Was gibt es für einen Anlass, mich einzusperren?"
Das Verrückte war, du glaubtest das wirklich. Und nicht nur das. Du hast diese Ansicht dein Leben lang beibehalten. Bis zur Verhandlung konnte ich dich noch davon abbringen, so etwas vor Gericht vorzutragen. Man hätte dir eine gemeingefährliche Gesinnung unterstellt. Du hättest dich als das präsentiert, was die Ankläger sowieso schon in dir sahen: ein asoziales Subjekt, das nicht in diese Gesellschaft gehört. Später bist du dabei geblieben: „Man hat mich zu Unrecht verurteilt."
Ich riet dir, wie Willi und Horst, die euch vorgehaltenen Einbrüche und Überfälle zu gestehen. Es waren, wie du

mir später einmal sagtest, ja bei Weitem nicht alle eure Dinger aufgeführt. Die Einbrüche, die ihr beim „Jägern" unternommen hattet, fehlten gänzlich. Hauptsache war, die Mordanklage wegzubekommen.

Es dauerte noch weitere Monate, bis schließlich Anklage erhoben wurde. Dr. Angelberger hatte euch endlich am Boden. Jede Kleinigkeit wollte er nun wissen. Wie war das in Duisburg? Was war in Köln? Wer war dabei? Wie ist es abgelaufen? Jede Aussage wurde mit den Aussagen der anderen verglichen. Kleinste Abweichungen führten zu erneuten Befragungen. Dutzende weitere Personen wurden geladen, zahllose Ersuchen um Amtshilfe kreuz und quer durch die Republik verschickt. Hartnäckig wurde auf Beantwortung gepocht, wenn nicht innerhalb weniger Tage eine Rücksendung erfolgte. Selbst ehemaligen Bardamen aus den diversen Lokalen, in denen ihr verkehrt hattet, spürte man nach. Nicht wenige von ihnen waren in der Zwischenzeit verheiratet, hatten Familie und Nachbarn. Angelberger nahm auf so etwas keine Rücksicht. Es schien, als wolle er jeden Tag, jede Nacht, jedes Treffen, jeden Kontakt, jedes Gespräch rekonstruieren. Es war manisch, es war verrückt. Andererseits wusste Dr. Angelberger genau, dass dies ein Fall sein würde, der in der Öffentlichkeit stand. Dies war ein Prozess, der ihm nicht nur den sicheren Sieg einbringen würde.

Am Ende kamen mehrere Tausend Seiten Protokolle und Vernehmungen zusammen. Daraus formulierte Dr. Angelberger seine Anklageschrift, die alleine über hundert Seiten umfasste. Sie bezog sich auf mehr als hundert Bände Beweismaterial. Das waren fast fünf Meter Akten.

Anfang Mai sechsundfünfzig wurde Anklage erhoben. Das war ein Jahr nach eurer Verhaftung. Im September

sollte schon verhandelt werden. Das war wenig Zeit für die Verteidigung. Auch wurde mir der Zugang zu den Akten erschwert. Ich konnte nur vor Ort in Mannheim Einsicht nehmen. Kopien waren damals noch sehr aufwendig und teuer. Obwohl die Staatsanwaltschaft sonst keine Mühen scheute, sah man sich zu einer Vervielfältigung der Beweisunterlagen nicht in der Lage.
Kurz vor Prozessbeginn kam es zu einem weiteren Eklat. Ob Riester hier selbstständig handelte oder Angelberger insgeheim dahinterstand, ist nie ganz klar geworden. Vielleicht fühlte sich der Mannheimer Kommissar Riester auch einfach etwas zurückgesetzt. Immerhin war es sein Frankfurter Kollege Konrad gewesen, der der Bande die Geständnisse entlockt hatte. Jedenfalls lud Riester etwa vierzehn Tage vor dem ersten Verhandlungstag wieder die Presse nach Mannheim ein und präsentierte die gesamten Prozessunterlagen. Die Journalisten durften über Stunden ungehindert in den Akten stöbern, sogar Fotos von einzelnen Seiten anfertigen. Die Presse bekam Einsicht in Vernehmungsprotokolle, die selbst mir verschlossen waren.
Ein erneuter Sturm in den Zeitungen brach los. Erstmals wurden jetzt Bilder von euch, eure polizeilichen Erkennungsaufnahmen, veröffentlicht. Vornehmlich die offenen Fälle, die euch nicht zugeordnet werden konnten, wurden ausgebreitet. Es wurde spekuliert, ob ihr nicht doch für die Autobahnüberfälle verantwortlich seid. Auch andere, ungeklärte Straftaten wurden mit euch in Verbindung gebracht. Euer monatelanges Leugnen wurde ebenso verhöhnt wie eure späte Reue. Ihr wart nicht nur mehr die „cleverste Räuberbande der Republik“, ihr wart jetzt auch die aktivsten, brutalsten, rücksichtslosesten, hinterhältigsten, verlogensten Gauner, die es jemals gegeben

hatte. Ihr wurdet dämonisiert und verteufelt. Die Mannheimer Kriminalpolizei sonnte sich erneut im Erfolg, euch gefasst zu haben.
Ich legte Dienstaufsichtsbeschwerde ein. Sie führte natürlich zu nichts. Riester bekam noch nicht einmal einen Verweis. Auch Dr. Angelberger, eigentlich sein Vorgesetzter, rügte seinen Kommissar nur insoweit, dass diese Einsichtnahme den Prozessverlauf erschwere. Immerhin bekäme jetzt auch die Verteidigung Informationen, die man ihr so nicht hätte aushändigen wollen. Riester rechtfertigte sich mit dem öffentlichen Interesse, das dieser Fall errege. Ich überlegte, einen Befangenheitsantrag zu stellen oder die Verlegung des Gerichtsortes zu beantragen. Aber die Erfolgsaussichten dafür waren gering.
Der Prozess gegen euch war ein Riesenspektakel. An jedem der vier Verhandlungstage war der Saal überfüllt. Zahlreiche Besucher mussten abgewiesen werden. Die Presse saß auf eigens reservierten Bänken von morgens bis abends gleich links von der Richterbank. Es wurde sogar während der Verhandlung fotografiert. Es war eine perfekte Inszenierung.
Endlich kamt ihr vor den Kadi. Im Vorfeld waren schon einige Helfer von euch verurteilt worden: Isaak als euer Hehler, Marianne und ihr Mann als eure Waffenmeister, die Mutter von Marianne, die euch den Tipp mit der Rentenkasse gegeben hatte. Bei ihr war Angelberger mit seiner Methode besonders erfolgreich gewesen. Sie klagte euch vor Gericht an, sie hätte ja mehr von der ausgesetzten Belohnung gehabt als das, was sie von dir als Anteil bekam – das waren immerhin achttausend Mark. Sie war enttäuscht und verbittert. Sie stellte ihre Beteiligung jetzt so dar, als sei sie von euch verführt, fast gezwungen worden.

Dr. Angelberger ging nach wie vor seinen Weg. Durch die Vorwegnahme der Prozesse gegen euer Umfeld bereitete er den Boden für das große Finale. Ihr musstet als Zeugen gegen die aussagen, die einmal eure Zeugen waren. Auf Hilfe von dort konntet ihr nicht mehr hoffen. Angelberger überließ nichts dem Zufall. Er ging immer auf Nummer sicher. Es war sein Spiel. Und es war ein Heimspiel. Womöglich hätte er an einem anderen Gerichtsort nicht so walten können.

Ja, es war ein Spiel. Was wäre gewesen wenn? Es ist müßig, darüber nachzudenken. Obwohl wir uns später oft die Köpfe darüber heiß geredet haben. Es ist wie beim Fußball. Der Ball geht ins Aus. Der Schiedsrichter gibt Einwurf, allerdings für die falsche Mannschaft. Er sah es so und hat so entschieden. Es ist auch keine große Sache. Keiner regt sich wirklich auf, das Spiel geht weiter. Der Ball kommt zurück ins Spiel. Ein, zwei, drei Stationen, ein Schuss, abgefälscht: Tor! War nun die Fehlentscheidung des Schiedsrichters für dieses Tor verantwortlich?

Oder hätte es nur eines anderen Fehlers bedurft, damit der Ball beim Gegner landet. Ein, zwei, drei Stationen, Schuss, abgefälscht: Tor!

Man könnte sich eine Reihe anderer Varianten überlegen: eine Unaufmerksamkeit, ein Fehlpass, eine Balleroberung, was auch immer. Vielleicht war es auch gar kein menschliches Versagen, das diese Kette von Ereignissen in Bewegung setzte? Vielleicht war es nur ein Schweißtropfen auf der Stirn? Ein Sonnenstrahl im Auge des Schiedsrichters?

Die alles entscheidende Frage bleibt die: Hätte es jemals anders ablaufen können? Bestand jemals die Möglichkeit, dass eine andere Abfolge von Ursache und Wirkung eintritt, die nicht zum Tor führt? Oder war es von jeher so

vorgesehen, egal welche Kombinationen ich wähle, dass am Ende das Tor fällt?
Ja, es ist müßig, darüber nachzudenken. Oder vielleicht auch nicht? Ist unser Leben vorbestimmt oder nicht? Hätte dein Leben, hätte mein Leben anders verlaufen können? Du hast dich vehement gegen diese Vorstellung gewehrt. Du sahst dich als der Herr über dein Leben, ohne wenn und aber. Erst später, fast am Ende, hast du anders darüber gedacht.
Erst einmal hast du mich für das Urteil verantwortlich gemacht. Mich, das Gericht, Angelberger, Willi, Horst, die Gesellschaft, alle. Hatten wir denn je eine Chance, dass es anders läuft?
Dr. Angelberger hatte euch alle hinters Licht geführt. Er rückte kein Jahr, keinen Monat, keinen Tag von seiner ursprünglich geforderten Strafe ab. Es gab kein Einlenken von ihm. Sein Angebot, bei einem geständigen Verhalten euch entgegenzukommen, war nur ein Trick. Mehr als siebzig Delikte konnte er dank eurer Mithilfe belegen. Hatte er euch zuvor mit dem Versprechen gelockt, euch zu helfen, so war das eine Lüge. Er wollte euch niemals helfen. Ihr wart ihm völlig egal. Ihr solltet ihm helfen. Über eure Köpfe wollte er die nächste Stufe auf der Karriereleiter erreichen.
Für dich forderte er dreizehneinhalb Jahre Haft. Eine unglaubliche Strafe. Etwas mehr und er hätte auf lebenslänglich plädieren müssen. Ab fünfzehn Jahre war eine lebenslange Haft zwingend per Gesetz vorgeschrieben. Diese Strafe würde dein Leben zerstören. Wie solltest du eine solche Zeit überstehen?
Ein Mitläufer aus dem Dritten Reich wurde zu dieser Zeit überhaupt nicht belangt. Stellte man doch einmal jemanden vor Gericht, so kam er mit zwei Jahren auf

Bewährung davon. Hunderte, Tausende, liefen frei und unbehelligt herum. Sie hatten Millionen ermordet.
Du hattest dich eines viel größeren Verbrechens schuldig gemacht. Du hattest dich am Eigentum vergriffen. Eigentum und Besitz waren der neue Maßstab. Wir wurden alle eingelullt in dieses Streben nach Häuschen, Auto, Fernseher und Waschmaschine. Wenn du nur recht fleißig warst, fragte keiner nach deiner Vergangenheit. Wenn du es erst einmal zu einem Vermögen gebracht hattest, fragte keiner mehr danach, was davor war. Eine gute Anstellung war der beste Schutz. Das Wirtschaftswunder sollte genau das sein, ein Wunder! Alle waren plötzlich wie geheilt, wie von einer schweren Krankheit kuriert. Und die Medizin dazu war Wohlstand, Arbeit und Wohlstand. Beides förderte das Vergessen. Alle lebten wie unter einer Glocke, wie in Watte gepackt.
Wer nicht arbeitete, war subversiv, war verdächtig. Dr. Angelberger fragte beim Arbeitsamt nach deinem Versicherungsverlauf. Er zeigte, dass du bis auf die knapp zwei Jahre bei der US Army keiner geregelten Arbeit nachgegangen bist. Du warst also arbeitsscheu. Dazu deine Vorstrafen. Damit warst du ein Wiederholungstäter. Angelberger wollte dich vernichten, wollte als Macher dastehen, als jemand, auf den man sich verlassen kann.
Was nutzten da unsere Einlassungen auf deine Kindheit, das Fehlen des Vaters als Orientierung, deine Kriegserlebnisse, deine Versuche, Fuß zu fassen, deine Anstellung als Laborant, dein inniger Wunsch, Medizin zu studieren. Alles perlte wie ungehört an den Ohren der Richter ab. Für sie waren dies keine Argumente. Die Justiz stand damals selbst unter Druck. Viele Richter hatten auch im Dritten Reich dort oben gesessen. Sie hatten viele ins Lager, an den Strick oder

unter das Beil gebracht. Andere waren, wie Josef, als Gewohnheitsverbrecher auf Nimmerwiedersehen in den Zuchthäusern verschwunden. In ihren Köpfen herrschte noch immer der Vergeltungsgedanke. Ein Vergehen am Volkswohl musste bestraft werden. Und weil sie damals, zwischen dreiunddreißig und fünfundvierzig, hart bestraften, mussten sie auch jetzt hart bestrafen. Sie durften sich auf gar keinen Fall dem Verdacht aussetzen, sie könnten Milde walten lassen. Das würde die Frage nach sich ziehen, warum sie damals nicht auch milde geurteilt hatten? Sie hatten doch den Spielraum dazu. Aber für viele galt schlicht der Satz: „Unter den Talaren der Muff aus tausend Jahren."
Zwölf Jahre Zuchthaus war ihr Urteilsspruch. Damit hatte auch ich nicht gerechnet. Selbst sechs Jahre Gefängnis, wie ich es gefordert hatte, waren schon ein hohes Maß. Acht Jahre hätten wir vielleicht noch akzeptiert? Aber zwölf Jahre. Dazu Zuchthaus, das hieß auch Verlust der Bürgerrechte, das hieß die schlimmste, anwendbare Strafe. Der Saaldiener meinte noch, als er uns später in den Nebenraum führte: „Du solltest froh sein. Beim Adolf wärst du gleich an die Wand gestellt worden. Das hätte er mehr als einmal erlebt."
In ihrer Urteilsbegründung zählten die Richter jedes Vergehen haarklein auf: Einbruch Büromaschinen Dersch – vier Monate. Überfall Pelzhandel Körper in München – sechs Monate. Einbruch Textilhandel Völz & Martini – vier Monate. Hinter jeder Tat wurde die entsprechende Schadenssumme genannt, die ihr aber bei den Hehlern niemals erhalten habt. Das hatten wir in den vier Verhandlungstagen dem Gericht genau erklärt. Auch die Einlassungen des Polizeipsychologen, der euch allen eine schwere Kindheit attestierte und den Umstand hervorhob, dass durch Josef Korbmacher ein schlechter Einfluss auf euch ausgeübt wurde, verhallte scheinbar ungehört.

Du wurdest besonders hart bestraft. Das Gericht sah in dir den rücksichtslosen, skrupellosen, raffinierten Kopf der Bande. Wir hatten dies zuvor zurückgewiesen. Die Entscheidungen zu den Überfällen seien immer gemeinschaftlich getroffen worden, das gaben auch Willi und Horst an. Doch immer wieder fiel in den Zeugenbefragungen dein Name. Du hattest die Kontakte hergestellt, du bist vor dem Einbruch vor Ort gewesen, du hast die Verhandlungen über den Anteil an der Beute geführt. Immer wieder Jäger, Jäger, Jäger. Dr. Angelberger forderte in seinem Schlussplädoyer, keinerlei Milde dir gegenüber zu üben. Du seist ein durch und durch verrohter Krimineller, der seine, ebenfalls vom Polizeipsychologen belegte, außerordentliche Intelligenz gezielt und mit freiem Willen gegen Recht und Gesetz angewendet habe. Auch seist du es gewesen, der immer die scharfe Pistole trug und abfeuerte.
Eure Schlussworte unter Tränen wirkten dagegen kindisch. Besonders dir nahm man deine Einsicht zur Besserung nicht ab. Der Vorsitzende Richter sah es als erwiesen an, dass du nur unter harter Führung den Weg zurück in die Gesellschaft finden könntest.
Du sagtest, dass du doch schon geläutert wärest. Wenn es darum ginge, den Delinquenten zu der Einsicht zu bringen, dass sein Verhalten falsch war, dass sich so kein Leben innerhalb der Gesellschaft führen ließe, dann sei das schon gelungen. Du würdest schwören, niemals wieder ein Verbrechen zu begehen. Du wolltest Schriftsteller werden, das sei dir in den letzten Monaten klar geworden. Diese Strafe führe zu keinem anderen Ergebnis, eher zum Gegenteil. Man müsse dir die Strafe erlassen. Der Vorsitzende Richter schüttelte nur milde den Kopf. Seine Gedanken konnte man dennoch an seinem Gesicht ablesen. Er glaubte dir kein Wort.

Du warst am Boden. Das Entsetzen stand dir im Gesicht. Du hattest ursprünglich auf Freispruch plädieren wollen. Die vielen Nazibonzen liefen doch auch unbehelligt herum. Ich hatte dir das ausgeredet, habe dir gesagt, dass das Gericht dies als Verhöhnung ansehen würde. Im Nachhinein war es einerlei.
Wie so oft bei dir, konntest du die Niederlage nicht akzeptieren. Aus deiner Enttäuschung wurde Wut. Du sprangst auf, schriest in den Saal, was aus dir jetzt werden solle? Ob du für den Krieg verantwortlich seist? Ob es deine Schuld wäre, dass dein Vater euch verlassen habe? Ob es an dir gelegen hätte, keinen Studienplatz zu bekommen? Was für ein Leben das sein solle? Da wäre doch der schnelle Tod besser!
Die Sitzung wurde unterbrochen und wir in den Nebenraum geführt. Ich versuchte dich zu beruhigen. Die Tränen liefen dir die Wangen herab. Du stotterst und stammelst vor dich hin. Du kannst diese erneute Ungerechtigkeit gegen dich nicht fassen. Wieder siehst du dich von dieser Gesellschaft und ihren Handlangern betrogen. Du blickst zu mir auf. Ich sehe den Zorn in deinen Augen. Du sagst, ich solle verschwinden, ich solle dich in Ruhe lassen. Ich hätte dir das eingebrockt.

Ja, du warst immer schnell in deinen Zuweisungen von Schuld. Und immer waren es die anderen. Erst viel, viel später bist du zu einer Art Selbstkritik in der Lage gewesen. Oder konntest eingestehen, dass du Fehler begangen hattest, dass es an dir lag.
Ich glaube, ich gehe jetzt. Meine Tochter wartet dort unten lange genug auf der Bank. Ich wollte ihr noch dein Haus zeigen. Sie kennt das alles nicht. Sie war zwar auch einmal mit, als wir dich besuchten. Aber da war sie noch so klein. Sie kann sich gar nicht erinnern. Wir

wollten noch auf die Promenade. Ascona hat ja mehr zu bieten als diesen Friedhof. Wem sage ich das? Du warst einmal ein schillernder Teil dieses Lebens hier. Ich finde es immer wieder erstaunlich, alte Aufnahmen von Ascona zu betrachten. Vor etwas mehr als hundert Jahren war dies ein kleines Fischerdorf am Lago Maggiore. Die Hütten und Häuser der siebenhundert Seelen lagen verstreut am Ufer. Es gab keine Promenade, keine Palmen und Platanen und bis etwa 1900 noch nicht einmal Elektrizität. Gerade seine Abgeschiedenheit sorgte dafür, dass sich dort oben auf dem Hügel die zivilisationsmüden Aussteiger ein Domizil bauten, den Monte Verità, den Berg der Wahrheit. In den ärmlichen Hütten zelebrierten sie den Nackttanz, die freie Liebe, absurde Ernährungsmethoden und okkulte Bräuche. Besonders abwegig fand ich immer den „nackten Kokovorismus". Seine Anhänger durften sich nur von Kokosnüssen ernähren. Diese seien durch ihre Nähe zum Himmel eine göttliche Speise und machten unsterblich. Die Gruppe zog es später nach Papua-Neuguinea, wo sie allesamt verhungerten. Oder die „Frugivoristen", die sich ausschließlich von rohem Obst ernährten und ebenfalls jegliche Kleidung ablehnten.
Es ging um Freiheit, das Abwerfen jeglicher Konventionen. Selbst Hermann Hesse ist hier später nackt durch die Umgebung gewandert. Sie suchten die Freiheit, die absolute Freiheit, und das wahrhaftige Leben. Es klingt so albern, so abgedroschen. Die jungen Leute von heute glauben ja immer, sie hätten das Aussteigen erfunden. Oder es sei ein Resultat der Achtundsechziger und der Hippie-Bewegung. Dabei waren hier schon viele Jahrzehnte zuvor Künstler, Intellektuelle, Schriftsteller und adlige Exzentriker dabei, einen neuen Sinn des Lebens zu finden. Ich empfand es zwar auch als merkwürdig, dass dazu zuerst einmal das Abwerfen der Kleider

gehörte. Später sollen ja Touristen genau aus dem Grund hierhergekommen sein, um die „nackten Verrückten vom Berg" zu beobachten. Sie vollführten in ihren „Luftkleidern" freie Ausdruckstänze und müssen eine echte Attraktion gewesen sein. Aber warum nicht, wenn es die Menschen glücklich machte.

Diesen Hauch von Freiheit hat sich Ascona immer bewahrt. Auch als später – auf dem Gelände der Kolonie war ein luxuriöses Sanatorium entstanden – die Reichen und Adligen den Ort übernahmen. Sie suchten auch nach Freiheit, die sie hier, fernab von Berlin, Paris, Moskau oder London, ausleben konnten. Wieder gehörte viel Nacktheit zu dieser Freiheit. Von einem der Millionäre hieß es, seine Hausangestellten dürften nur unbekleidet arbeiten.

Die Weltverbesserer und Lebensreformer waren längst vom Monte Verità verschwunden. Jetzt kamen die Bauhauskünstler, die Bankiers und Industriebarone, die Dadaisten um Hugo Ball, Schriftsteller wie Thomas Mann und James Joyce, die Maler Paul Klee und Alexej Jawlensky, die Malerin Marianne von Werefkin.

Es war eine andere Freiheit. War es zuvor eine Freiheit der Besitzlosigkeit, war es jetzt die Freiheit des Geldes. Andere suchten eine geistige Freiheit. Anarchisten trafen hier auf Kaisertreue, Demokraten auf Monarchisten, Kommunisten auf Kapitalisten, Rassenfanatiker auf Verfechter der freien Liebe. Wie viele Arten von Freiheit gibt es wohl?

Heute hat jeder seine eigene, zumindest glaubt er das. Die Freiheit des Stärkeren, so sieht er es wohl. Ob in der Politik oder im Privaten. Jeder glaubt, sich seine Freiheit nehmen zu dürfen, auch wenn sie die Freiheit eines anderen beschneidet.

Es gibt ja auch diejenigen, die finden ihre Freiheit im Gefängnis. Sie kommen mit dem Leben in der angeblichen Freiheit nicht zurecht und unternehmen alles, um schnellstmöglich wieder hinter geschlossene Mauern zu kommen.

In den dreißiger Jahren wurde Ascona dann endgültig zur Künstlerkolonie. An der Piazza waren Cafés, Restaurants und Hotels entstanden. Die Fischer legten dort zwar immer noch ihre Netze aus, aber das schürte eher das Bild einer von der Welt vergessenen Idylle.

Der See, die Berge, diese einmalige Landschaft. Du hast es richtig gemacht und bist hiergeblieben. Wie oft habe ich dich darum beneidet. Mehr als einmal sagte ich, dass ich auch hierherziehen würde. Wenn ich in Rente ginge und wir es uns leisten könnten, würden Gisela und ich hier eine Wohnung kaufen. Nichts ist daraus geworden.

Da unten steht meine Tochter. Sie steht da und schaut zu mir hinauf. Wahrscheinlich macht sie sich Sorgen, ob ich die Stufen auch wieder hinunterkomme. Sie steht da, wie Margot damals immer dagestanden hatte. Mein Gott, Margot. Sie war dir eine treue Seele, vor allem in der Zeit vor und nach dem Prozess. Sie ist zu jedem Verhandlungstag mit mir mitgefahren. Während der Untersuchungshaft durftest du keinen Besucher außer mir empfangen. Selbst deine Mutter hatten sie nicht vorgelassen. Du hattest mich gebeten, mich um deine Mutter und Margot zu kümmern. Sie wohnten jetzt zusammen.

Du hattest Margot in den letzten Wochen vor deiner Verhaftung kennengelernt. Sie war ein hübsches Ding. Du fühltest dich ja immer zu zierlichen Frauen hingezogen. Margot war schlank, fast mädchenhaft. Ihre Frisur war die eines Kindes. Ihre Kleider waren farblos und abgetragen. Ich konnte mir nie vorstellen, dass du sie im Bahnhofsviertel, wie so viele andere, kennengelernt hattest. Es passte gar nicht zu ihr. Sie hatte so etwas Unschuldiges an sich. Sie musste sicherlich auch über die Runden kommen, brauchte Geld zum Leben. Doch eigentlich suchte sie nach einem Prinzen, der sie erlösen und für immer auf sein Schloss mitnehmen würde. Du warst für sie dieser Retter.

Auf den Fahrten nach Mannheim erzählte sie mir von sich. Sie war ein Flüchtlingskind, kam ursprünglich aus dem Baltikum. Ihre ganze Familie ist nach dem Krieg von dort vertrieben worden. Mit ein paar Habseligkeiten, die in zwei Koffer passten, hatten sie sich auf den Weg gemacht. Sie hat nie verstanden, warum sie ihre Heimat verlassen mussten. Ihr Vater war kein Nazi. Ja, er war in der Partei. Aber das waren doch alle. Er sei dort, in dem kleinen Dorf, ein Starost gewesen, ein Verwalter oder Vorsteher, wenn man so will. Sie waren nicht reich, nicht einmal wohlhabend. Ihr Vater war dennoch sehr stolz auf seine Position. Er habe die körperliche Arbeit nie gemocht. Ein Starost musste nicht arbeiten, nicht auf den Feldern, nicht in den Ställen, nicht auf den Märkten. Er organisierte, verteilte, kontrollierte. Als sie dann in Deutschland ankamen, fand ihr Vater keine Arbeit. Er wollte auch nicht arbeiten. Er sah sich immer noch als ein Vorgesetzter. Alle Männer um sie herum hätten mit der Zeit eine Arbeit gefunden, ihr Vater nicht. Irgendwann habe er angefangen zu trinken. Sobald er etwas Geld hatte, habe er es vertrunken.

In Hessen angekommen, seien sie zunächst in einem ehemaligen Gefangenenlager in Schwalmstadt untergebracht worden. Schwalmstadt kanntest du von einer mehrmonatigen Haft in der dortigen Festung Ziegenhain. Margot lebte mit ihren beiden Brüdern, den Eltern und der schwerhörigen Großmutter in einem Raum in einer Baracke. Sie habe diese Unterkunft gehasst. Alles sei muffig, abgenutzt und zu eng gewesen. So etwas wie Privatsphäre gab es nicht. Ihr Vater fühlte sich dort pudelwohl. Er habe gleich so weitergemacht wie in ihrer alten Heimat. Er habe sich als Verwalter der Siedlung

gefühlt. Habe den anderen Mitbewohnern sagen wollen, was sie zu tun und zu lassen hätten. Das habe zu viel Ärger mit den Nachbarn geführt. Mehr als einmal seien die Männer vom Amt bei ihnen gewesen. Sie forderten ihren Vater auf, Ruhe zu geben. Er habe hier keine Funktion. Er sei ein Flüchtling wie jeder andere. Er solle sich lieber um eine Arbeit bemühen. Und er solle sich um seine Kinder kümmern. Ihr jüngerer Bruder habe damals große Schwierigkeiten in der Schule gehabt.
Nach und nach seien alle anderen Familien ausgezogen, in richtige Wohnungen. Nur ihr Vater wollte bleiben. Da habe sie es nicht mehr ausgehalten und sei nach Frankfurt gegangen. Sie habe bei einer Freundin gewohnt, ebenfalls eine Vertriebene. Sie hätte auch bald eine Anstellung als Verkäuferin in einer Boutique gefunden. Doch ihre Chefin sei eine Hexe gewesen, ein richtiger Drachen. Sie habe nicht ertragen, dass sie, Margot, jünger und hübscher war. Immer und immer wieder habe sich die Chefin vor Kundinnen über ihr Aussehen lustig gemacht. Jeden Abend musste sie ihre Tasche vorzeigen, damit sie ja nichts mitnehme. Die Inhaberin habe sie dennoch für eine Diebin gehalten und es ihr vorgeworfen. Sie habe lange stillgehalten und vieles erduldet. Irgendwann konnte sie es nicht mehr. Sie ist nicht mehr hingegangen.
Ihre Freundin, bei der sie wohnte, kannte das Bahnhofsviertel. Sie war eine von den vielen HWGs. Diese Freundin habe sie dann mitgenommen. Schon am ersten Abend habe sie dich kennengelernt. Du hättest so bedrückt, so unglücklich ausgesehen. Sie selbst sei auch unglücklich gewesen. Sie wollte nicht mit Männern für Geld ausgehen.
Du hättest ihr gesagt, dass du sie gleich am nächsten Tag abholen würdest. Sie müsse als Erstes bei ihrer Freundin ausziehen. Du würdest ihr schon eine neue Unterkunft

besorgen. Du würdest dich um sie kümmern. Du seist wirklich ihr Retter gewesen. Seit diesem Tag wohnte sie bei deiner Mutter in der Fechenheimer Straße.
Deine Mutter ist zu keinem Verhandlungstag gekommen. Sie würde das nicht ertragen. Margot musste ihr jeden Abend haarklein berichten. Sie würde alles mit „Der arme Bubb, der arme Bubb", kommentieren. Und: „Was werden sie meinem Heinz jetzt antun?"
Auf den Rückfahrten wollte Margot mehr von dir erfahren. Je nachdem, was am Tag verhandelt worden war, fragte sie nach. Sie wusste so gut wie gar nichts von dir. Ich erzählte von unserer Kindheit, wie wir aufgewachsen sind, von Willi, Horst, dir und mir. Vom Krieg, den ersten Jahren danach. Von Hitlers Zug und dir als Zigarettenmillionär. Sie wollte es gar nicht glauben. Von den Taxifahrten und der Schlägerei. Wie wir gemeinsam nochmals die Schulbank gedrückt haben. Deiner Enttäuschung über den verwehrten Studienplatz. Deine Frauengeschichten ließ ich natürlich weg.
Margot saß nach der Urteilsverkündung wie in Trance im Wagen. Was sollte nun werden. Wie sollte sie dieses Urteil deiner Mutter beibringen. Morgen würde es in allen Zeitungen stehen. Ich ging an diesem Abend mit nach oben. Ich war seit Jahren nicht mehr in dieser Wohnung gewesen. Es hatte sich nicht viel verändert. Margot wohnte in deinem Zimmer. Du hattest es nie wirklich aufgegeben. Sigi war nicht da, auch er saß irgendwo im Gefängnis, aber das schien deiner Mutter gleichgültig zu sein.
Als sie das Urteil erfuhr, fasste sie nach der Tischkante, hielt sich daran fest. Zwölfeinhalb Jahre Zuchthaus. „Der arme Bubb, der arme Bubb. Das übersteht er nicht." Sie weinte still. Noch jetzt sehe ich, wie vor ihr die Tränen von den Wimpern auf den Boden tropften. Deine Mutter hat immer zu dir gestanden, egal was du getan hast. Sie

hat dich nicht für deine Verbrechen verdammt. Sie hat sie auch nicht gutgeheißen.
„Ich hab' es immer gewusst, dass es einmal so enden wird. Wie oft hab' ich ihm gesagt, er soll sich einen richtigen Beruf suchen. Die Korbmachers dort unten, die haben ihn verdorben." Sie war auch immer schnell in ihren Schuldzuweisungen. Auch bei ihr waren es immer die anderen: dein Vater, Frederike, Josef, Horst und Willi, die da oben.
Ich glaubte ihr, dass sie deinen Lebenswandel missbilligte. Aber sie ist nie wirklich massiv geworden. Als wir damals von Rosenheim zurückfuhren, hast du sie angerufen. Ich dachte, um dich zu melden und dich anzukündigen. Das war sicher auch ein Grund. Willi und Horst haben mir aber, während du telefoniertest, erzählt, dass du das immer tun würdest. Deine Mutter war so etwas wie eine Alarmanlage für dich. Nach jedem Einbruch würdest du anrufen und fragen, ob die Polizei da gewesen wäre. Oder ob sonst jemand nach dir gefragt hätte. In den Akten stand auch, dass sie am Tag deiner Verhaftung die Polizei erst gar nicht hereinlassen wollte. Widerstand konnte man es nicht nennen, aber sie hoffte, sie irgendwie abzuwimmeln. Ich habe deine Mutter und Margot noch zwei, drei Mal zu dir gefahren. Da warst du noch in Bruchsal untergebracht. Ich bin nicht mit hineingegangen. Du hast mich auch nicht grüßen lassen, obwohl du wusstest, dass ich vor der Tür wartete.
Du gingst in die Berufung. Dazu nahmst du dir einen anderen Anwalt, einen professionellen Strafverteidiger, ein Kollege aus Mannheim. Deine Mutter erzählte nach den Besuchen bei dir immer, mit welch großer Zuversicht du auf die Revision wartetest. Du seist sicher, dass es ein anderes Urteil geben werde. Auch sie schöpfte wieder Hoffnung.

Ich tauschte mich viel mit dem Kollegen aus, stellte ihm alle meine Unterlagen zur Verfügung, versuchte zu helfen, wo ich konnte. Wie ich von ihm erfuhr, hatte dein Vater die Kosten für das erneute Verfahren übernommen. Ich wusste gar nicht, dass du zu ihm Kontakt hattest. Wie ich ebenfalls erfuhr, sollte ein neues Gutachten über dich erstellt werden. Es sollte zeigen, dass du einen überempfindlichen Charakter besitzt, keine wirkliche Geisteskrankheit, aber ein sehr reizbares Gemüt. Dadurch seist du dir der Tragweite deiner Taten nie wirklich bewusst gewesen. Sie seien für dich ein Spiel, ein fortlaufendes Abenteuer. Als Beweis für diese These führte der Kollege deine schriftstellerischen Arbeiten an. Ich kannte bis dahin ja nur die Geschichte mit der Bahnhofsuhr. Es gebe aber noch andere. Erzählungen, Romananfänge, sicherlich noch nicht fertig, aber sehr aussagekräftig. Zum Teil hättest du Erlebnisse aus deinem kriminellen Leben darin verarbeitet. Es gebe sogar Vorarbeiten für einen Film über euer Bandenleben. Alles sei in einem Schuhkarton bei deiner Mutter. Dies, zusammen mit Gedichten, die du in der Haft geschrieben hattest, wurde als Berufungsantrag von euch eingereicht.
Ich weiß nicht, ob der Kollege aus Mannheim jemals Hoffnung auf Erfolg gehegt hatte. Es würde mich wundern. Ich möchte ihn nicht als Scharlatan hinstellen. Ihm konnte der Ausgang egal sein. Er kannte dich nicht. Ihm ging es nur ums Honorar. Du warst für ihn ein Mandant wie jeder andere. Ob ihr am Ende gewinnen oder verlieren würdet war für ihn nebensächlich. Er hatte sein Geld bereits verdient.
Die Berufung wurde ohne weitere Verhandlung abgelehnt. Das hatte ich bereits vorausgesehen. Ich stellte mir die Richter, Dr. Angelberger und die anderen Beteiligten vor, als sie deinen Berufungsantrag erhielten. Er muss ihnen

so abwegig und lächerlich vorgekommen sein, dass sie womöglich wirklich an deinem Geisteszustand zweifelten. Es war so, als würdest du mit einem Gänseblümchen auf die Mauern einer Burg einschlagen. Deine Argumente waren nichts, noch nicht einmal ein Steinchen, im Vergleich zu dem Bollwerk an Beweisen, das dir gegenüberstand. Du hattest keine neuen Belege für deine Unschuld, keine neuen Zeugen, keine entlastenden Aussagen. Nur dein sensibles Wesen und deinen schriftstellerischen Drang führtest du als Grund an. Aus diesem Grund sollte die immense Arbeit von Kriminalpolizei, Staatsanwaltschaft und Gericht der letzten Monate revidiert und alles neu verhandelt werden? Es war wirklich ein Akt der Verzweiflung. Mir ist bis heute kein anderer Fall aus der Rechtsgeschichte bekannt, in dem auf „unschuldig" plädiert wurde, weil der Angeklagte sich als Schriftsteller sah. Es war ja kein politischer Prozess. Zudem hatten Willi und Horst ihre Urteile mit Dankesschreiben und dem Willen zur Reue akzeptiert. Wenn dies wirklich deine letzte, große Hoffnung war, so konnte sie nur enttäuscht werden.
Wir haben uns später, als du längst wieder in Freiheit warst, über diese Zeit unterhalten. Du sagtest, du seist da schon dem Wahnsinn so nahe gewesen, dass die folgenden Monate deinen Zustand nur noch zementierten. Noch warst du nicht im Zuchthaus, noch hattest du Kontakt zu anderen, noch konntest du mit deinem Anwalt korrespondieren, noch konntest du Briefe schreiben. Es sei so gewesen, als würde ein letzter Lichtschimmer dich vor der hereinbrechenden Dunkelheit bewahren. Ein letzter Faden, an dem du dich über dem klaffenden Abgrund festhältst. Du hättest in deiner Zelle geschrieben wie ein Verrückter, du seist auch verrückt gewesen. Das Schreiben sollte deine Unschuld beweisen, also hast du geschrieben, geschrieben, geschrieben. Alles, was dir in

den Sinn kam, hast du zu Papier gebracht. Gedichte, Gedanken, deine Lebensgeschichte, Bruchstücke von Erzählungen, noch mehr Entwürfe für Romane. Ständig hast du etwas Neues begonnen. Du wolltest diesen letzten Funken anblasen, du wolltest diesen letzten Faden fester und dicker spinnen. Margot sollte dir Bücher mitbringen. Bücher über das Schreiben, Bücher über Stil und Ausdruck, Anleitungen, wie man Schriftsteller wird. Papier, ständig hättest du nach Papier, Papier und Stifte, gefragt. Dann aus und vorbei. Der Stern der Hoffnung erlischt, der Faden ist zerschnitten. Nichts als Dunkelheit. Und diese Dunkelheit wurde vollkommen. Dr. Angelberger ordnete, neben Schweigehof, Redeverbot und gesonderter Unterbringung, für dich auch ein Lese- und Schreibverbot an. Er wollte, ganz wie es seine Art war, auf Nummer sicher gehen. Wenn deine Freiheit das Schreiben war, wollte er dir auch diese Flucht verwehren.

Du wurdest nach Freiburg verlegt, in das berühmte Café Achteck. Dies war auch ein nachträglicher Zug von Dr. Angelberger. Die Unterbringung in Freiburg erschwerte deinen Angehörigen, dich zu sehen. Überhaupt musste um Besuchszeiten immer erst angefragt werden. Auch andere Kleinigkeiten waren zu genehmigen. Margot versuchte verzweifelt, dir wieder deine Bücher zu beschaffen. Mehrfach stellte sie Anträge dazu, die immer wieder von Angelberger abgewiesen wurden.

Es war keine persönliche Fehde zwischen euch. So war das Gesetz damals. So war die Strafe damals. Der Verbrecher sollte sie im größtmöglichen Maße erleiden. Es ging darum, den Menschen zu zerbrechen. Der Strafe wurde eine reinigende Wirkung zugeschrieben. Sie sollte das straffällig gewordene Individuum in einen moralischen Urzustand versetzen. Aus diesem fast kindlichen Stadium heraus glaubte man, mit der richtigen Erziehung

ein neues, intaktes Mitglied der Gesellschaft formen zu können. Daran hatten nicht nur die Nazis geglaubt, auch die Kommunisten sind diesem Wahn gefolgt. Dort hieß es dann politische Umerziehung.
Die Zuchthäuser waren eine eigene, hermetisch abgeriegelte Welt. Der Gefangene besaß darin keine menschliche Würde. Er stand in der dort herrschenden Hierarchie an unterster Stelle. An oberster Stelle stand der Gefängnisdirektor. Er besaß fast uneingeschränkte Macht. Er gab dieser Welt eine strenge Ordnung. Die Vorschriften und Verhaltensregeln konnten je nach Anstalt sehr unterschiedlich sein. Ihr Sinn durfte nicht hinterfragt werden. Die Insassen mussten sie unbedingt befolgen. Die Aufseher und Wärter hatten penibel auf ihre Einhaltung zu achten. Sie waren die Handlanger des Direktors. Sie waren dunkle Engel, berechtigt, jeden kleinen Verstoß sofort zu ahnden. Der Grad der Peinigung lag im Ermessen des jeweiligen Beamten. Auch sie hatten eine fast uneingeschränkte Macht über den Gefangenen. Manche beließen es bei ermahnenden Worten, andere entzogen Vergünstigungen oder legten ungeliebte Arbeiten auf. Einige machten sofort Meldung. Meldungen führten zur Verschärfung der Strafe. Gewalt gegen die Gefangenen war keine Seltenheit. Als Querulanten und Rädelsführer eingestufte Straftäter wurden zurechtgestutzt. Permanente Unruhestifter wurden durch Prügel gefügig gemacht. Es gab sogar Todesfälle.
Du warst ein prominenter Zugang. Die ganze Republik kannte dich. Der Anführer und Kopf der Jäger-Bande. Bis hinter die dicken Mauern von Freiburg war dein Ruf dir vorausgeeilt. Womöglich hattest du das Zeug zu einem Anführer, zu einem Rebellen. Der Direktor von Freiburg und der Direktor von Bruchsal kannten sich natürlich. Sie standen in engem Kontakt, waren Kollegen. Du seist

jemand, der sich nicht einordnet, der Regeln grundsätzlich ablehnt. Das habe auch das Gericht so befunden. Dazu seist du ein intelligenter Bursche, der glaubte, seine Rechte zu kennen. Du solltest weiterhin streng von allen anderen getrennt bleiben.
Vielleicht stachelte auch nur dein Name den Ehrgeiz des Gefängnisdirektors in Freiburg an? Hier kannte man sich aus mit schweren Jungs. Hier gab es Mörder, Erpresser, Triebtäter, Totschläger, Kindesentführer und alle anderen Arten von Gewaltverbrechern. Alle hatte man sie im Griff. Auch dich würde man hier kleinkriegen.
Der Gefängnisdirektor wollte dir von Anfang an zeigen, dass du hier, trotz deiner Berühmtheit, nur eine Nummer unter vielen wärst. Er wollte dir zeigen, wo hier dein Platz war, dass dein Leben jetzt ihm gehörte. Dein vorheriges Leben war vorbei. Es war wie ein kleiner Tod.
Du wurdest behandelt wie sonst nur die übelsten Gewalttäter. Du kamst in Einzelhaft. Alles wurde dir entzogen. Noch nicht einmal eine Bibel haben sie dir gegeben. Du musstest im Schweigehof alleine deine Runden drehen. Das einzige Wort am Tag, das zu dir gesprochen wurde, war „Aufstehen!“. Gesichtslose Lippen riefen es durch die kleine Klappe in der Tür.
Dieses Mal war es Margot, die eines Abends in der Kanzlei stand. Sie hatte endlich, nach Monaten, eine Besuchserlaubnis für deine Mutter erhalten. Sie selbst durfte nicht hinein. Auch hatten sie kein Geld für die Fahrt nach Freiburg. Sie fragte mich, ob ich sie fahren könnte. Sie wollte, sie müsse deine Mutter begleiten.
Ich sehe deine Mutter noch genau vor mir. Sie saß neben mir, in meinem neuen Opel Kapitän. Die Kanzlei lief immer besser. Ich konnte mir jetzt so ein Auto leisten. Die ganze Fahrt über hielt sie ihre Handtasche auf dem Schoß. Hin und wieder zog sie ein Taschentuch heraus, tupfte

sich die Nase und die Augen. Hundertmal hat sie sich bedankt, dass ich sie fahre, die Mühe auf mich nehme. Sie lobte mich. Ich hätte es richtig gemacht. Ich hätte einen anständigen Beruf gelernt. Ich hätte mich nicht mit diesen Korbmachers abgegeben. Was sollte aus denen auch werden, wo doch schon der Vater ein Dieb gewesen ist. Die Mutter hätte alles versucht, die arme Frau. Aber was sollte sie ausrichten. Wahrscheinlich liege es doch im Blut. Jetzt sei sie ganz allein. Den Josef hätten sie auch wieder weggesperrt. Nur die Isolde käme gelegentlich mit dem Kleinen von Horst vorbei. Immerhin sei sie Oma, die Frau Korbmacher. Sie selbst werde wohl niemals Oma werden. Wieder schossen ihr die Tränen in die Augen.
Dann schimpfte sie auf deinen Vater. Er sei an allem schuld. Er habe sich damals davongestohlen, habe euch alleine gelassen. Und keine Unterstützung, nichts. Ich fragte, ob er nicht das Berufungsverfahren bezahlt hätte. Ja, doch, aber sonst habe er sich um nichts gekümmert. Falls ihr beide im Krieg umgekommen wäret, er hätte es noch nicht einmal bemerkt. Er sei ja zu dieser anderen gezogen. Die wird auch ihre Freude mit ihm gehabt haben. Aber jetzt sei er ja tot. Dein Vater habe sich kurz nach dem endgültigen Urteil das Leben genommen, zumindest glaubte sie das. Nach außen sei es als Unfall dargestellt worden. Zur Beerdigung ist sie hingegangen. Und sie sei als Erste hinter dem Sarg geschritten. Am Grab sagte sie laut, sodass alle es hören konnten: „Er war mein Mann. Verheiratet war er mit mir.“ Deine Eltern hatten sich nie scheiden lassen. Wieder tupfte deine Mutter die Augen.
Margot sah ich im Rückspiegel. Auch sie weinte die ganze Fahrt. Noch schlimmer war die Rückfahrt. Deine Mutter war völlig aufgelöst. Sie jammerte und zitterte, weinte ohne Unterlass. Beide Frauen saßen jetzt hinten, hielten sich in den Armen. Immer wieder sagte sie, wie furchtbar

du ausgesehen hättest. Sie habe das Gefühl gehabt, dass du sie gar nicht mehr erkanntest. Wie eine Fremde hättest du sie angesehen. Du hättest auch kaum ein Wort gesagt. Noch nicht einmal in den Arm nehmen hätte sie dich können. „Das wird er nicht überstehen, das wird er nicht überstehen. Die bringen ihn um. Die bringen ihn langsam um." Das höre ich noch heute.

Sie flehte, bettelte mich an, doch etwas zu unternehmen. Aber was sollte ich tun. Ich hatte ihr nicht von unserer letzten Begegnung erzählt. Vielleicht ahnte sie es, aber es war ihr gleich. Ich müsse etwas unternehmen, ich sei doch dein Freund. Wir seien doch von klein auf Freunde gewesen. Ich dürfe dich jetzt nicht im Stich lassen. Ich wüsste doch, wie du bist. Du würdest manchmal auch Dinge sagen, die du gar nicht so meintest. Innen drin seist du doch ein guter Mensch, der keinem ein Leid zufügen könne. Und gütig und großzügig seist du. Und würdest dich immer um andere sorgen und kümmern. Ganz bestimmt würdest du dich freuen, wenn ich käme, ganz bestimmt.

Ich habe dich besucht. Es dauerte nochmals Wochen. Auch ich musste erst um einen Termin ersuchen. Ich wandte mich direkt an Dr. Angelberger. Er rief mich sogar kurz an. Ich sei doch gar nicht mehr dein Anwalt. Ich sagte, ich müsse noch die Erbschaftsangelegenheiten wegen deines verstorbenen Vaters mit dir besprechen. Ich sei von deiner Mutter beauftragt worden. Darüber hinaus sei ich immer noch dein Freund. Ein paar Tage später lag die Erlaubnis kommentarlos in der Post.

Als du hereingeführt wurdest, bin ich erschrocken, mehr als das. Ich erkannte dich kaum wieder. Du warst bis auf die Knochen abgemagert. Tiefe Ringe unter deinen Augen zeugten von deinen Qualen. Deine Augen, die hier auf deinem Grab so herausstechen, sie hatten jeglichen Glanz verloren. Fast möchte ich meinen, deine Haare seien schon grau geworden, aber das waren sie nicht.

Deine Mutter hatte nicht übertrieben. Du konntest kaum sprechen. Du suchst nach Worten. Ich wusste nicht, ob dir mein Besuch recht war oder nicht. Du fragst mich, welchen Tag wir haben. Ich sage es dir. Dann fragst du, welchen Monat? Ich bin wie vom Blitz getroffen. Ich sage April, Heinz, es ist April. Du stammelst: „Der April macht, was er will“, und schaust mich mit einem völlig leeren Blick an. Gleichzeitig scheinst du stolz zu sein. Stolz darauf, diesen alten Reim noch gewusst zu haben. Du stotterst: „Sie sprechen nicht mit mir. Niemand spricht mit mir. Ich darf nicht laut sprechen. Ich gehe in der Zelle hin und her. Ich flüstere vor mich hin. In der Zelle ist noch ein anderer. Ich sehe manchmal sein Gesicht an der Wand. Er versteckt sich. Ich rede mit ihm, aber er antwortet auch nicht.“
Ich bin erschüttert. Ich bringe kein Wort heraus. Ich sehe einen Wahnsinnigen vor mir. Du schaust auf meine Hände. Ich hatte einige Papiere zum Schein vor mir ausgebreitet. In der Hand halte ich meinen Bleistift. Es ist nur noch ein kleiner Stummel. Er sitzt in einer silbernen Kappe. Du flüsterst, dass es die Wache an der Tür nicht hört: „Gib ihn mir.“ Ich verstehe erst nicht, was du meinst. „Gib ihn mir“, deine Augen deuten auf den Stummel. Es ist streng verboten, den Gefangenen etwas auszuhändigen. Geschenke und Ähnliches müssen an der Pforte abgegeben werden. Ich hatte dir Obst mitgebracht. Obst, Schokolade, Zigaretten. Ich weiß nicht, ob es dich jemals erreicht hat. „Gib ihn mir“, flehst du mich an. Ich sehe die Verzweiflung, aber auch das brennende Verlangen in deinen Augen. Ich ziehe die Kappe ab. Ich reiche dir zum Abschied die Hand. Wir hatten unser Spiel, das Tauschen, noch nicht verlernt.

Das zweite Leben

Ja, es geht mir gut. Danke. Und dir? War es dir nicht zu langweilig, hier zu sitzen? Möchtest du nicht auch einmal hinaufgehen? Es ist gleich da oben. Zweite Reihe, das erste Grab. Ja, ich weiß, du machst dir nichts aus Friedhöfen. Noch weniger, seit Mama gestorben ist. Aber wenn wir schon einmal hier sind? Da kannst du dir es auch einmal ansehen. Ich setze mich hier unten hin und du gehst nach oben. Nein. Gut. Ich dachte nur, du hast ihn ja auch gekannt. Nein? Ich habe gerade eben darüber nachgedacht, wie wir zusammen hier waren. Du warst noch klein, vielleicht acht oder neun. Kannst du dich nicht erinnern? Nein? Wir konnten ja nie viel Urlaub machen. Zumindest nicht zusammen. Nein, das war kein Vorwurf von dir. So habe ich es auch nicht verstanden. Im Nachhinein tut es mir ja selbst leid, dass ich nicht mehr Zeit für euch hatte. Die Kanzlei ging immer vor. Gerade eben habe ich daran gedacht, wie wir uns alle in den Fünfzigerjahren in die Arbeit gestürzt haben. Wir wollten etwas erreichen, wir wollten aber auch etwas zudecken damit. Mir ging es so. Als ich Henry an jenem Tag im Gefängnis gesehen hatte, was konnte ich da noch für ihn tun? Er war verurteilt und die Berufung abgelehnt. Jetzt kam die Strafe. Und die Strafe war als Strafe gedacht, verstehst du. Das war ganz anders als heute. Ja, natürlich ist eine Haftstrafe heute auch eine Haftstrafe. Man kann sich das gar nicht vorstellen. Tag für Tag hinter Gittern, nichts darfst du selbst entscheiden, nirgends hingehen zu können, kaum Kontakt zur Außenwelt. Draußen dreht sich die Welt weiter, da drinnen bewegt sich nichts. Stell dir vor, wie es ist, wenn du über Monate in Einzelhaft sitzt, du nicht sprechen und keiner mit dir reden darf? Wenn du deine halbe Stunde Hofgang alleine absolvieren musst. Wenn

du nicht einmal ein Buch in der Zelle haben darfst, noch nicht einmal die Bibel! So haben sie den Henry damals behandelt, wie den schlimmsten Verbrecher. So haben sie ihn damals fertiggemacht, wenn ich es einmal so nennen darf. Fertiggemacht, richtig fertiggemacht. Schlimmer als einen Mörder haben sie ihn behandelt. Und ich? Was konnte ich dagegen tun? Nichts konnte ich machen. Ich habe mich in die Arbeit gestürzt. Ich habe gearbeitet, gearbeitet und gearbeitet. Ich habe ihn im Stich gelassen. Vielleicht hätte ich doch etwas unternehmen können? Vielleicht hätte ich Eingaben und Beschwerden schreiben sollen? Er durfte ja nicht schreiben. Wer sollte, wer konnte denn etwas für ihn tun? Seine Mutter hat, glaube ich, an den Dr. Angelberger geschrieben. Das war der leitende Staatsanwalt damals. Dem war Henrys Schicksal längst egal, vorbei und vergessen. Der hatte seinen Fall bravourös abgeschlossen. Der feilte weiter an seiner Karriere. Margot, so hieß die damalige Verlobte von Henry, sie hat wohl einige Male den Gefängnisdirektor angeschrieben. Bei dem war sie natürlich an der falschen Adresse. Warum sollte er Henry eine Erleichterung gewähren. Zuchthaus war nun mal Zuchthaus. Es ging den anderen Insassen ebenso. Henry war da keine Ausnahme.
Und ich, was habe ich getan? Nichts. Doch, so war es. Ich habe nichts getan, ich habe mich versteckt hinter der Arbeit. Ich bin auch nicht mehr hingefahren, ich konnte das nicht. Ich hätte das nicht ertragen. Also habe ich weggeschaut. Doch, den Vorwurf muss ich mir machen. Ich habe mich versteckt. Ich habe mich auch vor Henrys Mutter und Margot versteckt. Ich habe auch sie nicht besucht, habe auch sie nicht gefragt, ob ich ihnen helfen kann. Ich habe auch sie alleine gelassen. Ja, das Leben musste weitergehen. Das sagt sich immer so leicht. Es ist und bleibt eine Ausrede. Es ist ja auch jetzt feige von

mir, wo er da oben liegt und ich noch immer hier stehe. Nein, ich kann die Zeit nicht zurückdrehen, das ist es ja. Selbst wenn ich es könnte, würde ich mich wirklich anders verhalten? Ja, schon gut, ich höre damit auf. Ich habe es dem Henry später einmal gesagt. Ich habe gesagt: „Henry, ich habe dich im Stich gelassen." Er antwortete, dass ich nichts hätte tun können. Er sagte sogar, dass es vielleicht gut so war. Dass ihn die Monate in der Isolation erst zu dem Menschen gemacht hätten, der er später wurde. Er bezog das mehr auf das Schriftstellerische. Diese Zeit, er nannte sie später die bestrafte Zeit, habe in ihm erst diesen wirklichen, diesen tiefen Willen zum Schreiben hervorgebracht. Er sagte: „Das Schreiben hat mir das Leben gerettet." Er sagte, ich hätte ihm das Leben gerettet. Komisch, nicht. Ich zerfleischte mich mit Selbstvorwürfen und er denkt, ich hätte ihm das Leben gerettet. Mit diesem kleinen Bleistiftstummel, den ich ihm zugesteckt hatte, hätte ich sein Leben gerettet. Mit dem kleinen Rest eines gewöhnlichen Bleistifts habe er die Mauern durchbrochen. Er sei nicht frei gewesen, die Freiheit sei zu ihm gekommen, hat er es mir einmal beschrieben. Er konnte plötzlich überall hingehen. Er konnte sich Welten erschaffen und sie einstürzen lassen. Er konnte Personen zum Leben erwecken und ihnen ein von ihm erdachtes Schicksal aufzwingen. Er konnte sie ins Glück führen oder in den Abgrund. Vor allem konnte er sie miteinander sprechen lassen. Er sagte mir später, in seiner Zelle sei es manchmal so eng gewesen, enger als in einem überfüllten Abteil. Und alle hätten miteinander gesprochen. Er sei manchmal nur der Zuhörer gewesen, der die Unterhaltungen mitschrieb.

„Es war wieder ein Funke in dieser Dunkelheit", sagte er. Und dieses Mal, nach diesen schier endlosen Monaten der Sprachlosigkeit, hätte er diesen Funken völlig anders angefacht. Er sei viel konzentrierter gewesen, hätte nicht ständig etwas Neues begonnen, hätte über viele Dinge, Wörter, Sätze, Szenen lange nachgedacht. Er musste sparsam sein. Er hatte nur diesen Stummel, noch nicht einmal so lang wie sein kleiner Finger. Und er hatte nur das Toilettenpapier in seiner Zelle. Grobes, dünnes, braunes Toilettenpapier, das er nur sparsam verbrauchen durfte, damit die Wärter keinen Verdacht schöpften. Und so habe er über jeden Satz, jede Formulierung lange nachgedacht. Er ging in seiner Zelle auf und ab, auf und ab. Es waren genau fünf Schritte. Fünf Schritte vor seiner Pritsche. Fünf Schritte von der Tür bis zur Stirnwand. In der Wand führte eine Schräge die dicke Mauer hinauf zu dem kleinen Fenster ganz oben, fast unter der Decke. Henry, obwohl er groß war, konnte nicht hinaussehen, auch wenn er sich auf die Zehenspitzen stellte. Es gab keinen Stuhl, es gab keinen Tisch, so hat er es beschrieben. Aber es gab diese Schräge, die etwa auf Brusthöhe begann. Wenn er nun einen Satz gefunden hatte, wenn er ihn wirklich als brauchbar, als gut empfand, legte er ein Blatt Toilettenpapier auf diese Schräge und schrieb ihn auf. Er benutzte dieses Fenstersims wie ein Schreibpult. Er eignete sich eine winzig kleine Schrift an. Die Zeilen setzte er eng untereinander, dicht an dicht. Ich habe diese Blätter einmal gesehen. Alles darauf ist gedrängt, kein Platz verschwendet. Es sind so gut wie keine Korrekturen zu sehen. Henry sagte, bevor er einen Satz niederschrieb, habe er sich teilweise jedes Wort buchstabiert. Später hat er sich seine Arbeitszimmer immer genauso eingerichtet. Es musste eine Bahn von fünf Schritten geben, an deren Ende sein Schreibpult stand. Das Schreibpult war der wichtigste Gegenstand in der gesamten Wohnung, im gesamten Haus. Es war das erste Möbelstück, das er sich nach seiner Entlassung kaufte. Und die fünf Schritte waren wichtig. Er hätte niemals ein Büro oder ein Zimmer bezogen, in dem diese fünf Schritte nicht möglich waren. So hat er später gearbeitet. Er ging auf und ab, auf und ab. Er überlegte, formte, verwarf, formte von Neuem. Dann schrieb er es auf. Später, als er mit Elke verheiratet war, hat er ihr diktiert. Es kam immer ein bereits vollständig ausformulierter Satz aus seinem Mund. Elke, sie war ja Journalistin, schrieb in Steno mit. Dadurch sparten sie viel Zeit. Henry konnte schneller arbeiten. Er musste seine Gedanken nicht immer unterbrechen, um etwas aufzuschreiben. Er ging auf und ab, auf und ab und irgendwann folgte Satz auf Satz. Er konnte das stundenlang. Es war, glaube ich, das Einzige, in dem er eine eiserne Disziplin zeigte. Wenn er arbeitete, so nannte er es, wurde gearbeitet. Es war nicht so, dass er dabei völlig ungestört sein musste. Ich habe mehr als einmal dabeigesessen und zugesehen. Er ignorierte alles um sich herum, nahm es gar nicht wahr. Danach war er immer sehr erschöpft. Er musste sofort etwas essen. Und was er dann essen konnte. Es war wie damals, nach seinen Einbrüchen. Er verschlang riesige Mengen.

Wollen wir nicht auch etwas essen? Vielleicht vorne auf der Piazza? Nein, zum Laufen ist es zu weit. Wo hast du denn geparkt? Gleich da vorne? Das kann ich gehen, es sind ja nur ein paar Schritte. Wollen wir vielleicht doch zuerst zum Hotel auf den Monte Verità fahren? Es geht hier gleich die Straße hinauf. Dann müssen wir nachher nicht wieder zurück. Du wirst sehen, ich habe dir nicht zu viel versprochen. Deine Mutter und ich, wir haben dieses Hotel geliebt. So oft ist sie ja nicht mitgekommen. Später, als Henry und Elke sich getrennt hatten, gar nicht mehr. Davor war sie auch nur selten mit. Aber wenn wir zusammen hier waren, haben wir immer im sogenannten Bauhaus Hotel, dem Hotel Monte Verità gewohnt.

Da ist ja auch die kleine Kirche. Ich habe ihre Glocke gehört. Da fällt mir eine Sache ein. Eine Kleinigkeit habe ich doch unternommen. Es schien mir das Mindeste. Als ich Henry damals im Zuchthaus besuchte und wieder hinausging, sah ich einen Hinweis auf die Gottesdienste und Messen in der Anstalt. Mir ist das auch erst später eingefallen. Wenn die Anstaltsleitung und die Justiz Henry isolierten, war die Kirche vielleicht jemand, die das Schweigen um ihn herum brechen konnte. Ich wusste, Henry war nicht gläubig. Er machte sich nichts aus der Kirche und dem lieben Gott. Aber in diesem Fall war er sicher um jeden Kontakt dankbar. Also habe ich einen Brief geschrieben, einen Brief an die Evangelische Gefangenenseelsorge. Ich wollte nicht direkt an den Anstaltspfarrer in Freiburg schreiben. Sicher wurde die Post, womöglich auch seine, von der Leitung kontrolliert. Also schrieb ich an die nächsthöhere Stelle. In dem Brief bat ich darum, Kontakt zu dem Gefangenen Karl-Heinz Jäger in Freiburg zu suchen, da ich seit meinem letzten Besuch bei ihm fürchtete, er könne sich etwas antun. Auf alle Fälle sei ich um sein Seelenheil sehr besorgt. Dieser Brief war mir ein kleiner Trost. Ich hatte das Gefühl, doch etwas getan zu haben. Ich habe danach allerdings lange Zeit, mehr als zwei Jahre, nichts mehr von Henry gehört. Wie gesagt, ich habe mich nicht darum gekümmert, ich konnte es nicht. Wenn ich ehrlich bin, muss ich sagen, ich bin den bequemen Weg gegangen.
Eines Tages rief ein Hans Kühler, Dr. Hans Kühler, bei mir an. Zuerst bin ich erschrocken, als er sagte, er sei der Anstaltsgeistliche in Freiburg. Ich befürchtete, Henry wäre etwas passiert. Ich habe sofort nach ihm gefragt. Kühler sagte, es ginge ihm gut, sehr gut sogar. Er rufe im Auftrag von Karl-Heinz an. Er sagte Karl Heinz, sie waren also per Du. Karl-Heinz hätte ihn gebeten, Kontakt mit mir aufzunehmen. Er solle mir ausrichten, ich sei

ein miserabler Strafverteidiger, aber vielleicht ein guter Wirtschaftsanwalt. Karl-Heinz bräuchte einen Anwalt. Ich verstand nicht, worauf Kühler hinauswollte. Er sagte, das könne er mir am Telefon nicht erläutern. Er würde nach Frankfurt kommen. Ob ich Zeit für ihn hätte.

Was soll ich dir sagen, natürlich hatte ich Zeit für ihn. Kühler kam ein paar Tage später. Er war ein kleiner, feiner Mann mit lichtem Haar und wachen Augen hinter seiner dicken Brille. Er war mir vom ersten Moment an sympathisch. Er war auch ein energischer Mann. Wir haben uns später öfter getroffen. Wenn er sich etwas in den Kopf gesetzt hatte, blieb er hartnäckig und unnachgiebig. Es war ein Glück für Henry, auf diesen Mann getroffen zu sein. Oder umgekehrt, dass mein Brief letztlich Kühler erreichte und dieser Kontakt zu dem Gefangenen Jäger aufnahm. Wieder einmal hatte Henry Glück. Er war eben ein Glückskind. Kühler erzählte mir, wie er zum ersten Mal Henry in seiner Zelle besuchte. Sein Zustand sei erbärmlich gewesen. Ihm sei sofort klar geworden, dass dieser Mann vor die Hunde gehen würde. Er setzte sich für Henry ein, vom ersten Moment an. Er erbat sich vom Direktor Besuchszeiten bei ihm. Er bat, Henry doch wenigstens in den Gottesdienst kommen zu lassen. Der Direktor lehnte zunächst ab. Der Gefangene sei noch nicht so weit. Kühler wählte eine andere Strategie. Er fragte, wie man den Gefangenen denn künftig noch strafen wolle, wenn er doch bereits das Höchstmaß an Strafe erdulde? Mit welchen Repressalien könne man ihm noch drohen? Es wäre doch möglich, dass der Gefangene sich nicht brechen lasse. Es sei aber unmöglich, die Art und Weise der jetzigen Strafe über die volle Haftdauer aufrechtzuerhalten. Würde man den Gefangenen nicht zum größten Märtyrer stempeln, wenn er sich nicht beugen ließe? Würde er dann nicht noch viel

berühmter werden? Womöglich ließen sich dann auch andere nicht mehr abschrecken?
Diese Argumentation hatte Erfolg. Henry wurde der Schweigehof erlassen. Er durfte jetzt mit anderen Gefangenen seinen Rundgang absolvieren. In dieser Zeit war ihm auch das Reden erlaubt. Und er durfte lesen. Dies war, so sagte er mir später, eine noch viel größere Befreiung als die gesprochenen Sätze auf dem Hof, die sich meist nur um das schlechte Essen, Zigaretten und kleine Tauschgeschäfte drehten.
Es existierte eine winzige Anstaltsbibliothek. Sie enthielt, was sich nach zwei Säuberungen dort angesammelt hatte. Zuerst hatten die Nazis alle Bücher verbrannt, dann, nach dem Ende des Dritten Reiches, seien nochmals fast alle Bände vernichtet worden, aus Angst, es könnte sich um irgendwelche Blut- und-Boden-Literatur handeln. Als kärglicher Bestand blieben einige Klassiker, seichte Unterhaltung und viel Schund. Dr. Kühler unterstand die Bibliothek. Er versuchte sie durch Spendenaufrufe in den umliegenden Gemeinden wieder zu vergrößern, mit wenig Erfolg. Wir haben uns später einmal lange darüber unterhalten, hier in Ascona. Wir waren gleichzeitig zu Besuch bei Henry.
Er erzählte, dass dreiunddreißig ein sehr linientreuer Direktor die Anstalt leitete. Als die Professoren und Studenten der Freiburger Universität ihre Bücher mit Leiterwagen ins Universitätsstadion fuhren, um sie dort zu verbrennen, wollte er nicht nachstehen. Kurzerhand habe er befohlen, die gesamte Bibliothek, es waren wohl auch damals nicht sehr viele Bände, auf einen Handwagen zu laden. Mit zwei uniformierten Wächtern ist er dem Zug der Akademiker gefolgt. Rektor Heidegger habe eine kurze Rede gehalten, dass man dem Aufruf des Führers

und dem Beispiel aus anderen Städten folge. In Freiburg konnte die Verbrennung wegen schlechtem Wetter nicht, wie andernorts, am zehnten Mai erfolgen. Statt darauf zu verzichten, hat man sie acht Tage später nachgeholt.
Jedenfalls schritt der Gefängnisdirektor erhobenen Hauptes hinter den Koryphäen der Geisteswelt her. Er hatte gar nicht geprüft, was er da auf dem Karren hatte. Bücher gehörten seiner Ansicht nach überhaupt nicht in eine Strafanstalt. Sie hatten dort schlichtweg nichts verloren. Nicht einmal die Bibel wollte er dort dulden.
Als nach all den Fakultäten, allen voran die philosophische, endlich er an der Reihe war, warfen seine Mitarbeiter die Bücher von Karl May, Sven Hedin, Hedwig Courths-Mahler, wohl auch Goethe und Schiller, stumm in die Flammen. Stell dir vor, was geschehen wäre, wenn er, der Direktor, wie eigentlich üblich, einen Feuerspruch dazu gehalten hätte. Erich Maria Remarque, der hierher nach Ascona geflüchtet war, erzählte uns später einmal, wie er abends am Radio die Verbrennung seiner Bücher verfolgte. Seit dem Roman *Im Westen nichts Neues* war er den Nazis als Pazifist verhasst. Er hörte den Feuerspruch „Gegen literarischen Verrat am Soldaten des Weltkriegs. Für Erziehung des Volkes im Geist der Wehrhaftigkeit!“ und lauschte dem Knistern der Flammen.
Was wäre wohl aus dem Direktor geworden, wenn er gesagt hätte: „Hiermit übergebe ich die Werke von Karl May den Flammen“? Adolf Hitler selbst war ein großer Verehrer Karl Mays. Vielleicht schon deshalb, weil beide ihre Bücher im Gefängnis geschrieben hatten. Sven Hedin galt als Aushängeschild der Nationalen Bewegung und der Rassenideologie. Er blieb es über das Ende des Dritten Reiches hinaus. Auch mit seinen Büchern verbrannte der Direktor also wohlgelittene Literatur. Ist das nicht ein schönes Beispiel, wohin Übereifer und Verblendung

führt? Eine wirkliche Kapriole der Geschichte wäre es gewesen, wenn er auch noch *Mein Kampf* ins Feuer geworfen hätte. Aber das war damals noch nicht so verbreitet. Nach dem Ende des Zweiten Weltkrieges sei es fast der einzige Titel im Bestand der Bibliothek gewesen, sagte mir Kühler.

Jedenfalls musste man nach dem Krieg wieder bei null anfangen. Groß war die Auswahl zu Henrys Zeit sicher nicht. Aber Henry sagte mir, er habe viel aus den Büchern Heinz Konsaliks gelernt. Der war damals sehr populär. Es hätte auch Anspruchsvolleres gegeben, wie Pasternak oder Capote. Diese Bände hatte Dr. Kühler sicherlich selbst beigesteuert. Er war nicht nur ein Mann Gottes, er war auch ein Mann des Wortes, ein begeisterter Leser und Büchernarr. Er besaß Witz und Verstand und hatte ein Gespür für gute Literatur. Er sagte mir auch, dass er jedes Buch, das neu in die Bibliothek aufgenommen werden sollte, zunächst der Anstaltsleitung, sprich dem Direktor, vorlegen musste. Es hätte Wochen, manchmal gar Monate gedauert, bis er von dort eine Antwort bekam. Es ist ja erstaunlich, welche Angst viele, meist unbelesene Menschen vor Büchern haben. Sie vermuten darin eine Art Bazillus, der sich in Windeseile verbreiten könnte. Der damalige Direktor hätte jedes Buch gelesen und geprüft. Eine Aufnahme in die Bibliothek konnte nur mit seiner Zustimmung erfolgen. Dabei war er alles andere als ein Bücherfreund. Seine literarischen Kenntnisse waren eher bescheiden. Auch aus Kunst machte er sich nicht viel. Das wollte sich der Direktor natürlich nach außen nicht anmerken lassen. Am liebsten hätte er, wie sein Vorgänger, alle Bücher aus der Anstalt verbannt. Das wagte er allerdings nicht. So weit hatten sich die Zeiten immerhin geändert. Der Direktor, mir fällt partout sein Name nicht ein, wollte zeigen, dass er von der Gesinnung ein anderer ist, was er im Großen und Ganzen auch war.

Kühler sagte mir, er habe sich den ein oder anderen Spaß erlaubt, indem er ihm Arno Schmidt, Peter Weiss oder Günter Eich vorlegte. Nach langer, anstrengender Lektüre habe ihm der Direktor dann mitgeteilt, dass diese Autoren sicherlich für ihn selbst und Dr. Kühler geeignet wären, aber doch nicht für die Insassen. Diese seien mehr an leichter Unterhaltung interessiert. Kühler ließ sich nicht beirren und hat den Direktor weiter getriezt. Als Nächstes gab es Günter Grass, Alfred Andersch und Wolfgang Koeppen. Er habe so den Direktor in die Neue Deutsche Literatur eingeführt, sagte er mir und lachte dabei.

Jedenfalls saß Dr. Kühler mir nun gegenüber. Nach einigen Floskeln kam er auch schnell zur Sache. Er erzählte mir, dass Henry ihm, nachdem sie sich besser kannten, ein dickes Bündel beschriebenes Toilettenpapier zugesteckt hätte. Henry bat ihn, es zu lesen, vor allem aber, es in Sicherheit zu bringen. Er hatte es in seiner Matratze versteckt gehalten. Wenn es entdeckt worden wäre, hätten die Wärter die Blätter sicherlich vernichtet. Kühler schmuggelte die Seiten hinaus. Anfänglich bereitete ihm die kleine, enge Schrift, fast unleserlich mit Bleistift auf das grobe Papier gesetzt, große Mühe. Teilweise waren die Blätter zerrissen oder mit dem Stift durchstoßen. Mit der Zeit ging es besser. Dr. Kühler übertrug alles mit einer Schreibmaschine in eine leserliche Form. Es war nicht nur der Anfang, es waren große Teile eines Romans.

Henry hätte auf keinen Besseren treffen können. Kühler erkannte sofort die Qualität des Textes und er erkannte Henrys Talent. Es waren die Personen, die einem sofort gegenwärtig waren. Die dichte Atmosphäre und Stimmungen, die nichts Gekünsteltes hatten. Die Glaubwürdigkeit der Handlung, die jeder Leser sofort mitempfinden konnte. Natürlich hätte es auch Korrekturen gegeben und Anlass zur Kritik. Henry habe diese willig

angenommen und umgesetzt. Er habe schnell gelernt. Ihre Begegnungen, ihre Gespräche, so sagte mir Kühler, würden sich nur noch um Sprache, Formen, Ausdruck, Stil drehen. Kühler habe ihn bestärkt, den Roman zu Ende zu bringen. Fast täglich habe ihm Henry nun Blätter übergeben. Nachts, nach dem Abdrehen des Lichts, habe er gearbeitet, manchmal bis in den Morgen hinein. Kühler hat die Blätter abgetippt und an das Manuskript angefügt. Leider konnte er die Seiten nicht wieder zum Gegenlesen zurückgeben. Aber Henry habe den gesamten Roman im Kopf gehabt. Jeder Satz sei ihm präsent gewesen. Wenn er, Kühler, Passagen bemängelte, bekam er beim nächsten Mal von Henry eine Korrekturseite, die sich in geänderter Form nahtlos in den Text einfügen ließ. Es sei wie im Roman *Fahrenheit 451* von Bradbury gewesen. Darin sind Bücher verboten und ihr Besitz wird streng bestraft. Werden Bücher gefunden, werden sie auf der Stelle verbrannt. Bei Henry war es ähnlich. Bei Bradbury lernen die Dissidenten den Inhalt eines Buches auswendig. Jeder kennt immer ein Buch, Wort für Wort. Damit ist es in Sicherheit und kann nicht zerstört werden. Nach dem jeweiligen Buch wird auch sein Träger benannt. Die Büchermenschen heißen also untereinander *Madame Bovary*, ein anderer *Dorian Gray* oder ein Geschwisterpaar *Die Brüder Karamasow*. Du kennst das Buch? Ich habe dir schon mit fünfzehn davon vorgeschwärmt? Ach so, bitte entschuldige. Das ist das Alter. Aber genauso war es bei Henry damals. Er hatte seinen Roman Wort für Wort im Kopf, sagte Kühler.
Das nächste Wunder war, Dr. Kühler hatte schon einen Verlag für diesen Roman gefunden. Nicht irgendeinen Verlag, sondern den Kurt Desch Verlag in München, einen der bedeutenden Verlage zu jener Zeit, in dem Autoren wie Oskar Maria Graf, Hans Habe, Alberto Moravia und

Remarque erschienen. Kurt Desch habe sehr ernsthaftes Interesse an dem Buch von Karl-Heinz und wolle es womöglich verlegen. Und deshalb sei er da. Henry könne ja aus dem Zuchthaus heraus nicht verhandeln und auch keinen Vertrag mit einem Verlag eingehen. Es wüsste auch niemand in Freiburg davon. Der Direktor sei über das Vorhaben nicht informiert und dürfe es auch nicht vor Erscheinen des Buches erfahren. Er würde Henry sicherlich sofort alle gewährten Vergünstigungen entziehen und den Kontakt zwischen ihm und Henry untersagen. Damit wäre alles zunichte. In diesem Zusammenhang habe Karl-Heinz mich empfohlen: „seinen Anwalt und seinen engsten Freund". Ich solle für ihn mit dem Verlag Kontakt aufnehmen und in Henrys Namen einen Vertrag aushandeln.
Ich war gerührt, gerührt und beschämt. „Sein engster Freund." Ich wollte es gar nicht glauben. Natürlich habe ich sofort zugestimmt. Ich fragte nach dem Manuskript, ob ich es denn zuvor einmal sehen und vielleicht sogar lesen könnte. Als hätte Kühler nichts anderes erwartet, zog er einen dicken Packen Papier aus seiner Tasche und legte ihn auf meinen Schreibtisch. Er sagte: „Es ist das einzige Exemplar und entsprechend wertvoll." Ich bot sofort an, es durch unsere fleißigen Damen abschreiben zu lassen, das würde zwei Tage dauern. Kopieren gab es noch nicht. „Darauf habe ich gehofft", gestand mir Kühler. Es habe ihm bisher widerstrebt, das Manuskript jemand anderem zu überlassen, aus Angst, es könnte etwas Schlimmes damit geschehen. Er befürchtete, aus welchem Grund auch immer, die Anstaltsleitung könnte doch Wind von der Sache bekommen. Freiburg sei ja wie ein Dorf, jeder kenne jeden. Er käme in drei Tagen wieder, so lange habe er selbst in Frankfurt zu tun, und würde das Original dann wieder mitnehmen.

Wir müssen ein Stück in den Ort hineinfahren, glaube ich. Dort geht es links ab und wir kommen hier vorne wieder in den Kreisverkehr. Fahr doch bitte etwas langsamer. Es hat sich so vieles verändert, seit ich das letzte Mal hier war. Das ist mehr als zwanzig Jahre zurück. Bei meinem letzten Besuch sind wir gar nicht mehr in den Ort gegangen, Henry und ich. Er lebte ja schon etwas außerhalb, im Hospiz. Zwanzig Jahre, kannst du dir das vorstellen. Das alles hier stand damals gar nicht, besser gesagt, es standen ganz andere Gebäude an dieser Stelle. Hier unten, im Erdgeschoss, war die Taverna. Halt doch bitte einmal an.
Die Taverna war damals das angesagteste Lokal in Ascona. Darin haben die Nightbirds gespielt. Und Vicki Anderson, die später mit James Brown auftrat. Gerade in den ersten Jahren, wenn wir Henry und Elke besuchten, war mindestens ein Abend in der Taverna Pflicht. Später sind wir, als ich alleine kam und Elke Henry verlassen hatte, jeden Abend hier eingekehrt. Es gab unten, im Erdgeschoss einen großen Saal, in dem immer ein Orchester spielte. Jeden Abend wurde getanzt. Nach hinten gab es eine Terrasse. Im Sommer spielte das Orchester dort im Freien. Neben dem Saal war eine Bar. Das war Henrys Revier. Hier war er Stammgast. Jeder kannte ihn und er kannte jeden. Ein Vermögen hat er in dieser Bar gelassen. Henry kannte im Trinken keine Grenzen. Elke erzählte mir später, wie sie nach solchen Nächten, in denen Henry alleine unterwegs war, Belege über mehrere Hundert Franken in seinen Taschen fand. Es war nie ganz klar, was Henry wirklich verdiente. Er hat später immer ein Geheimnis daraus gemacht.
Den ersten Vertrag, den hatte ich noch für ihn ausgehandelt. Ich bin mit einem Durchschlag des Manuskripts

zum Kurt Desch Verlag nach München gefahren. Kühler drückte mir die Daumen und Henry ließ über ihn ausrichten, dass sein weiteres Leben von meiner Reise abhängen würde. Du kannst dir vorstellen, wie nervös ich war. Ich hatte mich natürlich informiert. Nicht nur was das Verlagsrecht anging. Recht ist das eine, die gelebte Praxis etwas anderes. Es kam natürlich darauf an, wie stark der Wille von Desch war, dieses Buch zu machen. Er hatte sicherlich Hunderte von Angeboten. Er kannte das Buch noch gar nicht. Er hatte bisher keine Seite daraus gesehen, geschweige denn gelesen. Ich schon. Ich hatte es in einer Nacht verschlungen. Dr. Kühler hatte mir gesagt, für ihn sei neben dem großen Talent Henrys der Inhalt des Romans so beeindruckend. Man müsse sich das einmal vorstellen. Da sitzt jemand im Zuchthaus, hinter dicksten Mauern, in einer winzigen Zelle, zum Schweigen verurteilt, ohne jeden Kontakt zu anderen Menschen und schreibt, anstatt über sein persönliches Schicksal, einen Roman über eine Flüchtlingsfamilie. Für ihn sei das völlig unbegreiflich.

Für mich war es das nicht. Ich erkannte vieles in dem Buch wieder, sodass ich Kühler jede Person, jede Szene, jeden Ort hätte übersetzen können. Da war der Name der Flüchtlingsfamilie: Starosta. Das war Margots Familie. Die Unterkunft in der ehemaligen Festung. Das war Schwalmstadt. Hugo Starosta, der Vater, war eine Mischung aus Henrys Vater und Josef Korbmacher. Die Tochter Mimo war Margot, Eliese, das war Henrys Mutter, Albert, der jüngste Sohn, das war eine Seite von Henrys eigenem Leben, Hermann, der ältere, das war die andere Seite. Ich habe das Buch so oft gelesen und immer wieder etwas Neues entdeckt. Und die ganze Geschichte der Familie Starosta, die ja ein einziges, fortwährendes Versagen darstellt, das Versagen von Albert in der Schule, das Versagen von Hugo, einen Beruf zu finden, das

Versagen in der Liebe, das Versagen an der Zukunft, diese ganze Geschichte war letztlich Henrys Erwiderung auf seine Verurteilung. Es war seine Berufung, sein Beleg, sein Beweis dafür, dass er tatsächlich ein Schriftsteller ist, dass das, worüber alle vor Gericht unbeachtet, mehr oder minder mitleidig lächelnd, hinweggegangen sind, tatsächlich in ihm war. Mit der Handlung des Romans zeigte er, dass es durchaus möglich war, ohne ein absichtliches Verschulden und obwohl der Wille etwas anderes anstrebte, immer außerhalb der Gesellschaft zu bleiben.

Ich fuhr also zu Desch. Ich fühlte mich gut vorbereitet. Ich bin mit dem Zug gefahren. Du weißt, dass ich nicht gerne mit dem Zug reiste. Damals tat ich es. Ich wollte mir während der Fahrt weitere Notizen machen. Kühler hatte mir gesagt, dass er dem Verlag bisher nur eine grobe Inhaltsangabe gesendet habe. Ich glaubte daher, ich müsse Henrys Buch zunächst inhaltlich präsentieren. Ich prägte mir besonders schöne Stellen ein. Eine kenne ich noch heute. Sie handelt von Albert, dem jüngsten Sohn der Familie. Ich glaubte, darin mich zu sehen, mich und Henry, wie wir damals in dem Erdloch lagen oder wie wir als Kinder manchmal abends, die Nacht war schon hereingebrochen, im Hof hinter seinem Haus hockten:

„Wenn Albert den Festungshof bei Dunkelheit betrat, hatte er immer das drängende Gefühl, er müsse auf der Hut sein. Diese riesenhafte Ruhe, vor allen Winden abgeschirmt, machte ihn misstrauisch. In den Ecken brütete das Dunkel – und man konnte nicht sehen, was sonst noch dort nistete. Die Lampe in der Mitte des Hofes leuchtete die Winkel nicht aus; es war möglich, dass sich dort Knäuel schwarzer Schlangen ringelten, absonderliches Gewürm, Nachtschlangen; und vielleicht strichen dort Fledermäuse durch die Finsternis, mit lautlosen Schwingen.“

Im Verlag angekommen musste ich warten. „Herr Desch ist noch in einer Besprechung“, sagte mir die Dame, die mich hereingelassen hatte. Ich saß in einem Raum voller Bücher. Jedes davon war im Kurt Desch Verlag erschienen. Das Verlagsemblem war ein in Gold geprägtes, von Lilien umfasstes großes „D“. Es wirkte sehr herrschaftlich. Im Nachhinein vermute ich, dass ich absichtlich dort warten sollte. Ich sollte von der Fülle der bereits verlegten Bücher, von den Namen der im Desch Verlag publizierten Autoren, beeindruckt werden. Ich war natürlich beeindruckt. Dort standen Bücher von Raymond Chandler, Ernst Wiechert, Hermann Kesten, Maupassant, Hans Fallada, Remarque, Habe und vielen anderen, zum Teil weltberühmten Schriftstellern. Dazwischen könnte nun bald Henrys Name zu finden sein. Es schien mir nahezu unglaublich.
Nachdem man mir genügend Zeit gelassen hatte, mich umzusehen, wurde ich ins Büro von Kurt Desch geführt. Hier sprang mir als Erstes das riesige Durcheinander ins Auge. Die Wände waren Regale, in denen kreuz und quer Bücher lagen. Selbst auf dem Fußboden stapelten sich Türme davon in die Höhe. Ich kann mich noch heute an diesen großen Lesesessel, ein Ohrensessel, erinnern. Er war weiß, bedruckt mit allerlei Münchener Stadtansichten. Ein monströses Möbelstück, wie ein Fels stand es in diesem Raum. Ein Fels, an den von allen Seiten die Bücher brandeten.
Das Büro besaß vorne einen halbrunden Erker. Ein breiter Marmorsims lief unter den weißen Vorhängen entlang. Auch er war mit Büchern vollgestapelt. Dazwischen Skulpturen. Ich kann mich noch an zwei goldene Hirsche erinnern, die sich dort gegenüberstanden. Sie fungierten wie Buchstützen und reckten die Hälse über annähernd zwanzig Bände. Der Halbkreis wurde von einem wuchtigen Schreibtisch abgeschnitten. Der Tisch lag

voller Papiere. Vor einem dick gepolsterten, an einen englischen Club erinnernden Ledersessel war eine kleine Fläche freigehalten. Dort saß Kurt Desch.
Er stand gar nicht auf, als ich hereinkam. Er deutete nur ein Aufstehen an, hob sich aber kaum aus dem Sessel heraus und reichte mir über dicke Papierstapel hinweg die Hand. Im Zurücksinken deutete er auf den Lesesessel, die einzige andere Sitzgelegenheit in diesem Zimmer.
Kurt Desch wirkte klein hinter seinem riesigen Schreibtisch, in seinem riesigen Sessel, in dem er sich auf eine Seite schob und schräg hineinlümmelte. Überhaupt war er sehr lässig gekleidet, trug einen Pullover und ausgebeulte Hosen. Rechts von ihm stand ein wuchtiger Telefonapparat mit zahlreichen Knöpfen und ein Diktiergerät neuester Machart. Ich hatte mich selbst gerade nach so etwas umgesehen und kannte das Modell. Ich fragte, ob er damit zufrieden sei. Er blickte sich um, als habe ich ein ihm bis dato unbekanntes Ding entdeckt und antwortete kurz angebunden. Überhaupt schien er sehr beschäftigt.
Ich weiß nicht mehr, wie ich mir einen Verleger damals vorstellte. Ich hatte bis dahin noch keinen kennengelernt. Mein Bild von so einem Menschen war aber doch eher das eines Schöngeistes. Ein etwas entrückt wirkender, mit mildem Blick schauender, den Sphären des Geistes ergebener Mensch. So etwa war meine Erwartung gewesen. Kurt Desch war alles andere. Im ersten Moment glaubte ich, den Filialleiter einer Sparkasse oder einer Volksbank vor mir zu haben. Dann wiederum tat er geschäftig wie ein Arbeiter am Fließband, schob Papiere von links nach rechts und trommelte mit den Fingern auf der Tischplatte. Überhaupt war er ständig in Bewegung. Keine zwei Sekunden saß er still. Er wirkte zerstreut und unkonzentriert. Er fragte, weshalb ich gekommen sei. Ich nannte Henrys Namen, damals noch Karl-Heinz Jäger.

Desch wusste nicht, wovon ich sprach. Ich berief mich auf Dr. Hans Kühler, der mit ihm gesprochen hätte. Noch immer keine Reaktion. Erst als ich das Zuchthaus und Henry als Insasse erwähnte, schaltete es plötzlich bei ihm. Von der einen auf die andere Sekunde schien er begeistert. „Tolle Sache!", sagte er. „Da schreibt einer einen Roman auf Toilettenpapier. Unglaublich! So etwas habe ich noch nie gehört." Er ließ sich noch weiter darüber aus, wollte wissen, wie Henry an den Stift gekommen sei. Als ich sagte, er habe ihn von mir bekommen, zeigte er erstmals so etwas wie Sympathie für mich. Er wollte wissen, wie denn die beschriebenen Blätter aus der Anstalt gekommen seien und ob es tatsächlich stimmte, dass man dort keine Ahnung von diesem Roman hätte. Ich antwortete, so gut ich konnte. Ich zog das Manuskript aus meiner Tasche, aber er wollte es gar nicht entgegennehmen. Ich packte es mir auf die Knie und saß da wie ein Schuljunge beim Examen.
Er wollte wissen, warum Henry denn im Zuchthaus sei, er habe doch niemanden umgebracht. Ich beruhigte ihn, erzählte von den Überfällen, vom Pelzraub in München, dem Überfall auf die Rentenkasse, von den Holzimitaten. „Sehr gut, sehr gut!" Er begeisterte sich immer mehr. Er fragte nach dem Prozess und wollte genau wissen, wer denn damals darüber berichtet hatte. „Der Spiegel auch? Drei Seiten! Wunderbar. In welchem Heft? Das werden wir besorgen, das werden wir besorgen."
Ich fragte, ob er denn nicht einmal in das Buch hineinschauen, es lesen mochte. Er sagte, er betreibe den Verlag nun schon seit fünfzehn Jahren. In dieser Zeit habe er mehr als zweitausend Bücher verlegt. Das seien etwa hundertfünfzig Titel pro Jahr. Ob ich da tatsächlich dächte, er käme noch dazu, jedes Buch zu lesen? Dafür habe er Leute angestellt, Lektoren. Er wisse nur, dass die Anzahl

der Bücher, der guten Bücher, auch in seinem Verlag, die es leider nie zu einem Erfolg gebracht haben, länger ist, als die Bücher, die ein Erfolg wurden. Da gebe es noch den Rowohlt in Hamburg, den Fischer in Frankfurt, den Kiepenheuer in Köln und Ullstein, Reclam, Hofmann & Campe, Heyne und wie sie alle heißen. Diese würden auch Bücher machen, gute Bücher. Und sie alle würden darum kämpfen, in den Zeitungen wahrgenommen zu werden. Wenn das nicht gelinge, nütze die beste Geschichte, die schönste Sprache, der perfekte Stil nichts. Nur wenn die Öffentlichkeit von dem Buch erfahre, würde im Handel danach gefragt werden.
Im Buchhandel wäre es ebenso oder gar schlimmer. Wenn er schon keine Zeit mehr hätte, die Bücher seines Verlages zu lesen, wie sollte das denn ein Buchhändler schaffen? Der bekäme ja ein Vielfaches von dem präsentiert, was sie hier im Desch Verlag publizierten. Jeder der Verlage würde sein Programm als das beste, das herausragendste, das verkäuflichste anbieten. Ganze Heerscharen von Verlagsvertretern würden die Republik bereisen und Tausende von Neuerscheinungen anbieten. Auch da wäre es so, dass man dem Buchhändler eine Geschichte zu dem Buch erzählen müsse. Der könne sich doch nicht jeden Inhalt merken. Aber das Buch, das auf Toilettenpapier geschrieben wurde, das merkt er sich sofort. Das kennt er noch in fünf Jahren.
Und so kam es tatsächlich. Desch brachte das Buch unter dem Titel *Die Festung* heraus. In den Ankündigungen des Verlages war wirklich als Erstes von der Entstehungsgeschichte des Buches zu lesen. Es wurden sogar einige Blätter des Toilettenpapiers abfotografiert und in die Vorschau eingedruckt. Henry wurde als Kopf der „raffiniertesten und erfolgreichsten Räuberbande der Bundesrepublik (*Der Spiegel*)“ vorgestellt. Es wurden

einige seiner Husarenstücke genannt, als wäre er ein Pirat gewesen, ein moderner Robin Hood, der Schinderhannes der Neuzeit. Und dieser Dieb, dieser clevere Bursche, hatte es nun wieder geschafft und hinter dem Rücken des gesamten Gefängnispersonals heimlich einen Roman geschrieben.
Im Vergleich dazu war die Inhaltsangabe des Buches eine nebensächliche Kleinigkeit. „Die Geschichte der vertriebenen Familie Starosta, die in einer ehemaligen Kaserne, von den Bewohnern nur ‚Die Festung' genannt, untergebracht wird. Keinem aus der Familie gelingt es, in der jungen Bundesrepublik Fuß zu fassen. Dem Vater, in ewigen Träumen einer goldenen Zukunft gefangen, entgeht es, wie seine Kinder in Kriminalität, Heime und die Prostitution abrutschen. Seine Frau sieht weg, möchte es nicht wahrhaben und schiebt die Pflege ihrer greisen Mutter vor. Von Anfang an für ein Leben am Rande der Gesellschaft gestempelt, steht der Abriss der Festung symbolisch für das Ende der Familie Starosta."
Als mein Besuch bei ihm zu Ende ging und ich ihn nach Einzelheiten eines Vertrages fragen wollte, sagte er: „Also wir machen das, ganz klar. Das wird eine Sensation, glauben Sie mir, das spüre ich. Und mit dem Vertrag, da lasse ich Ihnen einen Standardvertrag von uns zusenden. Darin ist alles geregelt. Und der Autor, der Jäger, der sitzt immer noch im Zuchthaus? Wie lange noch? Sechs Jahre? So, so."

Schau mal, dort kannst du parken. Früher sind wir manchmal mit nichts als einer Badehose und dem, was wir auf dem Leib trugen, hierhergefahren. Es gibt schöne Boutiquen unten in der Altstadt. Wir könnten später einmal dorthin gehen. Ich möchte dir gerne etwas schenken. Ich weiß, du brauchst nichts. Aber ich möchte dir dennoch gerne etwas schenken. Du nimmst dir so viel Zeit für mich. Ich hatte eben darüber nachgedacht, wie es damals bei uns war, als du gerade auf die Welt gekommen bist. Weißt du, dass ich damals drauf und dran war, mich den anderen, Henrys Bande, anzuschließen? Das glaubst du mir nicht? Aber wenn ich es dir doch sage. Nein, das ist keine erfundene Geschichte. Ich wollte damals unbedingt bei Henry und Willi und Horst mitmachen. Ja, ich, das glaubst du immer noch nicht? Es war aber so. Henry hat es verhindert und ich war ihm lange Zeit böse deswegen. Du machst das mit den Zimmern. Nein, ich muss jetzt nicht nach oben. Nein, ich möchte mich nicht ausruhen. Ich möchte dir lieber noch einiges zeigen. Ja, ich warte hier auf dich und rede derweil mit Henry.

Wirklich verhandelt habe ich damals nicht. Es war so, wie Desch es angekündigt hatte. Nach einigen Tagen kam per Post ein Autorenvertrag des Verlages Kurt Desch bei mir an. Er übertrug dem Verlag alle Nutzungsrechte des jetzigen Buches und noch kommender Titel zeitlich und örtlich uneingeschränkt. Der Desch Verlag sicherte sich sozusagen ein uneingeschränktes Vorrecht auf die Zukunft. Nur wenn Desch von einer Veröffentlichung absehen würde, könnte ein anderer Verlag angesprochen werden. Es gab noch andere, eher einseitige Bedingungen zugunsten des Verlages. Der Autor hatte in der Gestaltung und Vermarktung des Buches keinerlei Mitspracherechte. Auch bei der Vergabe von Rechten an Dritte, sprich Übersetzungen, Taschenbuchausgaben, Lizenzen und Filmrechten, hatte der Autor keinen Einfluss. Er bekam natürlich Honorare. Diese wurden über ein kompliziertes System jeweils am Ende des Halbjahres berechnet. Aus dem Erlös der Nebenrechte stand dem Autor ein prozentualer Anteil zu, der deutlich kleiner war als der des Verlages. Ich telefonierte ein, zwei Mal mit

Desch darüber. Er sagte, mit diesem Vertrag wären alle anderen Autoren im Hause zufrieden. Er könne keine Ausnahme machen. Das würde nur Unfrieden und Komplikationen mit sich bringen.
Ich wollte es nicht alleine entscheiden. Ich sah deutliche Nachteile für dich. Ich musste es mit dir besprechen, ich musste dich nochmals besuchen. Mir war angst und bange davor. Ich dachte an meinen letzten Besuch zurück. Aber Dr. Kühler hatte nicht gelogen. Du kamst freudestrahlend auf mich zu. Du sahst aus, als sei es dir nie besser gegangen. Deine Augen strahlten, du wirktest kräftig und austrainiert. Du sagtest, du würdest täglich mindestens fünfzig Liegestütze in deiner Zelle machen. Und andere Übungen, Knie- und Rumpfbeugen. Ein gesunder Geist in einem gesunden Körper. Nur das Rauchen könntest du nicht lassen. Ob ich Zigaretten mitgebracht hätte? Wir waren nicht allein. Hinten an der Tür saß ein Wärter, der, trotz seines demonstrativ gezeigten Desinteresses, genau zuhörte.
Ich versuchte mit dir über die Einzelheiten des Vertrages zu sprechen. Wir taten so, als besprächen wir Einzelheiten aus der Erbschaft deines Vaters. Du hattest mich sofort verstanden. Ich sagte, ich hätte eine Anlage gefunden, mit vier Prozent. Allerdings mit einer sehr langen Laufzeit und anderen, eher schlechten Zusatzvereinbarungen. Ob wir nicht nach Alternativen suchen sollten? Du warst strikt dagegen. Du sagtest, du wolltest die Sache zum Abschluss bringen, egal wie. Besser den Spatz in der Hand als die Taube auf dem Dach. Wie du gehört hättest, wäre es doch ein großes, namhaftes Haus. Dort wären schon andere Anleger gut untergekommen. Ich sollte nicht länger verhandeln. Ich legte dir eine Vollmacht vor, die du mir unterschrieben hast. Damit war ich nun abschlussberechtigt in deinem Sinne. Am anderen Tag habe ich den

Vertrag an Desch zurückgesandt. Honorare und mögliche Anteile aus Rechteverkäufen sollten auf ein Konto der Kanzlei gehen. Damit stand der Veröffentlichung nichts mehr im Wege.
Ob Desch wirklich wusste, dass das Buch ein Erfolg wird? Er hat niemals eine Zeile darin gelesen, da bin ich mir sicher. Auf alle Fälle war auch er von dem gewaltigen Ansturm überrascht. Mutig und auf Grundlage der ersten Vorbestellungen hatte er fünftausend Exemplare von *Die Festung* drucken lassen. Das war für ein Erstlingswerk eines zumindest literarisch unbekannten Neulings eine stolze Auflage. Sie war schon vor dem eigentlichen Erscheinungstag vergriffen. Es mussten schnellstmöglich weitere fünftausend, dann gleich nochmals fünftausend, dann zehntausend, wieder zehntausend, zwanzigtausend vor der Buchmesse und zwanzigtausend nach der Buchmesse und so weiter, nachgedruckt werden. Es war unglaublich. Es war eine enorme Nachfrage. Hätte es damals schon Bestsellerlisten wie heute gegeben, du wärst mit Sicherheit darauf vertreten gewesen, vielleicht an erster Stelle. Es gab solche Listen. Zu dieser Zeit wurden die Plätze allerdings noch über direkte Befragungen beim Buchhandel ermittelt. Ich habe mich damals sehr genau darüber erkundigt. *Der Spiegel*, der die Rangliste erstellte, verschickte Woche für Woche ein Blatt an ausgesuchte Buchhandlungen. Auf diesem Blatt waren die Titel der Vorwoche verzeichnet und zwei, drei leere Zeilen für eigene Vorschläge der Buchhändler. Alleine auf dieses Blatt zu kommen war also Grundvoraussetzung, um es überhaupt in die Bestsellerliste zu schaffen. Die Buchhändler bestätigten entweder die Platzierungen oder sie schrieben eine neue Reihenfolge dahinter. Bei Zeitnot trug der Händler gar nichts ein und schickte die Liste auch nicht zurück.

Er bekam, außer einem kostenlosen Abonnement des *Spiegels*, nichts dafür. Nicht zurückgeschickte Listen wurden wie die Vorwoche gewertet. Demzufolge hielten sich einmal platzierte Bücher relativ lange, bis sie plötzlich komplett daraus verschwanden, als sei ihr Verkauf über Nacht auf null zurückgegangen. Einige Buchhändler machten dagegen von ihrem Vorschlagsrecht regen Gebrauch. Sie favorisierten dabei mehr ihren persönlichen Geschmack als tatsächliche Verkäufe. Sie gaben eher einem Böll, Grass oder Lenz die Stimme als einem unbekannten Autor. Auch hielt sich hartnäckig das Gerücht, dass die Mitarbeiter des *Spiegels*, die die Vorschlagsblätter erstellten, die Aufnahme neuer Titel nach Gutdünken veränderten. Anzeigen der Verlage im Spiegel sollen dabei einen großen Einfluss gehabt haben. Desch hielt überhaupt nichts von Anzeigen. Er sagte, dafür gebe er keine einzige Mark aus. Das könnten die Hersteller von Rasierwasser, Haaröl oder Fernsehgeräten tun. Ein Buch werde nicht aufgrund einer Anzeige gekauft.

Zunächst berichteten einige Boulevardblätter über den einstigen Gauner, der heimlich einen Roman in seiner Zelle auf Toilettenpapier geschrieben hatte. Es wurde aus alten Zeitungsartikeln zitiert, die dich als Bandenchef darstellten. Desch hatte gut recherchiert. Nicht nur die Berichte aus dem *Spiegel* hatte er ausgegraben, auch die aus der *Frankfurter Allgemeinen*, der *Frankfurter Rundschau*, der *Süddeutschen Zeitung* hatte er gesammelt. Alles war schön säuberlich aufbereitet und zusammen mit einem Rezensionsexemplar als „Presseinformation" verpackt worden. Fast zweihundert Stück davon wurden versendet. Ich bekam auch eines, als Beleg und an deiner Stelle.

Die *BILD-Zeitung* reagierte am schnellsten. Für sie war es ein gefundenes Fressen. *BILD* übernahm die Geschichte, natürlich entsprechend gekürzt und umformuliert, wie

Desch es vorausgesehen hatte. ‚Gangster schreibt Roman auf Toilettenpapier!' Über den Inhalt des Romans oder dessen Qualität, keine Silbe. Und das Lauffeuer setzte sich fort. *Stern*, *Quick*, *Frau im Spiegel*, *Bunte* und wie sie alle hießen, brachten einen Bericht über dich. Auch hier stand die Entstehungsgeschichte des Buches im Vordergrund. Ich hatte den Eindruck, als habe man auch dort nur die beigelegten Blätter, nicht aber das Buch selbst gelesen.

Bis die Feuilletons der namhaften Tageszeitungen einstiegen, dauerte es Wochen. Damals unterschied die Kritik in erster Linie nach U- und E-Literatur. U war Unterhaltung, E die ernsthafte Literatur. Kein namhafter Kritiker hätte auch nur eine Zeile über ein Buch aus dem Unterhaltungssektor geschrieben. Überhaupt bedeutete der Stempel „U" schon eine Herabstufung ins Triviale. Er schloss von vornherein eine sprachlich beschränkte Ausdrucksweise und eine seichte Handlung mit ein. „Mit einem U bist du für die Kritik tabu!", sagte mir mal später jemand. Hohe Verkaufszahlen waren ein erster Indikator für ein Buch aus dem Unterhaltungssektor. Der breiten Masse traute die Kritik offensichtlich kein literarisches Gespür zu. Etwas Herausragendes, etwas Anspruchsvolles konnte nur einen elitären Zirkel erreichen und wurde auch nur von diesem verstanden. Selbst Autoren, zum Beispiel Arno Schmidt, unterstützten diese Haltung: „Wenn du Erfolg hast, frage dich, was hast du falsch gemacht", war eine Maxime von ihm. Der gesamte Literaturbetrieb war mit einer schier unglaublichen Dünkelhaftigkeit überzogen, schlimmer noch als jede Zensur.

Die ersten Besprechungen deines Buches waren vor diesem Hintergrund fast zaghaft. Sie wirkten unsicher und ängstlich. Mit als Erstes schrieb *Die Welt*: „Es ist ein Buch an der oberen Grenze guter Unterhaltungsliteratur, etwas, das es in Deutschland sehr selten gibt.“ Wenig später folgte die *Frankfurter Allgemeine Zeitung*: „Henry Jaeger hat ein gutes Buch geschrieben, das uns beschäftigt und uns nicht gleichgültig läßt.“ Es dauerte nochmals Wochen, bis schließlich Marion Gräfin Dönhoff in *Die Zeit* endgültig das Eis brach und schrieb: „Ein großartiger Erzähler, von dem wir hoffentlich noch viel zu erwarten haben.“ Jetzt war dein Buch in aller Munde. Es wurde von dir als Autor geschrieben. Du warst „eine neue Hoffnung auf dem kargen Boden der gegenwärtigen Literatur.“ Ein anderer schrieb über dich als „der Kaspar Hauser im Deutschen Literaturbetrieb. Woher kommt dieser Mann?“

Natürlich gab es auch Gegenstimmen. Das kam schon alleine daher, dass sich die Kritiker untereinander befehdeten. Ein Buch, das Kritiker A gut fand, wurde von Kritiker B verrissen, nur weil es A als gut befand. Es wurde gefragt, was dem Leser denn die Geschichte der Familie Starosta sagen solle. Jeder zweite in der Republik habe doch ähnliche Erfahrungen direkt oder indirekt gesammelt. Nur die wenigsten seien in die Kriminalität oder die Prostitution abgeglitten. Der Autor zeige hier ausschließlich seine charakterliche Unfähigkeit und seine verschrobene Weltsicht. Es sei eine ganz und gar unzutreffende Beschreibung der heutigen Gesellschaft, einseitig und grotesk.

Ich selbst finde, dass dein Buch heute nach wie vor aktuell ist, vielleicht aktueller denn je. Es spielt natürlich in einer längst vergangenen Zeit, aber die Mechanismen der Ausgrenzung, die Spaltung in Arm und Reich, das Scheitern an gesellschaftlichen Normen funktioniert heute noch so wie damals.

Hast du alles oben? Gefällt dir dein Zimmer? Es ist schön, nicht wahr? Nein, nein. Ich habe mich nicht gelangweilt.

Ich habe mich weiter mit Henry unterhalten. Jetzt schau mich nicht so an, als ob ich verrückt oder senil wäre. Ich habe schon den ganzen Morgen mit ihm gesprochen. Früher haben wir uns auch stundenlang unterhalten, diskutiert, manchmal auch gestritten. Dass er nicht mehr da ist, bedeutet doch nicht, dass ich nicht mehr mit ihm sprechen kann. Es gibt doch auch Schachspieler, die gegen sich selbst spielen. Das finde ich wesentlich merkwürdiger.
Sollen wir uns draußen nochmals auf die Terrasse setzen oder fahren wir hinunter auf die Piazza? Lieber in den Ort, gut, dann lass uns fahren. Wir könnten einen kleinen Umweg nehmen. Dann zeige ich dir das Haus, in dem Henry zuerst lebte. Damals war Marcus, sein Sohn, noch nicht geboren. Elke und er mieteten einen Bungalow mit großer Terrasse zum See. Es war sehr nobel. Die Aussicht war fantastisch. Henry nannte das Haus „Casa Cacciatore" oder Villa Jaeger. Wobei Villa übertrieben ist. „Haus Jäger" würde besser passen, es war nicht sehr groß.
Wie er denn überhaupt nach Ascona gekommen ist? Das ist eine längere Geschichte. Zunächst musst du wissen, dass natürlich der Direktor der Haftanstalt Freiburg aus allen Wolken fiel. Er wurde von einem Journalisten angerufen, der den Autor Henry Jaeger interviewen wollte. Der Direktor tobte. Blind vor Zorn schlug er zurück. Henry wurden alle Erleichterungen gestrichen, seine Zelle wurde durchsucht, jegliches Schreibgerät eingezogen, der Zugang zur Bücherei verwehrt, weiterer Kontakt mit Dr. Kühler untersagt. Auch Dr. Kühler bekam seinen Teil ab. Der Direktor beschwerte sich bei seinen und den Vorgesetzten Kühlers über dessen Verhalten. Es sei nicht nur eine grobe Zuwiderhandlung gegen bestehende Anstaltsregeln, es sei ein bewusstes Hintergehen der Leitung und der von dort bestimmten Maßnahmen. Es

obliege noch immer der Anstaltsleitung, die für die Entwicklung der Gefangenen notwendigen Schritte zu bestimmen und durchzuführen. Dr. Kühler habe mit dem Gefangenen, einem verurteilten Schwerstkriminellen, paktiert und sich in geradezu intriganter Art und Weise über zahlreiche ihm bekannte Regeln hinweggesetzt. Er beantrage daher die Versetzung Dr. Kühlers in eine andere Haftanstalt oder gar die komplette Entfernung Dr. Kühlers aus dem Strafvollzug.

Aber Kühler war ein zäher Knochen, der sich so leicht nicht abschrecken ließ. Er erzählte mir einmal später, wie er den Direktor damals privat besucht hätte. Er nahm ein Exemplar von Henrys Buch mit. Fraß hieß der Direktor, jetzt fällt es mir wieder ein. Sein Name führte zu allerhand Wortspielereien unter den Gefangenen, die sogar laut geäußert werden konnten. „Hast du den Fraß heute gesehen?" „Der Fraß ist unerträglich." „Ein übler Fraß heute wieder mal."

Dr. Kühler überreichte Fraß *Die Festung* mit der Bitte, das Buch erst einmal zu lesen. Er würde darin nichts finden, was gegen die Strafanstalt, die Justiz oder gegen das dem Inhaftierten auferlegte Urteil spreche. Im Gegenteil. Das Buch sei eine Mahnung an den Leser, sich nicht durch die unterschiedlichen Verlockungen vom rechten Weg abbringen zu lassen. Es zeige, wie leicht man dem Ruf des Geldes und dem faden Schein des Luxus erliegen könne. Das Buch sei eine Warnung an all diejenigen, die strauchelten. Ein Plädoyer für Recht und Gesetz. Es zeige, wie sehr der Gefangene sich von seinem ehemaligen Leben abgewendet habe, wie sehr er seine damaligen Taten bereue. Das sei zum größten Teil der Verdienst des Direktors und seiner Maßnahmen. Er, Kühler, verstehe zwar dessen Verärgerung über die Geheimhaltung. Fraß solle aber auch bedenken, dass es zu seinem Besten gedacht war. Wäre das Buch abgelehnt, verrissen, lächerlich gemacht worden, hätte dies nichts mit ihm zu tun gehabt. Aber jetzt, da sich alles so zum Guten wende, solle er doch klug und weniger schüchtern sein und seinen Anteil am Erfolg beanspruchen. Schließlich habe er den Jäger erst zum Autor geformt.

So in etwa muss es abgelaufen sein. Für Kühler war es ein echter Gang nach Canossa. Aber er hat sich immer für Henry eingesetzt, ohne Wenn und Aber. Was er Direktor Fraß verschwieg, war, dass Henry schon an einem weiteren Buch arbeitete, das sich sehr intensiv mit den Haftbedingungen und dem Leben im Zuchthaus beschäftigte. Es war sogar schon in einigen Teilen fertig und von Kühler ins Reine geschrieben, auch ich und Desch wussten davon. Es sollte in naher Zukunft auf den Markt kommen und an den Erfolg der *Festung* anknüpfen. Es gab noch weitere Romanprojekte.

Ich weiß nicht, was Dr. Kühler Direktor Fraß noch erzählte, jedenfalls erreichte er nicht nur die Rücknahme der Strafen gegen Henry, er konnte sogar weitere Erleichterungen für ihn aushandeln. Henry durfte von nun an bei der Erstellung der Gefangenenzeitung *Die Brücke* mitarbeiten, Presseanfragen beantworten und er konnte für einen Tag auf die Buchmesse nach Frankfurt kommen.

Das war natürlich eine Sensation. Desch inszenierte es gekonnt und pressewirksam. Henry und ich kamen, von zwei Polizeibeamten begleitet, an den Stand des Kurt Desch Verlages. Er wurde vor einer Regalwand mit seinem Buch platziert. Desch setzte sich neben ihn. Es war ihre erste persönliche Begegnung. Die Fotoapparate blitzten unentwegt. Henry beantwortete allerlei Fragen von Journalisten, Besuchern und Desch selbst. Etwa zwei Stunden durfte er bleiben, dann ging es zurück nach Freiburg. Ein Treffen mit seiner Mutter und Margot wollte

Henry nicht. Wir hatten zuvor darüber gesprochen. Er sagte, bei diesem Besuch solle sein Buch im Vordergrund stehen. Er könne sich nicht vor einer Menschenmasse mit seinen Angehörigen treffen. Das sei privat und gehöre nicht dahin.

Mir fällt gerade ein, wie ich damals Henrys Buch in die Fechenheimer Straße gebracht habe. Margot weinte vor Glück, als sie die Widmung vorne auf dem Titelblatt las. „Für Margot" war dort eingedruckt, sie konnte es gar nicht glauben. Ihr hatte Henry sein erstes Buch zugeschrieben. Immer wieder sah sie auf die Seite, als könnte ihr Name jeden Moment verschwinden. Henrys Mutter dagegen beäugte es misstrauisch. Sie mochte es nicht glauben. „Der Karl-Heinz hat das geschrieben? Wirklich? Aber wieso steht da jetzt Henry drauf? Das ist doch gar nicht sein Name." Es erschien ihr wie ein kleiner Verrat. Vielleicht ahnte sie, dass die Trennung Henrys von seinem Geburtsnamen, die er später auch notariell beglaubigen ließ, mehr bedeutete als nur ein schlichtes Pseudonym. Der neue Weg, den Henry einschlug, führte ihren Sohn immer weiter weg von ihr. Hatte das Zuchthaus schon eine Kluft in ihr einst so inniges Verhältnis gebracht, wurde die Distanz nun immer größer. Später, als er hier lebte, telefonierte er zwar häufig mit seiner Mutter, aber er besuchte sie fast gar nicht mehr und lud sie auch nicht hierher ein.

Aber ich komme von deiner Frage ab. Es war auf dieser ersten Buchmesse, dass Erich Maria Remarque und Henry sich trafen. Remarque veröffentlichte auch im Desch Verlag und es war nicht zufällig so arrangiert, dass der große, ehrwürdige Remarque am Messestand mit dem neuen, jungen Autor Henry Jaeger zusammentraf. Remarques neuester Roman *Die Nacht von Lissabon* war zeitgleich erschienen. Es wurde am Stand direkt neben *Die Festung* präsentiert.

Es war wohl von Anfang an so etwas wie ein Vater-Sohn-Verhältnis zwischen den beiden. Remarque hatte keine eigenen Kinder und für Henry war er der Vater, den er sich immer gewünscht hatte. Sie haben sich nur wenige Minuten am Messestand unterhalten, doch die reichten aus, um von der Stunde an ein tiefes Vertrauen zueinander zu gründen. Später war es ihre gemeinsame Liebe zum Alkohol, die sie zusammenschweißte.
Henry schrieb Remarque Briefe. Vor allem Briefe über seine weiteren Bücher, seine Ideen. Er schickte ihm auch Gedichte. Kühler musste diese Briefe herausschmuggeln und außerhalb der Anstalt auf den Weg bringen. Henry wollte nicht, dass sie von jemand Dritten, und schon gar nicht von jemandem in der Anstalt, gelesen wurden. Remarque antwortete, so gut er konnte. Auch seine Briefe gingen an Kühler. Er sprach Henry Mut zu, bestärkte ihn in allem und lud ihn zu sich hierher nach Ascona ein. Er müsse unbedingt kommen. Hier würde er Ruhe und Freunde finden. Hier könne er ungestört arbeiten.
Das war natürlich zu dem damaligen Zeitpunkt utopisch. Henry hatte gerade einmal die Hälfte seiner Strafe verbüßt. Noch sechs weitere Jahre lagen vor ihm. Aber es war ein Ziel, eine Perspektive für Henry, etwas, worauf er hinarbeiten und worauf er sich freuen konnte. Remarque wusste sicher sehr genau, wie wichtig ein solches Ziel ist. Mit dem Gedanken infiziert, konnte es Henry nicht mehr aushalten. Geduld zählte nicht zu seinen Stärken. Er wollte nicht weitere sechs Jahre warten, endlose Jahre, die er hinter Gittern bleiben sollte. Es wäre eine Zeit, in der er letztendlich weiterhin im Verborgenen schreiben müsste und in der er auch weiterhin von Kühlers Fürsorge abhängig wäre.

Dazu kam, dass sein Buch immer erfolgreicher wurde. Es wurden Lizenzausgaben an Buchclubs, Übersetzungen in mehrere Sprachen, die Taschenbuchrechte verkauft und, der nächste Paukenschlag, es sollte verfilmt werden. Eberhard Klagemann, damals ein berühmter Produzent, hatte die Rechte erworben und wollte den Stoff auf die Leinwand bringen. Ursprünglich war Heinz Rühmann für die Hauptrolle vorgesehen. Tatsächlich wurde es dann Martin Held, eine großartige Besetzung. Henry sollte am Drehbuch mitarbeiten. Desch zog die Veröffentlichung von Henrys Buch *Die Rebellion der Verlorenen* vor. Er wollte die steigende Popularität seines plötzlich so gefragten Autors nutzen. Dieses neue Buch, das die Lebensgeschichte dreier Brüder schildert, die sich durch einen Bankraub eine goldene Zukunft erhoffen, würde Direktor Fraß nicht mehr schlucken. Da könnte Dr. Kühler mit Engelszungen auf ihn einreden. Vor allem die Perspektivlosigkeit der drei unterschiedlichen Figuren, die Sinnlosigkeit ihres Strebens nach Anerkennung, ihr Scheitern, das letztlich eine Rechtfertigung der Tat ist, würde er niemals tolerieren. Direktor Fraß nochmals zu hintergehen, würde dieses Mal ernste Konsequenzen für Dr. Kühler nach sich ziehen.
Vor diesem Hintergrund drängte die Zeit. Zunächst erschien es uns schon als Erfolg, wenn wir Freigänge für Henry erreichen konnten. Wir, das heißt Kühler und ich, würden Direktor Fraß darlegen, dass es sicherlich besser wäre, wenn Henry die zahllosen Termine außerhalb der Anstalt wahrnehmen könnte, anstatt dass sich täglich Journalisten, Drehbuchautoren, Verlagsmitarbeiter und andere die Klinke in die Hand gaben. Das würde für sehr viel Unruhe innerhalb seiner Mauern sorgen. Doch Freigänge waren nicht die wirkliche Lösung unseres Problems. Wir mussten einen Schritt weiterdenken. Der einzige Weg

war, ein Gnadengesuch an den Ministerpräsidenten des Landes Baden-Württemberg zu stellen.
Ich war anfänglich sehr skeptisch. Ich hatte die gescheitere Revision noch deutlich vor Augen. Würden wir nicht das Gleiche noch einmal versuchen? Sollten wir nochmals mit der Begründung, Henry sei eigentlich Schriftsteller, diesen Schritt wagen? Ein Gnadengesuch wurde, um überhaupt Aussicht auf Erfolg zu haben, in der Regel nach Verbüßung von zwei Dritteln der Strafe gestellt. Und selbst in solchen Fällen waren die Chancen fünfzig-fünfzig, eher weniger. Ein Gnadengesuch nach der Hälfte der Strafe war, vom juristischen Standpunkt aus betrachtet, ein Ding der Unmöglichkeit. Nur damit, dass Henry nun tatsächlich ein Buch geschrieben hatte, konnten wir nichts erreichen. Einzig seine steigende Popularität, die ihm dieses Mal, anders als vor sechs Jahren, große Sympathien einbrachte, war ein verwertbarer Aspekt.
Es wurde ein hartes Ringen. Wir belegten von unserer Seite, wie stark Henry sich zum Positiven verändert habe, wie sehr er heute seine damaligen Taten bereue, wie weit er sich seinem neuen Leben zugewandt habe. Kühler schrieb gleich mehrere Beurteilungen über Henry, einmal als Anstaltsgeistlicher, einmal als Mitglied der Evangelischen Konferenz für Straffällige, deren Vorsitzender er mittlerweile geworden war. Der Desch Verlag steuerte eine Absichtserklärung über weitere Buchveröffentlichungen bei, die Henry ein sicheres Einkommen für die nächsten Jahre voraussagten. Ein Arzt aus Frankfurt stellte ein Attest über die Pflegebedürftigkeit von Henrys Mutter aus. Ich gab dem ganzen Vorhaben seine juristische Form, verwies auf ähnliche Vorgänge in der Vergangenheit und appellierte an die Verantwortung der Politik, Gnade vor Recht ergehen zu lassen.

Auf der anderen Seite agierte Dr. Angelberger. Er musste, als ehemals ermittelnder Staatsanwalt, auch eine Beurteilung abgeben. Obwohl er Henry seit Jahren nicht gesehen hatte, fiel seine Beurteilung absolut negativ aus. Sie war sogar noch schlimmer als die von Anstaltsdirektor Fraß, der Henry immerhin ein einwandfreies Verhalten ohne Beanstandungen bescheinigte. Angelberger schien noch immer einen tiefen Groll gegen Henry zu hegen. Womöglich deshalb, da er es nach dem Verfahren gegen die Jäger-Bande zwar schnell zum leitenden Oberstaatsanwalt in Waldshut gebracht hatte, seitdem aber auf der Stelle trat. Oder er wollte ganz einfach Henrys schriftstellerische Karriere unterbinden. Er erinnerte sich bestimmt noch sehr genau an dieses peinliche Revisionsverfahren in Mannheim. Nun schien der ehemalige Angeklagte doch noch zu gewinnen. Das konnte er unmöglich zulassen. Er behauptete, sich mehrmals persönlich vor Ort über die Entwicklung des Strafgefangenen Jäger informiert zu haben. Das war eine glatte Lüge. Angelberger war nicht ein einziges Mal in Freiburg gewesen. Bis zum Zeitpunkt des Gnadengesuches – oder dem Moment, als er zum ersten Mal von Henrys Buch erfahren hatte, er kannte es bestimmt – war ihm das Schicksal von Karl-Heinz Jäger völlig egal. Angelberger behauptete, Henry habe noch immer einen Hang zum Verbrechen. Das Verfahren habe damals den kriminellen Willen und die über jeden üblichen Rahmen hinausgehende Rücksichtslosigkeit des Bandenchefs Jäger herausgearbeitet. Diesen Willen halte der verurteilte Schwerverbrecher bewusst verborgen. Er sei noch weiteren, ernsthaften Proben seiner Läuterung zu unterziehen. Er halte daher einen Gnadenakt zu diesem Zeitpunkt für verfrüht.

Natürlich betonten wir von unserer Seite bei jeder sich bietenden Gelegenheit die enorme Aufmerksamkeit und

öffentliche Anteilnahme an der Person Henry Jaeger. Politiker sind auf dieser Seite ja sehr empfänglich. Unzählige Schriftstücke gingen hin und her. Es war ein zähes Ringen. Kurzum, Henry wurde tatsächlich unter Auflagen Mitte Januar dreiundsechzig aus der Haft entlassen. Oh, was für ein Erfolg! Was war das für ein Freudentag. Ich war mit Margot nach Freiburg gefahren, um ihn abzuholen. Seine Mutter wollte zu Hause auf ihn warten. Auf dem Rückweg nach Frankfurt hielten wir zwei Mal an, da Henry etwas essen musste. Wie damals nach seinen Einbrüchen verschlang er vier bis fünf Schnitzel – bei jeder Rast!
Eine der Auflagen, neben einem festen Wohnort und einer monatlichen Meldepflicht, war eine feste Anstellung. Auf die vage Prognose zukünftiger Bücher wollte sich das Justizministerium nicht einlassen. Desch hatte Henry daraufhin eine Anstellung gegeben. Henry erhielt einen Arbeitsvertrag als Mitarbeiter in seinem Verlag. Natürlich hatte er keine Verwendung für ihn, ein Autor ist ja nicht automatisch auch als Lektor oder sonst etwas geeignet. Desch war es darüber hinaus nicht entgangen, welchen Charakter er sich mit Henry da ins Haus holen würde. Er ahnte schon die Unruhe und Turbulenzen. Es war ihm auch nicht wohl bei der Aussicht, dass ein Autor Einblick in das Innere des Karl Desch Verlages bekommen könnte. Das ist wieder ein eigenes Thema, das erzähle ich dir später.
Desch erinnerte sich an eine Anfrage von Karl Gerold, dem Inhaber, Chefredakteur und Herausgeber der *Frankfurter Rundschau*. Die beiden kannten sich. Desch hatte ursprünglich einmal bei der *Frankfurter Zeitung* gearbeitet und unterhielt nach dem Krieg intensive Beziehungen zu den in Frankfurt erscheinenden Tageszeitungen. Er gab sich dabei gerne als ehemaliger Kollege und Mann vom Fach aus. Gerold schrieb gerne Gedichte, die

gelegentlich, auch gegen den Rat seiner Redakteure, in der *Rundschau* abgedruckt wurden. Gerold wollte diese Gedichte gerne in einem Buch versammelt sehen und hatte diesbezüglich bei Desch angefragt. Desch bot ihm nun an, das Büchlein zu machen, wenn ihn die *Frankfurter Rundschau* im Gegenzug von diesem Jaeger befreite. Er wäre doch bei der *Rundschau*, als Frankfurter Junge und prominenter Autor, wesentlich besser aufgehoben als bei ihm in München, wo er sich nicht auskenne und keinen Bezug zur Stadt habe. Die beiden schlossen, wie man heute sagt, einen Deal. Henry wurde aus der Haft entlassen und war am nächsten Tag Redakteur bei der *Frankfurter Rundschau*. Er war eben ein Glückskind.

Hier vorne muss es sein. Wie heißt die Straße hier? Strada Rondonico. Nein, ich kann mich an den Namen nicht erinnern. Es hat sich hier alles so verändert. All diese Häuser, die standen damals nicht. Es war ein kleines Haus, die Casa Cacciatore, ein kleines Haus, mit großer Terrasse. Man hatte einen wunderbaren Blick auf den See und die Isole di Brissago, die kleine Insel dort. Es gibt ein Bild von Henry. Da sitzt er auf dieser Terrasse, vor sich eine Schreibmaschine, ein Blatt daraus in der Hand, das er anscheinend kritisch liest, und dahinter der See, die Berge und die Brissago-Insel. Es ist ein Bild, das die Idylle dieses Ortes zusammenfasst. Es war natürlich gestellt. Henry hat nicht so gearbeitet. Es war für irgendein Magazin aufgenommen worden. Aber es war perfekt. Jeder Leser, der sich das Leben eines Schriftstellers als ein Zusammentreffen paradiesischer Zustände vorstellte, sah sich darin bestätigt. Henry erzählte, als er mir das Foto später einmal zeigte, wie sie über eine Stunde, auf Geheiß des Fotografen, den kleinen Tisch mit der Schreibmaschine darauf hin und her getragen haben, er sich mal so, dann anders daran setzen sollte, mehr nach vorne, dann wieder zurück, mit Blatt in der Hand, dann wieder ohne, bis schließlich die Aufnahme entstand. Er sagte, sein Blick sei nicht kritisch, sondern von der Sonne geblendet. Der Schweiß wäre ihm in Strömen den Rücken heruntergelaufen und auf dem Papier konnte er im grellen Licht keine einzige Zeile erkennen.

Halt doch bitte einmal an. Lass uns aussteigen. Von hier ist die Aussicht so schön. Also, wie ist er hierhergekommen? Keine vier Wochen nach seiner Haftentlassung ist er nach Ascona gefahren, auf Einladung von Remarque. Remarque wohnte dort unten. Siehst du das Haus dort am Ufer? Nein, tiefer, direkt unten an der Uferstraße. Dort hinten, wo du den Kirchturm siehst, das ist Ronco. Dort ist das Grab von Remarque und natürlich auch das von Paulette Goddard, seiner Ehefrau. Sagt dir der Name noch etwas? Paulette Goddard war eine berühmte amerikanische Schauspielerin. Remarque hatte sie während seiner Zeit in Hollywood kennengelernt. Sie war zuvor mit Charly Chaplin verheiratet, mit dem sie auch viele Filme gedreht hatte. Dass ich Chaplin hier später auch einmal persönlich kennenlernte, habe ich dir erzählt? Hundert Mal? Und Marlene Dietrich, Remarques große Liebe? Auch schon? Na schön.

Dort unten, das ist Remarques Villa. Damals war die Uferstraße nicht so befahren wie heute. Was mir Henry von seinem ersten Besuch hier erzählte, muss es eine tagelange Sauftour gewesen sein. Schon morgens zum Frühstück hätten sie angefangen zu trinken, Champagner. Später haben sie bis zum Abend im Garten gesessen und mehrere Flaschen Wein geleert. Nachts sind sie durch die Lokale gezogen, da gab es dann Calvados und andere Schnäpse. Am nächsten Tag begann es von vorne. Nach den Jahren der Abstinenz muss es für Henry

wie ein einziger Rausch gewesen sein. Dazu hätten sie unentwegt über Bücher, das Schreiben und neue Ideen gesprochen. Die Tage vergingen wie im Flug. Das war die Freiheit. Selbst Paulette Goddard, die sich sonst nichts aus den Bekanntschaften ihres Mannes machte, die sie alle für Trunkenbolde und Bittsteller hielt, habe sich öfter und sehr nett mit ihm unterhalten. Henry konnte ja ganz passabel Englisch. Der Besuch bei Remarque stärkte ihre Freundschaft, ihre Beziehung zueinander. Henry war nun fest entschlossen, hierher zu ziehen. Allerdings war das noch schwierig. Seine restlichen Jahre waren zur Bewährung ausgesetzt. Er durfte Deutschland nicht verlassen. Selbst für die kurze Reise hierher brauchte er zuvor eine Genehmigung. Er war noch nicht wirklich frei. Erst einmal musste er wieder zurück nach Frankfurt, musste seine Stelle bei der *Rundschau* antreten.
Karl Gerold hatte nun also diesen prominenten Autor bei sich im Haus. Er steckte Henry in die Lokalredaktion. Dort arbeitete Lothar, Lothar Vetter, genau, Onkel Lothar. Und Rainer, Rainer Holbe, den wir später oft im Fernsehen sahen. Ich habe Lothar und Rainer über Henry kennengelernt. Gerold brachte Henry zu Lothar und sagte: „Hier, Herr Vetter, hier habe ich einen neuen Mitarbeiter für Sie. Bringen Sie dem mal bei, wie man das so macht, bei der Zeitung. Schauen Sie zu, dass er was lernt." Damit ließ er die beiden stehen. Du musst dir vorstellen, Henry war ja schon Mitte dreißig, Lothar etwa gleichalt. Gerold brachte sie zusammen, wie Kinder auf dem Spielplatz. Vielleicht hatte er auch ein gutes Gespür für Menschen, die zueinander passen? Auf alle Fälle hat es gepasst. Natürlich wusste Lothar, wer da vor ihm stand. Er hatte selbst damals über den Raub der Rentenkasse und das Verfahren gegen die „Jäger-Bande" berichtet. Und natürlich kannte er Henrys Buch. Jetzt sollten sie sich

ein Büro teilen. „Ich habe hier weniger Platz als in meiner Zelle", schimpfte Henry immer. Ich habe die drei dort oft besucht. Sie mussten schon eng zusammenrücken.
Henry hatte zwar die letzten Monate in Freiburg an der Gefangenenzeitschrift mitgeschrieben, aber das war etwas völlig anderes gewesen, als jetzt die Arbeit in der *Frankfurter Rundschau*. In der *Brücke* gab es keine tagesaktuellen Ereignisse, über die berichtet werden musste. Es gab auch keine Sportveranstaltungen, kulturelle Termine, Nachrichten aus der Wirtschaft, Politik oder dem Ausland, noch nicht einmal Klatsch und Tratsch. Eigentlich war es für Henry nur die Möglichkeit, ungehindert an seinem neuen Buch zu arbeiten. Vom Journalismus hatte er keine Ahnung. Lothar und Rainer merkten das sehr bald. Und trotz ihrer Bemühungen, am Ende musste man sagen, Henry war kein Journalist. Er war für diese kurze Form des Schreibens, immer unter Zeitdruck, nicht geeignet. Er kam auch mit den täglich wechselnden Themen nicht zurecht. Da war ja vom Kleingartenverein über das Stadtparlament bis zur Theateraufführung alles drin. Manchmal ging es um wirklich wichtige Dinge, dann wieder um echte Banalitäten. Über beides musst du als Journalist gleichberechtigt schreiben können. Das war nicht Henrys Sache. Wenn ihn etwas interessierte und er etwas Zeit für seine Recherchen hatte, dann kam durchaus etwas Brauchbares dabei heraus. Es gab zum Beispiel einen langen Artikel über Josephine Baker von ihm. Baker feierte damals gerade ihr Comeback und trat an mehreren Abenden in Frankfurt auf. Sie war eine wirklich außergewöhnliche Frau und Henry von ihr tief beeindruckt. Die beiden trafen sich einige Male und sie erzählte Henry viel aus ihrem Leben, ihrer Kindheit in St. Louis, wo sie als uneheliche Tochter einer Waschfrau geboren wurde. Im Paris der Zwanzigerjahre war sie eine

Ikone der dortigen Revuen und wurde weltberühmt. Im Zweiten Weltkrieg arbeitete sie für die Résistance, machte den Pilotenschein und kämpfte gegen die Deutschen in Nordafrika. Nach dem Krieg unterstützte Baker die Bürgerrechtsbewegung in den USA. In Frankreich kaufte sie ein altes, heruntergekommenes Schloss, in dem sie mit zwölf Waisenkindern aus zwölf Ländern lebte, als Protest gegen Rassismus und Nationalismus, der damals wie heute in den Köpfen herumgeisterte. Sie war wirklich eine ganz außergewöhnliche Frau und ich bat Henry mehrmals, mich doch einmal zu ihr mitzunehmen, was er leider nicht tat. Ob da auch etwas Erotisches zwischen den beiden war, weiß ich nicht. Jedenfalls schrieb Henry einen hervorragenden Artikel über sie und bekam sogar von Karl Gerold ein dickes Lob dafür.
Henrys zweites Buch erschien. Es war noch nicht das Buch über seine Zeit im Zuchthaus. Das wollte Desch später bringen. Das würde sich sowieso verkaufen, glaubte er. Die *Rebellion der Verlorenen* beschreibt das Schicksal der Familie Kühn, von Heinrich Kühn und seinen drei Söhnen. Der Vater, einst Buchhalter, im Krieg verwundet, kann danach nur noch als Toilettenmann arbeiten. Seine Frau, selbst Alkoholikerin, sah darin die niedrigste Stellung eines Mannes überhaupt und hatte ihn verlassen. Er steht zu diesem Beruf, auch wenn sich seine Söhne dafür schämen. Die drei, Alex, Paul und David, könnten unterschiedlicher nicht sein. Einer ist ein vielversprechender Läufer, der andere arbeitet brav in einer Firma, der dritte kommt aus der Fremdenlegion zurück. Was sie vereint, ist der Traum vom großen Glück. Jeder von ihnen träumt ihn auf seine Art. Doch alle Träume platzen. Der Sportler verletzt sich, der Legionär findet keine Anstellung, der Angestellte sieht keine Zukunft in seinem Beruf. Sie beschließen, ihr Glück zu zwingen, und überfallen eine

Bank. Dabei wird der Kassierer von ihnen erschossen, was natürlich nicht beabsichtigt war. Das erbeutete Geld müssen sie zunächst vergraben und können es nicht verwenden. Statt ihr Glück zu finden, ist ihr Unglück nur noch größer geworden. Der Zusammenhalt unter den Brüdern zerbricht. Jeder gibt dem anderen die Schuld. Einer der drei, der Mörder des Kassierers, stirbt bei einem Autounfall. Eigentlich bringt er sich um. Der Vater entdeckt, was seine Söhne getan haben, und möchte die Tat auf sich nehmen. Er sieht sein Versagen als Vorbild, seinen mangelnden Ehrgeiz, seine Arbeit in den Toilettenräumen als Ursache für das Handeln seiner Kinder. Die Polizei glaubt ihm nicht. Der Vater erhängt sich in der Zelle. Schließlich gesteht einer der verbliebenen Söhne. Das vergrabene Geld ist gestohlen worden. Nichts ist ihnen geblieben.

Natürlich wurde dieses Buch als autobiografischer Roman von Henry gesehen. Desch hatte auch entsprechend darauf hingearbeitet. Noch eine solche Story wie die mit dem Toilettenpapier hatte er nicht. Also kündigte er die *Rebellion der Verlorenen* als ein Stück aus dem Leben des Mannes an, der seinen ersten Roman in der Zelle auf Klopapier geschrieben hatte. Er ritt auf dieser Geschichte, solange es ging.

Dabei hatte *Rebellion der Verlorenen* überhaupt nichts aus dem Leben Henrys oder Willis oder von Horst in sich. Sagen wir, so gut wie nichts. Es ist frei erfunden. Bei der *Festung* konnte ich noch die Vorlagen für die Personen und Handlungen erkennen. Hier hatte, bis auf vielleicht einige Kleinigkeiten, nichts einen realen Hintergrund. Und das war eigentlich das Herausragende daran. Henry bewies in meinen Augen mit diesem Buch endgültig, dass er schreiben konnte. Hatte er in der *Festung* noch vieles, was ihm wirklich einmal begegnet war, nacherzählt und in einen anderen Zusammenhang gesetzt, war die *Rebellion* tatsächlich reine Fiktion. Und es war großartig. Die Figuren sind so treffend, so glaubhaft. Die gesamte Geschichte packend und anrührend. Gerade auch das Ende, in dem sich der Vater, sozusagen in biblischer Anspielung, um alle Sünden auf sich zu nehmen, erhängt, ist ein einmaliges Final. Leider war die Kritik größtenteils damit überfordert. Es gab einige gute, wohlwollende Besprechungen, der große Rest schwieg. Ich habe seitdem viel über die Kritiker, die Redakteure, die Feuilletonisten nachgedacht. Natürlich war ihnen allen inzwischen die Lebensgeschichte von Henry Jaeger geläufig. Sie selbst hatten Germanistik, Literaturwissenschaft und Ähnliches studiert. Sie konnten sicherlich formal über ein Buch urteilen, wie ein Kunstkritiker über ein Bild. Sie konnten aber selbst kein Buch schreiben, ebenso wenig wie der Kunstkritiker fähig war, ein Bild zu malen. Da kommt nun so ein Zuchthäusler daher, der auch sonst auf keinen typischen Hintergrund verweisen kann – seine Eltern waren keine Schauspieler, in seiner Familie gab es niemals ein kreatives Talent, er wird nicht von einem Großen dieser geschlossenen Gesellschaft protegiert. Und dieser Niemand schreibt ein herausragendes Buch. Gut, das kann einmal passieren, ein Zufall, ein Glückstreffer. Dazu wurde dieses Buch noch eher von den Umständen, wie es entstanden ist, gefördert, als dass es wirklich ein Stück Literatur darstellte. So konnte man über *Die Festung* einigermaßen beruhigt hinweggehen und den Autor als eine Eintagsfliege, ein One-Hit-Wonder, wie man heute sagt, abstempeln. Nun erschien aber schon das zweite Buch dieses zuvor unbekannten, nicht zum Zirkel gehörenden, aber offensichtlich begnadeten Autors. Anstatt ihn aufzunehmen, schlug man ihm die Tür vor der Nase zu. Man ließ ihn draußen stehen und hoffte, er würde schon wieder gehen, wenn man sich entsprechend still verhielt. Die *Rebellion der Verlorenen* ist ein starkes Buch. Es wurde später für das Fernsehen verfilmt, allerdings schlecht verfilmt. Henry hat sich davon distanziert. Er sagte: „Aus seinem Buch mit Tiefgang, ist ein Fernsehrinnsal geworden." Dabei schrieb der große Wolfgang Menge das Drehbuch. Henry hatte allerdings keinerlei Mitspracherechte.

Wie gesagt, die Kritik ignorierte ihn. Wenn das Buch besprochen wurde, dann stand der darin enthaltene Banküberfall im Mittelpunkt. Diesem, eher nebensächlichen Ereignis innerhalb des Romans wurden biografische Aspekte des Autors angedichtet, die es gar nicht gab.

Aber ich komme ja ganz durcheinander. Das war alles später. Wenn ich heute zurückdenke, scheint es mir, als sei alles fast gleichzeitig passiert. Die Ereignisse rücken so eng zusammen. Seine Entlassung, die Anstellung bei der *Rundschau*, die Verfilmung der *Festung*, das nächste Buch und natürlich seine Begegnung mit Elke.

Wie er sie kennenlernte? Das war Schicksal, oder auch nicht. Ich habe es immer so gesehen, dass Henrys Leben, Henrys Zukunft nach seiner Entlassung, einem Tropfen auf einer Kugel glich. Dieser Tropfen saß auf dem Scheitelpunkt und niemand konnte voraussagen, in welche Richtung er nun hinablaufen, welche Bahn er nehmen würde. Es geschah immer wieder etwas Neues, was im Rückblick sogar als konsequent und logisch erscheint. Ich glaube nicht, dass es das war oder ist. Die Kugel dreht sich. Das Leben wird nach vorne gelebt, nach hinten verstanden, sagte mal jemand. Wir ketten die Dinge im Nachhinein so für uns aneinander, dass sie einen vermeintlichen Sinn erhalten. Aber war das in dem Moment, als sie geschahen, wirklich so? War es vorausbestimmt, dass Henry über Kühler zu Desch zu Gerold zu

Lothar zur *Rundschau* kam. Pass, Pass, Pass, Tor? War es demnach vorbestimmt, dass er dieser bildhübschen, zierlichen, fast mädchenhaften Frau in der Teeküche begegnete? Er war augenblicklich in sie verliebt. Er kannte sie gar nicht. Lothar erzählte mir später, wie er völlig aufgelöst ins Büro zurückkam und ihn löcherte, wer diese Frau sei. Er müsse sie unbedingt kennenlernen, sein Leben hinge davon ab. Diese oder keine.

Ich glaube schon, dass Menschen füreinander bestimmt sind. Ob vorbestimmt, daran zweifle ich. Deine Mutter und ich, wir waren sicherlich füreinander bestimmt. Und so war es auch bei Elke und Henry. Henry hatte auch Eindruck bei Elke hinterlassen. Natürlich hatte es sich längst im gesamten Verlagsgebäude herumgesprochen, wer jetzt dort unten in der Lokalredaktion arbeitete. Der berühmte Henry Jaeger, der Erfolgsautor, der Bankräuber, der Zuchthäusler. Und Elke ging nicht von ungefähr die zwei Stockwerke nach unten, um sich einen Kaffee zu holen. Wie viele ihrer Kolleginnen hoffte sie darauf, einmal einen Blick auf den prominenten Kollegen werfen zu können.

Elke kam vom Land. Sie war eine bildhübsche Frau, zierlich und schlank. Sie trug ihre Haare immer sehr kurz, was ihr etwas freches verlieh. Ihr Vater war Landgerichtsrat irgendwo in Rheinland-Pfalz, in der Nähe von Koblenz. Er hatte immer ein scharfes Auge auf seine geliebte Tochter. Sie erzählte mir später einmal, dass, wenn sie nicht auf die Minute pünktlich nach Hause kam, ihr Vater schon mal die Polizei losschickte, um sie abzuholen. Mehr als einmal sei eine grüne Minna vorgefahren und habe sie mitgenommen. Das hätte sie mit Henry gemeinsam. Sie würden beide Streifenwagen von innen kennen.

Sie hatte zuvor bei einem pfälzischen Blatt gearbeitet. Bei einem Termin in Bonn traf sie auf einen Redakteur der *Rundschau*, der sie nach Frankfurt lockte. Dieser

Redakteur hatte sich insgeheim wohl mehr erhofft. Henry schnappte sie ihm vor der Nase weg.
Ihr Vater habe schon zuvor die vielen auswärtigen Termine und Veranstaltungen kaum ertragen. Als sie dann bei der *Rundschau* als Redakteurin anfing und in Frankfurt bleiben wollte, zerbrach vollends eine Welt für ihn. Elke dagegen war froh, ihrem strengen Elternhaus entkommen zu sein.
Vielleicht waren es auch die Gegensätze der beiden, die sie so sehr anzog? Einerseits Henry, der mehr oder minder ohne Vater groß geworden war, der früh auf eigenen Beinen stehen musste und eher einem Desperado ähnelte. Auf der anderen Seite Elke, die wohlbehütete Tochter aus gutem Hause, der jeder Wunsch erfüllt wurde und die nicht nur in geordneten Verhältnissen, sondern wirklich im Schatten von Recht und Gesetz heranwuchs.
Für Henry war ihre Hochzeit der lang ersehnte Schritt in die Bürgerlichkeit. Nicht nur, dass er jetzt eine Familie gründete. Was konnte die Abkehr von seinem vorherigen Leben besser belegen, als einen Richter zum Schwiegervater zu haben. Für Elke wiederum war es der endgültige Bruch mit ihrem bis dahin spießbürgerlich behüteten Dasein.
Aber ich bin schon wieder viel zu schnell. Zuerst einmal war da noch Margot. Nach seiner Entlassung zog Henry zu seiner Mutter in die Fechenheimer Straße. Er lebte dort mit Margot in seinem alten Zimmer. War es ihm zuvor als das größte Glück erschienen, war es nun ein Fluch. War es zuvor der Inbegriff der Freiheit, war jetzt alles eng und bedrückend. Henry hatte wenig Skrupel, sich von Margot zu trennen. Er war in dieser Beziehung immer eiskalt. Margots Zeit war vorüber. Sie war ihm über die Jahre im Zuchthaus hinweg mehr als nützlich gewesen. Sie hatte sich nicht nur unermüdlich für ihn eingesetzt, sie

hatte sich auch um seine Mutter gekümmert. Die beiden waren mittlerweile unzertrennlich. Margot war bereits die Schwiegertochter, da war Henry noch gar nicht verurteilt. Henrys Mutter stellte sie bei jeder Gelegenheit so vor: „Meine Schwiegertochter“. Margot würde für sie immer die Schwiegertochter bleiben. Niemals konnte Henry eine andere Frau mit nach Hause bringen, schon gar nicht Elke, wieder so eine aus gutem Hause.
Elke selbst bewohnte ein Zimmer in einer Frauenpension. So weit hatte der Einfluss des Vaters noch gereicht. Herrenbesuche waren dort strengstens verboten. Die Inhaberin der Pension achtete auf alles, was ihre Mieterinnen taten. Wie sie sich kleideten, wann sie nach Hause kamen, ob sie Post erhielten oder nach ihnen gefragt wurde. Sie stand sicherlich mit den Eltern ihrer Gäste in Kontakt.
Wo sollten die beiden also hin? In ein Hotel? Das wäre abgeschmackt. Sie wollten ein gemeinsames Leben beginnen und keine heimliche Affäre. Henry drängte sehr darauf, dass sie schnellstmöglich heirateten. Er hatte wohl, trotz all der Jahre, Angst, es könnte ihm wie mit Frederike ergehen. Elke sollte ihn ihrem Vater vorstellen, sollte sich eindeutig zu ihm bekennen. Elke tat es. Ihr Vater war außer sich. Nicht dass sie überhaupt eine Beziehung zu einem Mann hatte, damit musste er ja irgendwann rechnen, sondern ausgerechnet einen ehemaligen Zuchthäusler erwählte sie. Elkes Vater war noch schlimmer als dein Großvater. Er versuchte mit allen Mitteln, Elke davon abzuhalten.
Wir hatten damals gerade das Haus gekauft. Die Wohnung oben unterm Dach war unrenoviert, aber frei. Elke und Henry waren die Ersten, die dort einzogen. Du kannst dich nicht mehr daran erinnern? An die Wegeners kannst du dich erinnern. Natürlich, sie wohnten auch zwanzig

Jahre bei uns. Bei Elke und Henry waren es nur ein paar Monate.
Mehr als einmal stand Elkes Vater vor unserem Haus oder kam überraschend zu Besuch. Mal drohte er, mal redete er unermüdlich auf sie ein, mal versuchte er es sachlich. Er kenne zur Genüge solche Gesellen wie Henry. Selbst wenn sie für eine gewisse Zeit geläutert schienen, einer geregelten Arbeit nachgingen, alle würden sie rückfällig werden. Er sehe das doch tagtäglich. Sie solle, wenn nicht ihm, zumindest den Statistiken darüber glauben. Er legte ihr tatsächlich Auswertungen und Erhebungen diesbezüglich vor. Er glaubte, die große Liebe mit nüchternen Zahlen bekämpfen zu können.
Es gelang ihm, Elke zu verunsichern. War sie zu schnell mit Henry zusammen in eine Wohnung gezogen? Sie waren verlobt, aber noch nicht verheiratet. Damals spielte dies noch eine Rolle. Selbst wir, deine Mutter und ich, hätten im Zweifel wegen Kuppelei belangt werden können. Bis 1970 musste sich der Vermieter den Trauschein vorlegen lassen. Nur um einen noch größeren Skandal zu vermeiden, hat Elkes Vater auf eine Anzeige verzichtet, wie er mir ins Gesicht sagte. Wie ich als Anwalt und sozusagen Kollege so etwas unterstützen könnte? Ich antwortete: „Als Freund kann ich es."
Elke war verunsichert. Auf ihre Verunsicherung reagierte Henry zunächst beschwörend, dann immer wütender. War es doch wieder so, dass sich die von ihm geliebte Frau beirren ließ? Traute sie ihrem Vater mehr als ihm? Sie musste ihm vertrauen, das ging gar nicht anders. Henry wurde heftig, wie damals wohl im Labor. Ich hörte ihn oben brüllen, wenig später knallte die Tür. Henry ging trinken. Elke kam zu uns herunter, weinte. Ich erzählte ihr die Geschichte mit Frederike. Henry hatte davon nichts erwähnt. Ich glaubte, ich müsste es tun und sie hat ihn

dann auch verstanden. Am anderen Tag hat mich Henry zur Rede gestellt. Wie ich dazu käme, mich in seine Privatangelegenheiten einzumischen. Ich sagte ihm, dass ich ihm helfen wollte. Ich gab ihm den Ratschlag, dass er, wenn er es wirklich ernst meine, offen und ehrlich zu Elke sein sollte. Wenn er sich vor ihr wegen Dingen aus seiner Vergangenheit schäme, so sei dies zwar in Ordnung. Es bedeute allerdings nicht, dass er sie verheimlichen sollte. Dann würde es nicht funktionieren. Er schwieg und schaute mich an, als würde er zum ersten Mal darüber nachdenken.

Warum ich das sage? Nun, Henry und die Frauen war und blieb ein Thema für sich. Ich habe ihn darin nie verstanden, sein Vater hin oder her. Du musst dir vorstellen, zu diesem Zeitpunkt, als Henry schwor, Elke sei die Frau fürs Leben, seine Frau, die Einzige, hatte er eine Affäre mit Hildegard Knef. Er hat mir das erst viele Jahre später gebeichtet. Es liefen gerade die Dreharbeiten zu *Die Festung.* Als Film hieß es *Verdammt zur Sünde* und die Knef hatte neben Martin Held die Hauptrolle darin. Gedreht wurde hauptsächlich in Österreich. Henry fuhr für mehrere Tage hin. Schon am ersten Abend ist er mit der Knef ins Bett gegangen. Für sie war das ein kleines Abenteuer. Nach ein paar Nächten sagte sie zu ihm, ihre Sterne passten nicht zusammen, und ließ ihn sitzen. Die Knef glaubte ja an so etwas. Auch später, als sie einmal für längere Zeit hier in Ascona war und Henry und sie sich wiedersahen, sagte sie: „Jungchen, unsere Sterne haben damals nicht zueinander gepasst und sie tun es immer noch nicht. Lass uns etwas trinken." Ich stand daneben.

Zur Filmpremiere waren wir alle eingeladen, natürlich auch Elke. Sie fand in München statt. Anschließend gab es eine große Feier im Bayerischen Hof. Die Einzige, die fehlte, war die Knef. Angeblich drehte sie gerade an einem

neuen Film und konnte deshalb nicht dabei sein. Heute glaube ich, dass sie oder Henry oder beide vermeiden wollten, dass sie und Elke sich begegneten.
Wenn du Henry damals gefragt hättest, hätte er immer noch geschworen, dass Elke seine Frau fürs Leben ist. Und er hätte darauf bestanden, dass sie sich ohne Vorbehalte zu ihm bekannte. Gleichzeitig ging er eine Affäre ein, die angeblich völlig bedeutungslos war, was ich ihm zum Teil sogar glaubte. Er musste eine Affäre mit der Knef haben. Das war so etwas wie eine Trophäe für ihn.
Typisch Mann? Ja, da hast du recht. Henry erfüllte dieses Klischee zu einhundert Prozent. Er sah tatsächlich keinen Widerspruch darin. Zu Hause die geliebte Ehefrau, bei Gelegenheit schon mal eine kleine Episode mit einer anderen. So war eben der Mann. Für einen Mann habe dies keinerlei Bedeutung. Umgekehrt? Natürlich nicht. Henry wäre Amok gelaufen. Er war, wie viele untreue Männer und insbesondere bei Elke, zerfressen von Eifersucht. Für Elke war es später oftmals schlimmer als bei ihrem Vater. Keinen Schritt durfte sie tun, ohne dass Henry darüber Bescheid wusste. Er beobachtete und kontrollierte sie. Jeder Blick, jedes Lächeln zu einem anderen, wurde von ihm registriert und ihr später, meist war er da schon völlig betrunken, vorgeworfen. Henry zeigte das für krankhaft Eifersüchtige typische Verhalten. Er war sich ja selbst darüber im Klaren, dass seine Lebensweise Elke von ihm weg trieb. Aber anstatt sein Verhalten zu ändern, provozierte er immer öfter solche Situationen, nur um zu sehen, ob sie noch zu ihm hielt.
Jetzt bin ich schon wieder so schnell, nicht wahr. Erst mussten die beiden einmal heiraten. Elke war verunsichert, ihr Vater sabotierte die Beziehung, wo er nur konnte, Henry pochte auf eine baldige Hochzeit. Da kam das Angebot vom *Stern*. Nein, nicht vom Himmel, von der

Illustrierten *Stern*. Ich weiß nicht, inwieweit Karl Gerold da die Finger im Spiel hatte. Ihm wurde wohl klar, dass Henry nicht für die Zeitungsschreiberei geeignet ist – von Ausnahmen abgesehen. Gerold dachte, dass andere Formate womöglich besser für ihn geeignet wären. Redaktionen, in denen nicht erst jeden Tag in der Frühe die Themen beschlossen werden, sondern die etwas mehr Vorlauf haben, die Geschichten und Storys brachten und nicht so sehr auf Nachrichten setzten. Auf alle Fälle kam dieses Angebot vom *Stern*. Henry sollte nach Hamburg kommen. Ich kann mir heute auch vorstellen, dass Elkes Vater ebenfalls im Hintergrund agierte. Zuzutrauen wäre es ihm gewesen. Er hat nichts unversucht gelassen.
Es war ein verlockendes Angebot. Henry hatte es mir damals vorgelegt. Ich sollte es für ihn prüfen. Henry würde mehr oder minder als freier Redakteur für den *Stern* arbeiten, das heißt, er konnte sich seine Themen selbst aussuchen. Im Vorfeld musste es nur vom Ressortleiter angenommen werden. War das geschehen, hatte Henry freie Hand. Natürlich gab es auch hier Zeitpläne und Einschränkungen, was den Umfang betraf. Wie und wo Henry seine Artikel schrieb, blieb ihm überlassen. Dazu noch deutlich höhere Bezüge als bei der *Rundschau*, eine verlagseigene Wohnung für die Übergangszeit, großzügige Spesen- und Reisekostenerstattungen.
Jeder andere hätte dieses Angebot sofort angenommen. Henry grübelte darüber nach. Einerseits wusste er selbst, dass ihm die Arbeit in einer Zeitungsredaktion nicht lag. Andererseits waren da Lothar und Rainer, mit denen er sich inzwischen wirklich angefreundet hatte. Dort lockte das freie Arbeiten, das ihm für seine eigenen Ideen und Projekte entgegenkam. In den Monaten bei der *Rundschau* hatte er kaum selbst etwas geschrieben. Andererseits gab

ihm das strenge Korsett auch einen gewissen Halt. Wobei streng hier relativ zu sehen ist. Mehr als einmal saßen wir zu viert in dem kleinen Büro im Rundschauhaus und ließen eine Wodkaflasche kreisen. Dabei redeten wir über Gott und die Welt, mal albern, mal geistreich, bis Lothar den Redaktionsschluss anmahnte. Er war darin wirklich sehr diszipliniert.
Selbstverständlich war die wichtigste Frage, wie es mit Elke und ihm weitergehen sollte? Sollte sie ihre Anstellung kündigen und mit ihm mitgehen? Was wäre, wenn es, es gab natürlich eine Probezeit, mit dem *Stern* nicht klappen sollte. Dann stünden sie beide auf der Straße. Dann hätte ihr Vater doch recht gehabt, der ihr dies schon von Anfang an voraussagte. Henry hatte Angst, Elke alleine in Frankfurt zurückzulassen. Wenn es möglich gewesen wäre, hätte er sie wieder zurück in ihr altes Zimmer in der Frauenpension gebracht. Ein Trost war, dass sie bei uns im Haus lebte. Als er dann das Angebot annahm und zum ersten Mal nach Hamburg fuhr, nahm er mir das Versprechen ab, auf Elke aufzupassen wie damals auf Margot und seine Mutter.
Was in Hamburg war, weiß ich nicht. Henry hat nicht viel darüber erzählt. Ich weiß nur, Henri Nannen, der damalige Herausgeber des *Stern*, stellte ihn in der Redaktion als seinen neuen Mann vor. „Der beste Schreiber von allen", soll er dabei gesagt haben. Das war Segen und Fluch zugleich. Es war ein gewaltiges Lob, gerade von jemandem wie Nannen. Es beinhaltete aber auch eine gewisse Spitze gegenüber den bisherigen Redakteuren. Die Kollegen schnitten und mieden Henry, das machte ihm sehr zu schaffen. Damit konnte er nicht umgehen. Henry war immer jemand, der in neuer Umgebung kumpelhafte Kreise brauchte, wie er es in der *Rundschau* mit Lothar

und Rainer getroffen hatte. Diese Isolation erinnerte ihn an das Gefängnis, obwohl er sich natürlich frei bewegen konnte.
Henry kannte die Reeperbahn und St. Pauli aus früheren Jahren. Da war er als „Heinz aus Frankfurt“ öfter zu Besuch gewesen. Er kannte sich aus und man kannte ihn. Ich erinnere mich an ein Interview mit Vadim Glowna, er spielte die Hauptrolle in der Verfilmung von *Die bestrafte Zeit*. Diese war damals in Hamburg produziert worden. Glowna erzählt, wie er nach den Dreharbeiten mit Henry durch die Bars auf St. Pauli gezogen ist und wie Henry ihm in einem „Etablissement die schönste Nacht meines Lebens arrangierte“. Er berichtet auch, wie bekannt und angesehen Henry dort war. Er galt noch immer als „einer der ihren“.
Ich weiß noch, dass Henry in Hamburg seinen Führerschein verlor, endgültig, wegen Trunkenheit am Steuer. Er war diesbezüglich mehrfach vorbestraft und er war auf Bewährung. Er durfte auf Lebenszeit keinen Wagen mehr steuern, zumindest in Deutschland nicht. Das war ein herber Einschnitt für ihn. Er hatte das Autofahren immer geliebt. Auch sein Arbeiten für den *Stern* war mit dem Verlust der Fahrerlaubnis schwieriger geworden. Henrys Vorstellung, er könne kreuz und quer durch die Republik fahren, immer auf der Jagd nach einer guten Geschichte, hatte einen merklichen Dämpfer erhalten. Er fühlte sich wieder von der Obrigkeit zu Unrecht und zu hart bestraft. Wieder wurde ihm eine Möglichkeit für seine Zukunft verbaut.
Es ging nicht lange gut. Man hat ihn in der Redaktion nicht akzeptiert, mehr noch, er wurde förmlich hinausgeekelt, so sagte es Henry mir einmal. Schon nach wenigen Wochen kam Henry immer öfter nach Frankfurt. Er blieb immer länger, bis er schließlich gar nicht mehr wegfuhr. Elke

hatte ihn gelegentlich in Hamburg besucht, aber es war bald klar, dass es keine Perspektive für die beiden bot. Dazu kam, dass Elke schwanger war. Das veränderte die Situation von Neuem. Wie sollte es weitergehen? Als Erstes musste natürlich geheiratet werden. Trotz der Schwangerschaft ließ Elkes Vater nicht locker. Er drohte, dass er zu dieser Ehe niemals seinen Segen geben werde und nicht daran teilnehme. Er ist wirklich nicht gekommen. Elke saß am Abend vor der Hochzeit, Henry war mit Lothar und Rainer unterwegs, bei deiner Mutter und mir und hat sich die Augen ausgeweint. Sie war so verunsichert, so traurig, so voller Selbstzweifel, wir konnten sie kaum beruhigen. Was will man da sagen. Geliebt haben die beiden sich wirklich, da bin ich mir sicher. Aber ob sie füreinander bestimmt waren? Im Nachhinein ist man immer klüger.

Alles hätte so schön sein können: Henrys Karriere als Schriftsteller, die Hochzeit, ein Kind, eine passende Wohnung würde sich sicherlich finden lassen. Kennst du das, wenn du glaubst, alles geht seinen Weg, die Zukunft scheint rosig und nahezu perfekt? Dann nimmt das Schicksal plötzlich eine Wendung, die alles infrage stellt? Der Erfolg kam zu früh. Henrys neuerliche Berühmtheit hatte auch Nachteile. Es meldeten sich verschiedene Firmen, ehemalige Opfer aus Henrys Vergangenheit, und wollten ihren damaligen Schaden ersetzt haben. Allen voran die Deutsche Post, die die Geschädigte beim Überfall auf die Rentenkasse war. Sie verklagte Henry auf Schadensersatz von mehr als einhunderttausend Mark. Henry war außer sich, Henry war am Boden zerstört, Henry war verzweifelt. Kaum auf freiem Fuß, sah er sich abermals durch die Obrigkeit bedroht. Kaum hielt er ein Fitzelchen des von ihm so angestrebten bürgerlichen Lebens in der Hand, wurde es ihm schon wieder entrissen. Er hatte

immer geglaubt, die Geschäfte, die Händler, die Inhaber, seien gegen alles Mögliche versichert. Sie würden das, was Henry, Willi und Horst ihnen stahlen, wieder ersetzt bekommen. Bei manchen war das auch so. Andere hatten keine Diebstahl- oder Einbruchsversicherung abgeschlossen. Oder die Versicherung weigerte sich schlichtweg, den Schaden zu begleichen. Und selbst wenn gezahlt wurde, war damit eine neue Einstufung der Firma bei der Versicherung verbunden, sprich höhere Beiträge.
Ferner war Henry der festen Überzeugung, mit den Jahren im Gefängnis seine Schuld beglichen zu haben. Es war ihm nicht beizubringen, dass es ein Strafrecht und dass es das Zivilrecht gab. Strafrechtlich hatte er für seine Taten gebüßt, zivilrechtlich konnte er, sofern die Einbrüche nicht verjährt waren, noch immer belangt werden. Die Deutsche Post, vielmehr deren Geschäftsführung, war geradezu verpflichtet, von Henry Schadensersatz zu fordern. Das damals gestohlene Geld war zum größten Teil verschwunden. Nur bei Mariannes Mutter konnte noch ihr Anteil sichergestellt werden. Ansonsten war alles weg. Fein säuberlich war die eingeforderte Summe, und wie sie sich zusammensetzte, berechnet. Zins und Zinseszins ließen den Betrag weit über die eigentliche Beute von damals ansteigen.
Henry wollte das nicht verstehen, er konnte es nicht verstehen. Wieder sah er sich von der Gesellschaft betrogen. Wobei Gesellschaft für ihn alles Mögliche war. Es war der Zusammenschluss von privaten Personen und öffentlichen Stellen. Es war eine Verschwörung diffuser Kräfte, die sich gegen ihn verbündeten. Es war der typische Blick eines Außenseiters, den er sein ganzes Leben lang nicht ablegen konnte. Er fühlte sich oft von dunklen Mächten bedroht, die nur auf eine Gelegenheit lauerten, um über ihn herzufallen.

„Sind sechs Jahre Zuchthaus nicht genug?“, fragte er immer wieder. „Wofür habe ich diese lange Zeit hinter Gittern gesessen, wenn ich jetzt noch einhunderttausend Mark zahlen soll? Denen da oben, denen ist es nie genug. Die möchten so einen wie mich gar nicht auf die Beine kommen lassen. Die wollen mich in ihrer Gesellschaft nicht haben.“

Es waren die alten Reden, es war die alte Angst, es war die gleiche Wut. Nicht nur Elkes Vater war gegen ihn, auch der Rest der Gesellschaft schloss ihn aus. Dieses Bild, diese Ansicht, hat er sein ganzes Leben über bewahrt. Das war auch der Grund, warum er später nicht mehr nach Deutschland zurückkam. Er fühlte sich von diesem Land verstoßen. In gewisser Weise war es auch so.

Ob Elkes Vater hinter der Sache steckte? Darüber habe ich nie nachgedacht. Es wäre natürlich möglich. Er könnte schon dem ein oder anderen einen Wink gegeben haben. Ein paar Monate später wäre der Überfall auf die Rentenkasse verjährt gewesen. Ich habe die genauen Abläufe nicht mehr im Kopf. Es kann sein, dass Henry schon vorher, bevor er Elke kennenlernte, von der Deutschen Post angeschrieben worden war. Vielleicht hat er das zunächst nicht ernst genommen. Erst als er von einer der größten Frankfurter Anwaltskanzleien, so eine, deren Briefkopf schon die komplette erste Seite einnimmt, angeschrieben wurde, kam er zu mir. An der Sache selbst war wenig zu rütteln. Es gab das Urteil aus Mannheim, es gab die umfangreichen Geständnisse. Damit war die Schuldfrage eindeutig geklärt. Es wäre sinnlos gewesen, dagegen vor Gericht zu ziehen. Der Anspruch war berechtigt. Das war eine bittere Pille für Henry, die er erst einmal schlucken musste. Es ging letztlich nur darum, eine Regelung zu finden, die Henry Luft zum Atmen ließ, die seine Zukunft nicht gleich wieder verbaute.

Ich muss sagen, die Gegenseite hat sich hier äußerst fair verhalten – wobei Henry das ganz anders sah. Wir trafen eine Vereinbarung, nach der, solange Tantiemen aus Henrys Büchern flössen, ein Teil davon an die Deutsche Post ginge. Es war natürlich alles in allem viel Geld und in Henry blieb das Gefühl zurück, doppelt bestraft worden zu sein.
Trotz der Widrigkeiten, trotz einer ungewissen Zukunft, heirateten Elke und Henry. Die Hochzeit war ein großes Ereignis. Verschiedene Zeitungen hatten im Vorfeld in ihren Klatschspalten darüber berichtet. Es kamen Freunde, Kollegen und vor allem Schaulustige. Die Polizei musste den Römerberg absperren. Getraut wurden die beiden zuerst im Römer. Von dort ging es hinüber in die Nikolaikirche. Lothar war Trauzeuge. Lothar war blass und konnte sich kaum auf den Beinen halten. Der Standesbeamte wollte die Eheschließung zunächst nicht vollziehen. Henry war offensichtlich sturzbetrunken. Nur durch viel Zureden von meiner Seite und von anderen Gästen wurden die beiden schließlich getraut.
Von Elkes Seite war eine gute Freundin dabei. Auch Henrys Mutter war da, aber sie setzte sich gleich an den Rand und verließ uns nach der Zeremonie sofort wieder. Sie hat Elke nie akzeptiert. Für sie war und blieb Margot ihre Schwiegertochter. Ich weiß gar nicht, was aus Margot wurde. Zu Henrys Mutter hatte ich später eigentlich keinen Kontakt mehr. Sie hat bis zu ihrem Tod in der alten Wohnung in der Fechenheimer Straße gelebt, das weiß ich noch. Irgendwann rief mich Henry an, er wäre in Frankfurt, seine Mutter sei gestorben. Er kümmerte sich um die Beisetzung und bat mich, die Erbschaft zu regeln. Es gab ja noch Sigi, der einen Anspruch hatte. Henry wollte ihn weder sehen noch mit ihm sprechen. Sigi hatte eine Karriere in verschiedenen Gefängnissen hinter sich,

allerdings nicht wie sein berühmter Halbbruder. Er war immer nur ein einfältiger Handlanger gewesen, einer, der am Ende als Sündenbock dasteht und für alle die Strafe absitzt. Es gab ja eigentlich nichts zu erben. Was aus Sigi wurde, weiß kein Mensch. Selbst Marcus, Henrys Sohn, wusste später nicht, dass er einen Halbonkel hatte. Henry hatte Sigi ihm gegenüber nicht einmal erwähnt.

Aber zurück zur Hochzeit. Immerhin war Elkes Mutter gekommen. Sie wollte ihre Tochter nicht alleine lassen. „Mein Mann ist leider verhindert", sagte sie zu jedem. „Etwas Unvorhergesehenes bei Gericht." Als die Hochzeitsgesellschaft aus dem Römer herauskam, wartete dort ein Fotograf der *BILD-Zeitung*. Anderntags stand groß in der Frankfurter Ausgabe: „Bankräuber heiratet Tochter eines Richters!" Henry war stolz auf diese Schlagzeile, Elkes Vater alles andere. Er sah jetzt endgültig die Familienehre beschmutzt.

In einem Restaurant um die Ecke war für einen kleinen Kreis reserviert. Während Lothar jegliche Form von Alkohol ablehnte, war Henry schon wieder feste dabei. Er konnte wirklich Unmengen vertragen. Überhaupt war er fast jeden Abend unterwegs. Mal mit Lothar, mal mit mir, mal alleine. Zusammen waren wir eines Abends ins Bahnhofsviertel gegangen. Ich war überrascht. Knüpfte Henry an alte Zeiten an? Was suchte er dort. Offensichtlich war es nicht sein erster Besuch im Quartier. Manches war verschwunden, das Casino Eich zum Beispiel. Gegen Eich war damals auch ermittelt worden. Er musste wegen Hehlerei und anderem eine Gefängnisstrafe absitzen. Sein Lokal wurde geschlossen. Die Tabu Bar gab es noch, sie wurde von einem anderen Wirt betrieben. Der dicke Willi war gestorben, Rosa mit Otto angeblich irgendwo aufs Land gezogen. Henry wusste Bescheid. Von den Frauen, den beiden Lillis, Oma, Mimi, Helga, wusste niemand etwas, sagte Henry. Der verzinkte Egon, der flinke Fritz, der blasse Karl, der englische Willi, sie alle waren längst dahin. Auch was aus Marianne und ihrem Mann geworden ist, wusste niemand. Einzig Issak war noch da. Statt einer Pfandleihe hatte er ein winziges Lokal hinter dem Bahnhof eröffnet. Es hieß „Zum goldenen Hörnchen" und war nicht viel größer als die Mansarde, in der ich ihm zum ersten Mal begegnet bin. Isaak war noch dünner geworden. Sein Haar, inzwischen licht und farblos, stand wie früher wirr auf seinem Kopf. Er begrüßte Henry überschwänglich und auch mich umarmte er mit Tränen in den Augen. Er sagte zu mir: „Isser ein großer Schriftsteller geworden, unsere Heinz. Ich werde jetzt lernen Lesen und Schreiben. Ich möchte wissen, was er hat geschrieben in seine Bicher." Dabei zeigte er auf eine Vitrine, in der *Die Festung* und *Die Rebellion der Verlorenen* hinter Glas standen. „Hat er mir geschrieben Namen hinein. Vielleicht einmal es wird ein Vermegen wert sein."

Auf dem Nachhauseweg fragte ich Henry, was er im Bahnhofsviertel suche. Für mich selbst hatte diese Welt jeden Reiz verloren. Sicher war es dort noch lebendig, laut und ausgelassen. Das Flair von damals war aber verschwunden. Es war ein geschäftsmäßiger Betrieb hinter allem zu spüren. Es gab jetzt mehrstöckige Bordelle, von den Beker-Brüdern gebaut und betrieben. Es gab neue Lokale. Dort hatten andere Größen des Milieus ihre Finger im Spiel. Und es gab die Drogenszene mit all ihren Ausprägungen. Das hatte nichts mehr mit dem Bahnhofsviertel von damals gemein. Was also suchte Henry dort? War er tatsächlich auf dem Weg zurück? Ich konnte das nicht glauben. Er sagte mir, er recherchiere für ein neues Buch, das sei alles. Ich spürte an ihm, dass da mehr war. Und dieses Mehr machte mir Angst. Sollte

Elkes Vater recht behalten? Einmal Verbrecher, immer Verbrecher?
Einige Zeit später hatten Elke und Henry einen Entschluss gefasst: „Wir werden nach Ascona ziehen“, verkündeten sie uns freudestrahlend. Raus aus Deutschland, weg von der sensationsgierigen Presse, weg von Frankfurt, weg von Elkes Vater. Sie wollten ihre Zukunft an einem Ort ohne Vergangenheit beginnen. Kannst du dir einen schöneren Ort als diesen hier dafür vorstellen? Ist es nicht traumhaft? Schau, der See, die Berge, der blaue Himmel, dort hinten beginnt Italien. Und damals war Ascona noch ganz anders. Die vielen Häuser hier gab es gar nicht. Den Hang hinauf standen nur vereinzelt welche. Von überall hattest du einen fantastischen, unverbauten Blick auf den See. Und damals war das Leben hier günstiger als in Frankfurt, kaum zu glauben, nicht wahr? Erst mit dem Bau des Autotunnels hat sich hier alles verändert. Zuvor musstest du, wenn der Pass nicht offen war, mit dem Autozug herüberkommen. Das war eine langwierige Prozedur. Im Winter war der gesamte Lago Maggiore förmlich abgeschnitten. Das machte die Gegend für viele so reizvoll.
Aber vom Entschluss bis zur Tat ist es oftmals ein langer Weg. Es waren etliche Dinge zu klären und zu regeln. Henry war nur unter Auflagen freigekommen. Er konnte nicht mir nichts, dir nichts ins Ausland ziehen. Auch verweigerte die Schweiz verurteilten Straftätern ein dauerhaftes Bleiberecht. Sie konnten immer nur für ein Vierteljahr im Land bleiben und mussten dann wieder ausreisen. Sie mussten eine Wohnung in Ascona finden und einrichten. Immerhin würden sie bald zu dritt sein. Und die wichtigste Frage von allen war natürlich, wie sie das bezahlen sollten? Es musste Geld her, reichlich Geld.

An eine Unterstützung seitens Elkes Familie war nicht zu denken. Das Gehalt von der *Rundschau* und vom *Stern* hatte Henry verprasst.
Henrys Bücher, meinst du. Natürlich standen ihm daraus Gelder zu. Aber ich habe dir eben schon gesagt, das war eine Geschichte für sich. Wollen wir nicht weiterfahren? Setzen wir uns unten an die Piazza und trinken etwas. Dann erzähle ich dir, wie es weiterging.

Lass uns dort den Tisch nehmen. Nicht so in der Sonne, wenn es dir recht ist. Ist es nicht herrlich? Gleich hier vorne um die Ecke war das berühmte Antiquariat von Leo Kok. Kennst du nicht und sagt dir nichts. Kok war zwischen den Kriegen ein weltbekannter Pianist. Er hatte hier in Ascona eine Wohnung für den Sommer. Im Winter lebte er in Paris. Dort wurde er vierundvierzig von der Gestapo als angebliches Mitglied der Résistance verhaftet und nach Buchenwald gebracht. Man brach ihm alle Finger, damit er nie wieder Klavierspielen konnte. „Jedem das seine." Es gibt Dinge, für die du dich als Deutscher bis in alle Ewigkeit schämen musst.
Nach dem Krieg kam er hierher zurück und begann, wie er selbst sagte, sein zweites Leben. Er gründete die „Libreria della Rondine", die „Bücherei der Schwalben". Ein schöner Name, nicht? Ich habe ihn oft dort besucht, wenn ich hier war, fast täglich. Woher der Name kam? Zum einen von den Schwalben selbst, die zuhauf unter dem Dach des Hauses nisteten. Zu gewissen Zeiten war es ein emsiges Treiben dort oben. Ein unentwegtes Kommen und Gehen. Leo sagte, sie seien wie die Geister, die in dieses Haus hinein- und wieder hinausflögen. Leo meinte die Werke der vielen Literaten damit, die er sammelte und wieder davonfliegen ließ. Zuerst hatte er mit dem Verkauf seiner eigenen Bibliothek begonnen. Später

war er einer der wichtigsten Vermittler der hiesigen Autoren. Die Rondine war ihr Anlaufpunkt und Leo Kok ein profunder Kenner und Gesprächspartner. Im Winter lebte er weiterhin in Paris, bei einem Freund. Wenn er im Frühjahr an den See zurückkehrte, hatte er Kisten voller Bücher dabei, die er in Paris bei den Händlern entlang der Seine oder in den dortigen Antiquariaten erstanden hatte. Vom modernen Buchhandel hielt er nichts. Er war der festen Überzeugung, dass auch ein Buch, jedes Buch, eine Biografie besitzen müsse. Zu einem Buch, das neu vom Verlag ins Regal einer Buchhandlung wandere, könne der Leser keine Beziehung aufbauen. Ein Buch müsse durch mindestens eine erste Hand gegangen sein. Und selbst wenn man später diese Hand nicht kenne, würde sie dem Buch einen gewissen Stempel, Leo nannte es: „Einen Hauch von Leben", aufdrücken. Das könnten angestoßene Ecken, ein gebrochener Rücken oder ein fast neuwertiges Aussehen sein. Noch besser waren natürlich kleine Notizen, Markierungen und Anmerkungen. Leo behauptete von sich, er könne die Lieblingsstellen der vorherigen Leser in den Büchern finden. Er blätterte dazu die Seiten durch. Wie ein Daumenkino ließ er sie mehrmals durchrollen. Einem gewieften Bankräuber gleich, der mit den Fingerspitzen an einem Safe die Position findet, an der die Zahnräder immer wieder einrasteten, fand er die Zeilen, die immer wieder gelesen worden waren. Es war natürlich ein bisschen Theater dabei. Leo kannte viele Geschichten zu den Büchern, die er verkaufte. Diese seien ihm so erzählt worden. Ob sie stimmten oder er sie erfand, dass wusste niemand. Er hätte ein Buch über die Geschichten seiner Bücher schreiben können. Ich habe es ihm mehrmals vorgeschlagen. Leo verkaufte dir also nicht nur ein Buch, er übergab dir eine gewisse Verantwortung dafür. Du solltest darauf aufpassen, es behüten, es ein

Stück seines Lebens begleiten. Irgendwann käme die Zeit, um sich wieder zu trennen.

Mitte der Siebziger erhielt Leo die Diagnose, er sei unheilbar an Krebs erkrankt und hätte nur noch kurze Zeit zu leben. Er verkaufte die Rondine an eine langjährige Stammkundin und Freundin, bei der er sie in guten Händen sah und wartete auf das Ende. Wobei „warten" nicht das richtige Wort ist. Er feierte vielmehr seinem Ende entgegen, reiste nochmals durch die Welt und verprasste das Geld. Sein Krebsleiden stellte sich als Fehldiagnose heraus. Er lebte noch mehr als fünfzehn Jahre, allerdings jetzt völlig mittellos. Viele seiner Freunde, auch Henry und ich, haben ihn unterstützt. Er saß wieder jeden Tag in der Libreria, die ihm jetzt nicht mehr gehörte. Er war aber nicht verbittert darüber. Er sagte, so sei er nochmals auf Tournee gewesen, was er unter anderen Umständen wahrscheinlich niemals getan hätte. Ich habe selten einen Menschen getroffen, der sein Schicksal so offen angenommen hatte, wie Leo Kok.

Was nun mit Henrys Büchern war und dem Geld? Das ist eine traurige oder sagen wir: eine ärgerliche Geschichte. Ich habe dir erzählt, dass ich mit dem Vertrag vom Kurt Desch Verlag nicht einverstanden war. Henry wollte ihn damals unbedingt annehmen, also hatte ich in seinem Namen unterschrieben. Im Vertrag war eine komplizierte Honorarabrechnung festgeschrieben, die nur halbjährlich oder gar jährlich erfolgen sollte. Als die erste Abrechnung fällig wurde, saß Henry noch in Freiburg im Zuchthaus. Desch schlug vor, da Henry das Geld jetzt sowieso nicht verwenden könne, es im Verlag zu belassen. Damit könnten sie weitere Nachauflagen drucken und den Vertrieb des Buches fördern. Ich war dagegen. Solche Kosten sollten in der Kalkulation von vornherein berücksichtigt sein. Sie dürften nicht zulasten des Honorars gehen. Das müsse außen vor stehen. Es bahnte sich eine erste Auseinandersetzung an. Ich besuchte Henry in Freiburg. Er besaß jetzt größere Freiheiten und wir konnten offen über die Situation sprechen. Er wusste schon von Dr. Kühler, der wiederum von Desch informiert worden war, über die Sache Bescheid. Henry bat mich, so zu verfahren, wie von Desch vorgeschlagen. Immerhin ginge jetzt sein zweites Buch bald in Druck und am nächsten würde er auch schon arbeiten. Das wären außerordentliche Belastungen für den Verlag. Im Zweifel müsste der Verlag den Erscheinungstermin für das kommende Buch, das war die *Rebellion*, verschieben. Dass wolle er auf keinen Fall. Er bräuchte das Geld im Moment ja wirklich nicht. Die Begnadigung war zu diesem Zeitpunkt noch nicht absehbar. Mir gefiel die Sache nicht, aber ich tat, wie mir geheißen. Nach Henrys Entlassung war ich aus dem Spiel. Henry sprach jetzt direkt mit Desch. Hätte ich früher von der Misere erfahren, wäre es wohl nicht so schlimm gekommen. Jetzt, da Elke und Henry hierher nach Ascona ziehen wollten, kam das ganze Unglück heraus. Henry hatte bisher nur eine kleine Abschlagszahlung von Desch erhalten. Wofür diese Zahlung galt, war völlig unklar. Es existierte keine genaue Auflistung über verkaufte Stückzahlen, Erlösen aus Nebenrechten für die unterschiedlichen Buchausgaben und natürlich auch nicht über die vergebenen Filmrechte. Alleine für *Die Festung* sollte, musste Henry ein hoher sechsstelliger Betrag zustehen. Damit wäre auch die Rückforderung der Post vom Tisch gewesen. Die *Rebellion* hatte sich auch sehr gut verkauft. Das dritte Buch *Die bestrafte Zeit* sollte demnächst auf den Markt kommen. Der darauffolgende Roman war in weiten Teilen fertig. Ich übertreibe nicht, wenn ich sage, Henry stand mindestens eine halbe Million Mark zu. Das war zumindest das Ergebnis meiner Rechnung. Eine

halbe Million, stell dir das einmal vor. Für achtzigtausend Mark war er zu zwölf Jahren Zuchthaus verurteilt worden, jetzt hatte er eine halbe Million rechtmäßig verdient. Das Problem war nur, dass Desch nicht zahlen wollte beziehungsweise gegenüber Henry angab, nicht zahlen zu können. Eine Nachzahlung eines solchen Betrages sei völlig unmöglich. Das würde den sofortigen Konkurs des Verlages bedeuten. Damit wäre doch keinem geholfen. Henry würde keinen Pfennig mehr sehen. Er solle bitte an die anderen Autorinnen und Autoren denken. Diese stünden von heut auf morgen ohne Verlag, und damit ohne Einkommen, da. Ob er das verantworten könne?
Wir ahnten nicht, dass dies eine bereits mehrfach erprobte Masche von Kurt Desch war. Erst einige Jahre später kam alles ans Licht, brach das gesamte Kartenhaus zusammen. Mehr als fünfzig Autoren verklagten den Verlag und Kurt Desch persönlich wegen Honorarbetrugs. Es war der größte Skandal in der Buchhandelsgeschichte. Ihnen allen hatte er, auf mehr oder minder die gleiche Art und Weise wie bei Henry, die Zahlungen der Honorare verweigert. Was ich Desch glaubte, war, dass er sich nicht unmittelbar persönlich an diesem Geld bereicherte. Er steckte es fortwährend in neue Bücher. Bis zum Verkauf des Verlages im Jahr 1973 hatte er mehr als viereinhalbtausend Bücher herausgebracht. Das waren im Schnitt mehr als einhundertfünfzig pro Jahr. Einige davon waren erfolgreich, wie die von Henry zum Beispiel. Mit dem Geld aus diesen finanzierte er die weniger erfolgreichen und die Flops. Oder um genauer zu sein. Die erfolgreichen Autoren finanzierten Deschs Größenwahn, der größte Verleger der Bundesrepublik zu werden. Er hatte mittlerweile noch einen Zeitschriftenverlag, den Kurt-Desch-Theaterverlag und einen eigenen Buchclub gegründet. Dieser hieß „Welt im Buch“ und sollte dem „Bertelsmann Buchclub“

des großen Reinhard Mohn Konkurrenz machen. Alle paar Jahre legte er eine „Bibliografie“ auf. Das war ein in Buchform gebrachtes Verlagsverzeichnis, inklusive Kurzbiografien der Autorinnen und Autoren nebst Porträts. Auf den ersten Seiten stand jedes Mal eine Hymne auf den Verleger und seine „leidenschaftliche Liebe zum Buch“. Ich habe, glaube ich, noch zwei Ausgaben zu Hause. Er betonte darin natürlich auch, dass der Verlag seinen Erfolg nur seinen Autoren zu verdanken habe.
Das alles kostete natürlich Unsummen an Geld und forderte immer mehr Personal. Der Desch Verlag residierte mittlerweile in drei Gebäuden in der Romanstraße in München, gleich neben dem Schloss Nymphenburg. Desch taufte den Verlagssitz „Desch-Insel“. Legendär waren auch seine Empfänge, wenn er sein neues Buchprogramm der Presse vorstellte. Es hatte den Anschein, als wollte er damit den Wiener Opernball imitieren.
Aber zurück zu Henry. Da stand er also nun, mit schwangerer Frau, ohne Anstellung, ohne wirkliche Wohnung, ohne Geld, aber mit dem festen Willen, hierher nach Ascona zu ziehen. Natürlich hatte er unzählige Male mit Desch telefoniert, bis dieser sich offensichtlich verleugnen ließ. Geld kam, trotz verschiedener Zusagen, keins. Henry fuhr unangekündigt nach München. Am anderen Tag kam er zurück und verkündete freudestrahlend das Ergebnis seiner Reise: einhundertfünfzigtausend in drei Tagen und bis auf Weiteres zehntausend jeden Monat. Elke hüpfte vor Freude, was sie gar nicht durfte, und deine Mutter und ich, wir trauten unseren Ohren kaum. Ich wollte es von Henry genauer wissen. War vielleicht doch alles wieder nur eine Hinhaltetaktik? Henry berichtete, wie er in den Verlag gestürmt sei. Eine Dame wollte ihn in das mir bekannte Nebenzimmer führen, was er ablehnte. Es habe einen regelrechten Tumult gegeben. Schließlich sei

er in Deschs Büro gelangt. Der habe sich hinter seinem Schreibtisch verbarrikadiert, davor zwei Mitarbeiter des Verlages hingestellt und seine Sekretärin. Man habe ihn in diesen scheußlichen Sessel gezwungen und mehrfach aufgefordert, sich zu beruhigen. Henry protestierte, er wolle sich nicht beruhigen, sondern sein Geld. Desch versprach, eine Lösung zu finden. Das war Henry zu wenig. Er präsentierte unsere Rechnung über die halbe Million, die Desch mehr oder minder so gelten ließ. Also war es wahrscheinlich noch mehr. Henry forderte dreißig Prozent in drei Tagen. Ferner von jetzt an Akontozahlungen von zehntausend pro Monat und natürlich regelmäßige, nachvollziehbare Abrechnungen. Desch sagte zu allem ja, er werde es versuchen. Es werde sich alles finden. Henry werde sein Geld bekommen. Man wolle doch weiter zusammenarbeiten. Und er, Desch, habe doch Henry schließlich aus dem Zuchthaus geholfen und zur *Frankfurter Rundschau* vermittelt. Ob das denn gar nichts zähle? Anschließend geleiteten ihn die beiden Herren und die Sekretärin zur Tür.

Natürlich fragte ich ihn gleich, ob er denn sicher wäre, dass Desch sich auch an ihre Vereinbarung halten würde. Ob sie das irgendwie schriftlich festgehalten hätten. Henry sei allein gewesen, ohne Zeugen. Und die Mitarbeiter würden im Zweifel zu ihrem Arbeitgeber stehen.

Henry sagte, das habe er sich auch gedacht. Also hätte er Deschs Privatanschrift herausgefunden. Der sei zwar in keinem Telefonbuch verzeichnet, aber vom „Jägern“ her wisse er noch, wie man so etwas ermittelt. Was das „Jägern“ ist? Das erzähle ich dir ein andermal. Das war so eine Masche von Henry und den Korbmacher-Brüdern. Das führt jetzt zu weit. Jedenfalls habe er sich in München vor die Hauptpost gestellt und dem nächstbesten Briefträger, der eben von seiner Tour zurückkam, hundert

Markt versprochen, wenn er ihm die Privatadresse von Kurt Desch besorgen würde. Fünf Minuten später hatte er sie. Am Abend ist er dann hingefahren. Es war draußen in Perlach, glaube ich. Eine großzügige Villa mit weitläufigem Garten drumherum. Ganz schlecht lebte Desch also nicht. Er klingelte und ihm wurde geöffnet. Als dann der Hausherr erschien, erschrak dieser sichtlich. Desch bat Henry in sein Arbeitszimmer. Kaum war die Tür verschlossen, versetzte Henry ihm einen Leberhaken. Desch sank stöhnend vor ihm auf die Knie. Henry flüsterte ihm ins Ohr, er wolle nur sichergehen, dass sie sich heute Vormittag richtig verstanden hätten. Dreißig Prozent in drei Tagen, zehntausend jeden Monat. Ansonsten habe er noch genügend Kontakte in entsprechende Kreise, die ihm beim Eintreiben seiner Forderungen behilflich wären. Und das wäre doch schade. Eine so schöne Einrichtung, ein so schönes Haus. Wie gehe es Frau und Kind?
Drei Tage später war das Geld da. Monat für Monat kamen jetzt die zehntausend Mark. Nur mit den Abrechnungen haperte es noch immer, aber das Geld war da.
Es galt aber noch eine zweite Hürde zu überwinden. Die Justizbehörden wollten von Henry eine feste Anschrift in Deutschland haben. In der dort zuständigen Dienststelle sollte er sich alle drei Monate melden. Er musste auch eine Unterkunft für die Tage finden, wenn sie aus der Schweiz jeweils ausreisen mussten. Bei uns war das unmöglich. Die Wohnung war ja schon für Elke und Henry zu klein. Mit einem Kind ginge es gar nicht.
Hier kam unverhofft Hilfe von Elkes Mutter. In Lahnstein, wo sie selbst lebten, stand ein Nachbarhaus zum Verkauf. Es wäre vielleicht ein Zeichen für eine Versöhnung und eine Annäherung, wenn sie dieses Haus mieten oder erwerben würden. Henry war nicht sonderlich begeistert, stimmte aber schließlich zu, nachdem sie das Haus

besichtigt hatten. Es lag weit oben, in der Nähe der Burg. Ich glaube, die Straße hieß auch Burgweg. Man hatte von dort eine tolle Aussicht auf die Stadt, die Lahn und den Rhein. Die nächste Straße hieß Jägerpfad, was Henry natürlich begeisterte. So wurde er nicht nur Schwiegersohn, sondern auch Nachbar eines Richters. Henry kaufte das Haus, da er seinem Schwiegervater zeigen wollte, dass er vermögend genug war, in Lahnstein ein Haus zu erstehen und gleichzeitig nach Ascona zu ziehen. Geld war jetzt reichlich vorhanden. Ich hielt es für pure Verschwendung und völlig unsinnig. Eine Wohnung hätte genügt. Elkes Mutter bot an, nach dem Rechten zu sehen, wenn Elke und Henry in der Schweiz wohnten. So war denn alles geregelt für den Umzug, oder sagen wir, für Henrys Emigration in die Schweiz.

Hier in Ascona hatte Remarque alles arrangiert. Er hatte den Bungalow mit der Terrasse gefunden, mit den Behörden gesprochen und korrespondiert. Ein Haus in Ascona, war damals günstiger als in Lahnstein. Das ist heute gar nicht mehr vorstellbar. Henry durfte aber keine Immobilie in Ascona erwerben, da er keine dauerhafte Aufenthaltsgenehmigung erhielt und bei unveränderter Gesetzeslage auch niemals erhalten würde. Das war ein erster Wermutstropfen für ihn. Henry hätte sich gerne in Ascona, nicht in Lahnstein, etwas Dauerhaftes aufgebaut. Nichtsdestotrotz: Elke und er waren hier. Wann das war? Das muss Ende fünfundsechzig gewesen sein. Stell dir das einmal vor. Knapp drei Jahre zuvor saß er noch hinter schwedischen Gardinen, in einer kärglichen Zelle, im Café Achteck. Dagegen diese Aussicht hier, dieses Flair, diese Luft, dieses Klima – unvorstellbar. Es war für Henry die Rückkehr ins Paradies. Wieder einmal hatte er unverschämtes Glück gehabt.

Ich erinnere mich noch an die Einweihungsfeier der neuen Wohnung. Deine Mutter und ich waren zum ersten Mal nach Ascona gekommen. Die Eltern von Elke waren auch da, sogar ihr Vater. Die Wogen schienen sich zu glätten. Ansonsten waren da viele neue Gesichter. Remarque hatte die Einladungsliste erstellt und die halbe Künstlerkolonie von Ascona eingeladen. Er wollte Henry und Elke vorstellen, neue Kontakte für die beiden knüpfen. Wir standen auf der großen Terrasse. Deine Mutter und ich und die Schmidts, Elkes Eltern, wir waren von der Aussicht begeistert und standen die ganze Zeit etwas abseits an der Brüstung. Allen anderen schien das Panorama das Gewöhnlichste von der Welt zu sein. Sie beachteten es nicht weiter. Remarque und seine Frau waren die ersten Gäste. Henry durfte Remarque Paul nennen, nicht Erich oder Erich-Maria, sondern Paul. Er hieß mit Geburtsnamen Erich Paul Remark. Nur wenige Menschen durften ihn Paul rufen. Marlene Dietrich nannte ihn Alfred, warum, weiß ich nicht.
Jedenfalls waren Remarque und Paulette Goddard die ersten Gäste nach uns. Wir hatten bei den Vorbereitungen für den Empfang geholfen. Deine Mutter war ganz aufgeregt, als sie Paulette Goddard vorgestellt wurde. Sie bekam zunächst kein Wort heraus. Dabei sprach sie doch ganz hervorragend Englisch, viel besser als ich oder Henry. Später haben sich die beiden dann lange unterhalten und Gisela war hin und weg. „Ich habe mich mit Paulette Goddard unterhalten“, raunte sie mir später noch mehrmals im Bett zu. „Mit der großen Paulette Goddard. Wenn ich das in Frankfurt erzähle, glaubt mir das niemand.“ Sie hätte gerne um ein Autogramm gebeten, traute sich dann aber nicht. Es war auch nicht üblich. Ich hatte den Abend über die Gäste fotografiert.

Die Bilder kennst du. Sie standen bei uns im Wohnzimmer. Deine Mutter neben Paulette Goddard. Wie hat sie dieses Foto geliebt.
Es war mehr Remarques Party als die von Henry und Elke. Er empfing, wie der eigentliche Gastgeber, vorne an der Tür zur Terrasse. Die Gäste kamen und er stellte Henry und Elke vor. Es wirkte wie eine Szene aus einem Film. Remarque, wie immer sehr gut gekleidet, stand lässig mit einem Glas in der Hand vor seinem Schützling und wiederholte pausenlos: „Darf ich Ihnen die neuen Mitglieder unserer Gemeinde vorstellen: Henry Jaeger und seine bezaubernde Frau Elke." Es waren sicherlich mehr als vierzig Gäste eingeladen. Sie waren alle gekommen. Unter ihnen hatte sich bereits herumgesprochen, wer Henry war. Berühmte Künstler, Schriftsteller, Schauspieler kannten sie zur Genüge, aber noch keinen verurteilten Einbrecher. Was wir natürlich auch nicht wussten, war, dass solche Empfänge, Treffen, Partys zur Tagesordnung gehörten und für viele die einzige Beschäftigung waren. Ständig wurde von irgendjemandem irgendwo zu irgendeinem Anlass eingeladen. Der ganze Klüngel pilgerte mehr oder minder in gleicher Besetzung fortlaufend umher.
An diesem Tag war noch alles neu und anders. Es war eine Einladung für den frühen Abend. Die Gäste kamen, sie kannten sich alle untereinander, standen in kleineren Gruppen zusammen, defilierten von hier nach da und gingen wieder, sobald es die Höflichkeit erlaubte. Remarque zog Henry die ganze Zeit über mit sich durch die Trauben von Menschen. Henry wurde mutiger, gelöster und selbstbewusster. Er redete in einem fort, gestikulierte mit beiden Armen. Das tat er immer, wenn er aufgeregt war. Es schien, als fühle er sich schon zu diesem Kreis dazugehörig. Er war ein bekannter Autor, ein Bestsellerautor, auch er war berühmt, hatte einen

Namen. Sein erstes Buch war verfilmt worden, sein zweites ebenfalls ein Erfolg, das dritte gerade in der Auslieferung. Ja, er war einer von ihnen, vielleicht sogar mehr als sie. Er war noch aktiv, arbeitete, produzierte unentwegt, während der Großteil der Gäste kaum noch etwas veröffentlichte oder zustande brachte. Sie waren alle schon dem Ascona-Virus erlegen.
Was das ist? Es wird dir später klar werden, lass mich mal fortfahren. An diesem Tag bin ich zum ersten Mal Leo Kok begegnet und er hatte mich in seine Libreria für den kommenden Tag eingeladen. Nach und nach gingen die Gäste wieder. Es war ein erstes Beschnuppern, wenn man so will. Wir saßen später noch zu viert auf der Terrasse zusammen. Remarque und Frau Goddard waren soeben mit ihrem Rolls-Royce abgefahren. Elke, deine Mutter und ich, wir waren völlig erledigt. Henry dagegen war noch wie unter Strom. Wir hatten ja nur ein, zwei Personen kennengelernt. Er aber war allen vorgestellt worden: Horst Lemke, Walter Mehring, Hans Richter, Hans Habe, Otto Bachmann, Peter Riesterer, Helmut Zacharias, Vico Torriani, Max Colpet, Peter Schifferle, Egon Schöneberg, selbst Wladimir Rosenbaum war gekommen, was Remarque als eine besondere Ehre hervorhob. Ebenso die große Opernsängerin Elisabeth Schwarzkopf wie auch die „heilige Tänzerin" Charlotte Bara. Es waren noch mehr, ich kann mich gar nicht an alle erinnern. Und das waren nur die Künstler, sozusagen der musische Teil von Ascona und auch nur diejenigen, die ihren festen Wohnsitz dort hatten. In den Sommermonaten war es ein stetiges Kommen und Gehen von Berühmtheiten. In den umliegenden Ortschaften lebten Golo Mann, Alfred Andersch, Max Frisch und andere. Auch sie kamen immer wieder nach Ascona, saßen mit Remarque in dessen Lieblingslokal, dem Ristorante Verbano. Verbano ist der

volkstümliche Name für den Lago Maggiore. Remarque war dort fast jeden Tag anzutreffen, an seinem Stammplatz, gleich hinten links. Das Verbano gibt es auch nicht mehr, es war hier um die Ecke, die Straße runter. Es hatte schon zu Henrys Lebzeiten stark nachgelassen. Irgendwann ist niemand mehr hingegangen. Aber was haben wir für Abende darin verbracht. Wenn ich mit Henry loszog, ging es immer als Erstes ins Verbano. Dort trafen sich alle, die sich etwas für den Abend oder die Nacht vorgenommen hatten. Es gab herrliche Gerichte, italienische Küche, und hervorragenden Wein. Es hatte bis weit nach Mitternacht geöffnet und keiner verließ es ohne Schlagseite. Dann ging es in die Taverna oder in den Club oder …

Erst einmal vom Einzug erzählen? Da gibt es nicht mehr viel zu erzählen. Elke und Henry wohnten in ihrer „Casa Cacciatore“ wie Henry sie nannte, richteten sich ein und knüpften erste Kontakte. Es gab eine deutsche Fraktion, wenn man so will. Deren Treffpunkt war das Verbano. Es gab eine Jour fix, täglich um siebzehn Uhr. Wer kam, war da, sozusagen. Für Henry war das bald die wichtigste Stunde des Tages. Anfänglich ist Elke mitgegangen, obwohl sie in ihrem Zustand gar nichts trinken durfte. Sie blieb bald den Treffen fern, dieser „trinkenden Männerrunde“, wie sie es nannte. Henry dagegen blühte dort richtig auf. Er war oft der Erste, der kam, und meist der Letzte, der ging. Er konnte sehr unterhaltsam und witzig sein, erzählte Episoden aus seinem früheren Leben, war schnell der Mittelpunkt, um den herum sich die anderen gesellten. Er war der Neue und wurde neugierig ausgefragt. Er belebte die Runde, gab ihr frisches Blut. Die Alteingesessenen bedankten sich, indem sie Henry in alle Facetten des hiesigen Nachtlebens einführten. Da gab es die Taverna, die habe ich dir schon gezeigt. Es gab auch das Cincillà, ebenfalls ein Musik- und Tanzlokal, in dem Größen wie Gilbert Becaud, die Pepe Lienhard Band oder Caterina Valente auftraten. Hier gleich nebenan war die Bar Lago, die oft Themenabende veranstaltete. Mal sollten die Gäste nur in Weiß erscheinen, mal als Piraten verkleidet und solche Dinge. Und nicht zuletzt, obwohl oft als Letztes angelaufen, gab es damals noch die Kiki Bar. Das war ein richtiger Nachtclub, mit leichten Mädchen und Separees.

Und daneben noch unzählige weitere Lokale, Cafés, Bistros, Restaurants und Bars. Du musst dir Ascona im Sommer wie einen einzigen Ort des Vergnügens vorstellen. Die Nächte waren lau und lang. Henry war bald jeden Abend unterwegs. Bachmann, Lemke, Habe, Mehring, Richter, Riesterer und er, sie waren schnell eine Clique, die vom frühen Abend bis spät in die Nacht durch die Straßen zog. Es gab damals schon viele Touristen hier. Ascona selbst hatte gerade einmal dreitausend Einwohner. Im Sommer waren es mindestens fünfmal so viele. Für die hier Lebenden waren die vielen Besucher, vor allem natürlich die hübschen Damen, eine reizende Beute. Lemke zum Beispiel war dafür bekannt, dass er jeder großgewachsenen Blondine den Hof machte. Henry, das habe ich dir schon erzählt, hatte Glück bei den Frauen. Er war kein Tänzer, sein Revier war die Bar. Hier sprach er, vor allem, wenn er schon etwas getrunken hatte, jede an, die ihm gefiel. Obwohl ich nicht glaube, dass es damals tatsächlich über einen Flirt hinausging. Nicht in der ersten Zeit.

Vielleicht muss ich an dieser Stelle einen Satz zu Horst Lemke sagen. Ich weiß nicht, ob er dir bekannt ist? Horst lebt seit Mitte der Fünfzigerjahre in Ascona, beziehungsweise in Brione, einem Dörfchen ganz in der Nähe. Er kam ursprünglich aus Berlin. Er war ein begnadeter Grafiker und Illustrator. Während seiner Schulzeit

hatte er Karikaturen von Joseph Goebbels angefertigt. Er entging knapp dem Gefängnis, wurde aber ohne Abitur von der Schule verwiesen. Er hielt sich als Zeichner über Wasser, bis er auch in den Krieg musste. Er war ein enger Freund von Erich Kästner, für den er zahlreiche Bücher illustrierte. Kästner kam ihn öfters besuchen. Horst und Henry wurden bald „beste Freunde", wie sie sich gegenseitig nannten. Wenn ich noch mit dabei war, waren wir Hans, Henry und Horst, die drei „H". Wir haben so manchen Abend miteinander verbracht. Zwei, drei Mal war auch Kästner dabei. Horst war ein feiner Kerl. Bei ihm konnte ich es akzeptieren, dass Henry ihn ebenfalls seinen „besten Freund" nannte. Das war aber später.
Erst einmal mussten Elke und Henry die Schweiz bald wieder verlassen, die drei Monate waren um. Henry musste sich, seinen Auflagen gemäß, in Lahnstein melden.
Du kannst dir keinen größeren Kontrast vorstellen als zwischen dem quicklebendigen, pulsierenden, südländischen Ascona und dem verschlafenen, piefigen, grauen Lahnstein. Hier hast du einen Blick auf die Berge, den See, dieses einmalige Panorama, dort hast du zwar den Rhein und die Lahn, aber doch nicht dieses Flair und vor allem nicht diese Lebendigkeit. War Henry hier ein kleiner Prinz, war er in Lahnstein ein störender, ungebetener Gast, so hat er es mir einmal beschrieben. Elke war dort aufgewachsen, kannte jeden Fleck und hatte viele Bekannte. War Henry hier mit offenen Armen empfangen worden, so blickten ihn dort die Leute nur argwöhnisch an. Sie blieben auf Distanz, er sagte sogar, er habe das Gefühl, als gingen sie ihm bewusst aus dem Weg, würden ihn meiden. In Ascona fühlte sich Henry in erster Linie als Schriftsteller wahrgenommen, in Lahnstein war er wieder der ehemalige Sträfling, der sich in diese angesehene Familie eingeschlichen hatte. Dieses Bild war von Elkes

Vater jedem in ihrem Umfeld vermittelt worden. Hier stand Henry im Mittelpunkt, dort wurde Elke bemuttert und umsorgt, rückte sie ins Rampenlicht.
Ich kann mich noch gut erinnern. Bei seinem ersten Aufenthalt in Lahnstein kam Henry für zwei Tage nach Frankfurt. Er kam zu mir in die Kanzlei. Er sagte, er würde es dort nicht aushalten. Ständig wären sie bei Elkes Eltern. Die Mutter würde von morgens bis abends kochen. Elke sei ja in Umständen, da müsse sie viel essen und sich schonen. Mehrmals am Tag säßen sie in diesem goldgerahmten Wohnzimmer, alte Ölschinken an der Wand, ein gestärktes Tuch auf dem Tisch und Vorhänge bis zum Boden. Für jede Mahlzeit gebe es ein anderes Service und passendes Besteck. Er kenne schon jeden Zweig, jedes Blatt an dem großen Baum, der im Garten stehe. Man würde mehr schweigen als sich unterhalten und wenn doch einmal ein Gespräch aufkomme, dann über Nichtigkeiten wie das Wetter oder Krankheitsfälle in der Verwandtschaft. Ich sagte ihm, mehr im Scherz, dass sei sie eben, die von ihm so gewünschte Bürgerlichkeit. Das habe er doch immer gewünscht.
Aber er ließ sich nicht aufmuntern. Besonders schlimm sei es, wenn Elkes Vater mit dabei wäre. Sie würden sich nicht ansehen und kaum ein Wort miteinander wechseln. Bis auf gestern, da seien sie fast in Streit geraten. Es sei um Henrys neustes Buch gegangen: *Die bestrafte Zeit*. Darin beschreibt Henry sehr intensiv, wie es im Gefängnis zugeht, welche Macht die Wärter und der Direktor haben. Elkes Vater widersprach Henrys Darstellungen, nannte sie übertrieben, sogar erfunden. Besonders der Schluss, als Labitzke, die Hauptperson, ein mehrfach bestrafter Verbrecher, der sich nicht dem unmenschlichen System fügen möchte, so verprügelt wird, dass er nur knapp dem Tod entgeht und als schwachsinniger Krüppel überlebt,

hielt Elkes Vater für eine „böswillige Verdrehung der Wahrheit“. Darauf sei Henry in Rage gekommen und habe ihm erzählt, was er alles in den Gefängnissen und Zuchthäusern dieser Republik erlebt hatte. Er habe sich sogar in seinen Darstellungen zurückgehalten. Er wisse von mindestens zwei Fällen, in denen Gefangene die Prügel nicht überlebt hätten. Schläge seien an der Tagesordnung, neben den vielen anderen Peinigungen, die keine blauen Flecken oder gebrochene Glieder hinterließen. Und wenn der Gefangene darüber aussagen oder sogar Beschwerden einreichen würde, ginge es ihm noch schlechter. Dann bekäme er eine Sonderbehandlung: Arbeit, Schlafentzug, öffentliche Demütigungen, noch mehr Arbeit, Isolation, bis er endlich daran zerbrach.
Es war das erste Mal, dass Henry so offen von seiner Zeit im Zuchthaus sprach. Danach herrschte Stille. Henry betonte nochmals, genau so sei es gewesen, das sei die Wahrheit. Sie hätten alle am Tisch gesessen und geschwiegen. Er habe das Gefühl gehabt, als wäre er ein Aussätziger, ein Leprakranker, ein Gezeichneter, der das Kainsmal auf der Stirn trägt. Elkes Vater hätte seiner Tochter einen Blick zugeworfen, der gesagt hätte: „Siehst du, was du in unsere Familie gebracht hast.“ Er sei aufgestanden und aus dem Zimmer gegangen. Er würde sich nach Ascona sehnen. Hier in Deutschland, da sei ihm alles so verhasst, so eng, so verlogen.
Einzig mein neues Diktiergerät munterte ihn etwas auf. Es war eine Stenorette, das neuste Modell. Henry hatte so etwas noch nicht gesehen, war aber sofort fasziniert davon. So etwas müsse er auch haben. Wo ich das gekauft hätte. Ich sagte, da, wo er nicht hingehen könne, bei Bürobedarf Dersch. Wir lachten. Ich glaube, er ist später dennoch hingegangen. Der Einbruch lag ja schon mehr als zehn Jahre zurück. Jedenfalls stand bei meinem

nächsten Besuch hier in Ascona das gleiche Gerät in seinem Arbeitszimmer.
Er hat sich damals noch mit Lothar in der *Rundschau* getroffen. Auch ihm muss er von der Auseinandersetzung mit Elkes Vater erzählt haben, denn einige Tage später gab es einen großen Artikel in der *Frankfurter Rundschau* über die Zustände in den Gefängnissen. Lothar hatte ihn geschrieben. Er ging mehrfach auf Henrys Buch ein und brachte weitere Zitate von ihm als Augenzeugenberichte. Ich sah es förmlich vor mir, wie die beiden in Lothars Büro saßen und auf diese Idee gekommen sind. Vielleicht sollte es nur eine Rache gegenüber Elkes Vater, dem überheblichen Richter, sein. Der Artikel bewirkte allerdings bald eine bundesweite Diskussion über die geschilderten Vorkommnisse. Andere Zeitungen sprangen auf das Thema auf, es wurde nachgefragt und nachgeforscht. Das Ergebnis war, dass Henrys Schilderungen stimmten. Die Zustände in den Zuchthäusern waren zum Teil katastrophal und widersprachen Artikel 1 des Grundgesetzes: „Die Würde des Menschen ist unantastbar."
Tatsächlich kam es Anfang der Siebzigerjahre zu der großen Strafrechtsreform. Ich möchte jetzt nicht sagen, dass Henry diese mit seinem Buch initiiert hätte, es gab bereits in Juristenkreisen Anstöße dazu. Aber *Die bestrafte Zeit* brachte das Thema in die Öffentlichkeit, es erhöhte sich der Druck auf die Politik, endlich etwas zu unternehmen. Von daher gesehen war das Buch, jetzt sein drittes, ein enorm wichtiges Buch. Leider wurde es auch dieses Mal von der Kritik ignoriert. Oder anders gesagt, es wurde in völlig anderen Ressorts diskutiert, besprochen und vorgestellt. Statt im Feuilleton oder auf den Literaturseiten stand es in der Politik oder beim aktuellen Zeitgeschehen. Es kam auch schon die erste Häme gegen Henry auf. Natürlich konnte man ihm eine

gewisse, ich möchte mal sagen, Kompetenz bei diesem Thema nicht absprechen. Böse Zungen hielten ihm aber vor, jetzt, wo er seinen Platz bei den Schönen und Reichen gefunden hätte, wäre er kein glaubhafter Zeuge mehr. Eine völlig absurde Unterstellung, böswillig und hintertrieben. Es waren die Neider und Ehrabschneider. Sie unterstellten Henry, einfach nur Glück, unsagbares Glück gehabt zu haben. Sie verleugneten weiter sein Talent, seine Fähigkeiten, sein Vermögen, wahrhaft zu erzählen. Für sie waren Henrys Bücher schlecht, daher verkauften sie sich gut. Es waren jene, für die es förmlich peinlich ist, dass sich ein Künstler, sofern sie in Henry überhaupt einen Künstler sahen, dem Luxus zuwandte. Der Künstler musste in Abgeschiedenheit leben, ein Eremit sein, jeder menschlichen Gesellschaft entfliehen, jedem Vergnügen entsagen, in der Abgeschiedenheit darben. Dort, mit sich und seinen Geistern allein, formt der Künstler unter Schmerzen sein Werk. „Es muss erlitten werden", so hat es auch immer wieder der große Literaturpapst gesagt: „Ein Buch muss erlitten werden."
So war die Haltung zu jener Zeit in bestimmten Kreisen. Van Gogh und andere waren ihre Vorbilder. Die Flucht in Alkohol und andere Drogen war legitim. Ein exzentrischer Lebensstil, sofern er den Anstrich von Reichtum, der dafür oft notwendig ist, vermied, wurde auch akzeptiert. Spielsucht war ein gern gesehenes Laster, wenn es keinen Gewinn abwarf. Ein Hang zum Suizid war eine Grundvoraussetzung. Der geladene Revolver oder die Zyankalikapsel mussten immer griffbereit sein. Eine intakte Beziehung war schon ein Makel und wenn, nur zu anderen Künstlern statthaft. Partner, vor allem die Frauen, galten als Musen und taugten, wenn überhaupt, nur als Modell. Sie waren als eigenständige Künstlerinnen kaum

anerkannt. Das war noch schlimmer als heute. Auch hier in Ascona war alles von Männern dominiert.
Henry wollte in eine andere Richtung, er wollte zum Leben. Womöglich hat sich Henry auch ungeschickt verhalten. Er hätte sich nicht so zur Schau stellen, einiges im Verborgenen lassen sollen. Aber nach der langen Zeit hinter Gittern war es ihm nicht zu verdenken, dass er die Freiheit genoss. Es lag ja alles noch gar nicht so lange zurück. Selbst Jahre später sagte er mir einmal, dass er den Geruch seiner Zelle noch täglich in der Nase habe.
Bei anderen Autoren wurde akzeptiert, dass sie sich dem gesellschaftlichen Leben zuwandten. Thomas Mann, Erich Kästner, Max Frisch, Martin Walser, Günter Grass, ihnen wurde eine öffentliche Rolle förmlich aufgedrängt. Bei Henry dagegen war es ein Verrat an der Sache. Er war ein Spitzbube, der sich in die ehrwürdigen Reihen der Literaten einzuschleichen suchte.
Dabei hatte für Henry das Schreiben eine andere, viel tiefergehende Bedeutung. Er sagte immer: „Das Schreiben hat mir das Leben gerettet." Er meinte das ernst. Er sagte bewusst nicht: „Das Schreiben erhält mich am Leben." oder „Nur das Schreiben lässt mich dieses Leben leben." „Das Schreiben hat mir das Leben gerettet." Und in dieser Haltung arbeitete er auch. Er war darin sehr diszipliniert. Was heißt diszipliniert, es war wie das Atmen für ihn, das tägliche Essen und Trinken, wie der nächtliche Schlaf. Er konnte nicht ohne das Schreiben leben.
Oft nach unseren Touren, eigentlich jedes Mal, selbst wenn wir spät zurückkamen, fing er an zu arbeiten. Er hat fast immer nachts geschrieben. Er brauche die Stille, sagte er. Eine Stille wie in seiner Zelle. Ich habe ihn manchmal heimlich durch das Fenster beobachtet. Er ging immer hin und her, hin und her. Dann ein kurzer Halt vor

seinem Schreibpult. Dort notierte er den Satz, den er eben in sich geprüft und für gut befunden hatte. Wenn du ihm dabei zugesehen hattest, wusstest du, sahst du ihm an, welche Anstrengung es bedeutete. Henrys Gesicht war zu einer Maske erstarrt, seine Augen scheinbar leblose Flecken darin. Seine Lippen bewegten sich kaum sichtbar, ohne dass ein Wort aus seinem Mund kam. Einzig seine Hand mit der Zigarette ging unentwegt auf und ab. Er rauchte pausenlos, wenn er arbeitete. Später stand die Stenorette oben auf dem Schreibpult. Das sparte Zeit und war leichter als das mühevolle Schreiben. Er diktierte den Satz auf Band. Manchmal trug er den Apparat auch mit sich hin und her. Dabei konnte er allerdings nicht rauchen. Während er arbeitete, trank er nicht, keinen Tropfen. Zigaretten ja, Alkohol nein. Elke schrieb später, wenn Henry schlief, alles mit der Maschine auf Papier. Es war ein Geräusch, das das ganze Haus durchdrang. Es war nicht störend, im Gegenteil. Es war ein leises, dumpfes, fast rhythmisches Klappern. Es lullte einen in gewisser Weise ein, wie das morgendliche Vogelgezwitscher.

Aber wo war ich eben stehen geblieben? Lahnstein? Ach ja, richtig, Lahnstein. Lahnstein war für Henry Enge, Mief und ständige Beobachtung. Ich fand das Haus dort sehr schön. Wir haben die beiden ein paar Mal besucht. Man konnte sehr nett in der Umgebung wandern und spazieren gehen. Allerdings machte sich Henry nicht viel aus solchen Ausflügen.

Elke und er wohnten zwar im eigenen Haus, dennoch fühlte er sich fortwährend, wie durch das Guckloch in seiner damaligen Zellentür, kontrolliert. Elkes Vater, ihre Mutter, ihre Schwester, die auch dort lebte, die Nachbarn, alle hätten ihn ständig beobachtet. Keinen Schritt habe er tun können, ohne dass jemand nach ihm sah. Auch die auferlegten Meldungen bei der dortigen Polizei waren für ihn eine einzige Schikane. Er kaufte sich ein Rennrad, mit dem er an der Lahn bis Nassau hinauffuhr. Oder am Rhein entlang nach Boppard oder sogar bis zur Loreley. Alleine die Steigung vom Rheinufer bis zu ihrem Haus oben an der Burg hätte ich niemals geschafft. Seine Strecken wurden immer länger, stundenlang war er unterwegs. Das hat ihm Spaß gemacht, dabei fühlte er sich frei. Es habe ihn auch an seine Kindheit, an den unbeschwerten Teil seiner Kindheit, erinnert. Und an seinen Vater, der ihn immer zum Sport angetrieben hatte. Das Fahrradfahren tat ihm gut.

Dann war es endlich wieder so weit. Sie durften zurück in die Schweiz. Es ging anfänglich immer im Dreimonatsrhythmus. Bis zum Ablauf seiner Bewährungsfrist, das war achtundsechzig, glaube ich, mussten sie so hin- und herpendeln. Für Henry war es jedes Mal die Reise zurück in die Freiheit. Er nahm, vom ersten Tag an, seine Riten wieder auf. Um Punkt fünf Uhr am Nachmittag war er im Ristorante Verbano. Es gab sicherlich ein großes Hallo. Es sprach sich schnell herum, dass er wieder in der Stadt war. Sofort war die Clique wieder zusammen und ging auf Tour. Es war noch schlimmer als beim ersten Mal. Eigentlich wurde es von Mal zu Mal schlimmer. Es drehte sich wie eine Spirale nach oben. Je öfter Henry ausreisen musste, umso heftiger feierten sie anschließend seine Rückkehr.

Selbst die Geburt seines Sohnes hat Henry verpasst, das war nach der ersten Rückkehr aus Lahnstein. Gut, damals war es nicht so üblich wie heute, dass der Vater bei der Geburt dabei war, dennoch. Er war nicht da, als es losging. Elke musste mit dem Krankenwagen nach Locarno in die Klinik gebracht werden, Kaiserschnitt. Sie musste den Krankenwagen selbst rufen. Erst am nächsten Tag kam Henry zu ihr ans Kindsbett. Elke hat das sehr verletzt. Es war eine erste tiefe Kränkung für sie.

Elke hat immer zu Henry gehalten. Auch in Lahnstein. Sie hatte sich nicht auf die Seite ihrer Familie gestellt, im Gegenteil. Sie hat Henrys Beklemmungen in Gegenwart ihrer Familie, ihres Vaters, sehr gut verstanden. Sie wäre bereit gewesen, das Haus dort wieder aufzugeben und woanders hinzuziehen. Dafür, dass Henry immer wieder aus der Schweiz ausreisen musste, konnte sie nichts. Das hat Henry manchmal vergessen.
Ich glaube schon, dass Henry sich damals schämte, dass er wusste, dass er sich völlig falsch verhalten hatte. Er hat Elke vergöttert, das kannst du mir glauben. Aber er konnte eigene Fehler nicht eingestehen. Oder anders herum, du durftest sie ihm nicht vorhalten. Er kam, so hat es mir Elke später erzählt, mit einem riesigen Blumenstrauß in ihr Zimmer. Der Strauß war so groß, dass unten nur Henrys Beine zu sehen waren. Es gab dafür keine Vase auf der Station. Die Blumen mussten in einen Putzeimer gestellt werden. Das war Henrys Entschuldigung. Sie sollte zeigen, dass er seinen Fehler einsah und reuig war. Ihm ist immer Allerlei eingefallen, womit er es wiedergutmachen wollte. Nicht nur großzügige Geschenke, auch kleine Gesten und Taten. Er war sehr erfinderisch in solchen Dingen. Nur durftest du ihm sein Fehlverhalten nicht vorwerfen. Dann schaltete er auf stur, war beleidigt, wurde bissig und aggressiv. Ich habe das selbst einige Male erlebt. Er fühlte sich um seine Chance beraubt, seinen Fehler zu heilen. Es hört sich vielleicht komisch an, aber jetzt war er beleidigt, weil ein anderer sich von ihm verletzt zeigte. Das war ein Charakterzug an ihm, den konntest du nur akzeptieren. Ich habe zig Mal mit ihm darüber diskutiert. Mal bei großen Malheurs, mal bei Nichtigkeiten. Henry wurde zum Beispiel schon aggressiv, wenn er sich aus Unaufmerksamkeit in einer Schlange vordrängelte und es ihm jemand zurief. Anstatt sich zu entschuldigen und

in der Reihe einzuordnen, fing Henry einen Streit an. Am Ende war der andere schuld oder irgendjemand, der die Schlange als solche nicht deutlich genug gekennzeichnet hatte. Du konntest mit Henry am Abend diverse solcher Auseinandersetzungen erleben. Er rief über die Köpfe hinweg seine Bestellung dem Barmann zu. Es waren andere vor ihm dran und warfen ihm böse Blicke zu. Henry spendierte ihnen eine Runde. Aber wehe, sie lehnten ab. Das konnte er nicht ertragen. Da polterte er los. Genauso mit Elke. Solange sie sein spätes Heimkommen, seine völlige Betrunkenheit, später seine Eskapaden still akzeptierte, überschüttete er sie mit Geschenken und Aufmerksamkeiten. Wenn sie sich beschwerte, gab es einen riesigen Krach, an dem natürlich sie schuld war.

Die Geburt? Ja, die Geburt. Es war trotz allem natürlich ein unvergleichlicher Einschnitt. Sie waren jetzt eine richtige Familie: Elke, Henry und Marcus. Henry wollte doch immer eine Familie haben. Er hat sich verändert, auf alle Fälle. Er war jetzt Vater. Er rief mich an und war völlig aus dem Häuschen. Du warst da schon vier Jahre alt, dein Bruder noch nicht auf der Welt. Henry lud alle ein, hierher zur Taufe zu kommen.

Auch Elkes Vater kam. Der komplette Schmidt-Clan war angereist. Deine Mutter und ich waren dabei. Will Berthold und Fred Werner waren die Taufpaten. Henrys Mutter war nicht gekommen. Einige andere Gäste hier aus Ascona waren eingeladen, es war eine illustre Gesellschaft.

Wer die Taufpaten waren? Will Berthold? Ihn kennst du nicht? Er war damals einer der erfolgreichsten Schriftsteller überhaupt. Er hatte unter anderem das Buch zu *Nachts, wenn der Teufel kam* geschrieben. Sagt dir auch nichts? Das war einer der erfolgreichsten deutschen Filme der Fünfzigerjahre. Der Film gewann zahlreiche Preise und war sogar für einen Oscar nominiert. Er verhalf Mario Adorf, der die Hauptrolle spielte, zum Durchbruch und der neuen deutschen Filmwirtschaft zu internationalem Ansehen. Nein? Dann muss ich weiter ausholen, es ist eine spannende Geschichte. Es geht dabei um Bruno Lüdke, dem vermeintlich schlimmsten Serienmörder in der Zeit des Dritten Reiches. Mitten im Zweiten Weltkrieg wurde in Berlin, im Köpenicker Stadtwald, die Leiche einer Rentnerin gefunden. Der ermittelnde Kommissar verdächtigte schnell den „doofen Bruno" der Täter zu sein. Bruno Lüdke war schon mehrfach wegen kleiner Gaunereien aufgefallen, aber aufgrund erwiesener Schwachsinnigkeit nie verurteilt worden. Er galt als Idiot und völlig harmlos. Er trieb sich oft als Spanner dort im Wald herum und war selbst den Liebespaaren bekannt. Kein Mensch traute ihm einen Mord zu. Der Kommissar nahm ihn dennoch fest und Bruno Lüdke gestand sofort. Mehr noch, mit jedem Verhör gestand er weitere Morde. Es waren Fälle, die er irgendwie aufgeschnappt hatte. Im Prinzip gestand er jede Tat, die ihm vom Kommissar vorgelegt wurde. Demnach wäre Bruno Lüdke kreuz und quer durch das Deutsche Reich gefahren und hätte überall Menschen umgebracht. Motive dazu hatte er keine. Er tat es „einfach so", wie er sagte. Er erfand auch Morde. Mehr als achtzig waren es am Ende. Er wurde nach Wien in das Kriminalmedizinische Zentralinstitut verbracht, eine von den Nazis geschaffene Einrichtung zur Untersuchung vermeintlich Abartiger. Er starb dort an den an ihm durchgeführten Versuchen. So weit die historischen Fakten.

Will Berthold hat dies Anfang der Fünfzigerjahre wieder ausgegraben. Er arbeitete damals als Journalist für die *Münchner Illustrierte*, glaube ich. Unter dem Titel *Nachts, wenn der Teufel kam* schrieb er die Geschichte als

Fortsetzungsroman und vermeintlichen Tatsachenbericht. Es war ein Riesenerfolg und bescherte dem Blatt enorme Auflagensteigerungen. Kurz darauf erschien das Buch und wurde ein Bestseller. Es wurde millionenfach verkauft, auch im Ausland. Dann kam der Film und so weiter. Will Berthold wurde freier Schriftsteller und spezialisierte sich auf Themen aus der Nazizeit – es wurde sozusagen sein Markenzeichen.

Das Problem war nur, dies wurde ihm auch bald vorgeworfen, dass vieles in seinen Büchern nicht stimmte. Schon während der damals laufenden Ermittlungen gegen Bruno Lüdke meldeten Kriminologen ernsthafte Bedenken an der Schuld des Verdächtigen an. Mehr noch, sie belegten für einzelne Fälle eindeutig, dass es Lüdke gar nicht gewesen sein konnte. Wie der damals ermittelnde Kommissar ging auch Berthold über diese Einwände einfach hinweg. Er erfand in seinem Buch sogar neue Beweise und Verhörprotokolle, die Lüdke als den Täter darstellten. In den Neunzigerjahren wurde dann mehr oder minder zweifelsfrei bewiesen, dass Bruno Lüdke unschuldig war. Berthold hat seine erfundenen Tatsachen später als „künstlerische Freiheit" bezeichnet.

Henry war von Will Berthold begeistert, ich konnte ihn nie leiden. Berthold war ein Vielschreiber. Jedes Jahr brachte er mindestens ein Buch heraus. Dazu schrieb er reißerische Storys für die *Revue* und andere Illustrierten. Er war es auch, der Henry später auf die Idee mit den Fortsetzungsromanen für Zeitschriften brachte. Natürlich hatte er Erfolg, keine Frage. Er sah – und das hat mich an ihm gestört – in seinem Schreiben lediglich eine Möglichkeit, Geld zu verdienen. Er verband damit keinerlei Anspruch. So waren auch seine Bücher. Das waren wirkliche Unterhaltungsromane, ohne tieferen Inhalt oder Sinn. Meist suchte er irgendeine historische Tatsache

und schmückte sie aus. So nannte er seine Bücher: „Tatsachenromane". Will Berthold hat diesen Begriff erfunden, möchte ich behaupten. Er nahm es aber nie so genau mit den Tatsachen.
Fred Werner dagegen war ein großartiger Mensch, bescheiden, ohne Allüren und bodenständig. Ihn hatte Elke als Paten vorgeschlagen. Ich hätte die Rolle auch gerne übernommen, aber die Paten sollten aus Ascona kommen. Henry und Elke wollten damit zeigen, dass sie ihre Zukunft und die Zukunft von Marcus, hier planten. Fred Werner war eine sehr gute Wahl. Seiner Familie hatte viele Jahre zuvor einmal das Hotel auf dem Monte Verità gehört. Sie mussten es allerdings verkaufen und sind nach Deutschland zurückgegangen. Fred kam als Jugendlicher zurück nach Ascona. Er hatte zunächst etwas Kaufmännisches gelernt, anschließend ging er bei Wladimir Rosenbaum in eine weitere Lehre. Rosenbaum brachte ihm allerdings keinen Beruf bei, sondern förderte seine künstlerischen Ambitionen. Später war Fred Maler und betrieb nebenbei ein Antiquitätengeschäft, oder umgekehrt. Fred sprach mehrere Sprachen fließend und war einer der wenigen Asconeser, die dem Zirkel im Verbano angehörten. In seinem Geschäft konntest du neben seinen Gemälden die merkwürdigsten Dinge erstehen. Zu allen konnte er eine Geschichte erzählen. So wie es Leo Kok mit den Büchern tat, so sammelte Fred Gegenstände, die etwas in sich trugen. Er sagte mir einmal: „Die Gegenstände haben selbst keine Fähigkeit, ihre Geschichte zu erzählen. Daher müssen wir Menschen das für sie übernehmen." Er war nicht übergeschnappt. Er sah sich als das Gedächtnis der Dinge. Als Künstler war er meiner Meinung nach nicht sonderlich begabt. Dennoch war es ein eindrückliches Bild, wenn du den großgewachsenen, stämmigen Fred mit seiner Staffelei gesehen hast. Er saß oft hier in den Gassen und am Hafen.

Mit freiem Oberkörper, die Pinsel wie Stäbchen in seinen Pranken, malte dieser Hüne seltsam naive Stadtansichten und Porträts. Mir gefielen die Bilder nicht. Aber zurück zur Taufe.

Henry war mächtig stolz. Er hatte sich verändert, war erwachsen geworden. Elke auch. Sie hatte ihr mädchenhaftes Äußeres verloren. Sie war ja immer klein und zierlich. Jetzt war sie eine Frau.

Die Geburt von Marcus hat beide verändert, das möchte ich sagen. Henry war erwachsen geworden, Elke ebenso. Nur bei Elke war es noch etwas auffälliger. Sie trug die Haare immer schon sehr kurz, eher jungenhaft. Aus diesem jungenhaften Mädchen war eine Frau geworden. Das war vielleicht die große Veränderung. Das hört sich komisch an? Na meinetwegen.

Jedenfalls war es eine große Veränderung im Leben der beiden. Nicht nur, dass sie jetzt zu dritt waren, auch das Verhältnis von Elkes Vater zu Henry schien sich zu normalisieren. Hier in Ascona kamen die beiden viel besser miteinander aus. Natürlich war der alte Herr Schmidt sehr von dem Bekanntenkreis seiner Tochter und Henrys beeindruckt. Sie verkehrten hier mit der Prominenz. Will Berthold war der Taufpate seines Enkelsohnes. Ich weiß noch, wir saßen gerade beim Kaffee zusammen, da kam Remarque vorbei, um ebenfalls zu gratulieren. Elkes Vater wurde ganz rot vor Aufregung und den vielen Verbeugungen. Der berühmte Erich Maria Remarque schüttelte ihm die Hand. Paulette Goddard war nicht dabei, da wäre er wohl vollends im Erdboden versunken.

Lass uns ein paar Schritte am See entlang gehen. Ich liebe dieses leise Geplätscher. Das Meer ist rau und gewaltig, der See ist zart und leise. Das Meer tost und brandet, der See streichelt und lockt.

Hier vorne, ich glaube, es war an dieser Stelle, vielleicht auch etwas weiter dort drüben, da hat Henry sein Boot versenkt. Welches Boot? Na sein Riva-Boot. Das war eine Geschichte. Ich sagte dir ja schon, jedes Mal, wenn die beiden aus Lahnstein zurück nach Ascona kamen, wurde es ein Stück turbulenter – man könnte auch verrückter sagen. Neben den Künstlern lebten hier eine ganze Reihe von Berühmtheiten aus der Wirtschaft und der Industrie. Die Bauknechts, ein Ableger der Familie Thyssen, die Liebherrs, die von Fincks und die Flicks und so weiter. Zahlreiche Bankiers und Kaufleute, auch viele unbekannte Millionäre, die sich in dieser Abgeschiedenheit sicher und unter Ihresgleichen fühlten. Sie bewohnten die prächtigen Villen etwas außerhalb, mit hohen Zäunen um die weitläufigen Grünanlagen. Obwohl der See vor der Tür lag, hatte jedes Haus einen Swimmingpool im Garten. Und jeder dieser Bonzen, entschuldige bitte diesen Ausdruck, aber hier passt er einmal, hatte natürlich ein Boot. Sie organisierten gemeinsame Ausfahrten oder, das war besonders intim, sie verabredeten sich zum Picknick auf dem See. Dabei vertäute man die Boote untereinander zu einer kleinen Insel. So unter sich schmeckte der Champagner, der Kaviar, die Havanna noch besser. Ja, ich weiß, dass ich zynisch bin. Nein, das ist kein Neid. Aber mein Misstrauen dem Kapital gegenüber, das ist vielleicht das einzige Erbe meines Vaters.
Henry wollte unbedingt zu diesem Kreis gehören. Ich weiß nicht, warum, was ihn antrieb. Sein viertes Buch war erschienen: *Das Freudenhaus*. Wieder beim Desch Verlag, was ich nicht verstand. Ich traute Kurt Desch nicht mehr und hatte Henry zu einem anderen Verlag geraten. Aber Henry hatte wohl eine neue, erweiterte Vereinbarung mit ihm getroffen. Auch *Das Freudenhaus* wurde später verfilmt, dieses Mal wieder von Alfred

Weidenmann, der schon *Die Festung* umgesetzt hatte. Das Buch und später auch der Film, in dem zum ersten Mal im deutschen Kino viel nackte Haut zu sehen war, waren ein Skandal – aber auch ein riesiger Erfolg. Er setzte Henry endgültig den Stempel auf, der Autor für die gesellschaftlichen Randthemen zu sein, der Schreiber über das Milieu, aus dem er selbst kam. Natürlich war *Das Freudenhaus* bei der Kritik als schlüpfriges Machwerk verpönt. Obwohl in der Bundesrepublik die Proteste der Sechzigerjahre ihren Höhepunkt erreichten, und es dabei auch um die sexuelle Befreiung ging, wurde die Geschichte fast indiziert. Dabei gibt es im Freudenhaus gar keine pornografischen Szenen. Der Film ist in seiner Stimmung sogar eher prüde und bigott.
Jedenfalls wieder ein Bestseller, wieder die Filmrechte verkauft, wieder Übersetzungen in andere Sprachen. Es war Henrys viertes Buch und alle waren sie Erfolge. Was er auch anpackte, es wurde zu Gold. Einige hier nannten ihn schon Midas. Das Geld sprudelte. Sie zogen in ein größeres Haus, es ist gleich dort oben, wir können später hinaufgehen.
Das viele Geld verlockte und Henry war niemand, der diesen Verlockungen widerstehen konnte. Er entwickelte sich mehr und mehr zum Playboy. Es fing mit dem Wasserskilaufen an. Ich weiß gar nicht, wie er darauf kam. Vielleicht waren es die beeindruckten Zuschauer am Ufer, vielleicht auch der Nimbus dieser Sportart, die ihn dazu brachten. Er war bald ein sehr guter Wasserskiläufer. Wenn er etwas wollte, entwickelte er einen enormen Ehrgeiz. Im Sommer ließ er sich mehrmals am Tag hier vor der Promenade über den See ziehen, vollführte Kunststücke und Sprünge. Auto fahren durfte er in Deutschland nicht mehr, in der Schweiz schon, so sah er es. Er hatte ein Auto gekauft, einen Mercedes Cabriolet, das

gleiche Modell, das damals die Nitribitt gefahren war, nur moderner. Jetzt musste noch ein Boot her und nicht irgendein Boot, es musste schon ein Riva-Boot sein. Riva, das ist der Rolls-Royce unter den Motorbooten. Ja, genau, das sind diese klassischen, länglichen Holzboote, dort vorne siehst du eins. Selbst die kleinsten Ausführungen kosten so viel wie ein Haus. Sie sind wunderschön, ohne Frage. Henry musste unbedingt eines haben. Er war nicht davon abzubringen. Elke redete auf ihn ein, ich versuchte ebenfalls, ihn zur Vernunft zu bringen, es war nichts zu machen. Zum Glück wurde es dann nur ein Gebrauchtes, was noch teuer genug war. Ich glaube, es hat annährend fünfzigtausend Mark gekostet, damals eine unvorstellbare Summe. Für Henry war es der Einstieg, er träumte davon, schon bald ein größeres Boot zu steuern.
Sein leidiges Fahrverbot betraf nicht sein Boot und nicht den See. So sah er das. Hier könnte und dürfte er fahren, wohin er wollte. Über den See war es kürzer nach Ronco, Locarno, Brissago und weiter nach Italien, bis runter nach Verbania. Jetzt wäre er also nicht nur mehr hier im Ort unterwegs, jetzt ginge es kreuz und quer über den See. Auch müsste er vom Alkohol nicht lassen, im Gegenteil. Henry dachte, wie übrigens alle hier am Lago, dass einem mit einem Boot nichts passieren könnte. Man wurde auf dem See nicht angehalten und kontrolliert. Elke weigerte sich. Keinen Fuß werde sie in diesen Kasten setzen, schon gar nicht mit Marcus. Also startete Henry alleine zu seinem ersten Ausflug.
Am nächsten Morgen, Henry musste eine fürchterliche Nacht hinter sich haben, er wusste selbst nicht mehr, wo er überall angelegt hatte, kam er hier mit seinem Boot wieder an und wollte es möglichst nahe am Ufer vertäuen. Das war verboten, aber natürlich nicht für Henry Jaeger. Er musste dringend nach Hause, ohne allzu weit zu laufen.

Mit dem Laufen hatte er zu diesem Zeitpunkt so seine Schwierigkeiten. Das Festmachen war hier vor allem deshalb untersagt, da sich unter Wasser alte Stützen ehemaliger Anleger befinden. Sie ragen wie kleine Speere aus dem Grund heraus, von oben nicht zu sehen. Die Einheimischen wussten das, ob es Henry wusste, weiß ich nicht. Es wäre ihm in dem Moment wahrscheinlich auch egal gewesen. Er machte also sein neues gebrauchtes Boot hier fest und wankte nach Hause. Am Nachmittag wurde er von Elke geweckt, er solle sofort zur Promenade kommen, es sei irgendetwas mit seinem Boot. Henry ließ sich Zeit, da er dachte, es ginge nur darum, dass er es an einer verbotenen Stelle festgemacht hatte. So weit konnte er sich noch erinnern. Als er dann aber hier erschien, lag sein Boot auf dem Grund. Der Boden war an mehreren Stellen durchstoßen und löchrig wie ein Schweizer Käse. Auf dem Wasser über dem Boot schimmerte in Regenbogenfarben das ausgetretene Benzin. Die Bergung des Bootes war, wollte man es nicht vollends zerstören, sehr aufwendig. Dazu kam eine saftige Strafe wegen der Verunreinigung des Sees und Zuwiderhandlung gegen die Hafenordnung. So schnell hatte noch niemand mehr als fünfzigtausend Mark im See versenkt. Henry nahm es mit Humor und Selbstironie. Er konnte schon bald über sich selbst lachen. Er wäre eben doch kein Seemann, sondern ein Landjäger. Elke dagegen schämte sich in Grund und Boden.
Ja, natürlich war das furchtbar. Und anstatt zur Vernunft zu kommen, wurde es immer schlimmer. Henry gab das Geld mit beiden Händen aus. Elke saß mit Marcus zu Hause und Henry war auf Tour. Er arbeitete auch, wie gesagt, da war er sehr diszipliniert, aber ab siebzehn Uhr war er unterwegs. An dem neuen Haus, du wirst es nachher sehen, gibt es einen Anbau. Das war Henrys

Arbeitszimmer. Bald war es auch sein Schlafzimmer. Elke wollte ihn nicht neben sich haben, wenn er spät in der Nacht volltrunken zurückkam. Umgekehrt musste Henry sich ausschlafen und fühlte sich durch den häuslichen Lärm gestört. Es gab sicherlich Tage, an denen er daheimblieb. Meist war es nach wirklich schlimmen Nächten so. Aber kaum zwei Tage später war er wieder weg. Henry wäre niemals auf die Idee gekommen, mit dem Kinderwagen durch Ascona zu gehen, unvorstellbar. Henry ging auch nicht einkaufen oder machte irgendwelche Besorgungen, das war alles Elkes Aufgabe. Dabei knauserte er mit dem Geld. Elke musste, ich war selbst dabei, sehr genau darlegen, was sie zu welchem Preis eingekauft hatte. Das war auch so ein merkwürdiger Zug an ihm. Er selbst verprasste am Abend mehrere hundert Mark, lud großzügig Gott und die Welt ein, spendierte zahllose Runden. Gegenüber seiner Frau zählte er jeden Rappen nach.

Henry, ein Psychopath? Nein, das war er nicht. Er hatte einfach Defekte, möchte ich es einmal nennen. Heute lässt sich leicht darüber sprechen. Man glaubt, alles so viel klarer zu sehen. Wir leben doch meist impulsiv, aus der Situation heraus. Erst später, im Nachhinein, glauben wir, in unserem Handeln einen Sinn und einen tieferen Zusammenhang zu erkennen. Vielleicht erkennen wir selbst gar nichts an uns? Nur Menschen um uns herum sehen und verstehen, was wir tun?

Das nächtliche Vagabundieren hatte Henry von seinem Vater, die häusliche Sparsamkeit von seiner Mutter geerbt. So einfach könnte man es beschreiben, aber so einfach war es am Ende natürlich nicht. Das würde ein völlig falsches Licht auf Henry werfen. Du musst ja denken, er wäre der größte Macho unter der Sonne gewesen. Er war sehr liebevoll, einfühlsam und großzügig, nicht nur nach irgendwelchen Eskapaden und um wieder schön Wetter zu machen. Er konnte es nur selbst nicht steuern. Er sagte über sich selbst, er sei ein Auto mit einem zu starken Motor und zu kleinen Bremsen. Wenn er erst einmal auf Hochtouren lief, verlor er selbst die Kontrolle. Natürlich spielte der Alkohol eine große Rolle dabei. Er konnte aber auch so in Rage kommen, bei der Arbeit zum Beispiel. Und da konnte es zu beiden Seiten ausschlagen. Wenn er mit sich zufrieden war, gab er sich freizügig und galant. Wenn ihm nichts gelang, war er gereizt und unausstehlich.

Er sagte mir einmal, es war nach einer durchaus produktiven Nacht und wir saßen im Garten zusammen, welch seltsamer Beruf der des Schriftstellers sei. „Stundenlang suchst du nach einem Wort, einer Formulierung, etwas, was jedem auf der Straße völlig lächerlich erscheint. Dich selbst treibt zur Verzweiflung. Es kommt mir selbst manchmal völlig lächerlich vor, womit ich meine Tage verbringe. Die Zweifel an meinem Tun werden plötzlich riesengroß und fast zerquetschten sie mich. Jeglicher Sinn darin ist verschwunden und in mir breitet sich eine Leere aus, so grenzenlos und furchtbar, dass es scheint, dass es aus dieser Wüste kein Entrinnen mehr gibt. Ich muss für immer darin herumirren und im Kreis laufen, bis auch der letzte Tropfen Inspiration in mir verdunstet ist. Es bleibt nur noch die Hoffnung, unter dieser unbarmherzig brennenden Sonne zu vergehen und wie ein Phönix aus der Asche wiedergeboren zu werden."

Kein schönes Bild, oder? Umgekehrt war es aber so, dass wir, Elke, ich, andere, ihm fortlaufend Mut zusprachen. Es gab auch Tage, da strotzte er nur so vor Selbstvertrauen.

Rainer erzählte mir einmal von einem Besuch hier. Er und Henry wanderten nach Ronco hinüber, ich glaube zu Remarques Grab. Unterwegs zitierte Rainer:

„Ich weiß nicht, was mir hier gefällt,
in dieser engen kleinen Welt
mit holdem Zauberband mich hält.
Vergess' ich doch, vergess' ich gern,
wie seltsam mich das Schicksal leitet;
und ach, ich fühle, nah und fern
ist mir noch manches zubereitet."

Henry fragte, von wem das sei? „Goethe", antwortete Rainer. Darauf Henry: „Auch ein großer Mann!" Es war natürlich völlig klar, wen dieses „auch" in erster Linie meinte. Was haben wir gelacht damals.
Ich glaube, Elke war es, die für ihn den Namen „Gröschaz" erfand, der „Größte Schriftsteller aller Zeiten". Von da an hieß er so bei uns: „der Gröschaz". Es war ein interner Name, den sozusagen nur seine Vertrauten benutzen durften. „Ist der Gröschaz da?" „Wo ist denn der Gröschaz hin?" „Der Gröschaz liegt noch im Bett und schläft sich aus." „Der Gröschaz arbeitet und möchte nicht gestört werden." „Kannst du unserem Gröschaz etwas von mir ausrichten." Selbst der kleine Marcus rief ihn bald Gröschaz.
Anfänglich hat sich Henry darüber geärgert und fühlte sich auf den Arm genommen. Später war er mit dem Titel zufrieden und nannte sich selbst so. „Der Gröschaz geht jetzt arbeiten." „Der Gröschaz muss jetzt weg." „Kannst du deinem Gröschaz mal einen Kaffee bringen." In der Öffentlichkeit durftest du ihn natürlich nicht so nennen, da wäre er fuchsteufelswild geworden. Trotz aller Kumpanei herrschte doch eine gewisse Rivalität unter den Literaten. Jeder sah in sich selbst den größten Schriftsteller

aller Zeiten. Nach vorne gratulierte und beglückwünschte man sich gegenseitig, wenn ein neues Buch erschienen war. Es wurden auch zahlreiche Freiexemplare inklusive Widmungen untereinander verschenkt. Hintenherum lästerte und intrigierte man anschließend, ließ kein gutes Haar am Kollegen und verspottete seine Schreibkunst. Natürlich war da viel Neid dabei. Von einem Journalisten wurde Henry einmal nach seiner Meinung über die Gruppe 47 gefragt und was er von den Autoren darin hielte: „Alles Würstchen“, sagte er. „Die haben doch nichts erlebt.“ Hans Habe warf der Gruppe sogar „Meinungsterror“ vor.

Einzig Remarque machte dabei eine Ausnahme. Er sagte offen und ehrlich, wenn ihm ein Buch gefiel oder wenn er es für misslungen hielt. Er hatte es nicht nötig, sich zu verstellen. Er war der anerkannte König hier und hielt täglich Hof. Er musste seinem Gefolge nicht nach dem Mund reden.

Vielleicht war der Neid unter den Schreibenden der Grund dafür, dass Henry sich mehr und mehr mit Malern und Schauspielern anfreundete. Horst Lemke hatte ich dir schon genannt. Herbert Fleischmann, er hatte im *Freudenhaus* die Hauptrolle gespielt, wurde ein enger Freund und war sehr oft hier. Es waren da noch mehr, ich kannte sie nicht alle, Otto Bachmann fällt mir noch ein. Ich erinnere mich an einen Abend, da wich mir einer dieser Maler nicht von der Seite. Er war schon bei seinem Eintreffen betrunken und er trank immer weiter.

„Die ganze Mathematik ist eine einzige Lüge, ein einziger Beschiss“, giftete er mir ins Ohr. Sein Atem stank grauenvoll. Ich erlaubte mir zu erwidern, dass ich die Mathematik für die einzig exakte Wissenschaft, für die Sprache der Wissenschaft schlechthin, halte.

„Dann sind Sie genauso ein Idiot wie alle andern!“ Er spuckte diesen Satz heraus, ohne das geringste Schamgefühl mir

gegenüber. „Ich werde es Ihnen beweisen", behauptete er dann und zog einen kleinen Block und einen Stift aus der ausgebeulten Tasche seines Jacketts. Beides hielt er mir hin.
„Hier, schreiben Sie auf: Eins plus eins ist gleich …" Er wankte beachtlich. „Los, los, schreiben Sie. Das Ergebnis glauben Sie ja zu kennen."
Ich suchte eine leere Seite. Der Block war voller Skizzen: Straßenszenen, Landschaften, Gesichter, Gegenstände. Dazwischen Seiten mit Notizen. Auf einer Seite stand, ich sehe es noch genau vor mir: ALLES SCHEISSE!
Henry stand daneben und lächelte süffisant.
„Na los, schreiben Sie!", drängte mich der Maler. Ich schrieb: Eins plus eins ist gleich zwei. Er nahm einen kräftigen Schluck, blickte kurz auf das Papier und sagte rundweg: „Falsch!"
Ich fragte, was daran denn falsch sei.
„Alles!"
Henry lachte nun unverhohlen.
Ich schaute den Maler fragend an und wartete auf eine Erklärung. Mit erstaunlichem Feingefühl setzte er sein Glas ab, griff nach dem Block und hielt ihn mir umgedreht vors Gesicht.
„Was sehen Sie?"
Ich wiederholte die Gleichung.
„Nicht, was Sie lesen. Was Sie sehen?"
Ich verstand seine Frage nicht.
„Ganz einfach, was Sie sehen! Sie sehen doch Striche, Linien, Zeichen oder nicht?"
Ich bejahte und hoffte, dass mich Henry endlich aus dieser peinlichen Situation erlösen würde.
„Sind sich diese Striche, Linien, Zeichen ähnlich?"
Ich antwortete, dass nur die beiden Einsen einander gleich wären.

„Sehen Sie genau hin. Sind sie wirklich gleich?“
Ich bejahte abermals. Er riss sich den Block vor die Augen und starrte einen Moment darauf. Dann hielt er ihn wieder mir hin.
„Ist die erste Eins nicht etwas größer als die zweite?“
Ich sagte, dass dies schon sein könnte.
„Überkreuzen sich nicht bei der zweiten die beiden Striche oben an der Spitze?“
Auch das sei richtig, bestätigte ich. Henry ließ mich alleine mit diesem Kerl und gesellte sich zu einer nahestehenden Runde.
„Also ist das Ergebnis falsch. Sie zählen Dinge zusammen, die nicht zusammenpassen.“
Ich erwiderte, dass die Ziffern doch nur stellvertretend, quasi als Symbol, dastünden. Das habe nichts mit der Lösung zu tun. Und auch wenn. Eine Schreibmaschine würde sicherlich zwei exakt gleiche Zahlen auf das Papier bringen.
„Wieder falsch!“, entgegnete er sofort. „Sie können mit einer Schreibmaschine hunderttausend Einsen auf das Papier schlagen, unter einem Mikroskop werden Sie immer einen Unterschied entdecken. Es gibt in unserer Welt keine zwei Gleichen. Alles ist unterschiedlich, alles ist Vielfalt. Die Mathematik versucht das auszumerzen. Sie gaukelt uns etwas vor. Ein Mensch und noch ein Mensch …“, dabei schlug er mir und sich an die Brust, „… sind zwei Menschen. Dabei sind Sie ganz anders als ich. Ein Glas und noch ein Glas sind zwei Gläser.“ Dabei nahm er seines wieder in die Hand und trank es in einem Zug aus. „Aber Ihr Glas ist noch fast voll, meines ist leer. Die Mathematik stumpft uns ab. Sie will alles gleichmachen. Sie will uns weißmachen, sie könne den Sinn hinter allem erklären. Sie will uns eine Welt präsentieren, die es so gar nicht gibt. Sie will, dass keiner mehr hinschaut

und die Unterschiede entdeckt. Es ist ein Beschiss, ein einziger, großer Beschiss.“
Er ließ mich stehen und torkelte in Richtung Bar, offensichtlich um sein Glas dem meinen anzupassen.
Henry kam und legte seinen Arm um meine Schulter. Er fragte, ob ich jetzt Bescheid wüsste über die Welt und den großen Beschiss. Er lachte und einige Leute drumherum, die das Gespräch wohl mitverfolgt hatten, lachten auch. Henry erklärte mir, dass der Maler jedem Neuankömmling seine Theorie erklärte. Ab einem gewissen Grad der Betrunkenheit würde er es auch den Alteingesessenen immer wieder darlegen. Er selbst habe es schon zigmal gehört. Das sei die Rolle, die der Maler in diesem Theater spiele oder zu spielen habe. Vielleicht hatte er sich diese Figur einmal selbst ausgedacht, in ihr brilliert. Seitdem schlüpft er immer und immer wieder in diese hinein, wie ein Sänger, der seinen einst erfolgreichen Schlager ständig wiederholt.
Ich habe zunächst nicht verstanden, was Henry damit meinte. Später hat er es mir einmal so beschrieben, dass sie hier alle wie im Zoo leben würden. Die Reichen, damit meinte er die Industriebarone und Kaufhausmillionäre, würden sich die Künstler halten wie exotische Exponate. Gerne dürften sie lärmen, herumspringen, Purzelbäume schlagen und sogar ihr Liebesleben zur Schau stellen. Das sei unterhaltsam für diejenigen, die außer Geld nichts besäßen. Diese seien vom Leben so satt und ihre Zukunft so rosig langweilig und trostlos, dass sie sich gerne am Leben der anderen ergötzten. Wie ein hundert Mal aufgeführtes Theaterstück würde jede Party, jeder Empfang, fast jeder Abend in der Taverna ablaufen. Es existiere eine seltsame Abhängigkeit voneinander. Die Reichen seien das Publikum, die Künstler die Darsteller. Die einen warteten gespannt darauf, ob vielleicht eine

kleine Veränderung im Spiel dort auf der Bühne gezeigt wird. Die anderen mühten sich Abend für Abend um den Applaus, der ihnen in Form von Freigetränken und zugesteckten Almosen erteilt wurde.

Da fällt mir gerade noch der „Herr Kannitverstan" ein. Er war ein reicher Kaufmann. Oder der Erbe eines beachtlichen Vermögens aus einer Kaufmannsfamilie, ich weiß es nicht mehr genau. Mit wirklichem Namen hieß er, glaube ich, Zilly oder so ähnlich. Er war bei allen Feiern und Partys zugegen. Er war ein sehr einfacher Geist. Wenn er mit einem redete, hob er in einem fort seine Schultern. Es sah aus, als würde er seinem Gegenüber immer wieder zeigen, dass er ihn nicht verstehe. „Kannitverstan" war ein großzügiger Mäzen. Er sammelte Aktzeichnungen und -gemälde. Ich war einmal in seinem Haus. Alle Wände waren über und über behangen mit nackten Frauenkörpern. Man kam sich vor wie im Vorzimmer einer Kupplerin oder eines Proust'schen Bordells, wenn ich es einmal so nennen darf. Ich kann mich noch erinnern, dass „Herr Kannitverstan" seine Bilder immer über die Künstlerin beschrieb, der er das jeweilige Bild abgekauft hatte. Er kaufte fast ausschließlich bei Malerinnen. Er sagte zum Beispiel: „Diese Bilder habe ich einer rothaarigen, überspannten Malerin im letzten Sommer abgekauft. Sie lebt in Losone und möchte den verschollenen Geist des Monte Verità einfangen. Zu Hause und in ihrem Atelier ist sie immer nackt. Wenn sie nach draußen geht, verhüllt lediglich ein weiter Umhang ihre Haut. Neben ihrer Staffelei trägt sie immer einen großen Spiegel mit sich, da sie sich ausschließlich selbst malt." Zu sehen war eine Serie von Seitenprofilen. Die Haltung des Aktes, in diesem Fall wohl die Künstlerin selbst, war immer gleich. Der Hintergrund wechselte, ebenso der Farbton der Haare, der von leuchtend rot bis weinrot

variierte. Es waren bestimmt zehn bis zwölf dieser Gemälde nebeneinander aufgereiht.
Henry selbst, wie er sich sah? Das ist nicht leicht zu erklären. Er war zu diesem Zeitpunkt relativ unabhängig. Seine Bücher verkauften sich hervorragend. Er stand finanziell gut da. Er war sich seiner Rolle in diesem Schauspiel durchaus bewusst. Diese Rolle war in erster Linie die eines ehemaligen Ganoven. Einer, der nicht zur feinen Gesellschaft gehörte, und der, ab einer bestimmten Alkoholisierung, wild polternd alle um sich auf das Derbste beleidigte. Unterstützung, wie zahlreiche der hier ansässigen Maler, brauchte er damals keine.
Gleichzeitig war Henry ein scharfer Beobachter. Er registrierte von Anfang an die Verstrickungen und Abhängigkeiten innerhalb der Kolonie. Er war noch genügend Außenseiter, um die verschiedensten Personen in ihren Rollen zu studieren. Er nahm kleinste Kleinigkeiten im Verhalten der einzelnen untereinander wahr. Jener Künstler hatte mit der Frau eines Industriellen eine Affäre. Umgekehrt ging der Ehemann fortlaufend mit jungen Dingern fremd, die er hier im Sommer in den diversen Bars aufsammelte und mit seinem Geld beeindruckte. Fast jeder hatte schon einmal was mit jedem gehabt. Es gab viele Geheimnisse oder Dinge, die als geheim galten, obwohl jeder darüber Bescheid wusste. Abtreibungen, heimliche Wohnungen, versteckte Zuwendungen, offene Sympathien und viele, viele Sticheleien und Intrigen. Alle waren sie Egoisten und sich selbst der Nächste. Jeder opponierte gegen jeden, der seine Stellung in dieser kleinen, eigenen Gesellschaft oder gegenüber einem Mäzen gefährden konnte. Eifersüchtig wurden kleinste Gunstbezeugungen gegen andere kommentiert. Ein freundliches Wort, ein Lächeln, oder noch schlimmer, ein Lob für

eine andere Arbeit, wurde als eine Herabwürdigung der eigenen Werke aufgenommen.
Es gab viele, die kein Auskommen hatten. Sie litten am Ascona-Virus, was ich dir beschreiben wollte. Der Ascona-Virus war eine Erkrankung. Sie äußerte sich in Schaffenskrisen, völliger Lethargie bis hin zur Selbstaufgabe und dem Absterben jeglicher Produktivität. Es gab verschiedene Theorien, wie es zum Befall durch diesen Virus kommen konnte. Die gängigste war die unglaubliche, fast paradiesische Schönheit hier. Mit der Zeit lullt sie dich ein, macht dich satt und träge, bist du nur noch in einer Art fortlaufenden Schlafwandelns existierst. Dem Leben ist jeder Stachel genommen und es verläuft jeder Tag wie der vorherige. Du möchtest gerne etwas tun, schmiedest Pläne, hast Projekte und Ideen, die anzupacken du immer wieder auf morgen verschiebst. Du läufst wie der berühmte Esel hinter der ihm vorgebundenen Karotte her.
Eine andere Theorie setzte beim hier etablierten Mäzenatentum an. Dabei ging es nicht um die finanzielle Förderung durch Käufe, die ja legitim sind. Es ging vielmehr um die vielen kleinen Geldgeschenke ohne wirklichen Gegenwert. Es lebten und leben sehr viele wohlhabende Leute in Ascona. Heute offensichtlich noch mehr als früher. Sie sind gerne bereit, ein wenig für die Unterstützung der Armen zu tun. Die Armen, das sind in ihren Augen die unbekannten Maler, die gescheiterten Sängerinnen und Sänger, die vergessenen Schauspieler und Tänzerinnen, die Philosophen und Soziologen, die ihren Träumen von einer besseren und gerechteren Welt nachhängen. Für sie wurde so etwas wie ein Sozialverein gegründet, ich weiß gar nicht mehr von wem und ob er heute noch existiert. Über die Kasse dieser Einrichtung wollte man ursprünglich

vielversprechende Talente fördern. Zunächst ein guter Ansatz. Doch nach und nach verkamen die Zuwendungen zu einer reinen Alimentierung der Sprösslinge, die nie eine wirkliche Frucht getragen haben. Sie bekamen genug zum Leben, zu viel zum Wachsen. Sie richteten sich mit dem Wenigen so gut es ging ein, spielten hier ihre Rolle weiter, galten als „Investition in die Zukunft", doch die Zukunft lag längst hinter ihnen.
Nein, nein, ich möchte den guten Zweck nicht in Abrede stellen, aber von einer guten Rebe sagt man auch, dass sie darben muss. Jetzt widerspreche ich mir selbst, meinst du. Eben hätte ich das selbst bei den Literaturkritikern moniert. Ich sage doch gar nicht, dass dies meine Meinung ist. Ich glaube selbst vielmehr an die erste Theorie, es ist einfach zu schön hier. Vielleicht ist Henry deshalb lange vom Ascona-Virus verschont geblieben, da er immer wieder nach Lahnstein pendeln musste? Ja, ich glaube, das ist ein wichtiger Grund gewesen und das hat ihn auf Distanz gehalten.
Er fing an, ein Buch über Ascona zu schreiben. Heute würde man so etwas einen Insiderroman nennen. Ob es aus eigenem Willen geschah, weiß ich nicht. Ich habe immer vermutet, dass Henry dazu verleitet wurde. Von wem? Von einem der hier bereits seit längerem Ansässigen, von Hans Habe vielleicht, das könnte ich mir gut vorstellen.
Habe zog manchmal als viertes „H" mit uns mit. Wir sagten auch „Doppel-H" zu ihm. Ich mochte ihn nicht besonders. Ich fand ihn affektiert. Ständig war er hinter irgendwelchen Frauen her. Wenn wir ausgingen, war das sein einziges Ziel. Unentwegt zeigte er dahin und dorthin und machte uns auf „lohnende Gesellschaft", wie er es nannte, aufmerksam. Henry mochte ihn, wahrscheinlich, weil er sehr viel trinken konnte. Habe war jemand, der

gerne Intrigen spann, oder sagen wir, der schauen wollte, was passiert, wenn andere sich blamierten. Es kursierte damals der Satz: „Der See ist schwarz, die Luft ist rein, Hans Habe muss ertrunken sein." Ich möchte ihm jetzt nichts Böses nachsagen. Habe war ein angesehener, sehr konservativer Journalist und Autor. Er hatte ebenfalls eine spannende Lebensgeschichte, die manchmal so gar nicht zu ihm passte.
Vielleicht war es auch Walter Mehring, der Henry einspannte. Jedenfalls war es jemand, der den neuen Kollegen für eine Intrige missbrauchte, für eine Geschichte, die er selbst nicht schreiben wollte oder konnte. Henry war sicherlich leicht dafür zu gewinnen. In ihm lebten noch die alten Lebensweisheiten von Josef Korbmacher und der Hass auf alle Bonzen. Dieses Feuer ließ sich bis zu seinem Tod immer wieder leicht entfachen. Henry war alles andere als ein politischer Mensch, im Gegenteil, Politik interessierte ihn überhaupt nicht. Die unglaublichen Umwälzungen in der Bundesrepublik zu jener Zeit, die Studentenbewegung, der RAF-Terror, Vietnam, es war ihm alles mehr oder minder gleichgültig. Ich hatte den Eindruck, als hätte er sich hierher, in eine eigene heile Welt zurückgezogen. Einzig der Hass auf die Besitzenden, mit dem er früher seine Überfälle und Einbrüche rechtfertigte, dieser Hass ist nie in ihm erloschen.

Ja, lass uns umdrehen. Nein, ich bin nicht müde, es geht schon. Ich bin hier am See immer aufgeblüht. Ich war so oft hier gewesen, dass ich es gar nicht mehr zählen kann. In manchen Jahren bin ich bestimmt sechs, sieben Mal hierher nach Ascona gekommen. Deine Mutter hat sich irgendwann verweigert. Sie wäre lieber an andere Orte auf der Welt gereist als an immer den gleichen. Vielleicht ist dies auch ein Phänomen des Ascona-Virus und ich war selbst davon befallen? Bei Henry war es ähnlich. Er wollte nie verreisen, er wollte immer hierbleiben. Ich weiß noch, wie Elke darunter litt. Sie hätte gerne einmal andere Länder gesehen, aber Henry war nicht dazu zu bewegen. Für ihn war Ascona der schönste Platz auf der Erde. Warum solle er sich weniger schöne Flecken ansehen? Langweilig, meinst du? Kann schon sein. Aber eigentlich war es nie langweilig. Immer ist irgendetwas geschehen, irgendetwas passiert. Henrys Buch über Ascona erschien. Es hieß *Der Club*. Zwei Jahre hatte Henry daran gearbeitet. Die Figuren darin bezeichnete er als erfunden, ebenso ihre Rollen und natürlich ihre Namen. Es war aber nur eine scheinheilige Maskerade. Hinter jeder Person im Buch stand eine Person aus der Wirklichkeit. Sie zu erkennen war nicht sonderlich schwierig, zumindest wenn man sich hier ein wenig auskannte. Der Ort des Geschehens war Verbania, das es ja tatsächlich gibt, einige Kilometer von hier am See, auf der italienischen Seite. Verbania klingt zudem ein wenig nach Verbannung, findest du nicht? Aber es war natürlich in erster Linie eine Anspielung auf das Restaurant Verbano, auf diesen Fixstern im hiesigen Kosmos, um den sich alles drehte. Wie in der Wirklichkeit trafen sich im Buch alle täglich im Club, oder in der Taverna, die in der Geschichte genauso heißt und der Henry damit ein Denkmal setzte.

Es steckte viel Selbstironie in diesem Roman. Ein nicht mehr ganz junger, sehr erfolgreicher Autor kommt auf Einladung nach Verbania, einer Künstlerkolonie mit dem Nimbus des Paradieses. Er hat ein sehr gespaltenes Leben hinter sich, ein Leben voller Brüche. Er weiß nicht so recht, wo sein Platz in der Gesellschaft ist und wie es in Zukunft weitergehen soll. Er kommt nach Verbania und bleibt. Obwohl er sich mehrfach vornimmt, wieder abzureisen, gelingt es ihm nicht. Mehr und mehr verstrickt er sich in das Leben in Verbania und wird schließlich selbst ein Teil davon. Gefangen wie Odysseus, gebannt wie Hans Castorp oder schlicht wie eine Fliege am Honig, bleibt der junge Dichter an Verbania kleben. Vielleicht passt das Bild einer fleischfressenden Pflanze besser, die die Fliege mit ihrem betörenden Duft anlockt und dann verschlingt?

Natürlich war völlig klar, wer mit diesem jungen, erfolgreichen, vielversprechenden Autor gemeint ist. Er wird mit offenen Armen empfangen und ist schon bald in den zahllosen Fäden und Fallen gefangen, die das süße Leben in Verbania ihm stellte. Und natürlich konnten sich alle anderen ebenso darin finden und erkennen. *Der Club* war wie ein Spiegel. Alle kamen darin vor. Henry gab sich keine große Mühe, die wirklichen Personen zu verschleiern. Ihre Namen sind leicht wiederzuerkennen: Mehring hieß Melting, Remarque ist im Buch Alfredo, wie er von Marlene Dietrich genannt wurde. Er taucht nochmals als der verstorbene Onkel des jungen Schriftstellers auf, der sich vor dem Krieg hierher zurückgezogen und vielen Emigranten geholfen hatte. Eine doppelte Hommage an Remarque sozusagen und du siehst, welch bedeutende Rolle er in Henrys Leben spielte. Auch Henry taucht zweifach in *Der Club* auf, einmal als die Hauptperson und einmal als Schriftsteller Till Hartholz. Diesen Namen habe ich mir gemerkt, weil ich ihn so lächerlich fand. Till ist eine Anspielung auf Wilhelm Tell, den Schweizer Nationalhelden, den Jäger und Freiheitskämpfer aus Schillers Theaterstück. Es ist auch eine Anspielung auf Till Eulenspiegel, den Narren, der seinen Zeitgenossen mit seinen Streichen und seinen Reden die Wahrheit vor Augen führte. Und Hartholz ist natürlich die Eiche, so wie Henry früher, in seiner Zeit als Gauner, genannt wurde. Till Hartholz, ich fand und finde den Namen noch immer so deplatziert, ja wirklich lächerlich. In einem anderen

Buch hätte niemals jemand einen solch sperrigen Namen getragen. Ich habe Henry damals, nur um ihn zu ärgern, eine Zeit lang Till genannt.
Man merkt mir an, dass ich das Buch nicht mag? Das stimmt, ich mochte es nicht und werde es nie mögen. Da war ich übrigens nicht der Einzige. Selbst Desch, der bis dahin alles von Henry gedruckt hätte, lehnte es ab. Diesmal schien er es gelesen zu haben. Eines konnte man ihm nicht absprechen, er hatte ein Gespür für gute Bücher und *Der Club* war kein gutes Buch.
Warum? Das hat viele Gründe. Zuerst einmal sind solche Insiderbücher meist nur für eine Insidergruppe geschrieben. Sie verfolgen einen gewissen Zweck, eine Absicht. Sie sollen bestimmte Personen treffen, sie loben oder tadeln. Vielleicht sind sie aus Rache geschrieben, um jemandem eins auszuwischen, um zurückzuschlagen, um sich lustig zu machen, es gibt viele Gründe. Da der Autor selbst aus dieser Gruppe stammt, setzt er oft die falschen Akzente. Er glaubt, was innerhalb dieses Zirkels Bedeutung hat, hätte auch eine Bedeutung außerhalb. Das ist ein grundlegender Irrtum. Trotz aller Bemühungen des Schreibenden bleiben dem Leser viele emotionale Verstrickungen, die in der Wirklichkeit bestehen, im Buch verborgen. Der Autor setzt sie wie selbstverständlich als bekannt voraus. Das ist aber nicht so. Es lässt viele Szenen, insbesondere für einen Außenstehenden, wie ein plumpes Marionettenspiel erscheinen.
Zweitens sind die Personen im Buch Schablonen der Wirklichkeit, das merkt man ihnen an. Henrys Stärke war immer, die Charaktere seiner Figuren herauszuarbeiten. Nach wenigen Sätzen sahst du einen Menschen vor dir, einen lebenden Menschen, dem du jede seiner Handlungen auch abgenommen hast. Leopold Grün im *Freudenhaus* zum Beispiel, oder Robert Labitzke in der

bestraften Zeit. Diese Figuren hatten Fleisch und Blut. Im *Club* wirken alle leblos und wie von Ferne beobachtet. Du kennst das vielleicht vom Fotografieren. Du siehst auf der Straße ein beeindruckendes Gesicht. Du möchtest ein Porträt des Menschen anfertigen, traust dich aber nicht, ihn offen und direkt abzulichten. Also knipst du ihn heimlich, ohne dass er es merkt. So wirkt das Bild später auch, es ist leer und ohne Ausdruck. So sind, meiner Meinung nach, alle Personen im *Club* dargestellt. Henry hätte noch Hunderte von Seiten schreiben können, keine seiner Figuren darin wäre lebendig geworden. Jede ihrer Handlungen war steif und hölzern. Du siehst an ihnen die Fäden, die zum Autor führen.
Desch lehnte ab, das hätte Henry schon zu denken geben sollen. Aber er wollte dieses Buch unbedingt gedruckt sehen. Er hatte viel Zeit und Arbeit hineingesteckt, aber das war nicht der eigentliche Grund. Er wollte sich unbedingt als Außenseiter zeigen, als einer, der noch nicht zu dieser morbiden Gesellschaft gehörte, so glaubte er zumindest. Vielleicht war es auch sein letzter Versuch, sich gegen den Ascona-Virus zur Wehr zu setzen?
Über Umwege, ich weiß nicht genau wie, erschien *Der Club* bei Droemer in Zürich. Es wurde, wie zu erwarten, ein Misserfolg. Zumindest ein Misserfolg im Vergleich zu den anderen Romanen von Henry. Es verkaufte sich schlecht, es gab nur zwei Übersetzungen, ins Französische und ins Italienische – der Schweiz wegen, und an eine Verfilmung war überhaupt nicht zu denken. Die spärlichen Kritiken waren fast allesamt miserabel und dieses Mal zu Recht. Es war der erste Flop in Henrys schriftstellerischen Karriere. Neben den finanziellen Aspekten schlug es zudem eine wirkliche Kerbe in sein Ansehen, sowohl als ernst zu nehmender Autor als auch als Einwohner von Ascona. Ich weiß nicht, ob Henry sich im Vorfeld viele Gedanken darüber

gemacht hatte, wie sein Buch hier vor Ort aufgenommen würde. Die Reaktionen, die zum Teil sehr heftig ausfielen, haben ihn dann doch überrascht.
Womöglich hatte er geglaubt, mit der Narrenkappe, die man ihm hier aufgesetzt hatte – etwas anderes sahen viele in ihm nicht –, könne er allen ohne Weiteres den Spiegel vorhalten.
Welche Narrenkappe? Ganz einfach. Henry hatte, wie gesagt, ein feines Gespür und eine gute Beobachtungsgabe. Natürlich erkannte er sofort seine Rolle, die ihm von den Alteingesessenen zugeteilt worden war. Er diente ihnen zur Unterhaltung. Der ehemalige Sträfling ist doch ganz amüsant. Der Junge bringt ein paar neue Impulse in unser schlaffes Fleisch. Mal sehen, mit wem er sich verbindet und mit wem nicht. Gebt ihm etwas zu trinken. Wenn er getrunken hat, wird er so hübsch ausfällig. Mal hören, was er so alles sagt.
In solchen Momenten, wenn Henry richtig betrunken war, sagte er wirklich alles, was ihm in den Sinn kam. Er kannte dann keine Scheu und keine Scham. Um ihn herum lauerten sie genau darauf. Daher glaubte er anscheinend, wenn er ihnen besoffen den Spiegel vorhalten durfte, könnte er es auch in einem Roman.
Dem war aber nicht so. Selbst wenn es keine intimen Geheimnisse waren, die er im Buch beschrieb, so wollte man doch, dass sie nicht über den internen Kreis hinausposaunt wurden. Andere waren auch schlichtweg beleidigt, weil sie gar nicht in der Geschichte vorkamen. Wenn ich heute so darüber nachdenke, war *Der Club* ein einziger Schlag Henrys gegen seine Widersacher. Und Widersacher glaubte er viele zu haben. Er wusste sehr genau, wer wirklich sein Freund war und wer sich nur als Freund ausgab. Er wusste, wer gegen ihn arbeitete, wer ihm alles neidete, ihn schlicht aus dem Weg haben wollte.

Es erinnert mich an einen Abend noch vor Henrys Verhaftung. Wir saßen beim dicken Willi und Rosa in der Tabu Bar. Der flinke Fritz kam herein und meldete, dass der glatzköpfige Pavel mit einigen seiner polnischen Freunde nach Henry suche. Es ging um irgendein Geschäft, das Henry ihnen weggeschnappt hätte. Zwischen Pavels Bande und der Jäger-Bande gab es seit Längerem schon einen Konkurrenzkampf. Die Hehler im Bahnhofsviertel schürten ihn, indem sie mal diesen, mal jenen beauftragten. Anschließend drückten sie die Prozente nach unten, da sie behaupteten, der jeweils andere hätte den Einbruch zum halben Preis gemacht. Pavel lästerte über Henry, Henry über Pavel. Hätten sie einmal miteinander geredet, hätten sie leicht die Hehler ausbooten können. So kam es zum Streit.
In Windeseile versteckten wir einen Knüppel in der Ecke, stellten griffbereit ein, zwei leere Flaschen auf den Tisch. Willi legte ein massives Kupfertablett auf die Theke, als würde es dort immer liegen. Wir rückten die Tische und Stühle so, dass sie nicht sofort hereinstürmen konnten. Die Tür ging auf, Henry und Willi saßen an einem Tisch, Horst und ich an einem anderen. Pavel stürmte herein, hinter ihm vier, fünf Mann aus seiner Bande. Ohne ein Wort zu sagen, wollte er sofort auf Henry los, kam aber nicht an ihn heran. Wir schoben unsere Tische nach vorne und kreisten sie vor der Theke ein. Henry und Willi sprangen auf die Tische und teilten von dort oben aus. Horst haute mit dem Knüppel hinein, Willi drosch mit dem Tablett auf die Köpfe vor ihm, dass es nur so schepperte. Ich stand mit einer Flasche in der Hand etwas abseits, ich wurde nicht gebraucht. Im Nu lagen die anderen am Boden oder krochen wieder zur Tür hinaus.
So ähnlich sehe ich heute dieses Buch. Henry haute um sich, wo er hinhauen konnte. Damals in Willis Bar, da hat

er gelacht. Wir alle haben später gelacht. Pavels Bande war so schnell draußen, wie sie gekommen war und ließ sich nicht mehr blicken. Es war ein Riesenspaß gewesen. Hier war es kein Spaß. Worte verletzten mehr als Fausthiebe. Ein blauer Fleck verschwindet von selbst wieder. Eine Beleidigung, eine Beschimpfung heilt nicht von alleine. Henry wurde ausgegrenzt, er wurde gemieden. Viele wollten nichts mehr mit ihm zu tun haben. Nur noch ein kleiner Kreis hielt zu ihm.
Wie Elke es empfand? Sie war ganz auf Henrys Seite. Sie selbst sah vieles genauso, wie es im Buch geschrieben stand. Ihr waren diese selbstgerechten Herren ebenfalls suspekt, vielleicht aus anderen Gründen. Sie hatte Henry aber auch von einer Veröffentlichung abgeraten. Auch sie hielt den *Club* für ein schlechtes Buch, oder sagen wir so: für ein unfertiges Buch.
Ein großes, ein wichtiges Thema trägt *Der Club* nämlich doch in sich: Die Beziehung zwischen Kunst und Geld. Und wenn sich Henry darauf konzentriert hätte, wenn er den lächerlichen Klatsch, die peinlichen Affären und all den anderen Tratsch komplett draußen gelassen oder zumindest weit in den Hintergrund gerückt hätte, wäre es ein gutes Buch geworden. So klingt es nur manchmal an, wie die kleine Glocke der Kirche, dort vorne am Friedhof. Aber wenn sie schlägt, weiß du, was gemeint ist. Es sind die Stellen, in denen es um die Abhängigkeiten der Künstler zum Geldadel geht und umgekehrt. Es ist ja bei Weitem nicht so, dass diese Abhängigkeit nur von dem einen, sprich dem armen Kreativen, zum anderen, dem reichen Gönner, besteht. Henry streicht wunderbar heraus, wie leer das Leben der Besitzenden ist. Sie hocken in diesem Paradies, im Buch eben in Verbania, unter Ihresgleichen und in ihrem Leben, in ihnen selbst, ereignet sich rein gar nichts. Sie wissen, dass sie niemals

mehr arm sein werden, dass ihr Haus, schon jetzt viel zu groß, noch größer sein könnte, sie protzen mit ihrem Besitz, ihrem Wagen, ihrem Boot, den Geschenken an ihre Frauen. Sie geben sich untereinander Ratschläge, wo und wie sie ihr Geld anlegen sollten, damit es noch mehr wird, obwohl sie gar nicht noch mehr davon brauchen und dieses Noch-mehr sie auch nicht glücklicher machen wird. Sie erteilen den Armen Ratschläge, wie diese, durch noch größere Sparsamkeit und ein bescheidenes Leben, selbst zu Besitzenden werden könnten. Wer satt ist, kann gut vom Fasten reden. Sie glauben, es sei das höchste Ziel eines jeden Menschen, reich und so wie sie zu werden. Sie suchen sich eine „Arbeit", nur um eine Beschäftigung zu haben. Sie legen sich unsinnige Hobbys zu und sind ständig auf Reisen. Sie hinterfragen sich selbst nicht, sie wagen es nicht. Denn wenn sie es täten, würden sie nichts als Leere entdecken. Und kein Land, das sie besuchen, keine Beschäftigung, kein Zeitvertreib, kann diese Leere auffüllen. Ihr einziger Lebensinhalt ist ihr Besitz. Und dieser Besitz knechtet sie, hält sie wie Sklaven, fordert von ihnen immer wieder, sich mit ihm zu beschäftigen. Das Haus will gesichert, das Boot überholt, das Auto erneuert werden. Ständig schreit das Geld nach Aufmerksamkeit, schlimmer als jedes Kleinkind.
Jetzt schau mich nicht so an. Nein, ich bin kein Kommunist. Man könnte mit den Reichen fast Mitleid haben? Jetzt übertreib mal nicht. Ich übertreibe? Mag schon sein. Jedenfalls hätte dieses Thema, Kunst und Kommerz, der eigentliche Kern von *Der Club* sein sollen. Vieles drumherum hätte sich von alleine ergeben. Das meinte ich eben auch mit den falschen Akzenten. Henry hat sich viel zu viel an den nebensächlichen Intrigen und so weiter abgearbeitet als an dem zentralen Punkt. Es wäre sicherlich ein ganz anderes Buch geworden. Es hätte

ihm vielleicht den Durchbruch als ernst zu nehmendem Schriftsteller gebracht. So wurde es für viele, die ihm schon zuvor nichts zugetraut hatten, die Bestätigung, dass er es tatsächlich nicht kann. Der Erfolg der vier Bücher davor waren lediglich Glück. Es sei eine Welle, so sagten sie, von der Geschichte mit dem Toilettenpapier ausgelöst, die Henry über die Jahre getragen hätte. Jetzt sei diese Welle verebbt und nichts bliebe außer einem leisen Plätschern. Sollte er doch sein Glück genießen, ein Leben als Sonnyboy führen, sich betrinken und andere beschimpfen, aber er solle doch bitte niemandem mehr mit seinen Geschichten auf die Nerven gehen. So in etwa musst du dir die Stimmung hier gegen ihn vorstellen. Und nicht nur hier. Auch die Kritik hatte ihm nun endgültig den Stempel aufgedrückt. Er war und blieb für sie ein Unterhaltungsautor.

Hier müssen wir abbiegen und ein Stück die Straße hinauf. Hier hat sich auch alles verändert. Dieser Brunnen, der war damals nicht überdacht. Er sah auch ganz anders aus. Das Wasser ergoss sich einfach aus einem Rohr in ein simples Becken. Es war eher eine Tränke als ein Brunnen. Mehr als einmal haben Henry und ich unsere Köpfe nachts darunter gehalten, eigentlich fast immer, wenn wir nach Hause wankten. Es war für uns ein Ritual.

Hier geht es rechts, die schmale Gasse entlang, die Stufen nach oben. Sentiero Crocetta Nummer 9, da müssen wir hin. Pfad des kleinen Kreuzes. Elke sagte immer, es käme von den Kreuzschmerzen, die man bekomme. Alles müsse man hinaufschleppen. Das Kind, den Kinderwagen, die Einkäufe. Von oben ist es kürzer, dafür musst du aber um den halben Berg herumfahren.

Ich bin sie schon Hunderte Male hinauf- und hinabgestiegen. Das Haus steht noch, das ist es, die „Casa Elisabetta“.

Dreh dich einmal um. Ist das nicht eine herrliche Aussicht? Oben ist es noch besser, du wirst sehen.
Es sieht verlassen aus. Die Fenster sind ganz blind, auch der Garten ist völlig verwildert. Ich kenne die Leute, falls sie doch da sein sollten. Auf Henry sind sie allerdings nicht gut zu sprechen. Sie mussten, nachdem er hier jahrelang alleine gehaust hatte, das Haus komplett renovieren. Es war wirklich schlimm.
Schau dir diese Aussicht an, ist das nicht fantastisch? Die Äste verhängen das Blickfeld. Früher konntest du, hier von der Wiese aus, frei auf den See blicken. Dort oben ist die Terrasse, eigentlich mehr ein Balkon. Dort haben wir sehr oft gesessen, zum Frühstück, zum Kaffee, zu einem Glas Wein. Natürlich nur, wenn wir nicht zu viele waren. Sonst wurde hier unten im Garten gedeckt. Dort im Keller standen Tische und Stühle. Im Nu war alles aufgebaut. Dann saßen wir lange hier draußen. Es war immer ausreichend zu trinken da. Wir haben geredet und geredet.
Das dort links, der flache Anbau, das war Henrys Reich, sein Arbeitszimmer, manchmal auch sein Wohn- und Schlafzimmer. Es gibt einen separaten Eingang, vorne an der Stirnseite, innen ist auch noch eine Tür. Von dort kommst du über die Diele in die Küche. Die Küche war da rechts von der Terrasse. Oben, im ersten Stock waren das Schlafzimmer, ein Bad und das Kinderzimmer.
Hier unten gab es eine Art Gästezimmer, sehr einfach, aber völlig ausreichend. Ein Bett, ein Schrank, ein Waschbecken und um die Ecke eine Toilette. Duschen konntest du hier draußen, ja dort, im Freien. Nein, natürlich nur im Sommer. Im Winter bist du nach oben ins Badezimmer gegangen.
Im Winter war man unter sich. Vieles im Ort war geschlossen. Auf dem See war kein Mensch zu sehen.

Wie lange Henry hier wohnte? Bestimmt zwanzig Jahre. Am Anfang war es schwierig. Kaum waren sie umgezogen, brachen harte Zeiten an. Nicht nur dieses unsinnige Buch machte ihnen Probleme. Remarque starb und das traf Henry schlimmer als der Tod seines leiblichen Vaters. Es war nicht völlig überraschend. Remarque hatte schon mehrere Herzanfälle erlitten. Auch an ihm gingen die ständigen Alkoholexzesse nicht spurlos vorüber. Der Verlust war für Henry riesengroß und sehr schmerzhaft. Tagelang war er betrunken. Du konntest kaum mit ihm reden. Es schien, als habe er seinen Halt verloren. Vielleicht war es tatsächlich der zweite Verlust des Vaters? Wenn Remarque in Ascona war, richtete Henry seinen Tag nach ihm aus. „Paul ist um eins im Verbano." „Paul ist später im Café Central" „Ich bin mit Paul bei ihm zu Hause verabredet." Sie haben täglich mehrfach miteinander telefoniert. Es war nicht so, dass Henry Remarque hinterherlief. Es beruhte wirklich auf Gegenseitigkeit. Remarque ist öfter, einfach so, hier vorbeigekommen. Er trank ein Glas Wein, plauderte ein wenig mit Elke und Henry, und ist dann wieder gefahren. Jetzt würde er nie mehr im Ristorante Verbano sitzen, dass übrigens nach Remarques Tod völlig an Bedeutung verlor. Einer der Fixsterne von Ascona war erloschen.
Es war eine große Gesellschaft an Remarques Beerdigung. Marlene Dietrich war gekommen, Oskar Werner, Hardy Krüger, Erika von Thellmann, Billy Wilder und andere Freunde aus Amerika, Charly Chaplin führte Paulette Goddard am Arm. Neben den hiesigen Autoren und Künstlern sah ich Erich Kästner, Irmgard Keun, Max Frisch und viele Gesichter, die ich nicht kannte. Ich saß ganz hinten. Neben mir ein klein gewachsener Herr mit Halbglatze, über die er einzelne Haarsträhnen gelegt hatte. Erst später erfuhr ich, dass dies Wolfgang Koeppen war.

Es war eine ruhige, sogar stille Trauerfeier. Ich meine damit, es war keine öffentliche Veranstaltung, so wie sie vielleicht heute stattfinden würde. Remarque war ja nur Schriftsteller, kein Schauspieler, Popstar oder Mitglied eines Adelshauses. Bei denen muss die ganze Welt zugeschaltet werden.

Henry hielt eine sehr bewegende Rede. Er beschrieb darin, wie er Remarque erstmals begegnet war, wie dieser ihm, zur Flucht hierher verholfen habe. So nannte er es: Flucht. Wie sich durch diese Begegnung sein Leben verändert hätte, im Grunde sein Leben gerettet wurde. Er nannte Remarque einen Freund, mehr noch, einen Brudervater.

Also, Remarque war gestorben. Das war eine Erschütterung für Henry. Nicht zuletzt seinetwegen war er hierhergezogen. Kurze Zeit später konnte der Desch Verlag nicht mehr zahlen. Das war der zweite Schlag. Immer mehr Autoren hatten Desch zwischenzeitlich auf Nachzahlungen unterschlagener Honorare verklagt. Jetzt war er zahlungsunfähig. Die monatlichen Überweisungen waren das Fundament für Elkes und Henrys Leben, sie waren existentziell. Es gab keine Rücklagen, Henry verschleuderte seine Einnahmen mit beiden Händen. Was sollte nun werden. Immerhin konnten wir quasi sofort die Rechte an Henrys Büchern aus dem Desch Verlag herauslösen, aber das brachte noch kein Geld. Wir mussten umgehend einen neuen Verlag finden, was nach dem mäßigen Erfolg mit dem *Club* nicht ganz einfach war. Durch Vermittlung von Will Berthold kam Henry mit Bertelsmann in Kontakt. Sie wollten sofort seine Romane für ihren Buchclub übernehmen. Ich hatte dir ja erzählt, Desch hatte einen eigenen gegründet, der aber niemals an den Bertelsmann Buch Club herangekommen war und jetzt ebenfalls vor dem Aus stand. Das war Rettung in letzter Not. Und vor allem, es wurden nochmals große

Auflagen gedruckt und verkauft, es kamen nochmals Taschenbuchlizenzen und so weiter. Es war ein großes Glück für Henry, wieder einmal.

Als Drittes kam die Sache mit Horst und Willi. Eines Morgens standen zwei Reporter der *BILD-Zeitung* vor Henrys Tür. Ich war auch zufällig hier. Ihr Besuch war nicht angekündigt, sie wollten „eine spontane Reaktion" von Henry sehen. Wir saßen hier unten im Garten, es war Sommer, ich weiß es noch genau. Es waren zwei ganz unterschiedliche Typen. Der eine trug einen zerknitterten Anzug, der andere war sehr lässig gekleidet, möchte ich es einmal nennen, fast schon wie ein kleiner Ganove. Sie sahen beide furchtbar übermüdet aus. Sie waren die ganze Nacht durchgefahren. Sie kamen aus München, glaube ich. Sie stellten sich kurz vor, setzten sich unaufgefordert an den Tisch und fragten, ob Henry es schon gehört hätte. Was gehört, wollte er wissen. Na, die Sache mit dem Banküberfall? Welcher Banküberfall? Die beiden Korbmacher-Brüder seien am Vortag in Aschaffenburg bei einem Banküberfall geschnappt worden. Was er dabei empfinde?

„Verdammte Scheiße!", sagte Henry, und dieses Zitat brachte es am nächsten Tag tatsächlich auf die Titelseite der *BILD* in ganz Deutschland. Henry und ich, wir waren wie vor den Kopf geschlagen. Willi und Horst, wir hatten sie total vergessen. Wir wussten nicht, was aus ihnen geworden war. Ich hatte einmal in Frankfurt gehört, dass sie auch früher aus der Haft entlassen worden waren, einige Jahre nach Henrys Begnadigung. In der Zeit bei der *Rundschau* bis zum Umzug nach Ascona waren sie noch im Gefängnis, da bin ich mir ziemlich sicher.

Die Reporter wollten von Henry alles wissen, wie sich Willi, Horst und er kennengelernt hätten, ihre Kindheit, eigentlich unsere Kindheit, aber ich war nicht interessant

für sie. Natürlich ging es hauptsächlich um die gemeinsamen Jahre als Jäger-Bande. Ich merkte Henry an, dass es ihm schwerfiel, sich an diese Zeit zurückzuerinnern. Nicht weil er es vergessen hätte. Es war ein Widerstreben in ihm, ein Ausweichen, eine Distanz. Später, als die beiden Journalisten weg waren, saßen wir hier und Henry hätte fast geweint. Er machte sich bittere Vorwürfe. Er sagte, er hätte sich in diesen Elfenbeinturm zurückgezogen, sich amüsiert, ein schönes Leben geführt und dabei seine Freunde im Stich gelassen. Trotz allem, trotz den Zerwürfnissen vor und nach dem Gerichtsprozess, seien Willi und Horst seine engsten Freunde, das sei ihm eben klar geworden. Und diese ganze Sippschaft hier, diese eitlen, verlogenen, hinterhältigen Lackaffen, die würden niemals das sein können, was Bubi und Horst für ihn waren. Sie hätten so viel gemeinsam durchgemacht, dass er sich schäme, sie so vergessen zu haben.
Was sollte ich da sagen. Ich wohnte schließlich in Frankfurt. Ich war doch noch viel näher an ihnen dran, zumindest räumlich. Ich kannte sie ebenso lange wie Henry. Bei vielem, was Henry erzählte, war ich genauso dabei gewesen. Sie waren auch meine Freunde. Ich habe mich seitdem immer wieder gefragt, ob es eine Art Eifersucht von mir gewesen ist. Weißt du, in der Zeit, als die drei ihre Überfälle und Raubzüge verübten, da war ich schon sehr neidisch auf Willi und Horst. Und ganz besonders, nachdem mich Henry ausgestoßen hatte, nachdem er mich so vor die Tür gestellt hatte.
Das glaubst du immer noch nicht? Dein Vater als Einbrecher und Gauner? Womöglich bin ich es geworden? Es gibt nicht wenige, die behaupten, Anwälte und Halsabschneider seien dasselbe. Die einen nutzen die Paragrafen, die anderen verstoßen dagegen. Aber Spaß beiseite, ich habe es damals wirklich gewollt, und wenn Henry

mich nicht davor bewahrt hätte, wer weiß, wie mein Leben verlaufen wäre. Ich habe eben auf dem Friedhof nochmals darüber nachgedacht. Ich wollte wirklich mitgehen, wollte dazugehören, wollte mich auch in gewisser Weise befreien.

Du kannst dir diesen Mief, diese bedrückende Atmosphäre, dieses permanente Wegsehen zu jener Zeit nicht vorstellen. Und gerade in der Juristerei war es besonders schlimm. Als junger, halbwegs denkender Mensch konntest du das gar nicht aushalten. Wir, die vor dem Krieg Geborenen, wir haben uns noch im Zaum gehalten, waren noch zu sehr Kinder des Dritten Reiches, waren noch zu sehr dressiert worden. Die Generation nach uns, die ist dann endlich auf die Straße gegangen.

Nein, ich erzähle jetzt keine Achtundsechziger-Geschichten. Was ich mit Eifersucht gemeint habe? Ich wollte damit sagen, dass ich es war, der mit Henry befreundet blieb. Er und ich, wir haben später wieder zueinander gefunden, sind den Weg aus dem Gefängnis hierher gegangen, ich hatte ihn für mich gewonnen. Es gibt bei Jungs, oder wenn du willst bei Männern, auch so etwas wie Eifersucht. Eifersucht darauf, nicht an Nummer eins zu stehen, wenn du verstehst, was ich meine. Das hat nichts mit Sexualität zu tun. Weder Henry noch ich haben jemals erotische Gefühle füreinander gehegt. Es hat mehr mit der Rangordnung zu tun. Von klein auf war Henry unser Leitwolf. Wir drei anderen, wenn ich es mal darauf beschränke, wir haben uns um den Platz hinter ihm gestritten. Und ich hatte letztlich gewonnen. Vielleicht war mir daher das Schicksal von Willi und Horst egal. Ich wollte sie gar nicht mehr an uns heranlassen. Ich hätte mich jederzeit nach ihnen in Frankfurt erkundigen können. Ich hätte sie sicherlich ausfindig gemacht. Sie wussten auch, wo sie mich fanden. Sie kannten bestimmt auch Henrys

Adresse, wo und wie er jetzt lebte. Sie haben auch nichts unternommen, ihn oder mich wiederzusehen. Sie hatten respektiert, dass sich unsere Wege getrennt hatten.
Tagelang war Henry wie versteinert. Du hast ihm angemerkt, wie ihm die Sache nachging. In der *BILD* war ein mehrseitiger Artikel über ihn und die Korbmacher-Brüder erschienen. In riesiger Aufmachung wurde nochmals über die Jäger-Bande berichtet. Henry war der Erzähler. Er berichtete über die Kindheit von Willi und Horst, ihre Schulzeit, die Kriegserlebnisse, die Jahre danach. Dann ging es auch um Josef Korbmacher, den Vater von Willi und Horst. Der Tenor des gesamten Artikels war im Grunde, dass die beiden niemals eine Chance hatten und nur dort landen konnten, wo sie landeten. Ich muss gestehen, es war außergewöhnlich, zumindest für die *BILD-Zeitung*. Natürlich wurde auch Henrys Vergangenheit damit nochmals in den Blickpunkt gerückt. Wer ihn und seine Geschichte bis dahin noch nicht kannte, jetzt war es so weit.
Für Henry war es aber nicht nur das Gefühl, die beiden im Stich gelassen zu haben. Er fühlte sich auch für ihr Versagen verantwortlich. Er ließ sich alle möglichen Zeitungen kommen, die über den Überfall berichteten. Er besorgte sich sogar einen Stadtplan von Aschaffenburg, den er stundenlang studierte. Abschließend sagte er zu mir: „Sie hätten es schaffen können. Wenn ich es geplant hätte, hätte es funktioniert.“ Horst und Bubi seien vorgegangen wie früher, wie er es ihnen beigebracht hatte. Sie stahlen einen schnellen Wagen, fuhren vor, stürmten in die Schalterhalle, nahmen nur das, was sie auch erreichen konnten und waren nach wenigen Minuten wieder raus. Schnell, wenig Aufsehen, keine Gewalt. Sie hätten nur zwei Fehler begangen. Erstens, sie hatten sich im Vorfeld nicht genügend mit der Umgebung vertraut gemacht. Zweitens, sie hatten die Schalterhalle nicht unter Kontrolle. So konnte

ein Mitarbeiter in einem Nebenraum den Alarm auslösen. Ihre überhastete Flucht endete an einer Kreuzung, deren Ampel für sie auf Rot stand. Der fließende Verkehr schnitt ihnen den Fluchtweg ab. Wären sie in die andere Richtung davongefahren, hätte es höchstwahrscheinlich funktioniert. Zumindest hätten sie freie Bahn gehabt, bis sie irgendwo den Wagen tauschen konnten. Dann hätte sie niemand mehr erwischt. So wurde es eine relativ kurze Flucht, über die sich anschließend die Presse und die Öffentlichkeit lustig machten. Die Korbmacher-Brüder standen da wie die dümmsten Bankräuber der Welt. „Rote Ampel stopt Bankräuber", war die Schlagzeile in allen Zeitungen. Henry fühlte sich wie ein Lehrer, der sich für die schlechten Leistungen seiner Schüler schämt. „Wenn ich es geplant hätte, wäre so etwas nicht passiert", sagte er.

Henry und ich wollten helfen und für ihre Verteidigung sorgen. Ich habe die beiden damals im Gefängnis besucht. Henry konnte das nicht. Nicht, dass er Willi und Horst nicht sehen wollte, er konnte kein Gefängnis mehr betreten. Das ging einfach nicht. Es hatte schon zuvor immer mal wieder Anfragen von der Presse gegeben, die mit ihm eine Story hinter Gittern drehen wollten. Er hat das immer abgelehnt. Davor ja, darin nein. Wer will es ihm verdenken.

Ich habe Willi und Horst besucht. Ich habe sie kaum wiedererkannt. Fünfzehn Jahre hatte ich sie nicht gesehen. Den Großteil davon hatten die beiden im Gefängnis verbracht. Henry konnte sich damals durch sein Schreiben befreien. Er hatte sich eine eigene Welt innerhalb seiner Zelle aufgebaut. Willi und Horst war dieser Ausweg verschlossen. Sie waren ein Paradebeispiel dafür, wie der Strafvollzug damals funktionierte. Der Insasse wurde als Mensch gebrochen, gedemütigt, stigmatisiert. Es wurde ihm die Würde und vor allem, es wurde ihm

die Lebensperspektive genommen. Der Gefangene verließ sozusagen sozial verkrüppelt das Zuchthaus. Er konnte, selbst wenn er wollte, kaum wieder Fuß fassen. In dieser Beziehung hatte Elkes Vater durchaus recht. Die Rückfallquoten waren enorm hoch. Der Grund dafür lag allerdings im System. Dem Täter, der seine Strafe verbüßt hatte, wurde kaum eine Chance für eine Wiedereingliederung in die Gesellschaft gegeben.
Willi und Horst hatten nach ihrer Entlassung verschiedene kleine Arbeiten angenommen. Was man als Exhäftling eben so tun kann, Hilfsarbeiten auf dem Bau oder anderswo. Schlecht bezahlt und anstrengend. Oft ausgenutzt, da die, die ihnen Arbeit gaben, dies schon als Gefälligkeit ansahen. Es war so, als würdest du Aussätzige aufnehmen. Die sollten einfach dankbar sein, dass sie überhaupt etwas tun durften und ein paar Mark dafür bekamen. Im Gefängnis hatten sie doch nur Tüten geklebt, für nichts.
Es kam, wie es kommen musste. Ein, zwei Jahre haben sie sich redlich bemüht. Sie hatten trotz allem immer noch ihre Träume von einem LKW oder einer Taxilizenz. So, wie sie jetzt geknechtet wurden, würden sich ihre Träume niemals erfüllen. Also fingen sie wieder mit kleinen Gaunereien an, ein Diebstahl hier, ein Einbruch dort. Nichts Großes, nichts Auffälliges. Meist ging es gut. Es reichte, um sich über Wasser zu halten. Josef, ihr Vater, war schon verstorben. Seine Reden lebten in seinen Söhnen fort. Man muss große Dinger drehen, nur so kommt man zu etwas. Dann wird man auch von der Polizei respektiert. Die kleinen Ganoven schnappt man, die großen lässt man laufen. So war dann die Idee für den Banküberfall in ihnen entstanden, nicht diesen speziellen Banküberfall, irgendeinen Banküberfall. Dort lag das große Geld, dort lag ihre Zukunft.

Wenn du die beiden gesehen hättest, wäre dir sofort klar geworden, dass es niemals gut gegangen wäre. Vielleicht war dies auch gar nicht die Absicht. Vielleicht wollten die beiden, frustriert und abgestumpft von ihrem Leben in Freiheit, nur wieder zurück ins Gefängnis? Als sie so nacheinander vor mir saßen, war das schon schlimm. Willi, der immer einen starken Charakter besessen hatte, der sich um Horst, seine Mutter und andere sorgte – er war ein Schatten seiner selbst. Da war nichts mehr, keinerlei Verantwortungsgefühl, weder für sich noch für andere. Es war einfach nur Leere. Als ich ihn von Henry grüßte und ihm sagte, dass wir für die bestmögliche Verteidigung sorgen wollten, da hob er nur die Schultern. Es war ihm völlig gleichgültig. Er ließ Henry auch schön grüßen, in seinem schönen Ascona, dort in der Schweiz, wo es ihm doch so gut ginge.
Bei Horst, dem Frauenschwarm, dem ewigen kleinen Jungen, dem lustigen Hallodri, war es noch schlimmer. Ich weiß nicht, was er alles im Gefängnis und danach erlebt hatte. Horst jedenfalls war nicht mehr derselbe. Er war sogar das genaue Gegenteil. Er war verschlossen, schwermütig, resigniert. Hatte Willi wenigstens noch Freude gezeigt, mich zu sehen und etwas von Henry zu hören, war bei Horst nichts davon zu spüren. Er schaute mich an, als würde er mich gar nicht kennen, als sei ich jemand aus einer anderen Welt, aus einem anderen Leben. Und zwischen jenem Leben und dem Jetzt gab es keine Beziehung mehr. Selbst die Erinnerung daran schien verschwunden. Horst blickte auf die Tischplatte, schaute an mir vorbei, zum vergitterten Fenster hinaus. Er war völlig abwesend. Jetzt würde er für weitere zehn Jahre oder mehr eingesperrt werden, was nützte ihm da eine gute Verteidigung? Ein Jahr mehr oder weniger, darauf käme es doch gar nicht an. Das war keine Hilfe mehr.

Es war furchtbar. Es war nicht so, dass Horst Henry oder mir etwas vorgeworfen hätte, überhaupt nicht. Es wäre vielleicht erträglicher gewesen, hätte er mich wütend beschimpft: „Jetzt, wo es zu spät ist, da kommt ihr an, da wollt ihr helfen. Jetzt, wo ich schon gefallen bin. Ich kann schon alleine aufstehen.“ So etwas in dieser Art. Aber das tat er nicht. Er saß einfach da, sprach kaum ein Wort und ließ sich wieder in seine Zelle bringen.
Ich wusste gar nicht, wie ich es Henry sagen sollte, was ich ihm sagen sollte. Ich rief ihn an. Er ahnte allerdings schon, dass Willi und Horst nicht mehr dieselben waren. Er ahnte, dass sie sich nicht hatten widersetzen können. Er wusste, was in ihnen stattgefunden hatte. Er kannte genügend andere, denen es ebenso ergangen war. Er fragte mich geradeheraus, ob sie sich sehr verändert hätten. Durch mein Schweigen wusste er sofort Bescheid. Er legte ohne ein weiteres Wort auf.
Rainer hatte damals noch die tolle Idee, das Leben der Korbmacher-Brüder zu verfilmen. Rainer war mittlerweile beim Fernsehen und moderierte dort verschiedene Sendungen. Eine davon hieß „unglaubliche Schicksale“ oder so ähnlich. Darin wollte er gerne die Geschichte von Bubi und Horst präsentieren. Oder es sollte sogar ein Film werden, ich weiß es nicht mehr genau. Henry sollte darin als Erzähler fungieren. Es ist dann nichts daraus geworden. Ich glaube, es scheiterte an den übertriebenen Honorarforderungen von Willi und Horst.

Ja, so war das. Ist das jetzt gerecht oder ist es ungerecht? Henry lebte in diesem Paradies, war reich und berühmt. Seine ehemaligen Freunde gingen wieder ins Gefängnis, dabei waren sie schon gebrochen. Bei meinem nächsten Besuch in Ascona versuchte ich Henry zu erklären, vielmehr wollte er es genau wissen, wie sich Willi und Horst

verändert hätten. Jedes Detail ließ er sich beschreiben, jede Geste, jeden Blick. Ihm war völlig klar, dass die Bande zwischen ihm und Willi und Horst gerissen waren. Es gab kein Zurück mehr und es ließ sich auch nichts mehr reparieren. Es war aus und vorbei. Für Henry hatte sich dies alles in einem anderen Leben abgespielt. Nur wollte er die Erinnerung daran nicht verblassen lassen. Er fing an, dieses wunderbare Buch zu schreiben, sein bestes Buch, wie ich finde. Es heißt *Jakob auf der Leiter*. Es ist eigentlich kein Roman, es ist eine einzige, lange Erinnerung, getragen von einer leisen Melancholie. Es ist die Beschreibung eines vergangenen Lebens, immer wieder aus der Perspektive der Hauptperson, von Jakob selbst, die natürlich Henry ist, erzählt. Es ist wie das Schälen einer Zwiebel: Ring um Ring dringst du als Leser weiter vor, siehst du klarer, bist du gefangener. Manchmal tränen dir die Augen. Du tauchst ein in ein fortlaufendes Wechselspiel zwischen der Kindheit, der Jugend und dem erwachsenen Jakob. Das Buch, die Geschichte, ist in einem ganz eigenen Stil erzählt. Es ist wie ein Puzzle, ein Mosaik. Es ist, meiner Meinung nach, das Beste, was Henry je geschrieben hat. Da war er wieder, der Gröschaz. Für dieses Buch hätte er einen Preis verdient, was heißt einen, viele! Es war, nach diesem unsäglichen *Club*, eine volle Kehrtwendung. Ich glaube, dass vor allem die Geschichte mit Willi und Horst ihn dazu bewegte.
Worum es geht? Es geht um unsere Jugend, unsere Kindheit. Henry geht weit zurück. Es taucht darin so vieles auf. Der Ostpark, die Kirschbäume in den Schrebergärten, die Schule, der Krieg, die Jahre danach und natürlich das Scheitern. Henrys großes Thema – darin war er wirklich stark – ist und bleibt das Scheitern. Obwohl er

selbst immer so viel Glück in seinem Leben hatte, ist das Scheitern seine eigentliche Passion.
Und genau darum geht es in *Jakob auf der Leiter*. Jakob scheitert an den Erwartungen des Vaters, er scheitert an den Erwartungen der Frauen, er scheitert an den Erwartungen des Lebens. Es sind keine großen Niederlagen, es sind auch keine großen Herausforderungen. Es sind die kleinen Dinge, an denen er scheitert. Das macht dieses Buch so einzigartig, so zeitlos. Jakob ist scheinbar nicht gemacht für diese Welt. Er trägt daran keine Schuld. Es ist einfach so. Jakob versucht immer wieder, den Dingen gerecht zu werden, aber es gelingt ihm einfach nicht.
Die großen Figuren der Weltliteratur sind gescheiterte Figuren. Leopold Bloom im *Ulysses*, Hans Castorp im *Zauberberg*, Raskolnikow bei Dostojewskij, Franz Biberpelz bei Döblin, Josef K. in Kafkas *Prozess*, wenn du willst auch Jesus in der *Bibel*. Es sind immer die Gescheiterten, niemals ist es ein Held. Oder wenn, dann ist es ein tragischer Held – was wiederum kein Held ist. Don Quichote, Faust, Wallenstein, Grenouille, Hamlet. Nur am Scheitern lernen wir, nur dem Scheitern können wir etwas abgewinnen. Wolfgang Koeppen, von dem ich dir eben erzählte, er verfasste in den Fünfzigerjahren die *Trilogie des Scheiterns*. Er und Henry haben später hin und wieder miteinander korrespondiert. Koeppen war noch ein, zwei Mal hier. Er hat Henry immer getröstet. Er sagte, von ihm, also Koeppen, würden alle den großen Roman erwarten. Sein Verleger, Siegfried Unseld, baue fest darauf. Dabei litt er seit vielen Jahren schon unter einer Schreibblockade. Koeppen kam über einen Anfang nicht mehr hinaus. Henry hätte in seinen Augen diesen großen Roman geschrieben, auch wenn es die Kritik nicht wahrnehmen wolle.
Ich habe mir von Koeppen ein Zitat gemerkt. Es geht so:

„Ich würde lieber Schiffsarzt werden, Negerarzt im Wald,
Psychiater verzweifelter Mörder, Armenarzt in Paris.
Jeder Bettler kennt mich, jede Hure ist meine Schwester,
jeder Gesetzesbrecher traut mir.
Und nach all den Jahren an Erkenntnissen würde ich,
voll Verachtung für die Praktiken
der Verleger und Kritiker,
ein Buch schreiben."

Was ich damit sagen will? Nichts, es ist mir eben nur so eingefallen. Oder vielleicht doch etwas. *Jakob auf der Leiter* war kein großer Erfolg. Dieses Mal vielleicht aus dem Umstand heraus, dass es beim falschen Verlag erschien. Es war schlichtweg zu anspruchsvoll für Bertelsmann. Ich will damit nicht sagen, dass dort nur schlechte Bücher erschienen, ganz und gar nicht. Es wurden dort eben Bücher für einen populären Markt verlegt. Wäre *Jakob auf der Leiter* bei einem literarischen Verlag erschienen, es wäre mit Preisen überhäuft worden. So blieb es, wieder einmal, relativ unbemerkt. Nach dem *Club* erwartete sowieso keiner mehr etwas Anspruchsvolles von Henry Jaeger.
Erstaunlicherweise störte Henry das Schweigen dieses Mal überhaupt nicht. Sonst hatte er sich über Monate darüber aufgeregt, wenn keine oder völlig falsche Kritiken kamen. Das machte ihn manchmal rasend und war oft der Anlass, sich fürchterlich zu betrinken, obwohl er das nie so zugab.
Wie es überhaupt mit der Trinkerei nach Remarques Tod war? Wie gesagt, die täglichen Treffen um fünf im Verbano fanden nicht mehr statt. Henry war nach wie vor geächtet. Es gab jetzt nur noch einen engen Kreis, der sich in der Bar Central traf, allerdings nicht mehr täglich. Das Geld sprudelte nicht mehr so wie zuvor. Henry fing

an, nur noch am Monatsende oder Monatsanfang auf Tour zu gehen. Dabei wurde es meist heftig. Es konnte vorkommen, dass er zwei, drei Tage weg blieb. Da waren auch andere Frauen im Spiel, kurze Bekanntschaften, bei denen er übernachtete.

Für Elke? Für Elke war das furchtbar. Es war so, als habe sich Henry mit der Arbeit an *Jakob auf der Leiter* an andere Seiten seines früheren Lebens zurückerinnert. Er wurde mehr und mehr wie sein Vater. Elke war ihm, so schien es zumindest, gleichgültig geworden. Das Familienleben überhaupt schien ihm eine Last zu sein. Er veränderte sich.

Es ging noch weiter. Nach dem *Jakob*-Buch, das vorrangig unsere Kindheit und Jugend zum Thema hatte, fing Henry einen weiteren Roman an, der, in der Chronologie daran anschließend, sein Erwachsenwerden beschrieb. Er heißt *Nachruf auf ein Dutzend Gauner* und ist genau das. Es war seine Geschichte, oder genauer, die Geschichte von ihm, Willi, Horst, Fred, Josef, Issak, den beiden Lillys und wie sie alle hießen. Das Buch erzählt, wie es damals war in diesen Kreisen, wie sie dazu geworden sind, was sie waren, und wie sie in einer eigenen Welt, nach eigenen Regeln lebten.

Wenn man Henry den Vorwurf machen wollte, er sei rückfällig geworden, so war es dieses Buch. Er beschreibt die Zeit als Gauner nicht glorifizierend, aber doch mit einem gewissen Stolz und viel Sympathie für die Figuren. Es ist völlig klar, wem seine eigentliche Zuneigung gilt. Der *Nachruf auf ein Dutzend Gauner* ist, im übertragenen Sinne, eine größere Kritik an dem Leben und den Menschen in Ascona als es der *Club* jemals war.

Lass uns um das Haus herum gehen. Da vorne geht eine kurze Treppe hinauf, siehst du. Da ist die Tür, von dort

ging es direkt in Henrys Arbeitsbereich. Alles voller Laub und Baumschnitt. Es scheint wirklich unbewohnt zu sein. Hoffentlich wird es nicht verkauft und umgebaut. Oder, schlimmer noch, abgerissen. Es ist alles noch so, wie es früher war. Siehst du dort oben, das kleine Fenster da, über dem Dach des Anbaus. Dort ist das Badezimmer. Einmal, als Elke Henry ausgesperrt hatte, weil er wieder auf Sauftour war, ist er über dieses Fenster ins Haus geklettert. Er hätte sich den Hals brechen können.
Ja, er veränderte sich. Ich hatte Henry längere Zeit nicht gesehen, konnte ihn nicht besuchen. Es war zu der Zeit, als wir die Kanzlei erweiterten. Elke rief mich eines Tages an. Sie sagte, wenn ich wirklich sein Freund wäre, müsste ich sofort kommen. Sofort. Natürlich fragte ich, was denn passiert sei. Sie wollte es mir am Telefon nicht sagen. Also machte ich mich eine Stunde später auf den Weg. Deine Mutter hat mich für verrückt erklärt, alles so stehen und liegen zu lassen.
Es war eine quälende Fahrt, vorrangig wegen der Ungewissheit, was geschehen war. Es musste etwas Außergewöhnliches sein. Elke hatte mich sonst nur zu meinem Geburtstag angerufen oder wenn sie mal einen juristischen Rat brauchte. Für sich oder für andere. Elke hatte sich einen eigenen Freundeskreis zugelegt, der nichts mit dem Henrys zu tun hatte. Henry sagte immer, jetzt geht sie wieder zu Ihresgleichen. Er meinte damit, dass Elke sich lieber mit den, in seinen Augen, Spießbürgern des Ortes traf. Das stimmte nicht. Es waren einfach nur andere Kreise, ruhigere, möchte ich es nennen. Dort wurde durchaus gefeiert, aber eben nicht jeden Tag oder völlig grundlos. Es waren natürlich in erster Linie Frauen, bis auf Fred Werner, den Patenonkel von Marcus. Elke besuchte ihn oft in seinem Laden, sie half dort gelegentlich aus. Wenn Fred mit der Staffelei

unterwegs war, hütete sie das Geschäft. Dadurch bekam sie Kontakt zu vielen Asconesern, viel mehr als Henry. Henry versuchte eigentlich nie, mit den Einheimischen in Kontakt zu kommen. Er umgab sich nur mit Freunden, die auch Deutsch sprachen. Er hatte sich niemals bemüht, Italienisch zu lernen. Bis auf ein paar Brocken, gerade genug, um sich etwas zu bestellen, sprach er kein Wort. Elke war da ganz anders. Sie sprach schon nach ein paar Monaten so gut, dass sie sich unterhalten konnte. Für sie war das selbstverständlich. Wenn sie hier lebe, müsse sie auch die Sprache sprechen. Elke war daher ganz anders vernetzt, kannte die Frau des Bürgermeisters, des Apothekers, die Leiterin der Stadtbibliothek und so weiter. Sie wurde in den Läden namentlich begrüßt und konnte ein kurzes Schwätzchen halten. Sie kannte auch die Frauen der anderen Künstler, sofern diese verheiratet waren oder mit ihren Frauen hier wohnten. Viele aus der deutschen Clique lebten als Junggesellen hier am See, das hatte ich dir schon erzählt. Und natürlich hatte Elke über Marcus viel Kontakt zu anderen Eltern. Marcus ging mittlerweile zur Schule. Dort kamen nicht alle aus besseren Kreisen, im Gegenteil. Es waren ganz normale Leute aus dem Ort. Elke lebte von daher viel geerdeter als Henry, der sich mit solchen Dingen wie Schule, Einkaufen, Nachbarn, Freunde von Marcus gar nicht beschäftigte.
Als ich endlich hier ankam, war es schon Nacht. Ich war verwundert, dass Henry gar nicht da war. Elke öffnete mir und bat mich herein. Ich fragte, was denn los sei. Sie schien einerseits unsicher und verstört, andererseits fest entschlossen. Wir setzten uns in die Küche.
Sie fragte, ob ich etwas essen, etwas trinken wollte. Ich war fast acht Stunden unterwegs gewesen und wollte wissen, was passiert war. Sie sagte mir, sie würde es nicht mehr aushalten, sie wolle Henry verlassen. Sie

habe alles vorbereitet, morgen würde sie mit Marcus nach Lahnstein fahren. Sie bat mich, hierzubleiben und auf Henry aufzupassen. Ich solle auf alle Fälle verhindern, dass er ihnen nachkomme. Ich sei der Einzige, der das könne. Ich müsse ihm erklären, dass es keinen anderen Mann oder so etwas gebe. In der letzten Zeit würde Henry das vermuten, da sie sich schon so weit zurückgezogen habe, dass es ihm endlich aufgefallen sei.
Sie erzählte, wie es von Mal zu Mal schlimmer geworden war. Es sei mittlerweile ein feststehendes, monatliches Ritual. Henry sei alkoholabhängig, daran bestehe kein Zweifel. Seit gestern sei er wieder unterwegs, vor morgen Abend oder Nacht würde er nicht wiederkommen. So sei es alle vier Wochen, seit nunmehr zwei oder drei Jahren. Am Anfang sei sie froh gewesen, dass Henry nicht mehr täglich unterwegs war. Lieber zwei, drei Tage, als täglich einen ganzen Monat, ein ganzes Jahr hindurch. Mit der Zeit, vor allem seit er an diesem *Nachruf* arbeite, wäre es schlimmer und schlimmer geworden. Henry sei aggressiv, hätte sie die letzten Male geschlagen. Sie habe sogar Sorge, dass er Marcus etwas tun könne. Sie würde sich mit ihm im Haus einschließen. Das letzte Mal sei er dort über das Dach gestiegen, habe das Fenster zum Badezimmer eingeschlagen und sei hineingeklettert. Er trat die Tür zum Schlafzimmer ein. Es habe einen fürchterlichen Streit gegeben. Er habe sie angeschrien, ob sie denn nicht wüsste, dass er ein Einbrecher wäre, dass er leicht überall hineinkomme. Er werde sie überall finden, sie könne sich nicht vor ihm verstecken. Sie habe gesagt, er solle gehen, solle hinuntergehen, in sein Arbeitszimmer, sie wolle ihn nicht hier oben haben. Er habe sie beschimpft, sie sei eben doch nur eine verwöhnte Tochter aus gutem Hause, eingebildet und arrogant. Sie wolle sich mit so einem wie ihm nicht abgeben. Sie habe gesagt, da habe er recht.

Darauf habe er sie geschlagen und geohrfeigt, vor Marcus, der daraufhin zu schreien anfing. Da sei Henry erst zur Vernunft gekommen und nach unten gegangen.
Die nächsten Tage war Henry wie immer kleinlaut und übertrieben hilfsbereit. Entschuldigen würde er sich nicht, das wusste sie. Ein, zwei Mal habe er selbst gesagt, dass er keinen Tropfen mehr anrühren werde. Dann geht es wieder auf den Letzten des Monats und unter irgendeinem Vorwand stiehlt er sich davon. Er würde danach alles herumliegen lassen, Belege, Schuldscheine aus zwielichtigen Lokalen, über mehrere Hundert, manchmal Tausend Franken. Wenn sie für Marcus Schulsachen oder eine neue Hose kaufen müsste, würde er ihr das Geld in die Hand zählen.
Nein, sie könne nicht mehr. Sie liebe ihn nach wie vor, aber sie könne nicht mehr. Eine Trennung sei das Beste. Vielleicht komme er zur Vernunft, wenn sie sich eine Zeitlang nicht sehen. So könne sie nicht weiterleben und Henry auch nicht. Es werde ihn über kurz oder lang umbringen.
Ich war müde von der Fahrt und ich wusste nicht, was ich sagen sollte. Ich kannte Elke lange und gut genug, um zu wissen, dass sie es ernst meinte. Die letzten Monate waren ihr anzusehen. Ich wollte mich nicht in irgendwelchen Floskeln ergehen, von wegen, das wird schon wieder werden.
Ich ging hinüber ins Arbeitszimmer. Elke sagte, ich könne dort auf dem Sofa schlafen. Ich setzte mich auf den Stuhl hinter der Schreibmaschine. Hier war alles sehr ordentlich. Henry hat immer sehr darauf geachtet, dass es in seinem Arbeitszimmer aufgeräumt war. Drumherum konnte es aussehen, wie es wollte, hier war es immer picobello.
Links und rechts vom Fenster standen Bücherregale. Die Bände darin waren säuberlich sortiert und alphabetisch

geordnet. Von Knut Hamsun hatte er alles. Er liebte ihn, er war einer seiner Vorbilder. Dann natürlich Remarque. In jedem Buch stand eine persönliche Widmung an Henry. Die Bände von Will Berthold stachen durch ihre bunten Rücken heraus. Einige der Bücher hatte ich ihm mitgebracht. Es war ja nicht so, dass ich nur zum Feiern so oft hierher zu Henry gefahren bin. Immer wenn ich kam, brachte ich ein paar Bücher mit, die ich gelesen hatte und für gut befand. William Faulkner oder Vladimir Nabokov zum Beispiel. Ich weiß noch, wie wir uns mehrere Tage lang über *Lolita* unterhalten haben, über diese reine, unschuldige und verbotene Liebe des reifen Mister Humbert zu diesem kleinen, bezaubernden, heimtückischen Mädchen. Dabei ging es uns nicht um die Geschichte an sich, die noch immer die Leserschaft spaltet. Es ging darum, wie grandios Nabokov sie erzählte, wie er viele Dinge, ohne sie zu benennen, aber für den Leser deutlich greifbar, in den Fortgang der Erzählung einfließen ließ.
Oder über Faulkner und seinen erfundenen Landkreis in Mississippi, dessen Namen ich bis heute nicht aussprechen kann. Yoknapawa, Yokapawa oder so ähnlich. Wir fanden es faszinierend, nicht nur ein Zimmer, ein Haus, eine Straße, nein, eine komplette Landschaft, mit Flüssen, Bergen, Wäldern und so weiter entstehen zu lassen. Und noch viel interessanter war die Frage, warum die Landschaft genau so und nicht anders aussah. Wenn ich schon die Freiheit habe, kann ich für sie doch jede mögliche Gestalt und Form wählen. Stundenlang haben wir uns den Kopf zerbrochen, ob und wenn ja, welche Bedeutung nun in einem bestimmten Hügel, einem Wäldchen, einem Rinnsal lag.
Henry war da manchmal wie ein Lehrer, oder ein Dozent, der eine Vorlesung über Literatur hält. „Allem, was ein Schriftsteller schreibt, kommt eine Bedeutung zu, den alles

wurde durch ihn erst geformt. Und selbst dem genauesten Biografen, der sich exakt an historische Fakten hält, musst du unterstellen, dass er nicht alle Details gleichwertig behandelt. Er bewertet die Dinge nach seinem Maßstab."
Henry, Remarque, Habe, Kästner und all die anderen, sie haben zwar viel getrunken, gefeiert und sich amüsiert, sie haben aber auch viel diskutiert und miteinander gestritten. Dabei ging es um Erzählformen, Stile, Inspiration, Melancholie, um den gesamten Schreibprozess.
Mir ist an Buchkritiken oft aufgefallen, dass sie dem Autor eine gewisse, wie soll ich es sagen, Naivität unterstellen. Es wird so getan, als fliege ihm die Geschichte einfach zu. Als sei er lediglich ein fleißiger Schreiberling, der nur notiert, was ihm von einer imaginären Stelle, von irgendwelchen Stimmen, diktiert würde. Und das jeweilige Vermögen bestünde darin, möglichst genau zuzuhören. Das gelingt dem einen besser als dem anderen. Die schöpferische Leistung, selbst eines Groschenromans, wird dabei völlig negiert.
Vielleicht gebe ich jetzt auch nur etwas wider, was damals von vielen Autoren hier so gesehen wurde. Die Kritik an der Kritik war ebenfalls ein beliebtes Gesprächsthema und kam im Laufe des Abends so sicher wie das Armen in der Kirche. Vor allem wenn jemand aus dem Kreis, ob Maler, Schriftsteller, Komponist oder Sängerin, negative Kritiken erhalten hatte, wurde einstimmig auf deren Verfasser geschimpft. Ich war ja mehr ein Außenstehender, ein Beobachter. Ich empfand dieses gemeinsame Ereifern manchmal als kindisch und albern. Es hatte so etwas Trotziges: die Künstler von Ascona gegen den Rest der Welt, sozusagen. Henry war immer lautstark dabei und mit jedem weiteren Glas wurde er vulgärer.
Es sind schon so viele gute Bücher geschrieben, doch kaum registriert worden. Und so viele schlechte

wurden in den Himmel gehoben. Remarque erzählte mir einmal, dass er *Im Westen nichts Neues* über fünfzig Verlagen angeboten hatte. Keiner wollte es. Er sagte, die unterschiedlichen Absagen hätten sich so widersprochen, dass er sich fragte, ob er fünfzig unterschiedliche Manuskripte verschickt habe? Das ist ein Phänomen, das sich durch die komplette Literaturgeschichte zieht. Wir naiven Leser glauben immer, die Verleger würden sich um die Bücher förmlich prügeln, würden sofort den Wert eines Werkes erkennen, es in seiner Bedeutung wahrnehmen. Weit gefehlt! Das habe ich alleine bei Kurt Desch erfahren. Er konnte zwar gute von weniger guten Büchern unterscheiden. Aber was schließlich ein Erfolg wurde, das wusste er nicht. Deshalb hat er ja so viele Titel auf den Markt geworfen. Irgendeines würde es schon schaffen. So arbeiten die Verlage heute noch.
Aber wie bin ich jetzt auf dieses Thema gekommen? Ach ja, ich saß bei Henry im Arbeitszimmer und starrte auf die Bücherwand. Ich weiß auch noch, dass verschiedene Notizen links und rechts von der Schreibmaschine lagen. Auf einem der Zettel stand: „Ich bin nie einer von euch geworden. Ihr müsst zugeben, es ist schwer, mit euch zu leben. Ich habe versucht, Frieden mit euch zu schließen.“ Darunter stand „Schluss Nachruf“.
Nicht nur was da geschrieben stand, hat mich stutzig gemacht, es war die Art, die Schrift. Henry hatte, das habe ich dir erzählt, eine winzig kleine, enge Handschrift. Sie wirkte immer wie gestaucht, getrieben, gedrängt. Hier waren die Wörter übertrieben groß geschrieben, wie in Eile, aber gleichzeitig irgendwie zittrig und unbeholfen. Sie sahen aus wie von der falschen Hand, du weißt, was ich meine. Wenn ein Rechtshänder plötzlich mit der linken

Hand schreiben muss. Das ist mir deshalb in Erinnerung geblieben, weil ich glaube, dass mit Henry schon vorher irgendetwas nicht stimmte.

Es war so. Ich bin irgendwann auf dem Sofa eingeschlafen. In der Nacht stand plötzlich Henry im Zimmer. Er war furchtbar betrunken. Natürlich war er überrascht, dass ich da war. Andererseits nahm er es in seinem Zustand nur halb wahr und es hatte keine größere Bedeutung für ihn. Ich half ihm aus den Kleidern und legte ihn aufs Sofa. Selten habe ich ihn so betrunken erlebt. Eigentlich hast du ihm nie angemerkt, wenn er betrunken war. Jetzt war es anders. Er war regelrecht hilflos, er lallte, schwankte und schlief fast im Stehen. Ich legte ihn hin, half ihm aus den Kleidern und deckte ihn zu. Ich ging nach unten ins Gästezimmer.

Am nächsten Morgen stand Elke vor mir, sie war ganz aufgeregt. Ich solle schnell kommen, es sei etwas mit Henry. Während wir nach oben stiegen, erzählte sie mir, dass sie mir auf Wiedersehen sagen wollte und völlig überrascht war, dass Henry im Arbeitszimmer lag. Er sei aber ganz verkrampft, könne nicht sprechen und auch nur einen Arm bewegen. Sie habe schon den Notarzt gerufen.

Marcus saß still in der Küche und aß etwas. Elke sagte, sie habe ihm noch nichts gesagt. Im Flur standen zwei Koffer. Wir gehen ins Arbeitszimmer. Henry hat sich erbrochen. Wir richten ihn auf. Er wirkt wie in der Nacht, nur schlimmer. Seine Zunge schaut ein Stück aus seinem Mund heraus, seine Pupillen sind extrem geweitet, den rechten Arm kann er offensichtlich nicht bewegen. Wir hören die Sirenen. Ich laufe nach draußen und die Treppe nach oben. Gleich darauf renne ich mit den Sanitätern wieder nach unten. Ich sehe Marcus an der Tür stehen.

Er hat die Sirenen gehört und will sehen, wohin sie fahren. Staunend und ein wenig mit Freude sieht er, dass sie zu ihm kommen.
Elke hält Henry, der seltsam schräg in ihren Armen liegt. Mit der linken Hand scheint er uns heranzuwinken. Sein Kopf wackelt. Er gibt unverständliche Geräusche von sich. Die Sanitäter schieben Elke beiseite, legen Henry hin, prüfen mit schnellen Handgriffen seinen Puls, schauen ihm in den Rachen und leuchten mit einer kleinen Lampe in seine Augen. „Apoplexie“ sagt einer von ihnen.

Das dritte Leben

Ich zittere, meinst du. Nein, es ist nichts. Es ist nur etwas frisch geworden. Es geht schon gegen Abend. Die Sonne wird bald ganz verschwunden sein. Lass uns wieder nach unten, zur Piazza, gehen. Lass uns etwas essen, ich bin hungrig, du nicht?
Ja, ich pass auf. Hinunter geht es leichter als hinauf. Ich bin froh, dass du hier bist, dass ich dir das alles erzählen kann. Langweile ich dich? Nein? Du musst sagen, wenn es dir zu viel wird. Weitererzählen? Wirklich?
Es war kein Schlaganfall, es war viel schlimmer. Es war ein Aneurysma, ein Hirn-Aneurysma, eine Hirnblutung. In Henrys Kopf war eine Ader geplatzt. Die Ärzte vermuteten später, das Gefäß sei aufgrund eines heftigen Schlages gegen den Kopf beschädigt gewesen. Das könne schon Jahre zurückliegen. Selbst heute, im Zeitalter der Lasertechnik und minimalinvasiver Chirurgie wäre es ein komplizierter Eingriff. Damals war es fast ein Todesurteil. Die Chancen standen eins zu tausend, dass Henry das überlebt. Dass er unbeschadet herauskäme war ausgeschlossen.
Der Zusammenbruch hat natürlich alles verändert. Elke blieb. Sie packte die Koffer wieder aus, genauer, sie packte einen Koffer wieder aus. Sie brachte Marcus zu ihren Eltern nach Lahnstein. Sie bat mich, bis zu ihrer Rückkehr bei Henry zu bleiben. Ich wäre sowieso nicht weggefahren.
Natürlich habe ich Henry oft besucht, mindestens einmal am Tag. Er lag in Locarno im Spital. Die ersten Tage waren schlimm. Man konnte nichts unternehmen, solange die Blutung nicht aufhörte. Henry war bewusstlos. Er lag auf der Intensivstation. Er war an verschiedene Apparaturen angeschlossen, die ihn am Leben hielten, da viele seiner

Körperfunktionen ausgesetzt hatten. Es war ein ständiges Zischen und Piepen im Raum zu hören. Es war unerträglich.
Einmal hat er kurz die Augen geöffnet. Fragend und hilfesuchend blickte er sich um. Er hatte mich schon erkannt, wollte wohl auch etwas zu mir sagen, aber es kamen nur unverständliche Laute heraus. Dann war er wieder weg. Ich glaubte, ganz deutlich die Angst in seinen Augen erkannt zu haben.
Was die Ärzte sagten? Ärzte sagen doch niemals etwas Genaues, das weiß ich aus eigener Erfahrung. Sie sprechen immer von Glück im Unglück und solche Sachen. Es gibt immer Möglichkeiten, Aspekte, Ansätze, Eingriffe, Therapien. Man müsse nur noch einige Ergebnisse abwarten, sich die Entwicklung anschauen und entsprechend reagieren. Ich habe bei Ärzten immer das Gefühl gehabt, sie wären stets in einer Dunkelheit gefangen. Sie tasten herum, suchen, bis sie irgendwo einen Lichtschimmer sehen. Darauf laufen sie dann zu, egal wie. Auf ihrem Weg ins Licht stolpern sie dahin, immer nach der Methode von Versuch und Irrtum. Wenn ich alleine daran denke, was sie an mir schon alles ausprobiert haben und wie hilflos sie bei deiner Mutter waren …
Ich höre schon auf. Du weißt, dass ich Ärzte nicht leiden kann, schon gut, schon gut. Aber es war genauso, wie ich es dir gerade beschrieben habe. Wäre Henry hier in Locarno geblieben, er wäre sicherlich gestorben. Henry musste operiert werden, das war die einzige Chance. Elke erkundigte sich in allen Kliniken in der Schweiz. In Zürich fand sie einen Spezialisten, der den Eingriff durchführen wollte. Nur wie Henry dort hinbringen? Fliegen war ausgeschlossen. Der niedrige Luftdruck in der Höhe hätte ihn auf der Stelle umgebracht. Jede heftige Erschütterung konnte sein Tod sein. So wurde er nachts,

auf einer besonderen Liege, im Schneckentempo, nach Zürich gebracht. Elke fuhr im Krankenwagen mit, ich bin vorgefahren. Der Arzt dort, eine Koryphäe auf diesem Gebiet, machte Elke wenig Hoffnung. Er bereitete sie darauf vor, dass selbst bei einer geglückten Operation Folgeschäden, bis hin zu einer vollständigen geistigen Behinderung, sehr wahrscheinlich wären. Was denn Henry von Beruf sei, wollte der Arzt wissen. Elke sagte: „Schriftsteller". Natürlich kannte er Henry nicht. „Ja, ich glaube, ich habe schon von Ihm gehört", log er. Keinen Dunst hatte er, wer da auf seinem Tisch lag, keinen blassen Schimmer. Er setzte eine ernste Miene auf und meinte: „Das wird er wohl nicht mehr machen können." Ich höre es heute noch in meinem Ohr. Der Arzt war Zentralschweizer. Er benutzte sehr oft das Wort „machen". In der Schweiz „machen" sie andauernd irgendetwas. Sie betonen das so seltsam, dieses „machen". Es kommt tief aus der Kehle, als würden sie es aus ihrem Innersten hervorziehen. Sie machen, machen und machen. Sie müssten da und da und da Bohrungen machen. Dann machen sie Schnitte zwischen den Bohrungen und heben die Schädeldecke ab. Und so weiter, und so weiter.
Die Operation dauerte etliche Stunden. Elke und ich warteten auf dem Flur. Endlich kam der Arzt und sagte, dass der Eingriff gelungen sei. Er sprach von einem doppelten Glück bei Henry, da das Gefäß relativ nah an der Oberfläche gelegen hätte und es sich gut habe verschließen lassen. Jetzt müsse man abwarten, wann und wie Henry wieder zu Bewusstsein käme.
Was soll man sagen. Schon am nächsten Tag kam Henry wieder zu sich. Er konnte sich zwar noch nicht artikulieren, aber man sah es seinen Augen an, dass er bei klarem Verstand war. Er erkannte Elke, er erkannte mich. Er war der eine unter tausend. Wieder einmal hatte er

unbeschreibliches Glück gehabt. Noch einmal wurde ihm ein Leben geschenkt.
Später sagte er: „Es war die Hölle“. Vom Zusammenbruch bis zur Operation dauerte es mehrere Tage, die ihm wie eine Ewigkeit vorkamen. Er habe diese Zeit wieder in Gefangenschaft verbracht. Dieses Mal gefangen in sich selbst. „Ich habe Elkes Stimme und ich habe dich gehört. Ähnlich wie in einem Traum habe ich alles vernommen. Manchmal glaubte ich auch zu verstehen, worüber ihr redet. Ich wollte euch antworten, wollte rufen, schreien, es ging aber nicht. Aus meinem Mund ist kein Laut gekommen. Er war wie verklebt. Wie damals bin ich fasst verrückt geworden.“
Während der Operation war sein Zustand einmal so kritisch, dass er tot war. Er musste reanimiert werden. Von dieser Nahtoderfahrung berichtete er später Rainer in dessen „unglaublichen Geschichten.“ Es ist die schon oft gehörte Darstellung völliger Harmonie und Gelöstheit. Ein Wandeln in herrlicher Landschaft zu Sphärenklängen. Ich habe Henry diese Geschichte nie ganz abgenommen.
Henry war in einem erbärmlichen Zustand, aber er hatte überlebt. Er blieb noch Wochen im Krankenhaus. Am Ende hatte er fast dreißig Kilo verloren. Die Motorik war stark beeinträchtigt. Es gab partielle Lähmungen, aber es war keine komplette Seite betroffen. Das sei ein gutes Zeichen, sagten die Ärzte. Mit einer entsprechenden Behandlung und viel Übung würde alles wieder voll funktionsfähig werden. Gehen konnte er relativ bald wieder, allerdings war sein Gleichgewichtssinn gestört. Das sei normal. Das bekäme man wieder in den Griff. Stark betroffen war allerdings das Sprachzentrum.
Der Arzt hatte es ja vorhergesagt. „Das wird er wohl nicht mehr machen können.“ Das sagt sich leicht dahin. Es wäre auch für jeden anderen schlimm. Ein Musiker, der

sein Instrument nicht mehr spielen kann. Ein Fußballspieler, dem man das Laufen untersagt. Ein Taxifahrer, dem die Fahrerlaubnis entzogen wird. Das ist für alle furchtbar. Aber bei Henry kam es mir noch viel schlimmer vor. Das Schreiben war ja nicht nur ein Beruf für ihn, das Schreiben war sein Leben. „Das Schreiben hat mir das Leben gerettet“, hat er immer gesagt. Das habe ich dir schon erzählt. Seitdem ich Willi und Horst wiedergesehen hatte, war mir die Bedeutung dieses Satzes erst wirklich bewusst geworden. Das Schreiben war sein Leben, es hielt ihn am Leben. Er hatte nichts anderes.
Für Elke war es ein Schock. Was sollte nun werden? Ein Schriftsteller, der nicht mehr schreiben, der nicht mehr sprechen konnte? Es gab Termine, die einzuhalten waren. Der *Nachruf* war bereits angekündigt, das Manuskript musste in den Verlag. Sie konnte dort unmöglich anrufen und sagen, dass Henry einen Zusammenbruch erlitten hatte und der Roman, obwohl zum größten Teil fertig, nicht erscheinen könne. Das wäre, gerade nach dem Wechsel vom Desch Verlag zu Bertelsmann, eine Katastrophe. Das würde ihnen jegliche Lebensgrundlage entziehen. Henry hatte sich zu mindestens drei Romanen verpflichtet. Dafür hatte er bereits einen Vorschuss erhalten.
Ich hatte zu Elke zuvor keinen intensiven Kontakt, das sagte ich bereits. Ich hatte sie immer nur im Schatten von Henry gesehen. Jetzt, wo sie alleine die Dinge in die Hand nehmen musste, lernte ich sie wirklich kennen. Sie war eine starke, eine energische Frau, was ihr so nicht anzusehen war. Sie war sehr zierlich, daher vermutete man nicht eine solche Entschlossenheit in ihr.
Einige Zeit später ist ein Artikel über Elke erschienen. Er war überschrieben: „Die Frau an seiner Seite.“ Es kann auch sein, dass die Serie so hieß. Jedenfalls wurde Elke darin porträtiert. Sie war bescheiden wie immer. Dabei

hat sie so viel, so unglaublich viel, für Henry getan. Aber zurück zum Krankenhaus.

Als Erstes durfte niemand erfahren, wie es um Henry stand. Er war krank, das ließ sich nicht verbergen, aber die wahre Diagnose sollte keiner wissen. Zweitens schrieb sie den *Nachruf auf ein Dutzend Gauner* zu Ende, ohne irgendwie in Erscheinung zu treten. Es waren nur noch einige Seiten und den Schluss hatte Henry bereits vorformuliert. Drittens holte sie Henry schnellstmöglich nach Hause und begann mit ihm ein intensives Bewegungs- und Sprachtraining. Sie las Bücher über Krankengymnastik und Logopädie. Sie konsultierte Fachleute und studierte einschlägige Zeitschriften. Sie erstellte einen täglichen Übungsplan, den sie penibel und streng umsetzte. Ich habe einen solchen Plan gesehen. Es begann schon im Bett oder kurz nach dem Aufstehen mit Gymnastik. Danach Frühstück, das sie umstellte. Henry hatte immer gerne ein englisches Frühstück zu sich genommen, mit gebratenen Eiern, Schinken, Toast und so weiter. Es war eher ein Mittagessen als ein Frühstück. Jetzt gab es Obst, Tee und Müsli.

Nach dem Frühstück zwei Stunden Logopädie. Das muss ganz furchtbar gewesen sein. Elke erzählte mir am Telefon, wie verzweifelt Henry dabei sei. Er konnte nicht mehr lesen, nicht mehr schreiben, nicht mehr sprechen. Wie bei einem Kleinkind musste sie mit Laut- und Stimmübungen beginnen. Alleine ihm wieder die Aussprache der Vokale beizubringen, war eine Tortur über mehrere Wochen.

Danach war im Tagesplan eine Pause vorgesehen, in der Elke das Mittagessen zubereitete. Anschließend ein kurzer Mittagsschlaf. Am Nachmittag standen Ergotherapie und Spaziergänge auf dem Programm. Spaziergänge allerdings nicht im Ort, sondern immer außerhalb von Ascona. Niemand sollte Henry so sehen. Es sollten keine Gerüchte in Umlauf kommen. Nur ganz, ganz wenige Personen durften ihn besuchen. Horst Lemke war so jemand oder Walter Mehring.

Ach ja, fast hätte ich es vergessen, es kam ein Hund ins Haus, ein Dackel, ein Rauhaardackel. Das war vielleicht ein verrücktes Tier, sehr eigenwillig, wie Dackel nun einmal sind, und mit ganz speziellen Vorlieben. Sobald auch nur ein Tropfen Regen fiel, war er nicht aus dem Haus zu bekommen. Unterwegs blieb er manchmal einfach stehen und musste getragen werden. Er hatte einen festen Platz unten in der Küche. Stundenlang lag er da. Gelegentlich bellte er, wenn er etwas hörte oder ihn etwas störte. Er bewegte sich aber kein Stück von der Stelle. Der Weg zur Tür oder nach draußen war ihm viel zu weit. Henry hat ihn sehr treffend Hugo getauft, nach Hugo Starosta in der *Festung*.

Was Elke, was beiden zugutekam, war Henrys eiserner Wille und seine Disziplin. Auch er wollte wieder auf die Beine kommen, wollte wieder sprechen, lesen und natürlich schreiben. Sie fingen mit Kinderbüchern, mit Fibeln für Erstleser, an. Unermüdlich gingen sie Zeile um Zeile durch. War das Buch zu Ende, wurde wieder von vorne begonnen. Das Schreiben war noch viel schwieriger. Seine Handschrift war nicht wiederzuerkennen, eigentlich war sie unlesbar. Mit der Schreibmaschine ging es besser. Nach dem Schlaganfall hat Henry eigentlich nichts mehr von Hand geschrieben. Entweder setzte er sich selbst an die Schreibmaschine oder er diktierte. Elke und er begannen beim Lernen die Bahn vor dem Schreibpult abzulaufen. Fünf Schritte hin, fünf Schritte zurück. Das half sehr, das war Henrys Rhythmus. Über Monate hin haben die beiden sich gequält und geschunden.

Henry ging es nicht schnell genug. Er beschrieb es einmal so: „Ich war wie ein Suchender, jemand, der etwas verlegt hatte, das er eben noch in Händen hielt. Er läuft umher, geht immer wieder die gleichen Wege, die gleichen Stellen ab, kann aber das, was er deutlich vor Augen sieht, was ihm so vertraut ist, dass er es förmlich spüren kann, nicht finden. Immer wieder springt er unruhig auf, sieht nach, als könne das Vermisste, wie von Zauberhand, an seinem angestammten Platz liegen."

Henry war zuvor immer ein Langschläfer gewesen. Er schrieb fast immer nachts, manchmal bis in den Morgen hinein. Danach schlief er tief und fest bis zum frühen Nachmittag. Nach dem Schlaganfall war alles anders. Henry war unruhig, schlief wenig bis gar nicht, stand immer wieder auf und ging im Haus umher. Elke erzählte mir auch, dass er noch aggressiver geworden sei, wobei sie es auf seine Ungeduld zurückführte. Mehr als einmal habe er ein Buch zerrissen oder was vor ihm lag gegen die Wand geschleudert. Manchmal würde er auch nach ihr schlagen oder versuchen, sie irgendwo zu packen, am Arm, in den Haaren. Wie ein wütendes Kind würde er zudrücken. Sie habe schon etliche blaue Flecken davon.

So oft wie möglich fuhren sie nach Lahnstein, Marcus besuchen, der mittlerweile dort zur Schule ging. Was als spontane, kurzfristige Lösung gedacht war, sollte über Jahre so bleiben. Marcus wuchs bei seinen Großeltern auf, oder sagen wir, er blieb, bis zur Trennung von Elke und Henry, alleine in Lahnstein.

Es muss für Elke ein enormes Opfer gewesen sein, ihr Kind an ihre Eltern abzugeben. Bei jedem Telefonat sagte sie mir, wie sehr sie Marcus vermisse, dass es aber gut sei, dass er nicht in Ascona wäre, nicht diese tägliche Quälerei, nicht diese Wutausbrüche von Henry miterlebe. Das beruhigte sie. Es sei gut, dass er in Sicherheit wäre, so sagte sie tatsächlich, in Sicherheit. Henry war mitunter unberechenbar. Auch Marcus sagte mir einmal, da war er

selbst schon erwachsen, dass ihm die Ferienbesuche in dieser Zeit sehr im Gedächtnis geblieben seien. Es habe im Haus eine ganz eigenartige Stimmung geherrscht, fast ein wenig so, als würde man neben einem wilden Tier wohnen und ständig darauf achten, dass die Gitter auch verschlossen sind. Seine Mutter sei ihm nie von der Seite gewichen und hätte jede Situation vermieden, in der er mit seinem Vater alleine gewesen wäre.
Ja, seltsam, nicht? Es fällt einem schwer, sich das vorzustellen. Von Elke war es ein großes Zeichen ihrer Liebe zu Henry, zu dem sie auch später noch stand und sagte, in der gleichen Situation würde sie wieder genauso handeln. Auch Henry hat ihr dies, trotz aller Streitereien im Nachhinein, immer hoch angerechnet. Eigentlich hat er Elke bis zum Schluss geliebt, er konnte es ihr nur nicht zeigen, dazu war er zu stolz.
Auf alle Fälle ging es vorwärts, ich meine, mit Henrys Genesung. Erst langsam, dann immer schneller, in immer größeren Schritten. Jedesmal wenn ich anrief, war eine deutliche Verbesserung zu hören. Hatten sich die Ärzte bei Leo Kok schon einmal geirrt, so irrten sie sich bei Henry auch. Er konnte wieder sprechen, konnte wieder schreiben, konnte wieder Bücher „machen".
Wann sich die beiden getrennt haben? Das muss Anfang der Achtzigerjahre gewesen sein. Einige Jahre haben sie schon noch durchgehalten. Sie brachten zusammen mehrere Bücher heraus, ich meine, nach dem *Nachruf*. In einigen steht Elke als Mitautorin im Titel. Aber es waren ganz andere Inhalte als zuvor. Der Schlaganfall hatte eine Zäsur in Henrys Schreiben bewirkt. Der *Nachruf* war das letzte Buch, in dem die einzigartige erzählerische Kraft von Henry, die Lebendigkeit, die Glaubhaftigkeit und das Einfühlungsvermögen für die Figuren zu spüren ist. Es ist auch das letzte Buch, in dem es mehr oder minder

um sein Leben ging, in dem sein Leben die Schablone für die Handlung ist. Viel später, nach seinem Tod, in einem der Nachrufe, schrieb ein Kritiker, durchaus wohlwollend, *er habe sich leer geschrieben, er habe sein Leben erzählt.* Das traf es genau. Was nach dem *Nachruf* erschien, war nur noch Broterwerb.

Henry selbst wusste das auch. Es gab eine Grenze, eine Barriere in ihm, das spürte er sehr genau. Er sagte: „Jetzt schreibe ich das, was alle von mir erwarteten und was alle bisher in meinen Büchern gesehen haben." Das stimmte nicht. Das war nur ein Vorwand, eine Ausrede, eine Rechtfertigung. Es gelang ihm einfach nicht mehr, das Leben mit Worten zu packen, wie er es selbst einmal beschrieben hatte. Alles, was nach dem *Nachruf* erschien, war seichte Unterhaltung. Romane mit einer einfachen Handlung, handwerklich gut gemacht, aber ohne weiteren Tiefgang. Die Bücher erschienen zum Teil nur als Taschenbuch und waren zuvor in Zeitschriften als Fortsetzungsromane abgedruckt worden. Sie hießen: *Menschen nennen es Liebe*, *Ein Mann für eine Stunde, Amoklauf* und so weiter. Du erkennst schon am Titel, dass es etwas ganz anderes war.

Nichtsdestotrotz muss man ihm – und natürlich Elke – großen Respekt zollen, dass sie es überhaupt nochmals so weit gebracht hatten. Wie gesagt, er war der eine unter tausend. Dass Henry in seinem Beruf weiterarbeiten konnte, glich einem Wunder. Wieder einmal hatte er dem Tod ein Schnippchen geschlagen. Wieder hatte er unfassbares Glück gehabt. Was natürlich seinen Willen und die wahnsinnige Kraftanstrengung von Elke und ihm nicht schmälern soll.

Wie es zur Trennung kam? Das ist nicht leicht zu erklären, ich weiß gar nicht, ob ich es überhaupt erklären kann. Ich war ja nicht unmittelbar dabei. Ich konnte es nur aus der

Distanz verfolgen, beziehungsweise mir im Nachhinein aus dem, was mir Elke und Henry erzählten, zusammenreimen.
Es gibt Menschen, und Henry war so einer, denen gelingt es einfach nicht, ihr Glück zu halten. Sie biegen es, sie klopfen darauf herum, sie zerren daran, bis es letztlich zerbricht. Es ist wie bei einem kleinen Kind, das sein Lieblingsspielzeug so lange auf den Boden schlägt, bis es endlich kaputt geht. Dann ist das Geschrei groß. So etwa war es bei Henry. Er hatte so oft Glück in seinem Leben, dass er es schon gar nicht mehr wahrnahm. Oder andersherum, er nahm es wie selbstverständlich hin, dass er immer wieder auf die Beine kam, ihm immer wieder eine weitere Chance eingeräumt wurde. Erst viel, viel später, auf seinem Sterbebett sozusagen, bei meinem letzten Besuch bei ihm, hat er das erkannt. Besser spät als nie, möchte man sagen.
Damals, nach dem Zusammenbruch, nach seiner Genesung, war alles zunächst in Ordnung, bis auf die gelegentlichen Wutausbrüche. Henry hielt sich an Elkes Plan. Kein Alkohol, gesunde Ernährung, reichlich Bewegung, diszipliniertes und maßvolles Arbeiten. Einzig das Rauchen konnte er nicht lassen. Zu der Zeit wurde dies auch nicht als so gefährlich eingestuft wie heute. Jeder rauchte. Es war ein gewisses Statussymbol. Wenn Gäste kamen, stellte man wie selbstverständlich einen Zigarettenspender auf den Tisch. Es wurde überall geraucht, im Büro, zu Hause, im Auto, im Kino, im Restaurant.
Aber das nur nebenbei. Ich glaube, zumindest habe ich es mir so erklärt, dass alles mit Henrys fünfzigstem Geburtstag anfing. Dieser war etwa zwei Jahre nach seiner Operation, 1977. Es sollte ein großes Fest werden, und das wurde es auch. Es sollte nicht nur der runde Geburtstag gefeiert werden, sondern auch Henrys endgültige Genesung.

Die beiden hatten dazu den Club angemietet und zahlreiche Gäste eingeladen. Es wurde auf der Terrasse und drinnen gefeiert. Henry hatte im Sommer Geburtstag. Wir, deine Mutter und ich, waren natürlich eingeladen. Es war das letzte Mal, dass wir zusammen hier waren. Später ist Gisela nicht mehr mitgekommen.
Henry hielt eine großartige Rede, frei, witzig und geistreich. Kein Mensch hätte vermutet, dass er vor gar nicht allzu langer Zeit keinen verständlichen Ton herausbekommen hatte.
Jeder gratulierte, sagte, wie gut und erholt er aussehe. Von der langen Krankheit, von der viele gar nichts Genaues wussten, sah man ihm nichts an. Er sehe besser aus als jemals zuvor. Das stimmte. Henry wirkte vital, ausgeglichen und glücklich.
Später ist ein mehrseitiger Artikel in der *Bunten* über seine unglaubliche Genesung erschienen. Die Überschrift lautete: „Ich habe überlebt." Geschrieben hatte die Story der berühmte Oswalt Kolle. Ich glaube, es waren acht Seiten oder mehr. Auch er schrieb von einem Wunder, das den weltbekannten Autor Henry Jaeger gerettet habe. So prominent war Henry damals. Ich habe die Seiten bei mir zu Hause. Es sind ja immer wieder große Artikel über ihn und sein Leben erschienen. Auch später über die Scheidung. Du findest sie in meinem Schreibtisch, bei all den anderen Sachen.
Aber zurück zur Feier. Das erste Mal seit seinem Zusammenbruch trank Henry an diesem Abend wieder. Elke hatte ihm ein, zwei Gläser Sekt zum Anstoßen genehmigt, bei denen es allerdings nicht blieb. Es bahnte sich einer der Abende an, wie es zuvor schon so viele gegeben hatte. Alle aus der Kolonie waren gekommen. Vergessen schien sein Buch, seine Indiskretionen mit diesem blöden Roman, seine Dreistigkeit von damals. Jetzt wollte man

wieder den alten Henry Jaeger sehen, den Rabauken, den trinkfesten Kameraden, den spaßigen Unterhalter und später den zügellosen Narren.
So kam es auch. Henry trank und trank, ein Glas nach dem anderen. Elke versuchte es noch zu verhindern. Sie drohte damit, auf der Stelle nach Hause zu gehen, wenn er nicht sofort aufhöre zu trinken, vergebens. Auch ich bemühte mich, ihn zu bremsen, blieb an seiner Seite, sagte ihm, dass es genug sei, er solle an seine Gesundheit denken. Es war nichts zu machen. Ich solle ihn in Ruhe lassen, sagte er zu mir, wir alle sollten ihn in Ruhe lassen. Es waren schon die ersten Anzeichen, dass er sein Maß erreicht hatte. Es waren nur noch wenige Gäste anwesend, Elke und deine Mutter waren längst gegangen, als es zum erwarteten Ausbruch kam. Dieses Mal war es niemand der Gäste, die er sich vornahm, dieses Mal war es sein Schicksal. Er schimpfte auf seine Erkrankung, seine Schwäche, den lieben Gott, der ihn, wieder einmal, auf die Knie zwingen wolle. Aber er, Henry Jaeger, würde sich nicht so einfach beugen. Er würde immer wieder aufstehen, egal was der da oben sich für ihn ausdenke. Er sei die Eiche, und in dieser Eiche sei noch genügend Kraft, sich jedem Sturm zu widersetzen. Und er werde jetzt auch dieses Gängelband abwerfen, das ihm seine Frau umgeworfen hätte. Er sei stark genug, sein Leben alleine zu führen. Ihm müsse niemand sagen, was er zu tun und was er zu lassen habe.
So in etwa endete der Abend. Ich brachte Henry später nach Hause. Unterwegs setzte er seine Tiraden fort, in denen jetzt mehr und mehr Elke von ihm beschimpft wurde. Sie sei daran schuld, dass er nur noch schlechte Bücher schreibe. Sie würde seine Worte verdrehen, würde ganz andere Sätze niederschreiben, als er diktiere. Sie würde die Handlung bestimmen. Er sei nur

noch ein unbedeutender Souffleur. Ständig würde sie ihn verbessern und korrigieren. „Nein, Henry, so kann man das nicht sagen.“ „Nein, Henry, das hört sich schlecht an.“ „Nein, Henry, das ist falsch.“ Dabei äffte er Elkes Stimme nach. Er hätte noch Großes zu erzählen, aber sie ließe ihn nicht.

Natürlich widersprach ich vehement, sagte ihm, dass er ungerecht sei, dass er sich einmal erinnern solle, was Elke alles für ihn getan hatte. Er lachte nur, sagte, ich hätte ja keine Ahnung, wie es wirklich wäre. Und er steigerte sich weiter hinein. „Das Geld will sie, das Geld und den Ruhm. Sie will mir meinen Namen stehlen. Sie will selbst Bücher schreiben. Sie hat es bereits getan!“ Ich entgegnete nichts mehr und hoffte, er möge sich beruhigen.

Siehst du, deshalb sage ich, es hat mit seiner Geburtstagsfeier begonnen. Oder es ist zum ersten Mal an diesem Abend aus ihm herausgebrochen. Henry konnte keinerlei Bevormundung, und war sie noch so sehr als Hilfe gedacht, ertragen. Das widersprach seinem Wesen. Er war der Anführer, er sagte, wo es langging, selbst wenn es in den Abgrund führte.

Von diesem Abend an nahm er seine alte Lebensweise wieder auf. Vielleicht nicht sofort danach, aber mehr und mehr über die nächsten Monate. Es endete schließlich darin, dass er zu jedem Vollmond auf Tour ging und genauso betrunken wie zuvor nach Hause kam. Elke bewies nochmals lange Zeit Geduld mit ihm, aber es führte zu nichts. Schließlich packte sie ihren Koffer und fuhr nach Lahnstein. Einzig Hugo blieb bei Henry.

Da sind wir wieder. Nein, nicht in dieses Restaurant. Lass uns bis zur Spitze gehen, zum Schloss, wie sie es nennen. Dort war immer ein erstklassiges Restaurant und man konnte direkt am See sitzen. Lass uns ein wenig feiern.

Die traditionelle Küche findest du in den sogenannten „Grottos". Aber mir ist heute nach etwas Besonderem. Es ist höchstwahrscheinlich mein letzter Besuch in Ascona. Warum soll ich da sparen? Es ist kein Geld zum Fenstern hinauswerfen, wenn ich dich zum Essen einlade. Ich weiß, du machst dir nicht so viel daraus, aber tu mir den Gefallen und lass dich ein wenig verwöhnen.
Die Lichter gehen schon an. Ich habe die Piazza immer gerne zu dieser Zeit gesehen, zur blauen Stunde, zwischen Tag und Nacht. Sie taucht den See und alles drumherum in eine ganz besondere Stimmung. Die Berge verdunkeln sich und der Himmel zeigt diese satte Farbe. Es ist wie ein dunkles Strahlen.
Nein, Henry strahlte nicht damals. Er stellte erst zwei Tage später fest, dass Elke nicht mehr da war. Mich hatte sie diesmal nicht angerufen, um bei Henry zu sein, wenn sie ihn verließ. Das war ihr mittlerweile gleichgültig.
Henry rief mich an, da war Elke schon fast zwei Wochen weg. Vielleicht hatte er gehofft, dass sie wiederkäme, einfach so. Er sagte mir, dass Elke nicht mehr da sei. Nein, so sagte er das nicht. Er sagte: „Elke ist wohl nach Lahnstein gefahren?" Es war eine Mischung aus einer unsicheren Feststellung und einer indirekten Frage an mich, ob ich ihm etwas darüber sagen könne. Vielleicht dachte er, Elke hätte sich bei mir gemeldet und mich eingeweiht. Ich hatte keine Ahnung. Ich merkte sofort, dass etwas nicht stimmte. Ich fragte ihn, ob er denn nicht wüsste, wo Elke ist. Er wich aus, druckste herum. Er gab mir keine Antwort. Er wollte etwas von mir, wagte aber nicht, danach zu fragen. Ich sagte ihm, er solle mit der Sprache herausrücken, sagen, was los sei. Er antwortete: „Elke ist wohl weggefahren? Sie hat mir gar nichts davon erzählt. Sie hat mir auch keine Nachricht hinterlassen. Ich bin nach Hause gekommen und sie war nicht da. Ich weiß gar nicht, was sie hat?"

Es war kindisch und albern. Ich fragte, ob er denn nicht in Lahnstein angerufen habe? „Nein, das habe ich nicht. Entweder sie meldet sich, oder sie lässt es bleiben." Das war wieder dieses typische Verhalten von ihm. Er konnte einfach nicht auf den anderen zugehen, ich meine, wirklich zugehen. Wäre Elke in Ascona geblieben, hätte er ihr wieder einige Geschenke gemacht, hätte sich reumütig gezeigt. Jetzt war sie nicht mehr da, um ihn in seinem Schuldbewusstsein zu sehen. Jetzt hätte er sie anrufen, mit ihr darüber sprechen müssen. Das ging nicht. So war er.

Ich bot an, mit Elke zu sprechen. Sie schien meinen Anruf erwartet zu haben. Elke erzählte mir etwas völlig anderes. Sie habe ihm klipp und klar gesagt, wenn er wieder so weitermachen wolle wie vor seinem Zusammenbruch, dann würde sie gehen. Sie würde nicht dabei zusehen, wie er sich zugrunde richte. Sie könne sein Verhalten nicht verstehen. Ob sie sich denn beide dafür so abgerackert hätten, nur damit er wieder seinem alten Laster frönen könne? Sie würde es nicht mehr ertragen. Sie könne es nicht mehr ertragen.

Ich fragte, warum sie denn nicht wenigstens mit ihm darüber spreche, es ihm so wie mir ins Gesicht sage. Elke antwortete, das habe sie doch längst getan. Täglich würde Henry bei ihr anrufen, mehrmals täglich. Er würde ihr drohen, sie beschimpfen, ihr sagen, sie solle zurückkommen, auf der Stelle. Von Einsicht keine Spur. Er würde behaupten, dass eine, also seine Trinkerei, habe überhaupt nichts mit seinem Zusammenbruch zu tun. Das Aneurysma war aus anderen Gründen da und nicht deshalb entstanden, weil er hin und wieder ein Glas Wein trinke. Am anderen Tag würde er beteuern, nie wieder zu trinken. Das sei beim nächsten Anruf schon wieder vergessen. Er trinke wohl auch jetzt, suhle sich in seinem

Schmerz. Er würde nur sich sehen. An Marcus und sie würde er nicht eine Sekunde denken. Er würde überhaupt nicht verstehen, warum sie gegangen ist.
Ich fragte sie, ob es endgültig aus sei? Elke sagte, sie habe Henry angeboten, nach Lahnstein zu kommen. Sie sollten Ascona aufgeben und in Lahnstein wohnen, bei Marcus, ihrem gemeinsamen Kind. Er müsse weg von diesem Ort, mit seiner teuflischen Aura, mit seinem schlechten Einfluss, mit seiner blendenden Wirkung. In Lahnstein könnten sie neu anfangen, noch einmal von vorne beginnen.
Henry hat das natürlich abgelehnt. Für ihn war Ascona das Paradies, sein Zuhause. Keine zehn Pferde hätten ihn hier wegbekommen. Was Elke behauptete, war für ihn nur Kokolores. Deutschland war und blieb ihm verhasst, insbesondere Lahnstein war ihm ein Gräuel. Und so kam es, dass jeder der beiden auf seinem Standpunkt beharrte. Elke war in Lahnstein und wollte, dass Henry zu ihr kam. Henry saß hier in Ascona und wollte, dass Elke nachgab. So vergingen Wochen, Monate. Darüber ist alles zerbrochen. Am Anfang wäre sicher noch genug Liebe da gewesen, bei beiden. Aber keiner wollte nachgeben. Es war sicher an Henry, den ersten Schritt zu tun. Wenn er nach Lahnstein gekommen wäre, sagen wir mal für ein Jahr, um aus diesem Strudel in Ascona herauszukommen, dann hätte sich Elke bestimmt nicht verweigert, später wieder einige Zeit hier zu leben. Sie hat diesen Ort auch geliebt, sie hatte hier viele Kontakte, mehr sogar als Henry. Aber nein, es war nichts zu machen. Jeder von beiden blieb stur. Es hatte vielleicht auch sein Gutes. Henry konnte sich in seinen Augen frei bewegen, Elke war ihre Rolle als Gouvernante los. Das war sicherlich befreiend für beide Seiten.

Die *Bild-Zeitung* ließ Henry auch in dieser Zeit nicht in Ruhe. Sie brachte halbseitige Artikel über die Trennung, den angeblichen Rosenkrieg und schließlich die Scheidung. Ich weiß bis heute nicht, warum Henry das mitmachte, warum er sich so bloßstellte? Ständig empfing er irgendwelche Journalisten, mit denen er durch Ascona zog. Den Reportern gegenüber sagte er: „Ich verstehe die Scheidung überhaupt nicht. Ich liebe meine Frau noch immer.“ Elke wurde auch aufgesucht und interviewt. Sie sagte knapp: „Unsere Ehe ist am Alkohol zerbrochen. Ich konnte es nicht länger ertragen.“

Henrys Ausreisen? Nun, er ließ es irgendwann einfach bleiben. Seine Auflage, also seine Meldepflicht in Deutschland, war längst erloschen, seine Bewährungsfrist abgelaufen. Und die Schweizer kümmerten sich irgendwann nicht mehr darum, ob Henry aus- und wieder einreiste. Er blieb einfach hier.

Marcus? Erst einmal hatten die beiden gar keinen Kontakt. Für Henry war er zunächst auf der anderen Seite. Es dauerte bis lange nach der Scheidung, bis sozusagen alles geklärt war, bevor Henry und Marcus sich wiedersahen und sich öfter trafen. Nach Lahnstein fuhr Henry, glaube ich, gar nicht mehr. Das kam für ihn nicht in Frage. Er wäre womöglich seinem Schwiegervater begegnet, ausgeschlossen. Wenn, dann haben sich die beiden in Frankfurt getroffen und dort etwas unternommen. In den Sommerferien war Marcus hier, bei seinem Vater. Das war bald ein fester Ritus. Er blieb meist die vollen sechs Wochen. Auch später, nach der Schule, kam er im Sommer hierher. Er hat hier gearbeitet, dort vorne, im Hafen.

Selbst als Elke die Scheidung einreichte, war die Tür noch nicht endgültig zugeschlagen, zumindest hatte ich diesen Eindruck. Es war ein letztes Ultimatum, vergeblich. Henry kam zu mir, wollte, dass ich ihn vertrete. Ich habe das abgelehnt, aus verschiedenen Gründen. Erst einmal deshalb, weil ich mich im Familienrecht überhaupt nicht auskannte. Ich sagte ihm, ich sei schon ein mieser Strafverteidiger, als Scheidungsanwalt dafür noch schlechter. Zweitens wollte ich mich nicht auf eine Seite gegen Elke stellen. Scheidungsprozesse waren damals oft eine heikle, unangenehme Sache. Sie sind es bestimmt heute noch. Selbst wenn die beteiligten Personen eine schnelle und saubere Lösung wollen, kommt viel schmutzige Wäsche auf den Tisch. Das Verschuldungsprinzip war zwar Ende der Siebziger als Voraussetzung einer Scheidung abgeschafft worden, es wurde aber immer noch nach dieser Methode vorgegangen. Nach neuem Recht mussten Gründe für die Zerrüttung der Ehe genannt werden. Das lief im Prinzip auf das Gleiche hinaus. Ehebruch, Vernachlässigung, Gewalttätigkeit, Drogenabhängigkeit, Veruntreuung gemeinsamen Vermögens waren solche Gründe. Und Elkes Anwalt konnte, wie du dir vorstellen kannst, bei jedem dieser Gründe etwas anführen.

Ich hatte Henry einen Kollegen in Frankfurt empfohlen, einen Spezialisten. Ich weiß noch, wie er nach einem Termin dort zu mir kam. Sie hatten die Scheidungsklage von Elkes Seite erhalten. Henry war außer sich, er tobte. Jetzt standen plötzlich all seine Eskapaden schwarz auf weiß in diesem Papier. Es war von Alkoholsucht die Rede, es wurden zahlreiche Frauen genannt, mit denen er Affären gehabt hatte, es wurde seine Geldverschwendung angeprangert – die Geschichte mit dem Boot habe ich dir ja erzählt. Alles wurde aufgezählt, mit Ort, Datum und Uhrzeit, bis dahin, wann und wo er Elke geschlagen hatte. Alles stimmte, es war alles korrekt. Ich weiß nicht, was Henry wütender machte. Dass seine Vergehen wieder einmal schwarz auf weiß auf einem Papier standen und er damit in einem Gerichtssaal konfrontiert wurde oder dass ihm detailliert seine begangenen Fehler vorgehalten wurden, denen er nichts entgegenzusetzen hatte. Er sah sich wieder unter Anklage. Wieder hatte jemand hinter seinem Rücken geforscht, gesucht und gefunden. Wieder waren ominöse Kräfte am Werk. Er verstieg sich sogar bis dahin, dass Elke eben aus besseren Kreisen kam und sie dort keinen wie ihn duldeten. Als gäbe es dort so etwas wie eine Torwache, die jeden, der Einlass begehrte, begutachten würde.

Nachdem er sich eine halbe Stunde aufgeregt hatte, sackte er plötzlich zusammen und fragte mich, ob er tatsächlich so schlimm sei? „Hans, bin ich wirklich so ein Ungeheuer?“

Ich wich erst aus, sagte ihm, wo viel Licht, da sei auch viel Schatten.

„Aber ich habe sie doch geliebt. Ich liebe sie noch immer. Alles andere hatte überhaupt keine Bedeutung.“

„Es mag für dich keine Bedeutung gehabt haben. Für Elke war das sicherlich anders.“

„Sie wusste doch, wie ich für sie empfinde.“

„Aber was hätte sie deiner Meinung nach tun sollen? Dir weiter zusehen, wie du dich zugrunde richtest? Weiter deine Liebeleien tolerieren, sich weiter von dir schlagen lassen?“

„Du siehst es also genauso!“ Er sprang auf und ging zur Tür. „Und ich dachte, du seist mein Freund.“ Damit war er weg.

Lass uns dort hineingehen, das sieht doch schön aus. Genauso habe ich es mir vorgestellt. Ja, einen Tisch am Fenster. Setz dich. Ich muss sagen, dass ich jetzt doch müde Beine habe. Die Treppen haben mich sehr angestrengt.

Möchtest du einen Aperitif? Natürlich möchtest du, keinen Widerspruch. Zwei Glas Champagner bitte. Wenn du dich schon mit mir auf diese Reise begeben hast, musst du auch ertragen, dass ich dich einlade. Ich bin nicht völlig aus dem Häuschen, das stimmt nicht. Aber ja, mir geht es gut, ich bin glücklich, hier zu sein, das habe ich dir schon gesagt. Denk nicht, es wäre nur der alten Zeiten willen. Ich bin froh, mit dir hier zu sein. Unsere letzte gemeinsame Reise. Meine Abschiedsreise. Jetzt schau mich nicht so erschrocken an. Es ist so. Meine Uhr wird bald ablaufen und das ist gut so. Alle sind sie schon lange vor mir gegangen. Das war bei Henry auch so, ich meine, in seinem Bekannten- und Freundeskreis hier in Ascona. Remarque war der Erste, Fred Werner ist, glaube ich, noch vor der Scheidung von Elke und Henry gestorben, Hans Habe auch. Walter Mehring starb Anfang, Horst Lemke Mitte der Achtzigerjahre. Otto Bachmann war einer der Letzten, ich glaube, Ende der Neunziger. Henry hat bei allen Beerdigungen Reden gehalten. Bei der ein oder anderen war ich auch dabei, insbesondere bei Horst Lemke, Henrys bestem Freund hier. Henry sagte, er müsse wieder Pfarrer spielen. Er hat das sehr ernst genommen und sich viele Gedanken zu den Verstorbenen gemacht. Ich habe mir immer gewünscht, dass er auch an meinem Grab eine Rede auf mich hält. Manchmal haben wir Sätze daraus entworfen, natürlich nur zum Spaß. Einmal sagte er: „Hier ruht Hans Hübner, mein Bruder, denn Brüder waren wir ein Leben lang.“ Das stimmte sogar, ich hatte es fast vergessen. Als wir noch Kinder waren, haben wir uns einmal Blutsbrüderschaft geschworen. Das war im Ostpark. Wir ritzten uns mit einem Taschenmesser die Hände auf und pressten sie zusammen. Den anderen haben wir nichts davon erzählt. Es war unser Geheimnis.

Weißt du, eine solche Biografie wie die von Henry, die gibt es heute gar nicht mehr. Sein Leben klingt ja wie erfunden, wie ein Drehbuch für einen Kinofilm. Heute ist es schon eine Sensation, wenn sich ein berühmter Mensch, ein sogenannter Star, scheiden lässt. Autounfälle, Streitereien in der Öffentlichkeit, Affären, das wird aufgebauscht, als seien es für die Menschheit bedrohende Krisen. Dafür werden Heerscharen von PR-Beratern und -Agenturen beschäftigt. Dabei ist es nichts zu dem, was Henry in seinem Leben durchgemacht hat. Oder was wir beide durchmachen mussten. Das einschneidendste Erlebnis war sicherlich jene Nacht, in der wir in diesem Erdloch lagen und um uns herum unaufhörlich die Granaten einschlugen. So etwas kann sich heute gar niemand mehr vorstellen. Die Leute erschrecken schon, wenn eine Tür vom Wind zugeschlagen wird. Aber wie das ist, wenn um dich herum, über Stunden, der Boden von Explosionen erschüttert wird, wenn du deine Kameraden schreien hörst, oder, noch schlimmer, wenn ihr Geschrei plötzlich erstirbt, wenn Körperteile durch die Luft fliegen, wenn du selbst gar nicht mehr schreien kannst, das kennt keiner mehr. Zum Glück kennt das bei uns keiner mehr, will ich damit sagen. Leider gibt es ja ständig Kriege auf der Welt.
Unser Leben war danach ein anderes. Es war für immer von diesem Erlebnis geprägt, bewusst oder unbewusst. Als wir uns später umschauten, wir die vollständig durchwühlte Erde um uns herum sahen, konnten wir es gar nicht glauben. Es war ein Wunder, ein wahrhaftes Wunder. Und später denkst du über dieses Wunder nach. Wie hatte das sein können? Warum gerade wir? Hätte einer der Soldaten auf der anderen Seite sein Geschütz nur etwas anders eingestellt, wären auch wir für immer vermisst gewesen. Eine kleine Umdrehung an einem Rad,

ein Zahn eines Zahnrades, hatte unser Leben gerettet. Vielleicht war es auch nur ein Windstoß, ein paar Gramm Pulver zu viel oder zu wenig, was auch immer. Je mehr du darüber nachdenkst, umso mehr glaubst du an ein alles verbindendes Schicksal.
Henry sagte später einmal, nach solch einer Nacht, nach solch einem Erlebnis, wenn der Tod dich mit aller Gewalt packen will, unerbittlich nach dir sucht, kannst du nicht mehr so weiterleben wie zuvor. Henry las mir einmal ein Zitat von Jack London vor, den er sehr verehrte und mit dem er viel gemeinsam hatte. Sie sind sogar an der gleichen Erkrankung, das heißt letztlich an ihrer Alkoholsucht, gestorben. Das Zitat hing lange, von Horst Lemke grafisch umgesetzt, in Henrys Wohnung. Es passte wie kein anderes auf ihn und geht so:

„Ich will lieber Asche sein als Staub.
Ich will lieber, daß mein Lebensfunke sich ausbrennt in heller Flamme,
als daß er in Fäulnis erstickt.
Ich will lieber ein prächtiger Meteor sein,
der mit all seinen Atomen zugleich verglüht,
als ein langlebiger, verschlafener Planet.
Der Mensch ist gemacht, damit er lebt;
nicht damit er existiert.
Ich werde meine Tage nicht damit vergeuden,
daß ich sie zu verlängern suche.
Ich werde meine Zeit gebrauchen.“

Er sagte auch: „Ich hätte eigentlich Bombenleger werden müssen.“ Er meinte dies im übertragenen Sinne. Henry war, das hört sich jetzt vielleicht seltsam an, nach dem, was ich dir aus seiner Ehe erzählt habe, kein gewaltsamer Mensch, überhaupt nicht. Er hat sich geschlagen, wenn

es notwendig war. Dem ist er nicht aus dem Weg gegangen. Er suchte den Kampf aber nicht. Nur wenn es sich nicht vermeiden ließ, flogen die Fäuste – und nur die Fäuste. Henry hätte niemals eine Waffe gegen einen Menschen erhoben, das hatte er sich geschworen und daran hielt er sich.
Ich würde ihn ständig verteidigen? Das stimmt nicht. Ich verteidige Henry nicht. Ich möchte ihn weder beschuldigen noch beschützen und schon gar nicht richten. Es gab genügend andere, die ihn gerichtet haben. Ich möchte seine Fehler nicht entschuldigen, ich möchte ihn auch nicht von einer möglichen Schuld freisprechen. Ich glaube, er hatte selbst genügend an seinen Fehlern und den Verletzungen, die er anderen zugefügt hatte, zu tragen. Ich möchte einfach über ihn erzählen, ich möchte dir von ihm erzählen, damit er nicht gänzlich in Vergessenheit gerät. Denn sein Leben ist erzählenswert, findest du nicht?
Henry sagte immer: „Wir müssen alle sterben, aber um mich ist es schade." Vielleicht hätte es ihn getröstet, wenn er gewusst hätte, dass er nicht der Einzige ist, der vergessen wurde. Manchmal blättere ich in alten Büchern herum. Im Nachtrag wird dort häufig auf andere Autoren und deren Bücher verwiesen. In manchen Taschenbüchern sind ganze Tabellen angefügt, welche Titel noch in dieser Reihe erschienen sind. Ich lese diese Listen sehr genau und versuche mich zu erinnern, ob mir dieser oder jener Name bekannt ist. Natürlich gibt es sehr prominente Autoren dazwischen. Sie sind sozusagen unvergessen, zumindest in meinem Gedächtnis. Aber der Großteil ist mir nicht mehr bekannt, war es niemals gewesen. Dennoch war ihr Werk einst als wichtig erachtet worden, wichtig genug, um gedruckt zu werden.
Alles hat seine Zeit, meinst du. Das mag schon sein. Aber noch heute kannst du Shakespeare, Goethe, Flaubert oder Dostojewski lesen. Ja, das sind Klassiker. Aber

wie wird jemand zum Klassiker? Ob ich Henry in dieser Reihe sehe? Einige Bücher von ihm schon. Theaterstücke werden doch auch immer wieder neu interpretiert, in einen zeitlichen Kontext gesetzt. Das ist bei Henrys Büchern auch so. Die *Festung* hat für mich heute noch Gültigkeit, heute vielleicht mehr denn je. *Die Rebellion der Verlorenen* und *Das Freudenhaus* sind unter diesem Aspekt vielleicht etwas schwächer oder nur punktuell übertragbar. *Die bestrafte Zeit* ist als Dokumentation überaus interessant. Zum *Club* sage ich nichts mehr, nur, wer etwas über Kunst und Kommerz erfahren möchte, kann es lesen. *Jakob auf der Leiter* müsste unbedingt wieder aufgelegt werden, der *Nachruf* ebenso. Das sind ganz wichtige Bücher, nicht nur, weil sie Henrys Leben beschreiben, sondern weil sie wirkliche Literatur sind und ein wichtiges Stück Zeitgeschichte.

„Literatur entsteht, wenn das Leben im Herzen gefiltert und die geheime, mit Balsam und Gift gleichermaßen erfüllte Essenz, daraus gezogen wird." Das sagte der große Georges Bernanos. Und Henry konnte dies wie kaum ein anderer.

Wenn du heute jemanden nach Henry Jaeger fragst, da kennt ihn kaum einer mehr. Wenn überhaupt, erinnern sich manche an den Überfall auf die Rentenkasse, an die Jäger-Bande, an die Korbmacher-Brüder. An Henry als Schriftsteller erinnern sich die wenigsten. Das ist sehr schade, das hat er nicht verdient. Henry sah sich immer als Außenseiter, sein ganzes Leben. Auch der Literaturbetrieb hatte ihn ausgeschlossen. In den Nachschlagewerken zur Literatur wird er meist übergangen. Das ist eine Schande, zumal jemandem wie Karl May und seinen erfundenen Wildwestgeschichten darin seitenlange Einträge gewidmet werden. Nicht einen Preis hat erhalten, nicht einen. Ich weiß, wie wichtig ihm das gewesen wäre.

Marcel Reich-Ranicki forderte immer wieder den „großen deutschen Roman“ ein. Es war sein Maßstab, mit dem er letztlich alles als ungenügend abstrafen konnte. Ich erinnere mich gut an Szenen aus seinem *Literarischen Quartett*. Er setzte an, indem er sagte: „Das Buch ist handwerklich gut gemacht …“ Eine Floskel, sonst wäre es gar nicht in die Sendung gelangt. „Aber“, kam dann. „Aber was will es mir sagen?“, war eine weitere sich anschließende Floskel, mit der er seinen Verriss einleitete. Natürlich war es nicht ausschließlich Reich-Ranicki, der in Deutschland die Preise verteilte, aber seine Stimme hatte ein enormes Gewicht.
Ob die beiden sich jemals begegnet sind? Du meinst Reich-Ranicki und Henry? Ja, mehrmals. Fast immer zur Buchmesse. Sie haben aber wohl nie wirklich miteinander diskutiert. Es war mehr ein höfliches Begrüßen und ein wenig plaudern. Marcus erzählte mir einmal, da war er schon selbst verheiratet und Henry wohnte während der Buchmesse bei ihnen in Frankfurt, dass sein Vater völlig erbost über eine solche Begegnung zurückkam. Bei einem Empfang war er wieder einmal auf den Literaturpapst getroffen, im Frankfurter Hof oder einem der einschlägigen Orte. Vielleicht war es auch bei Frau Huss. Melusine Huss war eine legendäre Frankfurter Buchhändlerin, die einen „literarischen Salon“ unterhielt. Besonders während der Buchmesse traf sich dort alles, was Rang und Namen hatte: Verleger, Autoren, Kritiker. Jedenfalls hätte ihn Reich-Ranicki völlig ignoriert, Henry einfach stehen lassen, als seien sie sich noch niemals zuvor begegnet. Das hat ihn furchtbar gekränkt, geradezu beleidigt.
Ich denke, Henry war sich darüber im Klaren, dass seine späteren Bücher nicht mehr an die aus seiner Zeit vor dem Zusammenbruch heranreichten. Er sagte mir einmal, wie merkwürdig der Beruf des Schriftstellers doch sei. Es

genüge nicht, eine bestimmte Kunstfertigkeit zu erreichen, wie sie zum Beispiel ein Maler gewinnt. Es reiche auch nicht aus, die Stoffe sicher zu handhaben, wie es ein Dirigent leisten muss. Ein Schriftsteller, so wird es von ihm erwartet, müsse von Mal zu Mal besser werden. Er müsse sich immer wieder übertreffen. Das sei sicherlich ein Anspruch, den jeder gute Autor an sich selbst richtet. Dennoch würde diese Forderung auch permanent von außen an ihn gestellt werden, wie bei einem Athleten, der seinen eben erzielten Rekord beim nächsten Lauf schon wieder einstellen müsse.

Es wäre so, als würde man von einem Handwerker erwarten, nach jeder Arbeit eine höhere Stufe zu erreichen. Ein Maurer würde mit einem soliden Haus beginnen und müsse irgendwann, aus eigener Kraft, Kathedralen bauen. So etwa hatte er das gesagt.

Ich glaube, in erster Linie war er einsam. Seine Familie war zerbrochen, seine Freunde verstorben. Ob er nochmals eine Beziehung hatte? Ja, es gab, neben einigen Affären, eine späte Liebe, so möchte ich es einmal nennen. Sie hieß Marta, Marta Bakcsy. Sie kam aus Ungarn und war Klavierspielerin, also keine Pianistin, will ich damit sagen. Sie spielte in verschiedenen Lokalen manchmal abends, manchmal am Wochenende, zur Unterhaltung der Gäste. Ich weiß nur wenig über sie. Sie hat alles, was mit Henrys Vergangenheit zu tun hatte, das heißt mit seiner Vergangenheit vor ihrer Beziehung, abgelehnt, geradezu verdammt. Ich habe sie nur ein, zwei Mal getroffen. Getroffen ist schon übertrieben, gesehen trifft es besser. Außer einer kurzen Begrüßung haben wir kein Wort miteinander gewechselt.

Natürlich wurde auch über diese neue Beziehung in den einschlägigen Zeitungen und Zeitschriften berichtet. Henry nannte Marta in den Artikeln seine „neue große

Liebe", derentwegen er sein Leben völlig umgestellt hätte. Er würde nicht mehr trinken, täglich Rennrad fahren und auch die Inspiration sei wieder zu ihm zurückgekehrt.
Henry war damals hier in Frankfurt und hat ein neues Buch von sich vorgestellt. Es hieß *Kein Erbarmen mit den Männern* und war ein Roman über eine Scheidung, nicht über seine Scheidung, aber es sind schon Erfahrungen daraus in die Handlung eingeflossen. Wie du schon am Titel erkennen kannst, sah Henry die Männer im Falle einer Trennung in der Opferrolle. Aber egal, ich wollte jetzt nicht auf das Buch eingehen. Henry war in Frankfurt und las in der Romanfabrik. Die gehörte damals noch Dieter Engel, der ein paar Straßen weiter das Sudfass, das Edelbordell der Stadt, betrieb. Nach der Lesung wurde fleißig getrunken. Ich konnte an Henry keine Veränderung seines Lebenswandels feststellen. Es war sogar so, als später alle betrunken waren, dass man hinüber ins Sudfass wechselte. Marta, seine „neue große Liebe", schien Henry nicht davon abzuhalten.
Ich weiß, dass Henry und sie kurzfristig zusammenwohnten. Die Adresse kenne ich nicht, ich war niemals dort. Marcus erzählte mir, dass er einmal seinen Vater in dieser gemeinsamen Wohnung besuchte. An allen Möbelstücken, die sie mit in den Haushalt gebracht hatte, klebte oder hing ein Schild mit ihrem Namen: Eigentum von Marta Bakcsy.
Sie haben sich nach einigen Monaten wieder getrennte Wohnungen zugelegt, genauer, Henry zog wieder aus, musste vielleicht wieder ausziehen, ich weiß es nicht. Er hat mir nichts darüber erzählt. Er zog in eine kleine Wohnung am Rande von Ascona, schon mehr in Richtung Losone, weit ab vom See, wo es billiger ist.
Das Haus oben, wo wir waren? Das musste Henry irgendwann verlassen. Das konnte er sich nicht mehr leisten. Es

war auch viel zu groß für ihn alleine. Die Scheidung hatte ihn viel Geld gekostet. Elke erhielt das Haus in Lahnstein, das von Henry noch komplett abbezahlt werden musste. Das war eine enorme Belastung für ihn, zumal es mit seinen Büchern nicht mehr so lief. Schon zuvor hatte er auf Fortsetzungsromane in Zeitschriften gesetzt. Irgendwann schrieb er unter drei Namen gleichzeitig solche Geschichten. Peter Klein und Gabriele Fischer waren seine Pseudonyme. Als Henry Jaeger schrieb er nur noch für etablierte Blätter, wie den *Playboy* oder die Sonntagsausgaben der großen Tageszeitungen. Es war eine mühsame Arbeit und sie reichte für seinen Lebensstil kaum aus.

Hinzu kam, dass er ohne Elke nicht mehr so arbeiten konnte wie zuvor. Was er einst so verflucht hatte, Elkes spontane Kritik, ihre Einwände und Anmerkungen, war eine wichtige Komponente in seinem Schaffen gewesen. Er versuchte Elke anfangs durch andere Damen, Schreibhilfen sozusagen, Sekretärinnen, zu ersetzen. Das funktionierte natürlich nicht. Mehrmals jammerte er mir am Telefon vor, wie furchtbar es wäre, mit diesen Fremden zu arbeiten. Alleine schon ihre Anwesenheit würde ihn stören. Er diktierte nur noch aufs Band, nachts. Am Morgen, wenn Henry schlief, sollte es abgetippt werden. So hatte es Elke zu ihrer Zeit auch getan. Doch was bei Elke ein wohliges, rhythmisches Klappern gewesen war, das sich beruhigend durchs Haus verbreitete, war nun ein nervtötender Lärm, bei dem er kein Auge zu bekam. Das Ergebnis war zudem nur eine Eins-zu-eins-Abschrift dessen, was er auf Band gesprochen hatte. Der Text war holprig, sperrig, kühl, ohne Emotionen. Da ist ihm erst klar geworden, welchen Beitrag Elke zu seinen Texten, auch schon vor seinem Sprachverlust, geleistet hatte.

Ihm blieb nur, alles wieder selbst zu schreiben, zu korrigieren, wieder zu schreiben. Das verlangsamte seine Produktion, wenn ich es einmal so nennen darf, enorm. Er kam in Abgabe- und Zeitverzug, was bei Fortsetzungsromanen tödlich ist. Du kannst bei Zeitschriften einen schlechten Text abgeben, aber nicht keinen Text. Das geht gar nicht. Nach und nach bröckelten ihm die Aufträge weg. Henry fing an, sich Geld zu leihen, auch bei mir. Keine wirklich großen Beträge, immer ein paar Hundert Mark. Es summierte sich über die Zeit. Es war ein Vorschuss auf den nächsten, großen Roman, den er noch schreiben werde. Dann zahle er alles zurück. Irgendwann richtete ich einen monatlichen Betrag an ihn ein. Das ersparte uns die peinlichen Telefonate. Ich war nicht der Einzige, der Henry fortan unterstützte. Er war von einem wohlhabenden Autor zu einem der Almosenempfänger hier vor Ort abgestiegen. Das hat ihn sehr beschämt. Je länger es andauerte, umso mehr redete er von dem „neuen Buch“, das bald kommen werde.

Noch etwas anderes veränderte sich. Ich habe dir erzählt, dass ich bei meinen Besuchen immer unten im Gästezimmer des Hauses gewohnt hatte. Henry wollte dies plötzlich nicht mehr. Mir war nicht klar warum, bis er das Haus endgültig aufgeben musste. Elke und er hatten immer eine Haushälterin beschäftigt. Irgendwann konnte sich Henry diesen Luxus nicht mehr leisten. Nur war er für jegliche Hausarbeit völlig ungeeignet. Er hatte sich nie darum gekümmert, hatte sich auch nie darum Gedanken gemacht. Kochen, Putzen, Waschen war ihm so fremd wie nur irgendwas. Bei meinem letzten Besuch in der Casa Elisabetta war es schon recht unordentlich. Da redete er sich damit heraus, dass die Putzfrau krank wäre. Bis zu seinem Auszug dauerte es noch mehr als zwei Jahre. Es muss furchtbar ausgesehen haben. Wie

ich später erfuhr, mussten die Eigentümer das Haus durch einen Kammerjäger räumen lassen und komplett renovieren. Sie wollten Henry verklagen, wenn er nicht die Kosten dafür übernehme. Ich habe mich dann mit ihnen verständigt.
Es war nachher in all seinen Wohnungen das Gleiche. Er konnte einfach nicht alleine leben. Er hatte das nie gelernt. Ich bat ihn, einen Teil meines monatlichen Geldes an ihn für eine Haushaltshilfe zu verwenden. Er sagte immer ja, das tue er. In Wirklichkeit vertrank er alles während seiner monatlichen Sauftouren. Mein Geld und das der anderen auch. Mehrmals musste er umziehen, dabei wurden die Wohnungen immer kleiner, bis es zum Schluss nur noch ein Zimmer war, nicht viel größer als seine Zelle von damals.

Ah, da kommt unser Essen. Ich bin ganz schön hungrig, du auch? Wie oft ich später noch hier war? Eigentlich immer zu Pfingsten, das hatte sich irgendwann so eingespielt. Genau, das waren meine Pfingsturlaube, du kannst dich daran erinnern. Meist kam ich Donnerstag vor Pfingsten an und bin Dienstag wieder gefahren.
Seit Mitte der Achtzigerjahre gibt es das Jazz-Festival in Ascona. Manchmal hat es sich mit meinem Aufenthalt überschnitten, manchmal bin ich nochmals angereist, je nachdem, wie das Programm war. Es kamen großartige und sehr bekannte Musiker aus den USA, vorrangig aus New Orleans, hierher. Das Festival gibt es immer noch. Es findet normalerweise Anfang des Sommers statt. Die gesamte Promenade ist eine Bühne, überall im Ort, an allen Ecken, gibt es Musik. Bands ziehen durch die Straßen und Gassen, zum Teil in wilder Aufmachung, kostümiert, wie in manchen Kinofilmen zu sehen.

Henry hat sich nicht viel aus dieser Art Musik gemacht. Musik spielte keine große Rolle in seinem Leben. Er hörte gerne Ray Charles. Mit ihm hatte er auch einmal ein Interview geführt, in Hamburg damals.
Helmut Zacharias zählte auch zu Henrys engeren Freunden. Von ihm besaß er einige Schallplatten mit Widmung. Ich küsse ihre Hand, Madame und so etwas. Das kennst du auch, oder? Henry machte sich nicht viel aus diesen Schlagern. Seine Favoriten waren mehr die Jazz- und Swing-Nummern von Helmut. Mit diesen war Zacharias in den USA sehr bekannt und angesehen. Er galt von klein auf als musikalisches Wunderkind. Später kürte ihn der amerikanische Sender AFN zum „besten Jazz-Violinisten aller Zeiten". Darauf war Helmut sehr stolz, mehr als auf seine zahlreichen anderen Auszeichnungen. Über Helmut Zacharias bin ich auch Coco Schumann begegnet. Die beiden kannten sich aus Berlin und hatten schon vor dem Krieg miteinander gespielt. Coco, eigentlich Jakob, wurde als Jude von den Nazis deportiert. Er gehörte in Theresienstadt zu den „Ghetto-Swingern" und musste später an der Rampe in Auschwitz spielen. Das ist auch eine Lebensgeschichte, die sich kaum ein Mensch vorstellen kann. Coco ist erst 2018 verstorben. Ich habe alles von ihm und über ihn gesammelt.
Aber wie gesagt, Henry machte sich nicht allzu viel aus Musik. Sein absoluter Lieblingssong war *Let's Twist Again*. Dabei wurde er richtig lebendig und wenn er schon etwas getrunken hatte, konnte es passieren, dass er dazu auch tanzte, allein natürlich. Sonst war er eher ein Tanzmuffel. Mit Elke habe ich ihn niemals tanzen sehen. Sie waren ein sehr unterschiedliches Paar. Er sagte einmal zu ihr: „Es sieht aus, als würde der Vater mit seinem Kind tanzen." Aber bei *Let's Twist Again* kam Bewegung in ihn. Einen guten Hüftschwung hatte er noch vom Boxen her und es sah aus, als würde er sich für einen Kampf warm machen.

Ansonsten kenne ich keine Favoriten von ihm. Er besaß nur wenige Platten, die wohl noch von Elke stammten. Ich kann mich gar nicht erinnern, dass er jemals den Plattenspieler betätigte oder das Radio einschaltete. Es war meist sehr still im Haus, was ich selbst sehr liebte. Henry hat viel gelesen, das habe ich dir schon erzählt, oder nicht? Er schlief meist lange, was schon eine gewisse Ruhe im Haus voraussetzte, stand auf, aß etwas und hat anschließend ein, zwei Stunden gelesen. Wenn ich hierherkam, hatte ich auch immer zwei, drei Bücher im Gepäck. Oder ich habe mir gleich am ersten Tag welche bei Leo Kok besorgt. Wir haben viel über Bücher geredet, das war unser Thema Nummer eins. Eigentlich haben wir, so kommt es mir heute vor, über nichts anderes gesprochen. Zumindest in der Zeit, als er noch in der Casa Elisabetta wohnte. Henry besaß eine umfangreiche Bibliothek, mit vielen signierten oder ihm gewidmeten Bänden. Nicht nur von den Autoren hier vor Ort. Es waren über die Jahre so viele andere zu Besuch in Ascona. Meist gab es zu ihren Ehren Empfänge, Partys und andere Veranstaltungen. Statt Visitenkarten tauschte man Bücher miteinander aus. Oder es wurden im Nachhinein Bücher einander zugeschickt, als Erinnerung an den Abend oder ein intensives Gespräch. Henry besaß zum Beispiel einige wunderbare Ausgaben von Erich Kästner. Horst Lemke, der mit Kästner eng befreundet war und zahlreiche seiner Bücher illustrierte, hatte ihm auf die leeren Seiten weitere Zeichnungen gemalt. Ähnlich war es mit dem *Drehorgelmann*, das war eine Erzählung von Henry aus den frühen Jahren. Ich glaube, sie ist im Grunde aus der Festung übriggeblieben. Henry wollte die Figur des Drehorgelmannes dort schon gerne unterbringen, hatte aber keine wirkliche Verwendung für sie. So musste der Drehorgelmann weichen und versank in der Schublade. Als er hier auf Horst Lemke traf, die beiden verstanden sich

sofort, schrieb Henry den *Drehorgelmann* zu einer kleinen Erzählung um und Horst steuerte einige Zeichnungen dazu bei. Die Originale dieser Zeichnungen hingen in Henrys Arbeitszimmer. Das Ganze erschien als kleines, schmuckes Büchlein in Peter Schifferlis Arche Verlag.
Henry hat später zahlreiche Ausgaben dieses kleinen Bändchens verkauft. Er bat Horst Lemke jeweils um eine kleine Zeichnung auf dem Vorsatzblatt, dann haben es beide signiert. Das war für bibliophile Menschen natürlich etwas ganz Besonderes. Leo Kok, und später seine Nachfolgerin, haben die Bändchen für gutes Geld verkauft.
Nach und nach gingen auch andere Bücher aus Henrys Bibliothek diesen Weg. Die Schwalben flogen aus dem Haus. Ich weiß noch, bei einem meiner letzten Besuche war die Bücherwand in seinem Arbeitszimmer voller leerer Stellen. Zuvor hatte kaum mehr ein Reclamheftchen hineingepasst. Hie und da klafften ellenlange Lücken. Henry brauchte Geld. Ich hätte gerne den ein oder anderen Band erstanden, wagte aber nicht, danach zu fragen. Henry hätte ihn mir sicherlich geschenkt.
So ist seine Bibliothek Stück für Stück vor ihm ausgezogen und hat sich in alle Winde zerstreut. Erst als kein Buch mehr da war, das zu verkaufen sich lohnte, ist auch Henry gegangen, musste er gehen. Wobei das nicht ganz stimmt. Ein paar Bücher hat er behalten, die Erstausgabe der *Festung*, eine der Fibeln, mit der er wieder lesen gelernt hatte, die *Nacht von Lissabon* mit einer langen, sehr persönlichen Widmung von Remarque und ein Buch, das, wenn ich mich recht erinnere, *Das gute Wort* hieß. Es war ein Lehrbuch für Stil und Ausdruck, mit dem Henry damals in seiner Zelle geübt und gearbeitet hatte und das ihm Margot, nach vielen Bittbriefen an den Anstaltsleiter, ins Gefängnis hatte bringen dürfen. Letztlich blieben

nicht mehr als zwei Handvoll übrig, alle anderen hatte er versetzt.
Er hat versucht, das Haus so lange wie möglich zu halten. Er wollte ganz gewiss nicht ausziehen, nicht nur, weil die Casa Elisabetta eine so fantastische Lage hatte. Er hing auch wegen der vielen Erinnerungen an dem Haus. Henry sagte mir einmal, dass er gelegentlich nach Elke rufe, als sei sie noch immer nebenan in der Küche. Manchmal würde er auch die vertrauten Geräusche in der Stille hören, das morgendliche Klappern der Schreibmaschine, Elkes mahnende Worte an Marcus, dass er sich beeilen müsse, um rechtzeitig in die Schule zu kommen.
Henry rief mich einmal an und war furchtbar aufgeregt. Er erzählte, dass am Nachmittag plötzlich Marcus bei ihm im Garten gestanden hätte. Das muss zwei, drei Jahre nach der Scheidung gewesen sein. Die beiden hatten bis dahin keinen Kontakt. Jedenfalls hätte plötzlich Marcus unten gestanden und Henry glaubte, dass er halluziniere. Es habe ihm einen tiefen Stich versetzt, seinen Sohn dort auf der Wiese zu sehen, und mit einem Mal sei ihm klar geworden, was er doch alles verloren hätte. Der Verlust habe so plötzlich und so unerbittlich vor ihm gestanden, dass er weinen musste.
Es war keine Einbildung, Marcus war wirklich da. Er hat mir die Geschichte später einmal von seiner Seite aus erzählt. Elke und er waren in Italien in den Ferien gewesen. Es war noch dieser Günther Dürr dabei. Er wurde später Elkes zweiter Ehemann. Jedenfalls wollte Elke auf der Heimfahrt Dürr einmal Ascona zeigen, wo sie so viele Jahre gelebt hatte. Es sollte nur ein kurzer Abstecher werden, für einen Kaffee, eine kleine Pause auf der langen Fahrt. Sie waren kaum aus ihrem Wagen gestiegen, da war Marcus auch schon verschwunden. Elke hatte geglaubt, warum auch

immer, dass Marcus seinen Vater nicht sehen wollte. Da hatte sie sich getäuscht. Marcus war geradewegs zur Casa Elisabetta gelaufen und stand dort im Garten. Es muss ein sehr herzliches Wiedersehen gewesen sein. Beide haben sie geweint. Henry sei auch mit heruntergekommen, hierher zur Piazza, wo Elke mit ihrem Zukünftigen saß.
Das wäre früher unvorstellbar gewesen. Sie hätten dann beschlossen, dass Marcus für die restlichen Ferientage bei ihm bliebe, was später in den Sommerferien immer so war. In dieser Zeit habe sich Henry auch Mühe gegeben und für eine gewisse Ordnung gesorgt. Kochen konnte er immer noch nicht. Selbst sein Kaffee ist furchtbar gewesen, was ich bestätigen kann. So kamen Marcus und Henry wieder zusammen, oder sagen wir, haben sich wieder angenähert.
Wer Günther Dürr war? Er war eine SPD-Größe in Frankfurt, lange Fraktionsvorsitzender im Stadtrat und auch sonst viele Jahre an der Spitze der Sozis. Wie Elke ihn kennenlernte, weiß ich nicht. Wenn du mich fragst, haben sie überhaupt nicht zueinander gepasst. Ich konnte nicht nachvollziehen, was Elke an ihm fand. Die SPD neigt ja auch zu einer gewissen Kaderbildung, wenn sie einmal an der Macht ist. Das tun andere Parteien auch, sicher, aber in den Achtzigern in Frankfurt war es schon extrem. Überall wollten die Sozen mitbestimmen, jeder Posten sollte mit Parteigenossen besetzt werden, bis tief in den Bürokratenapparat hinein. Selbst der amtierende Oberbürgermeister durfte keine Personalentscheidung ohne die Zustimmung der Parteigrößen treffen. Meist war es umgekehrt, die SPD-Oberen diktierten ihm, wen er wo einzustellen hatte. Als der OB irgendwann drohte, alles hinzuschmeißen, haben sie auch das in Kauf genommen. Einer der Strippenzieher im Hintergrund war Günther Dürr. Einer der Vordenker, wie man so schön sagt. Und

ein Trinker. Deine Mutter und ich, wir waren zur Hochzeit eingeladen. Es erinnerte mich viel an Henrys fünfzigsten Geburtstag, nur dass Dürr nicht aus der Rolle fiel. Er blieb immer der joviale, freundliche Politiker, dem du keinerlei persönliche Regung anmerktest.
Ich glaube, Henry hat sein letztes wirkliches Buch, seinen vermeintlich großen Roman, der er aber nicht war, nur gegen diesen Dürr geschrieben. Es hieß *Glückauf Kumpel* und spielte im Milieu der Stahl- und Bergbauarbeiter im Ruhrgebiet. Ich bin fest davon überzeugt, dass Henry damit Elke zeigen wollte, dass er der viel größere Sozialdemokrat war, dass er sich um die Arbeiterklasse kümmerte, dass er ihnen und ihren Problemen eine Stimme verlieh.
Henry fuhr mehrfach nach Essen. Einmal habe ich ihn gefahren. Wir waren in Duisburg, Gelsenkirchen, Oberhausen, Recklinghausen, Herten und anderen Orten. Henry hatte zahlreiche Kontakte zu den Kumpels und Stahlkochern dort geknüpft. Eigentlich war es eine Kneipentour. Wir sind von einem Bierlokal zum nächsten gefahren. Tagsüber saßen dort Rentner, Pensionäre und Arbeitslose. Abends kamen die, die noch eine Anstellung hatten. Henry gab sich als Journalist aus und sagte, dass er „den großen Beschiss an den Kumpels" öffentlich machen werde.
Der große Beschiss, das war der Strukturwandel in dieser von Bergbau und Stahlindustrie geprägten Region. Immer mehr Zechen wurden geschlossen, Hütten, Hochöfen, Walzwerke stillgelegt. Natürlich war das schlimm. Viele, mit denen wir sprachen, entstammten Familien, die über Generationen unter Tage oder bei Krupp gearbeitet hatten. Jetzt drohte das Ende. Es wurde viel demonstriert. Überall gab es Mahnwachen für den Erhalt der Arbeitsplätze. Es war teilweise ein unbeschreibliches Leid. Angst und Perspektivlosigkeit beherrschte die Menschen. Ganze

Stadtviertel versanken im Elend. Erste Spekulanten tauchten auf, die alles abreißen und neu bauen wollten. Wir erfuhren von einer Kundgebung am nächsten Morgen, vor einem der Stahlwerke. Der Vorsitzende der IG Metall hatte sein Kommen angekündigt. Um fünf Uhr standen Henry und ich mit den Arbeitern und deren Frauen vor dem Tor. Es war bitterkalt, daran kann ich mich noch heute erinnern. Steinkühler, so hieß der Gewerkschaftsvorsitzende, kam tatsächlich. Er hielt eine lange, aufpeitschende Rede, prangerte das Versagen der Konzernleitung und der Politik an, wollte den Männern und ihren Familien Mut machen. In anderen Ländern wäre das Gelände gestürmt und der Betrieb besetzt worden. Hier gingen alle nach einem langen Pfeifkonzert nach Hause. Geändert hat sich nichts. Es ließ sich auch nicht wirklich etwas verändern, da die Veränderungen unumgänglich waren.
Henry schrieb also diesen Roman. Die Premiere fand unter Tage statt. Das war natürlich eher eine Geste an die Presse. Es sollte die Verbundenheit des Autors mit den Personen aus seinem Roman zeigen. Bevor Elke ihn verlassen hatte und bevor Henry etwas von ihrer neuen Beziehung zu Günther Dürr erfuhr, hat er sich niemals für die Arbeiterklasse interessiert. Ich habe dir erzählt, dass er ein völlig unpolitischer Mensch war. Ich habe ihn natürlich darauf angesprochen, woher sein plötzliches Interesse rühre? Er sagte: „Ich möchte wieder zu meinen Wurzeln zurück. Ich habe immer für die Randgruppen der Gesellschaft geschrieben, für die Vergessenen, Ausgeschlossenen. Daran will ich jetzt wieder anknüpfen und diese billigen Unterhaltungsromane ohne Tiefgang lassen." Ich habe ihm das nicht abgenommen. Er passte nicht zu den Menschen des Ruhrgebiets, die ein ganz eigener Schlag sind. Ich habe damals, auf sein Bitten, einige

Fotos von ihm bei den Recherchen für das Buch gemacht. Sie zeigen Henry inmitten der Arbeiter vor dem Tor des Stahlwerks, an der Theke, im Gespräch mit ehemaligen Bergleuten, deren Gesichter so tief zerfurcht sind, dass es scheint, der Kohlenstaub würde noch immer darinsitzen. Auf allen Bildern ist deutlich zu erkennen, dass Henry ein Fremdkörper unter diesen Menschen ist. Er steht da, im Trenchcoat, die obligatorische Zigarette in der Hand, und wirkt wie verirrt. Er könnte eher zur Konzernleitung gehören als zu den Demonstranten.

Worum es im Buch geht? Das ist schnell erzählt. Es ist eine Mischung aus *Germinal* und *Robin Hood*, wenn du so willst. Erzählt wird die Geschichte eines Bergmanns, der seine Anstellung verliert, aber nicht aufgibt, sich nicht beugt, sondern gegen die Ungerechtigkeit und Schurkerei aufbegehrt. Am Ende findet er mit seiner Familie ein neues Glück, ich glaube, als Kioskbesitzer. Das Buch wurde deshalb ein Erfolg, weil es von der Gewerkschaft unglaublich unterstützt wurde. In dieser Hinsicht hat sich Henrys Engagement vor Ort ausgezahlt. *Glückauf Kumpel* wurde später für das Fernsehen verfilmt. *Tod auf Halde* hieß die Adaption, mit der Henry überhaupt nicht zufrieden war. Das hatte auch etwas mit Geld zu tun. Er fühlte sich über den Tisch gezogen. Angeblich sei ihm ein wesentlich höheres Honorar angeboten worden. Ich weiß es nicht. Henry ließ mich nicht mehr in seine finanziellen Angelegenheiten sehen.

Ich bin zynisch, sagst du. Warum? Weil ich Henrys plötzliches Interesse für die Arbeiterklasse nicht ernst nehmen konnte? Ich habe ihm das damals genauso gesagt, wie ich es dir eben gesagt habe. Ich habe ihn gefragt, ob er mit diesem Buch nicht etwas ganz anderes bezwecke. Ob er es im Grunde nicht für Elke geschrieben habe, in der stillen Hoffnung, dass sie zu ihm zurückkehre?

Was er geantwortet hat? Wie so oft, erst einmal nichts. Er hat mich angeschaut und geschwiegen. Erst viel, viel später, in seinem letzten Brief an mich, schrieb er, dass ich ihn wie kein anderer gekannt und durchschaut hätte. Dass ich manchmal Dinge sah, die ihm selbst gar nicht bewusst waren, die er auch vor sich selbst verbergen wollte. Ich hätte ihm immer die Wahrheit gesagt und dafür sei er dankbar. Er habe meine Ehrlichkeit geschätzt, auch wenn sie wehtat und er sie nicht immer ertragen konnte.

Wollen wir noch einen Nachtisch nehmen, oder einen Kaffee? Ach was, von wegen ich darf nicht. Ein Kaffee wird mich nicht umbringen. Und wenn schon. Es wäre doch schön, hier zu sterben, findest du nicht. Das ist kein Spaß, das meine ich ganz ernst. Jetzt wende dich nicht wieder ab.

Gut, reden wir über etwas anderes. Was nach *Glückauf Kumpel* kam? Da kam die Wiedervereinigung, an der Henry wenig Interesse zeigte. Gerade daran hast du erkannt, dass sein plötzliches politisches und soziales Engagement nur vorgeschoben war. Ich möchte nicht sagen, dass er die Wiedervereinigung ablehnte. Er stand ihr, sagen wir mal, sehr kritisch gegenüber. Gar nicht so sehr aus Misstrauen gegenüber der politischen und wirtschaftlichen Elite, die gleich von „kommenden blühenden Landschaften" sprach. Es war mehr aus ganz eigennützigen Gründen. Er sagte: „Jetzt werden die Kumpel wieder vergessen. Kein Mensch interessiert sich mehr für ihr Schicksal und ihre Situation. Ihnen geht es doch zum Teil schlechter als denen in der DDR."

Das stimmte. Es gab neunundachtzig im Ruhrgebiet Siedlungen, da hatten die Wohnungen keine Toiletten und kein Badezimmer. Einige waren noch nicht einmal an die

Kanalisation angeschlossen. Für die notwendigen Investitionen dort war angeblich kein Geld da.
Er regte sich darüber auf, dass die Stahlarbeiter und Bergleute im Ruhrgebiet auf die Straße gesetzt wurden. Im Osten war es das Gleiche. Nur denen im Westen rechnete man genau nach, welchen Anspruch sie hätten. Sie wurden zu Hunderten in die Frührente gedrängt, mit enormen Abschlägen auf ihre Altersvorsorge. Die im Osten wurden einfach so in die Rentenkasse aufgenommen. Aber das sind die bekannten Ungerechtigkeiten, die wieder einmal die kleinen Leute ausbadeten. Das wurde ihnen als historischer Beitrag zur Einheit verkauft. Überhaupt wurde die gesamte Wiedervereinigung von der breiten Masse finanziert, bis heute. Die Reichen, so Henrys Meinung, die hätten sich über die Treuhand in unglaublichem Maße am Vermögen der DDR bedient.
Jedenfalls sah sich Henry seines gerade entdeckten Themas beraubt. Kein Mensch interessierte sich mehr für das Ruhrgebiet, dessen Menschen und ihrem Schicksal. Henry sagte: „Jetzt ist es aus. Jetzt kannst du auf Jahre hinaus kein Buch mehr platzieren, das sich nicht mit der DDR und ihrem Untergang beschäftigt. Und die im Pott? Die sind wieder die Gelackmeierten. Die werden schon wieder vergessen."
Und er hatte recht. Die deutsche Literatur wird seitdem in weiten Teilen von Ostthemen und Ostautoren geprägt und bestimmt. Nichts wurde mehr ernst genommen, was nicht mit dem Leben im Osten, unter der SED, der Stasi und im Rahmen der „Sozialistischen Volksgemeinschaft" zu tun hatte. Das war einerseits verständlich. Es gab für die Leser aus dem Westen viel Erstaunliches und Neues zu erfahren. Andererseits war es manchmal geradezu albern. Jede halbwegs passabel geschriebene Biografie

oder jeder biografische Roman wurde gefeiert, als sei er ein Meilenstein in der Literaturgeschichte. Dabei handelte der Großteil dieser Romane nur vom Erwachsenwerden und den damit verbundenen Erfahrungen. Natürlich unter anderen Umständen, als wir es im Westen kannten. Vieles war dennoch gleich: die Liebe, die Trennung, der Schmerz. Kein Autor aus den alten Bundesländern hätte damit punkten können. Unter der Kuppel des real existierenden Sozialismus wurde es von der Kritik gefeiert und frenetisch besprochen, als sei es ein einmaliges Ereignis. Als sei man völlig überrascht, dass es dort, hinter dem eisernen Vorhang, auch so etwas wie ein Leben gegeben hat.

Ich glaube, die nach wie vor vorhandene Teilung in den Köpfen hat viel damit zu tun, dass nach der Wiedervereinigung kein Roman über das wirkliche Leben in der BRD im Osten gelesen wurde. Es gab da ein, zwei Bücher, die, zumindest ansatzweise, einen Eindruck hätten vermitteln können. Die Reihe über *Herrn Lehmann* war so etwas. Leider spielt sie größtenteils in Berlin, was nicht unbedingt für die gesamte Bundesrepublik stand. Henrys Bücher wären da schon besser gewesen. *Jakob auf der Leiter* zum Beispiel. Oder die *Rebellion der Verlorenen*. Das hätte vielen Neubürgern ihre Illusionen genommen und ihnen gleichzeitig vermittelt, dass das Leben der einfachen Leute hüben wie drüben gar nicht so unterschiedlich war. Stattdessen wurde mit den vielen Romanen über das Leben in der ehemaligen DDR eine richtige Nostalgiewelle losgetreten, die bis heute in den Köpfen ist.

Jetzt schaust du mich wieder so an. Wie du schaust? Du schaust so, als ginge dir durch den Kopf: Er und sein Henry. Keinen anderen Autor lässt er gelten. Alles andere genügt ihm nicht.

Ich verteidige ihn nicht, dass habe ich dir eben schon gesagt. Ich sehe ihn nur rückblickend als einen vielfach gescheiterten Menschen. Als einen an sich selbst gescheiterten Menschen und als immer wieder an den Umständen gescheiterten Menschen. Sein Thema, dem er sich, ob nun für Elke oder nicht, über Jahre angenähert hatte, war weg. Henry überlegte, ob er in den Osten, nach Bitterfeld oder in die Lausitz fahren sollte, um das Schicksal der Arbeiter dort zu beschreiben. Ich habe keine Ahnung, ob er das jemals wirklich getan hat. Er spielte mit dem Gedanken, ein Buch, ähnlich wie *Glückauf Kumpel*, über den Niedergang der DDR-Industrie zu schreiben. Irgendwann sprach er nicht mehr davon. Er hatte die Pläne wohl aufgegeben. Vielleicht wäre es ihm wie ein Verrat an seinen Kumpeln im Ruhrgebiet vorgekommen?
Aber auch dieses Buch, ich meine *Glückauf Kumpel*, das unmittelbar vor der Wiedervereinigung erschienen war, hätte im ehemaligen Arbeiter- und Bauernstaat gelesen werden sollen. Danach wäre für viele die Erwartungshaltung, und die spätere Enttäuschung, nicht so groß gewesen. Da wäre ihnen klar geworden, dass keine blühenden Landschaften, kein Paradies kommen würde. Stattdessen wurde Henry völlig vergessen. Nichts erinnert mehr an ihn. In Frankfurt noch weniger als hier, in Ascona, wo man ihm zumindest ein Grab gestiftet hat, sein Name auf der Tafel am Friedhof steht und er in verschiedenen Anthologien über die Künstlerkolonie genannt wird. In Frankfurt gibt es gar nichts, keine Gedenktafel an seinem Wohnhaus, keine Straße trägt seinen Namen, noch nicht einmal ein kleines Plätzchen. Dabei war er, wenn man so will, nach Goethe der erfolgreichste Autor, den die Stadt hervorgebracht hat. Millionenauflagen seiner Bücher sind in mehr als dreißig Ländern erschienen. Das hat kein

anderer Schriftsteller vom Main geschafft. Zumindest ist mir keiner bekannt.
Ich persönlich glaube, dass Günther Dürr, solange er lebte, gegen jede Art von Erinnerung an Henry arbeitete. Er war furchtbar eifersüchtig auf ihn. Nach dem Tod Henrys noch mehr als zu seinen Lebzeiten. Ich war bei Elkes sechzigstem Geburtstag eingeladen, das war etwa ein Jahr nach Henrys Beerdigung. Jedes Mal, wenn Elke oder Marcus eine Bemerkung über Henry machten, wenn wir vom „Gröschaz" sprachen, ist Dürr feuerrot im Gesicht geworden und davongestapft. Elke sagte mir, dass sie den Namen Henry Jaeger zu Hause nicht erwähnen dürfe. Allein dass sie seinen Namen nicht abgelegt hatte – nach der zweiten Hochzeit hieß Elke mit Nachnamen Jaeger-Dürr –, war ein ewiger Stachel in ihm.
Wenn ich noch die Kraft hätte, würde ich für die Erinnerung an Henry kämpfen. Aber heute fühle ich mich zu alt und zu schwach dafür. In den Jahren nach Henrys Tod war ich zu krank. Anschließend dachte ich, ich würde auch bald sterben, ich sollte so etwas gar nicht mehr beginnen. Dann starb deine Mutter und ich sitze immer noch hier. Das Einzige, was ich zur Erinnerung an Henry tun kann, ist dir von ihm zu erzählen.
Marcus, sein Sohn, sollte sich darum kümmern? Das mag schon sein. Aber er kennt von Henry nur eine Hälfte seines Lebens oder weniger. Sie haben sich in den letzten Jahren besser verstanden. Marcus hatte inzwischen selbst Familie und ist öfter hierhergekommen. Henry hat ihm aber nie viel über seine Zeit vor Ascona erzählt. Henry fing sogar an, seine Biografie mit der Zeit zu glätten. Er wollte, so schien es, Karl-Heinz Jäger vollständig aus seinem Leben verbannen. Anfänglich hat er seine Vergangenheit mit einem gewissen Stolz vertreten. Ja, er sei ein Spitzbube, ein Einbrecher und Räuber gewesen.

Worüber andere in ihren Büchern fantasierten, das habe er alles selbst erlebt. Das machte ihn hier in Ascona zu einem Unikat. Er hat das genossen und für sich ausgenutzt. Irgendwann war der Glanz verflogen, der Nimbus verbraucht. Nach ein paar Jahren nahm niemand mehr Notiz davon, zumindest niemand aus der Kolonie. Da taugten die alten Geschichten nur noch für die neuen Bekanntschaften an der Bar. Damit konnte Henry die ein oder andere Dame, die ihn nicht kannte, beeindrucken. Als später auch dieser Eifer in ihm nachließ, war ihm seine Vergangenheit, ich möchte nicht sagen peinlich, doch irgendwie unangenehm. Im Buch *Glückauf Kumpel*, das er mehr oder minder im Selbstverlag herausgebracht hatte, spricht er in seiner Kurzbiografie im Anhang nur noch von „bewegten Jugendjahren". Er führt sogar ein „kurzes Medizinstudium" an, das es niemals gegeben hatte. Er listet seine „großen Erfolge als Autor" auf, bringt Zitate namhafter Kritiker, selbst eins aus der *New York Times*, die ihn als „ungeheuerliches Talent" und „hochbegabten Autor" feiern.

Ich habe mich später lange mit Henry darüber unterhalten, warum er so eine Biografie in das Buch setzte. Wir haben uns, wieder einmal, sehr darüber gestritten. Es führte sogar dazu, dass ich zwei Jahre meine Pfingstbesuche bei ihm aussetzte. Im dritten Jahr war ich zum Jazz-Festival gekommen, ohne mich bei Henry anzukündigen. Als ich hier war, habe ich ihn doch gesucht, was nicht weiter schwierig war. Ich kannte ja seine Routen, Wege und Plätze. Es war wieder so ein Wiedersehen, als hätte es nichts gegeben, als wäre nichts geschehen.

Warum wir uns zerstritten hatten? Mich störte an seiner Selbstdarstellung nicht so sehr, dass er seine kriminelle Karriere unter den Tisch fallen ließ, seine Jahre im Zuchthaus verschwieg und so weiter. Mich störten viel mehr die von ihm ausgewählten Zitate aus der Presse. Darin war nur von „Talent“ und „Begabung“ die Rede. Er stellte damit, so meine Ansicht, sein ganzes Werk unter den Scheffel. Er war mehr als ein „Talent“, er war ein großartiger Schriftsteller, er war der „Gröschaz“. Er war mehr als begabt, er war ein exzellenter Erzähler, der sich viel mit Form, Art und Perspektive des Erzählens beschäftigte. Da war er manchmal wie früher bei seinen Einbrüchen. Er schaute sich sein Objekt sehr genau und von allen Seiten an. Er entwickelte einen Plan, wie er sich ihm nähern konnte, wie er ihm gerecht wurde. Seine Bücher sind nicht immer gleich erzählt. Wenn du dich mit ihnen beschäftigst, wirst du feststellen, wie sehr sie sich in der Art und Weise ihrer Konstruktion unterscheiden. Henry war darin sehr findig und experimentierfreudig. Das kam nicht von ungefähr. Ich war ein, zwei Mal dabei, als er mit Remarque, bei Whiskey, Wein und Champagner, über Formen des Erzählens diskutierte. Es war fast so wie früher, als er lange überlegte, wie er einen Panzerschrank knacken konnte.

Und jetzt beschrieb er sich selbst nur als Talent, als begabt. Heute weiß ich, dass ich ihm sehr unrecht tat. Ich verkannte, wie sehr ihm die Jahre der Missachtung, der Herabwürdigung, der polemischen Kritik zugesetzt hatten. Er war in gewisser Weise daran zerbrochen. Er hatte aufgegeben. Er hatte sich endgültig zurückgezogen und kapituliert. Er konnte nicht mehr. Er hatte das erzählt, was er zu erzählen vermochte, jetzt war nichts mehr da. *Glückauf Kumpel* war sein letzter Versuch gewesen, an sein altes Leben anzuschließen. Das war misslungen. Es waren endgültig alle Verbindungen dorthin durchtrennt. Henry spürte das schon länger, ich wollte es nicht wahrhaben. Er hatte sich noch einmal aufgebäumt, hatte

noch einmal alle Kraft aufgebracht, war noch einmal aufgestanden – vergebens.
Natürlich war auch der Alkohol schuld daran. Als wir uns nach den drei Jahren wiedersahen, war Henry deutlich vom Trinken gezeichnet. Vielleicht war er das vorher auch schon, mir war es nur nie aufgefallen? Jetzt konntest du die Spuren der vielen Nächte, der Exzesse an ihm deutlich erkennen. Nicht nur in seinem Gesicht waren sie zu sehen, es war ihm auch anzumerken. Seine Bewegungen waren andere geworden, sein Gang hatte sich verändert, seine rechte Hand, die einst gelähmt war, zitterte. Seine Gestik, mit der er sonst intensiv seine Sätze untermalte, war verschwunden. Meist hielt er seine Hände in den Taschen. Henry war alt geworden, obwohl er noch keine siebzig Jahre zählte. Er hatte sich selbst herabgewirtschaftet, Raubbau an seinem Körper betrieben, vielleicht sich auch bewusst bekämpft. Er wollte sich zugrunde richten, so denke ich heute. Ist es nicht seltsam, dass man erst etwas Abstand gewinnen muss, um zu sehen, was ein Freund am dringendsten braucht? Ich habe mir später, eigentlich immer noch, Vorwürfe gemacht, dass ich so über seinen wahren Zustand hinweggesehen habe, hinwegsehen konnte. Ich habe so getan, als sei alles völlig normal. Dabei war es das schon vorher nicht. Vielleicht habe ich mich auch nur wieder weggeduckt, wie schon zuvor?
Henry kam ohne Hilfe nicht vom Alkohol los, das war eine späte Einsicht meinerseits. Trotz aller Vorkommnisse in den vielen Jahren zuvor wollte ich das erst zu diesem Zeitpunkt begreifen. Ich hatte mich selbst immer wieder in die Reihe derer eingefügt, die mit Henry auf Tour gingen. Ich habe tagelang mit ihm über Bücher, Autoren, Literatur diskutiert und viele Flaschen dabei geleert. Ich habe diese Intimität mit ihm genossen. Mein Freund, der große Henry

Jaeger. Andere hatten sich längst zurückgezogen. Lothar pflegte nach der Scheidung gar keinen Kontakt mehr zu Henry. Rainer besuchte ihn gelegentlich. Das mit Willi und Horst war lange vorbei. Die anderen Freunde in Ascona waren alle verstorben. Im Grunde war nur noch ich da. Ich war aber nicht der Richtige. Ich war nicht der, der ihm jetzt helfen konnte. Ich war noch mehr als er davon überzeugt, dass er noch etwas Großes schaffen würde. Der letzte große Roman, das größte, bedeutendste, fulminanteste Buch von Henry würde erst noch kommen.
Es gibt eine Geschichte von Stephen King, sie wurde unter dem Namen *Misery* verfilmt. Darin fällt ein berühmter Autor durch einen Autounfall einer von ihm begeisterten Leserin in die Hände. Diese Leserin ist von den Werken des Autors geradezu besessen. Die Bücher drehen sich alle um eine weibliche Hauptperson namens Misery. Dem Autor ist diese Figur mittlerweile verhasst. Er möchte von ihr loskommen, etwas anderes schreiben. Bei seinem Unfall trägt er das Manuskript für den letzten Band bei sich. In diesem letzten Buch stirbt Misery.
Die fanatische Leserin versteckt den verletzten Autor bei sich zu Hause. Sie pflegt ihn gesund, damit er den Roman nochmals umschreiben kann, damit Misery weiterlebt. Es soll der grandiose Abschluss der Reihe werden. Danach möchte sie gemeinsam mit dem Autor in den Tod gehen. Es gibt dann noch eine Menge typisch King'scher Szenen. Für mich ist geblieben, dass ich mich im Nachhinein oft wie diese Leserin gesehen habe. Auch ich habe völlig verkannt, was Henry wollte und was er noch konnte. Ich habe seinen tatsächlichen Zustand ignoriert. Ich bin einfach darüber hinweggegangen.
Marcus hat mir später erzählt, dass Henry in der Zeit unseres Zwistes mehrmals einen Alkoholentzug versuchte. Er hatte ein kleines Sanatorium in Intragna, das ist ein

Dörfchen weiter oben in den Bergen, ausfindig gemacht. Doch er hat die strengen Regeln und die Isolation nicht ertragen. Er war zwar nicht eingesperrt, aber natürlich wurden ihm eine Reihe von Vorschriften auferlegt. Die erste war: Ab sofort keinen Tropfen mehr. Das ging nicht, Henry konnte das nicht. Alleine schon das strikte Alkoholverbot erinnerte ihn an seine Zeit im Zuchthaus. Nach spätestens drei Tagen ist er wieder ausgezogen, zurück in sein altes Leben.

Ich wusste das nicht. Mehrmals, wohl drei bis vier Mal, hat er es versucht. Jedes Mal ist er nach kurzer Zeit gescheitert. Rückblickend glaube ich, dass es ihm dabei nicht nur darum ging, von etwas loszukommen, sondern vielmehr, etwas wiederzufinden. Er wollte seine Sprache, sein Erzählen wiederfinden. Womöglich wollte er auch mir etwas beweisen? Henry wollte beweisen, dass er mehr als nur ein Talent, eine außerordentliche Begabung war. Aber der Alkohol stand ihm im Weg. Und als er von ihm nicht loskam, hat er resigniert, endgültig. Nicht nach außen, das nicht. Im Inneren hatte er resigniert. Wie jemand, der weiß, dass er einmal die hundert Meter in einer fantastischen Zeit gelaufen ist, aber diese Zeit nie wieder erreicht. Er sagt allen, wie hart er trainiere und dass beim nächsten Rennen eine noch bessere Zeit herauskommen würde. Aber er tritt gar nicht mehr an. Er schiebt unterschiedliche Dinge vor, warum er nicht zum Start geht. In sich weiß er, dass er nie wieder auch nur in die Nähe der damaligen Zeit kommen wird. So etwa war es bei Henry. Das habe ich erst viel später verstanden, da war er schon lange tot.

Etwas anderes ist noch interessant. Es ist sozusagen ein Anachronismus. Gerade zu der Zeit, als Henry sich von seiner Vergangenheit lösen wollte, wurde er von ihr wieder eingeholt. Was er und ich nicht wussten, war, dass er in den Gefängnissen der Republik zu einer Legende geworden war. Nicht nur in Freiburg und Bruchsal, auch in den anderen Vollzugsanstalten kannten die Insassen Henrys Geschichte. Man erzählte von dem Bankräuber, der es aus der Zelle heraus zum Millionär gebracht hatte. Und das mit ganz legalen Mitteln. Er hatte einfach seine Lebensgeschichte aufgeschrieben, so dachten viele, so wurde es dargestellt.

Unzählige Einbrecher, Bankräuber, Betrüger, Erpresser und Schlimmere wollten seinem Beispiel folgen. Sie schrieben ihre Erlebnisse, ihre Biografie und ihre Träume auf. Der ein oder andere hatte Henrys Adresse in Ascona ausfindig gemacht oder wusste, dass er in Ascona lebt. Damals genügte es zu schreiben: Henry Jaeger, Ascona, Schweiz, und das Paket oder der Brief kam an. Jeder Postbote wusste, wer Henry Jaeger war und wo er wohnte. Ich habe einige dieser Manuskripte gesehen. Es waren von Hand beschriebene Seiten, meist auf kariertem Papier. Sie waren in Wortwahl und Ausdrucksweise hilflos. Mehr oder minder schnell, meist nach einer kurzen Schilderung der furchtbaren Kindheit, kamen sie zum Kern. Das war in der Regel das letzte Delikt, weshalb der Schreiber jetzt einsaß. Fast alle fielen in eine juristische Diktion, als stünden sie wieder vor Gericht. Mit einseitigen Argumenten schilderten sie, weshalb sie zu Unrecht verurteilt wurden und welcher Skandal in ihrem Fall vorliege. Dass sie schlicht gegen bestehendes Recht verstoßen hatten, übergingen die meisten. Nach der Darlegung ihrer Unschuld kamen sie rasch zu ihrer, momentan leider versperrten, Zukunft. In ihnen würden noch unzählige Geschichten ruhen, die es allesamt verdient hätten, verfilmt zu werden. Natürlich nur in Starbesetzung. Es gab sogar schon Vorschläge für die Rollenverteilung.

Ja, du hast recht, jetzt bin ich wirklich zynisch, das stimmt. Henry hat sich auch darüber beschwert. Er sagte,

ich hätte überhaupt keine Vorstellung, wie es einem Menschen hinter Gittern ginge. Er könne die, die ihm schrieben, gut verstehen. Er kenne ihre Einsamkeit, die Enge, die Monotonie der Tage. Er schrieb jedem zurück und bedankte sich für das Vertrauen. Natürlich machte er ihnen keine Hoffnung. Er bestärkte die jeweiligen darin, weiter zu schreiben. Ihm habe das Schreiben damals das Leben gerettet und die Welt in die Zelle geholt.
Einen gab es, der hat es später tatsächlich geschafft, ähnlich wie Henry, ein erfolgreicher Autor zu werden: Peter Zingler. Auch er hörte die sagenhafte Geschichte vom Bankräuber, der aufgrund seiner Bücher begnadigt wurde. Er las alles von Henry, was er kriegen konnte. Peter, wir lernten uns später kennen, machte nicht den Fehler wie viele andere, dass er über sein Schicksal jammerte. Er schrieb über andere Dinge. Sein erstes Buch hieß *Notizen aus der Mülltonne* und kam bei einem kleinen Verlag heraus. Erst dann, als sein Buch schon erschienen war, suchte er Kontakt zu Henry. Zwischen den beiden entwickelte sich eine enge Freundschaft. Peter wurde ein sehr erfolgreicher Drehbuchautor und hat sogar den Grimme-Preis gewonnen. Er sagte mir einmal, dass Henry für ihn immer ein Vorbild war. Nicht weil Henry es mit seinen Büchern aus dem Gefängnis geschafft hatte, sondern worüber und wie er schrieb.

Es ist spät geworden. Es war ein schöner Tag, oder nicht? Wie schön der Abend noch ist, wie mild und klar. Hier entlang meinst du? Du kennst dich bald besser aus als ich. Ja, ich bin müde. Es war ein langer Tag.
Hier ist es noch so wie früher. Die Geschäfte sind andere, glaube ich. Es gibt weniger Lokale als damals. Nicht dass ich sie alle gekannt hätte. Ascona wirkte nur lebendiger, gerade hier, in den Gassen und Seitenstraßen. Vielleicht

liegt es an der Jahreszeit. Oder dass alle nur noch Golf spielen.
Eine Sache muss ich dir noch erzählen. Kurz vor seinem Tod, es muss 1998 oder 1999 gewesen sein, Henry hatte seit zehn Jahren kein Buch mehr veröffentlicht, kam ein Redakteur des *Hessischen Rundf*unks zu mir. Er hieß Weber, nein, nicht Weber, Wagner, Dietrich Wagner, so hieß er. Ich weiß nicht genau, warum oder aus welchem Grund er auf Henry gestoßen war. Ich glaube, er kannte Henry aus der *Frankfurter Rundschau.* Sie hatten zeitgleich dort begonnen. Wagner wurde später Fernsehredakteur. Henry war damals schon so vergessen wie heute. Jedenfalls, dieser Dietrich Wagner kannte die alten Geschichten: den Überfall auf die Rentenkasse, die Jäger-Bande, die alten Artikel in den Zeitungen und Zeitschriften, der erste Roman auf dem Toilettenpapier, all die Sachen. Er war begeistert und wollte eine Reportage über Henry drehen. Er kam zu mir in die Kanzlei. Ich weiß nicht, wie er auf mich gestoßen ist? Vielleicht weil ich Henrys Anwalt gewesen bin. Er kam zu mir und wollte alles Mögliche wissen, über Henry und so weiter. Damals war das ja noch nicht so einfach. Das Internet gab es eigentlich noch gar nicht. Du musstest noch richtig recherchieren, Leute ausfindig machen, besuchen, von Angesicht zu Angesicht mit ihnen sprechen.
Er stellte mir tausend Fragen. Irgendwann fragte ich zurück, warum er Henry nicht selbst interviewte? Der wüsste das doch am besten. Er war völlig überrascht, dass Henry noch lebte. Er hatte tatsächlich geglaubt, Henry wäre inzwischen verstorben, weil eben nichts mehr von ihm erschienen war und man auch nichts mehr von ihm hörte. Henry ging es damals schon sehr schlecht. Nicht nur in finanziellen Angelegenheiten. Seine Wohnung, vielmehr sein Zimmer, war in einem erbärmlichen Zustand. Es war

völlig verwahrlost. In der Kochnische stapelten sich die Essensreste übereinander. Alles war unendlich schmutzig, es stank entsetzlich. Das kleine Badezimmer war, das möchte ich dir lieber nicht erzählen. Henry musste zwei bis drei Mal die Woche zur Blutwäsche, wie sie es in der Schweiz nannten, weil seine Nieren so gut wie nicht mehr arbeiteten. Danach war er müde und ausgelaugt, zu nichts mehr imstande. Er lebte eigentlich nur noch im Takt der Dialyse. Die Tage dazwischen dienten nur zur Vorbereitung für die nächste Sitzung. Stundenlang hing er apathisch an der Apparatur. Er las nicht, er redete nicht, er war völlig teilnahmslos. Er lag einfach nur da und sein Blut zirkulierte durch diese Maschine.
Ich habe seinen wahren Zustand damals nicht sehen wollen. Ich rief ihn gleich nach dem Besuch von Wagner bei mir an. Ich hatte den Eindruck, er verstand überhaupt nicht, wovon ich redete. „Da ist ein Journalist, du kennst ihn wohl von früher, der möchte eine Dokumentation über dich drehen. Das ist doch großartig. Jetzt endlich wird dein Leben, dein Schaffen gewürdigt. Das ist doch eine Sensation! Du bist noch nicht völlig vergessen. Im Gegenteil, jetzt wird dein Werk ins rechte Licht gerückt. Womöglich kommen jetzt die Preise und Auszeichnungen, die du verdient hast!"
Henrys Reaktion war seltsam kühl, fast gleichgültig. Gut, es hatte schon unzählige Interviews und Reportagen über ihn gegeben. Er war da abgebrühter als ich. Er wusste vielleicht auch, dass ein Journalist nicht für den arbeitet, über den er berichtet. Ihm ist gar nicht so sehr daran gelegen, die Person auf einen Sockel zu heben. Er möchte in erster Linie eine gute Story, die er seinem Auftraggeber verkaufen kann. Es ist ein Geschäft. Davon lebt er. Aber ich glaube, Henry hat damals gar nicht so weit gedacht. Er war einfach müde, lebensmüde im wahrsten Sinne.

Ich hatte mich mit Marcus getroffen. Ich wollte ihn mit ins Boot holen. Er sollte mir helfen, seinen Vater für diese Reportage zu begeistern. Wir sind gemeinsam hierhergefahren. Ich habe zum ersten Mal gesehen, in welchen Verhältnissen Henry lebte. Marcus war so schockiert wie ich. Auch er hatte keine Ahnung. Henry hatte uns beide über Monate, vielleicht sogar Jahre, etwas vorgemacht. Das Einzige, worauf er noch einigermaßen achtete, war sein Äußeres. Er war zu eitel, um sich dabei völlig gehenzulassen. Rainer, mittlerweile ein sehr bekannter Fernsehmoderator bei RTL, brachte bei seinen Besuchen immer einen Koffer fast ungetragener Anzüge und Hemden mit. Er bekam sie von den namhaftesten Herrenausstattern geschenkt. Henry, der sonst jede Hilfe ablehnte, hat diese Geschenke sehr gerne angenommen. Er konnte damit die schöne Fassade aufrechterhalten. Dahinter war alles furchtbar.
Ich habe mit ihm geschimpft. Wie mit einem Kind habe ich mit ihm gesprochen. Wie er in einem solchen Zimmer leben könne? Warum er sich keine Putzfrau nehme? Er würde sich durch solch ein Verhalten völlig isolieren. Er könne sich doch nicht so gehenlassen. Das sei seiner nicht würdig. Er sei eine Person von öffentlichem Interesse und so weiter. Henry ließ dies alles über sich ergehen. Er reagierte gar nicht darauf. Er wurde noch nicht einmal wütend.
Alles war weg. Es gab kein einziges Buch mehr, das zu versetzen sich gelohnt hätte. Sogar die Schreibmaschine war nicht mehr da. Henry sagte, sie sei irgendwann kaputt gegangen. Eine Reparatur hätte sich nicht mehr gelohnt. Er habe sie schon seit Jahren nicht mehr. Die Stenorette besaß er noch. Sie lag irgendwo im Schrank. Sein Schreibpult war, wie alles in der Wohnung, mit Müll überhäuft. Es stand unzugänglich an der Wand. Durch

den Abfall gab es einen schmalen Pfad zum Bett. Ich will dir gar nicht mehr erzählen, es war einfach nur furchtbar. Dazu kam, dass Henry schon wieder mit der Miete im Rückstand war. Seit einem halben Jahr hatte er nichts mehr gezahlt. Es lag schon eine Räumungsklage vor. Honorare? Honorare flossen so gut wie keine mehr. Wie gesagt, Henry hatte seit Jahren kein Buch mehr geschrieben. Hin und wieder war eine Geschichte von ihm in einer Anthologie oder so etwas erschienen. Dafür gab es nicht viel Geld. Die Fortsetzungsromane hatte er noch viel früher aufgegeben. Und das Geld aus *Glückauf Kumpel*, das hatte er schon vor dem Film verbraucht. Er hatte auf Pump gelebt. Das Einzige, was Henry noch besaß, waren Schulden. Dabei meine ich nicht das Geld, das er von mir bekommen hatte. Ich wollte keinen Pfennig von ihm zurück. Aber andere schon: Banken, Kneipiers, Bekannte. So konnte, so durfte Henry nicht gezeigt werden. Das war ausgeschlossen. Marcus und ich versuchten, das Schlimmste zu beseitigen, aber es war klar, es wäre nur eine kurzfristige Besserung. Henry musste irgendwo untergebracht werden, wo man sich um ihn kümmerte. Ich glaube, ich kam auf die Idee, in Intragna, wo er schon zuvor zum Entzug war, nach einer Möglichkeit für ihn zu suchen. Wir hatten Glück. Wir fanden ein Haus, eine Klinik, die Henry aufnahm. Ich habe damals nicht gedacht, dass es Henrys letzte Adresse sein würde. Mir ging es vor allem darum, ihn in geordneten Umständen präsentieren zu können. Das hört sich herzlos an, aber so war es. Ich war völlig besessen von der Vorstellung, dass mein Freund Henry endlich zu Ruhm und Ehre kam. Ich habe ihm eingeschärft, dass er jetzt die Möglichkeit hätte, sich als Schriftsteller zu präsentieren, als das, was er immer sein wollte und was er auch war.

Ein, zwei Wochen später bin ich mit Wagner nach Ascona gefahren und habe ihn mit Henry zusammengebracht. Wagner war begeistert. Er war von allem hier begeistert. Die Reportage sollte Henrys Zeit in Frankfurt zeigen, seine Karriere im Milieu, bis zu seiner Verhaftung. Dann sein unglaublicher Aufstieg als Schriftsteller und sein Leben in Ascona. Henry fühlte sich sehr geschmeichelt, zumindest tat er so. Ein Film über sein Leben, das war eine späte Genugtuung für ihn, wo doch scheinbar niemand mehr an ihn dachte.
Wagner hatte unglaublich viel recherchiert. Er hatte alte Artikel, Bilder, Filmausschnitte, Tondokumente ausgegraben, die Frankfurt vor und nach dem Krieg zeigen. Er hat Sequenzen aus den Verfilmungen von Henrys Büchern eingebaut, Reportagen über ihn aus den ersten Jahren in Ascona verwendet, private Filmaufnahmen einkopiert. Wagner scheute keine Mühen. Der Titel lautete: *Ein Gangster schreibt sich frei.* Es ist eine fantastische Dokumentation über Henry geworden. Wobei sie natürlich auch große Lücken aufweist und an manchen Stellen ein wenig zu reißerisch ist. Henrys Leben im Rotlichtmilieu dauerte alles in allem nur fünf Jahre. Es nimmt im Film doch wieder den Großteil ein. Es war wie bei Desch. Dem Umstand, dass Henry sein erstes Buch auf Toilettenpapier schrieb, wurde mehr Aufmerksamkeit gewidmet als dem Buch selbst. Sein Leben mit Elke dagegen wird gar nicht oder kaum erwähnt. Sie hatte sich auch einer Mitarbeit verweigert, ob freiwillig oder auf Druck ihres Mannes, ich weiß es nicht.
Hier vor Ort wurde nur seine Freundschaft zu Remarque hervorgehoben. Der war allerdings schon seit fast dreißig Jahren tot. Sie drehten auf der Terrasse der leer stehenden Villa Remarques. Es dauerte Stunden. Wie bei den ersten Aufnahmen von Henry, als er hierhergekommen war. Erst

sollte er vorne am Wasser stehen, dann hinten vorm Haus, dann wieder an der Treppe, die hinauf zur Terrasse führte. Später wurde ein Stuhl geholt und alles nochmals im Sitzen wiederholt. Im Film ist das später nur eine Minute, aber die Aufnahmen dafür dauerten Stunden. Es war sehr anstrengend, vor allem für Henry. Er stand es tapfer durch. An den Tagen, an denen Henry zur Dialyse musste, wurde nicht gedreht.

Bei den Aufnahmen hier in Ascona war ich dabei. Wagner störte sich gelegentlich daran. Er meinte einmal zu mir, ich sei ja wie sein Manager, der aufpasse, dass Henry kein falsches Wort sage. Ich solle sie doch einfach einmal in Ruhe arbeiten lassen. Er wüsste schon, wie er Henry zu präsentieren habe.

Wagners Fragen waren nicht der einzige Grund für meine Aufmerksamkeit. Es war auch Henry selbst. Meist war er schon nach einer halben Stunde, spätestens nach einer ganzen, völlig erschöpft. Seine Konzentration, sein Erinnerungsvermögen, seine Ausdrucksweise ließen rapide nach. Er begann zu fantasieren. Er wusste plötzlich nicht mehr, wo er war. Vor Remarques Villa bat er mich, ich solle Elke rufen, damit sie mit ins Bild käme.

Es gab noch ein Problem: Henry besaß keine eigene Wohnung mehr. In seinem Krankenzimmer sollte Wagner ihn nicht filmen, zumindest nicht in einer größeren Sequenz. Wie würde das aussehen? Der große Henry Jaeger, der in zahlreichen Illustrierten als Gigolo und Lebemann abgebildet worden war, der vor der Promenade auf Wasserskiern einst das Publikum erheiterte, der mit seinen Büchern Millionen verdient hatte, plötzlich ohne eine Wohnung? Noch nicht einmal mehr ein Zimmer? Lilo stellte auf Henrys Bitte ihre Wohnung zur Verfügung.

Wer Lilo ist? Lilo, Lilo Sanders, war eine gute Freundin von Henry, eine wirkliche Freundin. Sie betrieb vorne, in

der Via Borgo, eine Boutique. Henry hat sie dort oft besucht und stundenlang bei ihr gesessen. Es war, vor allem in den letzten Jahren, ein fester Anlaufpunkt für ihn geworden. Es war ein Ritual, wie ehemals die Besuche im Café Central. Mindestens zwei Mal die Woche kam Henry zu Lilo in ihr Geschäft. Nein, Lilo war keine seiner Geliebten. Vielleicht hatte das Henry einmal gewollt, sie nicht. Sie konnte ihn gut einschätzen und wahrte die notwendige Distanz. Henry hat das irgendwann auch akzeptiert. Dadurch ist es zu dieser Freundschaft gekommen. Und es gab immer noch die Klavierspielerin, die, wie auch immer, mit Henry verbunden war. Henry hatte ihr in seinem Testament alles vermacht. Ich weiß nicht, wie er dazu kam und welchen Einfluss Frau Bakcsy auf ihn ausgeübt hatte. Sie hatte sich wahrscheinlich einiges davon versprochen. Für Marcus war das natürlich eine nachträgliche Demütigung. Sein Vater wollte ihm nichts, noch nicht einmal einen persönlichen Gegenstand als Erinnerung, hinterlassen. Die letzten Jahre der Annäherung waren scheinbar vergebens. Nicht dass Marcus es darauf abgesehen hatte. Nach Schweizer Recht ist es ohnehin verboten, die Kinder komplett vom Erbe auszuschließen. Als dann klar wurde, dass Henry nur Schulden hinterließ, hat sich Frau Bakcsy auch schnell zurückgezogen und das Erbe abgelehnt.
Wie bin ich jetzt darauf gekommen? Über den Film, richtig. Alles in allem wurde es ein schöner Film, obwohl ich ihn natürlich anders aufgebaut hätte. Aber für jemanden, der Henry nicht kannte, ist es eine einmalige Reportage über sein Leben. Der Sprecher sagt sogar einmal: „Sein größtes Buch ist das Buch über sein Leben. Dieses Buch war und ist aber noch gar nicht geschrieben." Henry sprach von etwas, das er schreiben wollte. Er sagte: „Die Versuche und Bemühungen, bis man seine eigene Stimme gefunden hat, sind endlos und gehen über Jahre. Es dauert endlos lang, bis man an sich herankommt." War das die indirekte

Ankündigung? Würde jetzt endlich sein letztes großes Buch kommen? Ich war völlig verblendet damals.
Wie Henry der Film gefiel? Ganz gut, glaube ich. Wagner hat ihn uns vor der Ausstrahlung gezeigt. Er kam mit einer Videokassette nach Ascona und es fand eine Art Premiere statt. Nicht wie früher bei den großen Verfilmungen seiner Bücher. Wir saßen wieder in Lilos Wohnung. Es war nur eine Handvoll Personen anwesend. Henry war sehr gerührt. Tränen standen ihm in den Augen. Das würde nun im Fernsehen ausgestrahlt werden. Hunderttausende würden es sehen. Wagner fragte ihn, wie ihm sein Film gefalle. Henry sagte, ich weiß es noch ganz genau: „Ich habe die Zeit schon fast vergessen." Dass er sich gar nicht mehr an alles erinnern könne. Und was für ein Kerl er doch damals war, so jung und fesch. „Heute bin ich eine Sonnenblume im Winter", so sagte er das. „Eine Sonnenblume im Winter."
Du verstehst nicht, was er damit meinte? Hast du schon einmal eine Sonnenblume, ein Sonnenblumenfeld, im Winter gesehen? Es ist so ein trauriger Anblick. Die vorher so kräftigen, leuchtenden Pflanzen sind völlig schwarz. Die Blätter, die Köpfe, alles hängt an ihnen herunter. Nichts erinnert mehr an das strahlende Gelb ihrer Blütezeit. Es ist erstaunlich, dass sie überhaupt noch stehen. Ich hatte dieses Bild sofort verstanden.
Wagner sagte zu Henry, es sei wohl viel getrunken worden, damals in den Künstlerkreisen. Ich weiß jetzt nicht mehr, ob er das im Film fragte oder am Abend der Vorführung. Henry antwortete, dass das Trinken hierher gepasst habe. „Es hat die Zungen und die Seelen gelöst."
„Aber Ihnen ist es nicht gut bekommen?", fragte Wagner nach. Das war bei Henrys Verfassung offensichtlich. Aus der Kolonie war auch niemand mehr am Leben. Alle waren sie gestorben, die meisten zu früh.

„Es hat gewisse Auswüchse gegeben, aber es passte hierher."
Ich habe Henry später in die Klinik gefahren. Wir sprachen nicht viel miteinander. Ich spürte, wie erschöpft und müde er war. Ich brachte ihn nach oben in sein Zimmer. Leer und karg war es. Es erinnerte mehr an eine Zelle als an ein Zimmer. Ich sagte das zu Henry. Er sagte, dass es schon in Ordnung sei, mehr noch. Er sagte, dass es ihm gefalle, er fühle sich sehr wohl hier, gerade weil es ihn an seine Zelle von damals erinnere. Er habe sich lange Zeit vor den Erinnerungen an seine Zelle gefürchtet. Heute käme es ihm vor, als habe er dort seine schönsten Jahre verbracht, voller Inspiration, voller Kraft und Konzentration. Niemals wieder sei ihm die Welt offener erschienen als zu jener Zeit. Je größer später seine Freiheit wurde, desto enger wurde es in seinem Kopf. In seiner Zelle sei er wie im Fieber hin- und hergelaufen. Die Bilder, die Sätze, die Wörter hätten sich in ihm überschlagen. Wie im Rausch habe er sie zu Papier gebracht. Jetzt würde er oft stundenlang wach liegen und auf ein einziges Bild warten.

Wir sind da. Ich gehe gleich nach oben. Hast du meinen Schlüssel. Du gehst auch mit. Dein Zimmer ist direkt neben meinem, gut. Was soll schon sein. Ja, es war ein anstrengender Tag. Es war ein schöner Tag. Schöne Tage sind nur halb so anstrengend. Mir geht es gut, glaub mir, alles in bester Ordnung. Wir sehen uns zum Frühstück, schlaf gut.
Nun, mein Freund, da wären wir. Viele Jahre sind vergangen. Ich hatte dir damals versprochen, dass ich wiederkomme, dass wir das letzte Stück gemeinsam gehen. Du bist schon vorgegangen. Du bist immer vorneweg gegangen. Für mich ist es Zeit, dir zu folgen. Viel zu lange habe ich gewartet. Was ist mir geblieben? Gisela ist

schon lange tot. Jahre habe ich in Kliniken und Kuren verbracht. Ich bin Staub geworden, nicht Asche. Diszipliniert sollte ich sein, wofür? Ich habe mich lange daran gehalten, viel zu lange. Meine Kinder sind Erwachsene. Meine Enkel habe ich aufwachsen sehen, das war schön. Das hat mir viel Lebensfreude zurückgegeben. Sie sind heute schon groß, studieren oder haben studiert. Es ist Zeit, Zeit loszulassen.
Ich glaube, ich sollte die Kleider anbehalten. Es ist schicklicher, als wenn man mich halbnackt im Schlafanzug findet. Im Schlafanzug ist es allerdings unauffälliger. Keiner wird Fragen stellen, niemand wird mich untersuchen. Alle werden denken, er ist friedlich eingeschlafen. Sein letzter großer Wunsch, dann ist er gegangen. Das hinterlässt bei allen ein gutes Gefühl. Also doch umziehen. Ich bin wirklich müde. Ich habe meiner Tochter alles erzählt, was ich wusste. Nein, das stimmt nicht. Noch vieles mehr hätte ich berichten können. Viele Kleinigkeiten, die einem erst einfallen, wenn man glaubt, schon am Ende zu sein. Dann fängt man wieder von vorne an, erzählt alles noch einmal, mit vielen „Dann und dann“. Fast endlos könnte es weitergehen. Ich muss zum Ende kommen. Das Gläschen sollte ich noch wegwerfen. Es darf nicht hier im Zimmer stehen. Ich werfe es vom Balkon.
Willi und Horst sind auch schon lange tot. Du weißt es sicher schon. Ihr sitzt seit Jahren zusammen, beim lieben Gott an der Theke. Jetzt geht alles aufs Haus und auf die Ewigkeit. Ich hoffe, ihr habt mir einen Platz neben euch freigehalten?

ENDE

Nachwort

Ich selbst habe Henry Jaeger erst 2010 entdeckt. Im Rahmen einer Anthologie über das Frankfurter Bahnhofsviertel, an der ich mitarbeitete, ist mir sein Name erstmals begegnet. Seine Lebensgeschichte hat mich von Anfang an fasziniert. Nach und nach las ich seine Bücher und bemühte mich, das ein oder andere wieder verfügbar zu machen. Ich lernte Marcus Jaeger kennen und wir haben uns oft über seinen Vater unterhalten. Neben ihm gab es andere, insbesondere Peter Zingler, die immer von einer notwendigen Biografie über das Leben Henry Jaegers sprachen. Dass es nun mir zufiel, über sein Leben zu schreiben, war sicherlich schon lange vorbestimmt.
Henry Jaeger war nicht „Der größte Schriftsteller aller Zeiten", ein Titel, der wohl keinem Autor zusteht. Henry Jaeger war dennoch mehr als nur ein Talent – er ist ein großartiger Erzähler, der zu Unrecht in Vergessenheit geriet. Seine frühen Romane besitzen Kraft und zeugen von stilistischem Mut. Jaeger hat es als einer der wenigen Autoren damals geschafft, sowohl Kritik wie auch Publikum für sich zu gewinnen. Das Publikum war womöglich zunächst von der Toilettenpapier-Geschichte beeindruckt. Die Kritiker überzeugte er durch sein Können. Das war in Zeiten, in denen streng nach E- und U-Literatur unterschieden wurde, ein Phänomen. Dass Henry Jaeger bis heute keinerlei Ehrung zuteilwurde, ist ein Beleg mehr, dass der Prophet im eigenen Land nichts gilt. Vielleicht wird man sich in Frankfurt am Main irgendwann einmal, in naher Zukunft hoffentlich, seiner erinnern.
Leider sind durch diverse Umstände viele persönliche Gegenstände und Dokumente aus dem Leben Henry

Jaegers verschwunden, wahrscheinlich sogar vernichtet. Einzig die umfangreichen Gerichtsakten sind noch vollständig erhalten. Hierzu geht mein Dank an das Landesarchiv Baden-Württemberg für die Hilfe und Unterstützung – und besonderer Dank denjenigen, die diese Akten vor der Vernichtung bewahrt haben.
Trotz intensiver Recherchen gelang es mir nur teilweise, das Leben Henry Jaegers in Gänze zu rekonstruieren. Der Roman beruht dennoch zum größten Teil auf historischen Fakten. Im Sinne einer plausiblen Abfolge – der Mensch neigt dazu, das Leben als Kette kausaler Zusammenhänge zu sehen – habe ich manches gekürzt, anderes ausgedehnt. Lücken habe ich versucht in dem Sinne zu füllen, wie ich Henry Jaeger als Person glaube begriffen zu haben.
Hans Hübner, den Erzähler, gab es wirklich. Er war ein Jugendfreund Henry Jaegers. Sie sind zusammen aufgewachsen, haben vieles gemeinsam durchlebt und sich bis zum Tod sehr nahegestanden. Hans Hübner war im wirklichen Leben allerdings Zahnarzt. Ich lasse ihn als Rechtsanwalt auftreten, da er dadurch in vielen Lebensphasen Henry Jaegers glaubwürdiger berichten kann. Seine persönlichen Meinungen und Ansichten sind von mir frei erfunden. Leider konnte ich ihn nicht mehr persönlich kennenlernen.
Ich habe mich bemüht, die Zahl der auftretenden Personen auf ein notwendiges Minimum zu begrenzen. Im Laufe seiner „drei Leben" ist Henry Jaeger einer Vielzahl von Menschen begegnet. Dabei handelt es sich zum einen um völlig unbekannte Namen, zum anderen traf er sehr viele Prominente, insbesondere in Ascona. Ich habe die Auswahl rein persönlich und auf den Roman

bezogen getroffen. Sollte sich jemand in diesem Buch nicht wiederfinden, der zu Henry Jaeger in einem engeren Kontakt stand, bitte ich dies zu entschuldigen.
Ein Teil der Personen entstammt den Romanen von Henry Jaeger, insbesondere aus *Nachruf auf ein Dutzend Gauner.* In diesem Buch hatte Henry Jaeger selbst die Namen verfremdet. Ich habe dies so übernommen.
Willy und Horst Korbmacher waren, wie im Roman geschildert, Nachbarskinder und Jugendfreunde von Heinz und Hans. Sie sind beide im Jahr 2009 verstorben, lange bevor ich mit diesem Buch begonnen habe.